HEYNE <

FELICE ASH

ZIMMER-WECHSEL

Roman

Aus dem Englischen
von Anita Magg

WILHELM HEYNE VERLAG
MÜNCHEN

HEYNE ALLGEMEINE REIHE
Nr. 01/12523

Titel der Originalausgabe
ROOM SERVICE

Umwelthinweis:
Dieses Buch wurde auf chlor- und
säurefreiem Papier gedruckt.

Deutsche Erstausgabe 2/2003

Der Wilhelm Heyne Verlag ist ein Verlag der
Ullstein Heyne List GmbH & Co. KG
Printed in Germany 2003
Umschlagillustration: The Image Bank/Alain Daussin
Umschlaggestaltung: Nele Schütz Design, München
Satz: Pinkuin Satz und Datentechnik, Berlin
Druck und Bindung: Ebner & Spiegel, Ulm
http://www.heyne.de

ISBN 3-453-86471-9

1. Kapitel

Als Matt nach dem Mittagessen ins Büro zurückkehrte, fand er die Illustrierte auf seinem Schreibtisch vor. Sein Geschäftspartner hatte eine kurze Notiz daran geheftet.

Zuerst glaubte er seinen Augen nicht zu trauen – die Frau musste eine Doppelgängerin sein. Doch als er genauer hinsah, stellte er fest, dass es sich zweifellos um sein eigenes Wohnzimmer handelte, in dem sie fotografiert worden war, und dass es auch sein eigenes Sofa war, auf dem sie – die Beine weit gespreizt – ihre Vulva dem Betrachter darbot.

Sie war eine von jenen Leserehefrauen, die in diesem Monat in der Zeitschrift vorgestellt wurden. Zufälligerweise aber war sie die Einzige, mit der er verheiratet war.

Plötzlich hatte er einen unangenehmen metallischen Geschmack im Mund. Er schluckte. In diesem Augenblick klopfte es an die Tür, und gleich darauf steckte sein Geschäftspartner den Kopf ins Zimmer. Die ganze Angelegenheit schien ihm sichtlich peinlich zu sein.

»Ich dachte, du solltest es sehen«, murmelte er und blickte an ihm vorbei. »Ich vermute, dass nicht du es warst, der die Fotos eingesendet hat.«

»Darauf kannst du Gift nehmen«, erwiderte Matt wie betäubt. Er hätte wahrscheinlich danke sagen sollen, brachte es aber nicht über sich.

»Es tut mir Leid«, brummte sein Partner verlegen. »Falls ich etwas für dich tun kann …«

»Was? Nein. Nun ja, doch … Könntest du den Termin

um zwei Uhr für mich übernehmen? Das wäre mir eine große Hilfe.«

»Kein Problem.«

Matt nahm seine Winterjacke und die Illustrierte und verließ das Tonstudio. Wie benommen lief er die drei Stockwerke hinunter und fand sich plötzlich auf der Straße wieder. Mit gesenktem Kopf und ohne den eisigen Graupelregen zu bemerken, strebte er der nächsten Bar zu und bestellte sich dort einen doppelten Whisky. Sein Körper zitterte und seine Gedanken wirbelten wild durcheinander.

Wie nur war es möglich, dass Fotos von seiner braven und rechtschaffenen Ehefrau, auf denen sie nichts außer Strapsen und Seidenstrümpfen trug und ein anzügliches Lächeln aufgesetzt hatte, in ein Pornomagazin geraten waren?

Es gab nur eine einzige vernünftige Erklärung dafür.

Und die gefiel ihm nicht.

Ganz und gar nicht.

Was, zum Teufel, ging da vor sich? Er schaffte es meist nur mit Mühe, dass sie einmal die Beine für ihn breit machte – und nun tat sie es vor einem heftig masturbierenden Publikum!

Matt leerte das Glas zur Hälfte und ließ sich dann an einem der Tische nieder.

Als er sie früher einmal am Strand von Kreta oben ohne hatte fotografieren wollen, war sie so empört gewesen, dass er sie gerade noch davon hatte abhalten können, die Kamera vor Zorn ins Meer zu werfen. Was war seitdem mit ihr geschehen? Wieso hatte sie sich so sehr verändert?

Sie musste einen Liebhaber haben – anders konnte er sich das Ganze nicht erklären. Doch das kam ihm so unwahrscheinlich wie nur irgendwas vor. Seine Frau verhielt sich derart prüde, dass man es Meilen gegen den

Wind riechen konnte. Wenn er gelegentlich versuchte, seinen Kopf zwischen ihre Beine zu stecken, verhielt sie sich dabei so gequält, als hätte er vor, ihr jedes Schamhaar einzeln auszuzupfen. Sie ertrug es kaum, wenn er ihr mit seiner Zunge Lust verschaffen wollte.

Matt hatte bereits aufgehört zu zählen, wie oft er versucht hatte, ihr Sexleben durch etwas Neues, Andersartiges zu beleben. Er hatte ihr Reizwäsche, einen Vibrator, ein Buch mit erotischen Bildern gekauft – doch alles war umsonst gewesen.

Er hatte ihr vorgeschlagen, ihm beim Abendessen mit entblößten Brüsten gegenüberzusitzen. Ihre Reaktion war nichts als blankes Entsetzen gewesen; strikt hatte sie sich geweigert, seinem Wunsch nachzukommen.

Wie viele Positionen und Plätze hatte er schon mit ihr durchprobiert, um endlich herauszufinden, was sie anmachte. Irgendwann war er aber widerstrebend zu der Schlussfolgerung gelangt, dass sie genauso kalt war, wie es ihre nordische Eisköniginnenschönheit vermuten ließ.

Bei den immer seltener werdenden Gelegenheiten, wenn sie Sex miteinander hatten, verhielt sich seine Frau wie jemand, der stumm litt. Ihr einziges Anliegen schien zu sein, das Ganze so schnell wie nur möglich über die Bühne zu bringen.

Es versetzte ihm einen ziemlichen Schlag unter die Gürtellinie, nun feststellen zu müssen, dass es allem Anschein nach jemanden gab, dem es gelungen war, dort Erfolg zu haben, wo er so hoffnungslos gescheitert war.

Voller Widerwillen malte er sich aus, wie viele Bekannte und Freunde außer seinem Geschäftspartner die Fotos noch sehen würden. Hatte sie das denn gar nicht in Erwägung gezogen? Oder hatte sie ihrem Liebhaber erlaubt, solche Aufnahmen von ihr zu machen, ohne zu wissen, dass er sie einem Pornomagazin zuzuschicken gedachte? Er bezweifelte, dass seine Frau jemals von einer Serie namens *Die Frauen unserer Leser* gehört hatte oder etwa gar zugestimmt hätte, dort nackt präsentiert zu werden.

Matt hatte sein Möglichstes getan, um ihr ein guter Ehemann zu sein. Stets hatte er sich darum bemüht, ihr alles zu geben, worum sie ihn bat. Das Tonstudio, das er gemeinsam mit seinem Partner vor zehn Jahren aufgezogen hatte, war ein großer Erfolg geworden, sodass sie sich inzwischen einen Lebensstil leisten konnten, um den sie so mancher beneidet hätte.

Er verstand es einfach nicht.

Nachdem Matt seinen Whisky ausgetrunken hatte, fuhr er sich durch die schwarzen Locken, zog den Reißverschluss seiner Winterjacke hoch und verließ die Bar. Draußen winkte er ein Taxi heran.

Es war an der Zeit, ein paar grundsätzliche Dinge zu klären.

Nackt bis auf einen teuren Mantel aus falschem Pelz, hochhackige Schuhe und hauchdünne Seidenstrümpfe, die von Spitzenstrapsen gehalten wurden, schlang Chloe ihre langen Beine um die Taille des Regisseurs und zog ihn näher an sich. Sein praller Schwanz drang noch weiter in ihre feuchte Tiefe, sodass er sich nun bis zur Wurzel in ihr befand.

Sie war froh um den Mantel, denn in der Garderobe war es eiskalt. Wenigstens ließ sie ihr wildes Vögeln auf dem Schminktisch zum ersten Mal an diesem Tag richtig warm werden. Nein, warm war nicht das passende Wort. Sie schmolz vielmehr dahin, und jeder neue Stoß schickte eine weitere Welle der Lust durch ihren erregten Körper.

Ein Töpfchen Gesichtscreme fiel krachend auf den Boden, aber weder sie noch der Regisseur kümmerten sich darum.

Sie hatten soeben einen Werbefilm für ein Shampoo zu Ende gedreht. Bei der letzten Szene sollte sie mit einem Pudel an der Leine die Straße entlanggehen, während ihr langes rabenschwarzes Haar im Wind verführerisch wehte. Doch sie mussten die Szene immer wieder von neuem drehen, da der stürmische Winterwind ihr eiskalte Graupel ins Gesicht blies und die Haare verhedderte.

Eine kurze, doch hitzige Nummer war jetzt genau das Richtige, um ihren Kreislauf wieder anzukurbeln. Danach wollte sie sich ein Taxi rufen und zu Hause zur Entspannung ein heißes Bad nehmen.

Der Mann ächzte und nahm eine ihrer festen, schön geformten Brüste in den Mund. Er saugte intensiv daran, während er fortfuhr, sie mit unverminderter Vehemenz zu vögeln. Chloe ließ dieser zusätzliche Reiz ihrer Sinne keuchen, und sie spürte, wie die vertraute heiße Woge der Lust über ihr zusammenschlug. Schon erreichte sie ihren Höhepunkt.

»Aahh!«

Ihr Schrei hallte in dem kleinen, voll gestellten Raum wider. Vermutlich blieben die Leute, die draußen auf dem Gang vorübergingen, überrascht stehen und warfen sich bedeutungsvolle Blicke zu. Doch das war ihr völlig gleichgültig.

Mit drei letzten Stößen kam auch er und schob sie dabei auf der staubigen Tischoberfläche so weit nach hinten, dass sie mit dem Rücken gegen den Spiegel stieß.

»Gut, was?«, sagte er grinsend und zog sich aus ihr zurück. Was Chloe betraf, so war es immer gut. Sie hatte ständig Lust und war jederzeit scharf auf ein sexuelles Intermezzo. Aber sollte er nur glauben, dass gerade sein Schwanz etwas ganz Besonderes war … Vor allem, da er ihr augenblicklich Arbeit verschaffen konnte.

»Fantastisch, Schätzchen«, schnurrte sie und betrachtete sich im Spiegel, um sicherzugehen, dass ihr Make-up nicht verschmiert war. Sie strich sich das lange ebenholzschwarze Haar aus dem schönen Gesicht und sah ihn dann wieder an.

»Du fährst also morgen in die Pampa von Yorkshire? Wann kommst du zurück?«, fragte er und machte den Reißverschluss an seiner Hose zu.

»Ich weiß es noch nicht so genau. Wenn ich wieder hier bin, melde ich mich bei dir«, erwiderte sie unverbindlich. In Wahrheit wusste sie, dass sie bereits am Sonntag zurück sein würde; fast drei Tage in der Wildnis waren mehr als genug. Die Hochzeit fand zwar erst am Samstag statt, aber Chloe wollte bereits am Freitagnachmittag hinauffahren. Auf diese Weise konnte sie das ganze Wochenende darauf verwenden, ihren alten Bekannten aus Universitätszeiten wieder einmal zu beweisen, dass sie die Schönste im ganzen Land war.

Aber sie wollte nicht, dass der Regisseur oder irgendein anderer Mann glaubte, er besitze Anrechte auf sie. Niemand brauchte zu wissen, wo sie war und was sie gerade machte. Deshalb würde sie sich bestimmt erst ein paar Tage nach ihrer Rückkehr bei ihm melden.

»Mein Angebot, dich dorthin zu fahren, gilt übrigens noch immer«, sagte er und glitt mit der Hand in den Mantel, den sie sich nun enger um die Schultern gezogen hatte. Verführerisch spielte er mit ihren Brustspitzen.

»Hm. Danke, aber du würdest dich bestimmt zu Tode langweilen. Wir werden uns wahrscheinlich in erster Linie über die Leute, die wir von früher her kennen, und über die Dinge, die wir so zu Unizeiten getrieben haben, unterhalten.«

In Wirklichkeit lehnte Chloe sein Angebot ab, weil sie es um jeden Preis vermeiden wollte, dass jemand oder etwas die Aufmerksamkeit von ihr ablenkte. Schließlich stand ihr als einer bekannten Schauspielerin die uneingeschränkte Bewunderung ihrer früheren Kommilitonen vollauf zu. Da der Regisseur aber ein paar erfolgreiche Spielfilme gedreht hatte, war sein Ruhm mindestens genauso groß wie der ihre, und das passte ihr ganz und gar nicht.

Er warf einen bedauernden Blick auf seine Armbanduhr. »Ich muss jetzt leider. Ruf mich an, wenn du dort angekommen bist.«

Chloe schlang die Arme um seinen Hals und gab ihm einen leidenschaftlichen Kuss. Ihre Zunge wanderte in seine Mundhöhle und ließ ihn noch einmal stöhnen.

»Ciao, Schätzchen«, sagte sie mit rauchiger Stimme und stopfte ihre Kleidung in die Handtasche. Dann schloss sie den Mantel über ihrem nackten Körper und verließ die Garderobe.

Dan schob frustriert die Tastatur von sich, setzte die Hornbrille ab und rieb sich die Augen.

Dieser Roman wollte so gar nicht in die Gänge kommen. Er schaffte es einfach nicht, der Geschichte den richtigen erotischen Touch zu geben – und er kapierte einfach nicht, warum. Jetzt steckte er im zweiten Kapitel, hatte aber noch immer keine Ahnung, was er als Nächstes schreiben wollte. Das war für jemanden, der davon lebte, halb pornografische Romane mit Bestselleraussichten zu verfassen, alles andere als ein gutes Zeichen.

Dan tat das, was er immer tat, wenn er nicht weiter wusste: Er machte sich auf die Suche nach Sex und vertraute darauf, auf diese Weise seine kreativen Fähigkeiten wieder anzukurbeln.

Entschlossen verließ er die Wohnung und lief drei Stockwerke tiefer. Er hoffte, dass Flower zu Hause war. Die frühreife neunzehnjährige Tochter eines reich gewordenen Rockstars der siebziger Jahre war so gut wie immer in der Laune, sich auf eine spontane, ungezwungene Nummer mit ihm einzulassen.

Wenn sie zu Hause war.

Leider war das nicht oft der Fall, da sie ein hektisches Leben inmitten der High Society Londons führte.

Er klingelte an ihrer Tür und klopfte gleichzeitig ungeduldig daran; doch niemand öffnete ihm. Enttäuscht fuhr sich Dan mit der Hand durch sein dünner werdendes blondes Haar und kehrte dann in seine Wohnung zurück, um sich die Möglichkeiten, die ihm noch blieben, durch den Kopf gehen zu lassen.

Falls er bis zum Abend warten konnte, gab es da seine derzeitige Freundin, eine bezaubernde Anwältin. Er könnte sie zwar in ihrer Kanzlei anrufen und ihr vorschlagen, sich später mit ihm zu treffen, doch sie bestand jedes Mal darauf, vor dem Sex zumindest zum Abendessen ausgeführt zu werden. Und selbst dann war es noch nicht sicher, ob sie sich auf seine Verführungskünste einlassen würde. Heute passte ihm das noch weniger als sonst in den Kram, denn er hatte nicht vor, sich den ganzen Abend über aufmerksam und charmant zu geben. Er wollte nichts als ein schnelles Fickintermezzo, um dann mit seiner Arbeit weitermachen zu können.

Das ließ ihm nur eine einzige Möglichkeit übrig: die Hausmeisterin seines kleinen Wohnblocks, die im Kellergeschoss des Hauses lebte. Er hatte ihre üppigen Kurven schon so manches Mal genossen. Eigentlich war sie für seinen Geschmack zu schlampig, und er betrachtete sie stets als den letzten Ausweg, der ihm blieb.

Was sie heute auch war.

Dan nahm eine Flasche Gin, die noch zu drei Vierteln voll war, von einem Tablett mit diversen Alkoholika und verließ wieder die Wohnung.

Die Hausmeisterin öffnete die Tür. Sie trug einen rotschwarzen Kimono aus Polyester, der vorn aufklaffte und tiefe Einblicke in ihr eindrucksvolles Dekolleté und auf ihren schwarzen Nylon-BH gewährte.

»Ach, du bist's, Dan«, begrüßte sie ihn und warf einen gierigen Blick auf die Flasche Gin. »Komm rein. Ich hol uns gleich Gläser.« Er folgte ihr in die dunkle und erstickend warme Wohnung. In der Küche stellte er den Gin auf eine der nicht gerade sauberen Arbeitsplatten. »Mit Tonic?«, fragte sie. Langsam beugte sie sich nach unten, um in einen voll gestopften Küchenschrank zu schauen. Ihr Kimono wanderte dabei hoch und enthüllte den oberen Teil ihrer zerrissenen Seidenstrümpfe. Einer davon war mit einer Sicherheitsnadel befestigt worden, um nicht nach unten zu rutschen.

Dan lehnte sich mit verschränkten Armen gegen die Spüle und spürte, wie sein Glied sich zu recken begann. Sie beugte sich noch weiter nach vorn, sodass er den unteren Teil ihrer fleischigen Pobacken sehen konnte, die aus dem schwarzen Nylonhöschen mit rotem Spitzenbesatz herausquollen.

Er trat zu ihr und presste sich herausfordernd gegen sie. Seine Erektion drückte gegen ihr Becken, während seine Hände ihre runden Schenkel streichelten.

Auch sie schob ihr Hinterteil an ihn. »Wart noch einen Moment. Lass mich wenigstens den Gin einschenken.«

Aber Dan war ein Mann, der nur ein einziges Ziel vor Augen hatte. Mit den Schenkeln hielt er sie gegen den Küchenschrank gedrängt und fasste unter ihren Kimono. Er schob zwei Finger unter das Gummi ihres Höschens und zog es langsam über die großen weißen Halbkugeln ihres Hinterns.

Gewöhnlich bevorzugte er schlankere Frauen, aber dennoch war er keineswegs gegen die Reize dieses üppigen Körpers gefeit. Er tastete zwischen ihre Beine und fuhr durch die feuchten Locken ihres weichen, vollen Pelzchens, um den Eingang zu ihrem Honigtopf zu finden.

Sie fühlte sich warm und feucht an, als er ihre äußeren Schamlippen erkundete. Er schob zwei Finger in sie hinein, um zu sehen, wie nass sie tatsächlich schon war. Zufrieden öffnete er seinen Reißverschluss und brachte seinen Schwanz zwischen ihren Schenkeln in Stellung.

»Nicht hier – gehen wir doch ins Schlafzimmer«, protestierte sie, keuchte jedoch, als er die volle Länge seines pulsierenden Schafts in sie stieß und mit einem stürmischen, rhythmischen Vögeln begann.

Ihr Bett war so ungefähr der letzte Ort, wo er sie nehmen wollte. Die Leintücher waren bestimmt schmutzig. Außerdem fand er es widerlich, wenn er sich vorstellte, wie viele andere Männer sie dort bereits bestiegen hatten, seitdem sie das letzte Mal dazu gekommen war, die Wäsche zu wechseln.

Dan bevorzugte es, eine rasche, scharfe Nummer zu schieben – während sie sich über den Küchenschrank beugte, rücklings auf dem Tisch lag oder sich gegen die Wand lehnte.

Überall, nur nicht in ihrem Bett.

Er fasste nach ihren Brüsten und fuhr dabei fort, rhythmisch in sie zu stoßen. Keuchend befreite er ihren Busen von dem BH in Körbchengröße D. Ihre Brüste fühlten sich in seinen Händen schwer und sinnlich an, und er drückte und liebkoste sie, bis sich ihre Spitzen zusammenzogen und zu harten Knöpfen wurden.

Er pumpte so heftig in sie, dass er fast von ihren strammen Hinterbacken abzufedern schien, während seine Eier klatschend gegen ihre milchweiße Haut schlugen. Mit zwei kräftigen Stößen erlangte er schließlich die Erleichterung, die er sich erhofft hatte. Mit einem heiseren, unterdrückten Stöhnen entleerte er sich in sie und zog sich dann fast sofort aus ihr zurück.

Rasch machte er seine Hose wieder zu.

»Vielleicht können wir jetzt einen kleinen Gin zu uns

nehmen«, sagte sie, wischte sich ungerührt mit einem Stück Küchenkrepp sauber und holte die Flasche Tonic aus dem Regal.

»Ich hab leider keine Zeit«, erwiderte Dan und ging zur Tür. »Lass es dir schmecken.«

»Okay. Mach's gut, Dan«, entgegnete sie gelassen.

Vielleicht würde er jetzt etwas Vernünftiges aufs Papier bringen.

Als Matt zu Hause eintraf, hatte er sich wieder weitgehend beruhigt. Schon seit langem war ihm klar gewesen, dass die Ehe mit seiner schönen, kühlen Frau nicht mehr funktionierte. Er hatte sich nur geweigert, den betrüblichen Tatsachen ins Auge zu sehen. Jetzt war er dazu gezwungen und musste sich endlich eingestehen, dass es aus zwischen ihnen war. Viel zu lange schon hatte er den Kopf in den Sand gesteckt.

Er schloss die Tür zu dem großen, komfortabel eingerichteten Haus auf und zog seine Jacke aus. Dann machte er sich auf die Suche nach ihr. Sie saß im Wohnzimmer und blätterte gerade ein Buch mit Stoffmustern durch. Der Raum war erst vor zwei Jahren neu ausgestattet worden. Doch seine Frau hatte sich vor kurzem dazu entschlossen, eine Veränderung vorzunehmen – nach Matts Meinung eine völlig unnötige Ausgabe.

Für einen Moment blieb er in der Tür stehen und bewunderte wie immer ihre vollkommene weißblonde Schönheit. Kurz zögerte er und überlegte sich, ob es nicht doch besser wäre, nichts zu sagen – so zu tun, als hätte er das belastende Foto niemals gesehen, und mit seinem Leben fortzufahren wie bisher.

Doch als sie aufschaute und er die Verstimmung in ihren Augen sehen konnte, weil er früher als erwartet nach Hause gekommen war, verhärtete sich schlagartig sein Herz.

»Was tust du denn hier um diese Zeit?«, fragte sie mit kalter Stimme.

»Ich wollte selbst einmal sehen, was du so treibst, wenn ich nicht da bin.«

Sie hob fragend ihre fein geschwungenen Augenbrauen, erwiderte aber nichts.

»Es überrascht mich, dich vollständig angekleidet vorzufinden«, fuhr Matt fort.

»Wovon sprichst du? Ich war bereits angekleidet, als du heute Morgen das Haus verließest.« Sie warf ihm einen ihrer verächtlichen Blick zu, die er in letzter Zeit immer häufiger abbekam. Seine Anwesenheit schien ihr kaum mehr erträglich zu sein. Bisher hatte dieser Blick immer ein schlechtes Gewissen in ihm hervorgerufen, doch diesmal schürte er nur seine Wut und brachte ihn zum Brodeln.

Er schleuderte ihr mit solch einer Heftigkeit die Zeitschrift vor die Füße, dass sie zusammenzuckte.

»Hier bist du jedenfalls nicht angezogen!«, brüllte er. »Du betrügerische kleine Nutte! Wer hat dich so fotografiert? Hast du einen Liebhaber? Kenne ich ihn am Ende sogar?«

Zum ersten Mal seit langem sah seine Frau wirklich entsetzt drein. Langsam hob sie das Pornomagazin auf und schaute sich die Bilder an; vor Schreck wich ihr sämtliche Farbe aus dem Gesicht. Ihre Reaktion zeigte ihm eindeutig, dass sie tatsächlich nichts von der Veröffentlichung dieser Aufnahmen geahnt hatte. Sie räusperte sich, blickte Matt für einen Moment an und sah dann fort. Er ging durchs Zimmer auf sie zu und riss sie vom Sofa hoch.

»Wer ist es? Antworte mir endlich! Wer ist der Kerl?«

»Lass mich los«, zischte sie ihn an und befreite sich aus seinem Griff.

»Antworte mir!«, brüllte er und fasste wieder nach ihr.

»Also gut. Wenn du es schon wissen musst – es ist Alex«, fuhr sie ihn gehässig an und warf ihr platinblondes Haar zurück.

»Alex!«, wiederholte er verblüfft. »Dieser Junge? Er ist doch höchstens halb so alt wie du!«

Alex war Student und der Sohn von Bekannten. Letzten Sommer hatte er die Gartenarbeiten für Matt und seine Frau übernommen, als sich ihr Gärtner von einer Operation erholte.

»Er ist lediglich zehn Jahre jünger als ich«, erwiderte sie beleidigt und riss sich wieder los.

»Und du hast ihm erlaubt, diese Fotos von dir zu machen? Ist dir denn überhaupt nicht die Idee gekommen, dass er so etwas damit vorhaben könnte?«

»Selbstverständlich nicht. Er meinte nur, dass er sich mit den Bildern an mich erinnern wolle, wenn er wieder zurück an der Uni sei.«

Matt lachte höhnisch. »Und du hast ihm geglaubt? Dir ist doch sicher klar, dass er dafür sogar Geld bekommt! Zugegebenermaßen nicht besonders viel – vielleicht zwanzig Pfund pro Aufnahme. Ich hoffe nur, dass es sich für dich gelohnt hat. Denn jedes Mal, wenn du auf die Straße gehst, wirst du einem Mann begegnen, der dich mit gespreizten Beinen gesehen hat. Der Fensterputzer, der Metzger, der Innenarchitekt – jeder von ihnen könnte dieses ekelhafte Heftchen gekauft haben.«

Bleich und zitternd sank sie aufs Sofa zurück. Für eine Weile stand Matt nur da und starrte seine Frau an; dann verließ er das Wohnzimmer. Er ging nach oben, holte einen Koffer aus dem Schrank und stopfte seine Kleidung hinein. Ein leises Geräusch an der Tür ließ ihn innehalten und sich umdrehen.

»Was machst du da?«, fragte sie und klammerte sich an den Türrahmen.

»Ich packe meine Sachen. Heute Nacht bleibe ich in

einem Hotel und morgen fahre ich zur Hochzeit von Tess nach Yorkshire. Erinnerst du dich noch daran? Die Hochzeit, zu der wir nicht hin sollten, weil du keine Lust hattest, zwei Tage mit meinen alten Freunden aus Unizeiten zu verbringen. Ich bin am Sonntag zurück und erwarte, dass du bis dahin von hier verschwunden bist.«

»Ich soll von hier ausziehen? Mach dich doch nicht lächerlich. Du kannst ausziehen, wenn du das unbedingt für nötig hältst.«

»Warum, zum Teufel, sollte ich das? Wenn du nicht fort bist, bis ich wieder zurückkomme, höre ich sofort auf, die Hypothek zu bezahlen, und veranlasse die Bank, das Haus über deinen Kopf hinweg zu verkaufen. Wenn du allerdings ohne viel Aufhebens gehst, bin ich bereit, dich noch so lange zu unterstützen, bis du einen anderen Idioten gefunden hast, der dich aushält. Das wird bestimmt nicht lange dauern. Du könntest natürlich auch zu Alex nach Reading ziehen. Ich bezweifle allerdings, dass seine Unterkunft deinen Ansprüchen genügen wird.«

Sie schluchzte leise. Matt drehte ihr den Rücken zu und fuhr mit dem Packen fort.

»Du kannst alles behalten, was sich auf unserem gemeinsamen Konto befindet«, erklärte er. »Wenn du mir mitteilst, wo du lebst, werde ich dir Geld schicken, bis die Scheidung durch ist. Bemüh dich gar nicht erst darum, sie anzufechten. Ein Blick auf diese Fotos, und der Richter wird verstehen, was los ist.«

Er warf noch ein paar Dinge in den Koffer und schloss ihn dann. Ohne ihr einen letzten Blick zu gönnen, verließ er wortlos das Haus.

Leider hatte der Besuch im Kellergeschoss Dan nicht die erhoffte Wirkung gebracht. Um sechs Uhr abends hatte er noch keine einzige vernünftige Zeile zustande gebracht.

Auch fühlte er sich noch genauso geil und unbefriedigt wie zuvor.

Aus diesen Gründen befand er sich in keiner besonders guten Laune. Warum war es ihm einfach nicht möglich, etwas Lesenswertes aufs Papier zu kriegen? Jedes Mal, wenn er diese Erfahrung machen musste, fuhr er vor Frust fast aus der Haut.

Verstimmt schaute er nach, ob Flower inzwischen zurückgekehrt war. Aber wieder öffnete niemand die Tür. Als er noch einmal widerstrebend ins Kellergeschoss hinunterging, war auch da keiner zu Hause. Er entschloss sich also, doch seine Freundin anzurufen. Hoffentlich erwischte er sie noch, ehe sie die Kanzlei verließ.

Während er darauf wartete, zu ihr durchgestellt zu werden, malte er sich aus, wie sie am anderen Ende der Leitung saß. Bestimmt trug sie eines ihrer dunklen Kostüme und hatte die langen, schön geformten Beine übereinander geschlagen, während sich ihre vollen, festen Brüste gegen die gestärkte Bluse pressten. Allein der Gedanke an sie ließ ihn schon steif werden. Wie gern nahm er sie in ihrem Geschäftskostüm! Der strenge Schnitt bildete einen so reizvollen Kontrast zu den lasziven Rundungen ihres prachtvollen Körpers.

Allerdings hatte sie nach Dans Meinung einen großen Fehler – sie war ausgesprochen selbstsicher und wusste genau, was sie wollte.

»Hallo! Ich habe den ganzen Nachmittag an dich gedacht«, begrüßte er sie. »Ich weiß zwar, dass wir uns eigentlich nicht für heute Abend verabredet haben, aber ich würde dich trotzdem sehr gern sehen. Magst du nicht nach dem Büro auf einen Drink bei mir vorbeischauen?«

»Das geht leider nicht. Ich muss noch etwa zwei Stunden an einem Fall arbeiten, der morgen vor Gericht kommt, und danach habe ich mich zum Squashspielen verabredet.«

»Squash kannst du doch ein anderes Mal spielen. Ruf einfach an und sag ab.«

»Das kommt gar nicht infrage. Ich brauche den sportlichen Ausgleich, nachdem ich den ganzen Tag hier eingesperrt war.«

»Komm zu mir, und ich verspreche dir einen viel aufregenderen körperlichen Ausgleich als Squash«, lockte er sie. Seine Freundin war sehr durchtrainiert und hielt ihre atemberaubende Figur mit allen möglichen anstrengenden Sportarten in Form.

Sie lachte kurz. »Das kann bis morgen warten.«

Dan biss wütend die Zähne zusammen. Manchmal kostete sie ihm wirklich seinen letzten Nerv. Vor allem die Tatsache, dass sie im Bett Dinge mit ihren inneren Muskeln anzustellen vermochte, die ihm schier die Luft nahmen, fesselte ihn an sie. Er klammerte sich fester an den Hörer und versuchte ein weiteres Mal sein Glück. In seinen Schläfen hämmerte es geradezu schmerzhaft.

»Ich möchte dich aber heute Abend sehen. Weißt du was? Komm doch jetzt hierher und spiel danach Squash. Die Arbeit kann bestimmt noch ein bisschen warten.«

»Das bedeutet wohl, dass du dich geil fühlst und mich für einen Quickie brauchst«, folgerte sie messerscharf. »Das kann wirklich bis morgen warten. Da kannst du mich dann in ein schönes Restaurant führen, und anschließend verbringen wir den restlichen Abend im Bett.«

»Jetzt reicht es mir aber!«, explodierte Dan. Er war am Ende seiner Geduld. »Warum musst du immer so verdammt schwierig sein? Ich will nur, dass du für eine schnelle Nummer herkommst, ohne gleich ein Riesentheater daraus zu machen. Ist das wirklich zu viel verlangt? Muss ich dich wirklich *jedes Mal* zum Essen ausführen, um zwischen deine Beine zu dürfen? Ich habe gerade mit einem neuen Roman angefangen und habe, ehrlich gesagt, überhaupt keine Lust, einen weiteren

Abend in einem dieser überteuerten und völlig überschätzten Lokale zu verbringen – nur um ihn endlich mal wieder in dich reinschieben zu können. Hör verdammt noch mal auf, ständig die Zicke zu spielen, und komm sofort zu mir!«

Für eine Weile herrschte Schweigen am anderen Ende der Leitung. Schließlich sagte sie mit eisiger Stimme: »Adieu, Dan.«

Wutentbrannt schleuderte er das Telefon gegen die Wand, packte seine Jacke und stürmte aus der Wohnung. Er holte sein Auto aus der Garage und fuhr eine Zeit lang ziellos durch die Gegend, um sich erst einmal zu beruhigen.

Verdammt! Jetzt hatte er es sich wirklich mit ihr verdorben. Aber er war es Leid, jedes Mal vorher mit ihr auszugehen, wenn er sie in Wahrheit nur bumsen wollte. Wenn es kein Dinner war – für eine so schlanke Frau besaß sie einen erstaunlichen Appetit –, dann bestimmt eine langweilige Ausstellung oder irgendein anderer Mist, der ihn nicht die Bohne interessierte.

Es war vermutlich das Beste, dass es aus war. Nächste Woche stand ein Essen der Anwaltskammer auf dem Plan, wohin er sie hätte begleiten sollen – auch wenn er es überhaupt nicht vorgehabt hatte. Er hatte sich sogar überlegt, ob er nicht nach der Hochzeit von Tess einige Tage länger in Yorkshire bleiben sollte, um diesem öden Abend zu entkommen. Anfangs hatte er sogar geplant, seine Freundin mit auf die Hochzeit zu nehmen. Doch dann hatte er sich dagegen entschieden. Es würde bestimmt interessanter werden, wenn er allein käme und austesten könnte, welche seiner alter Freundinnen sich für ein kleines Zwischenspiel willig zeigen würde.

Vielleicht die rundliche, süße Zoe. Sie war stets jedem seiner Wünsche nachgekommen – ob sie das immer noch täte?

Oder möglicherweise sogar Tess selbst. Es würde zweifellos einen beachtlichen Reiz ausmachen, die Braut an ihrem Hochzeitstag zu vögeln. Noch dazu war sie im Bett wirklich gut.

Am besten fuhr er gleich morgen nach Yorkshire und nicht erst am Samstagvormittag, wie er das ursprünglich geplant hatte. Schließlich gab es nun nichts mehr, was ihn hier hielt.

Dan war ohne ein bestimmtes Ziel vor Augen durch den Eisregen gefahren, als er sich plötzlich in King's Cross wiederfand. Er hielt bei einer auf Rot geschalteten Ampel an. Ein Mädchen in einem kurzen, eng zusammen gebundenen Trenchcoat trat aus einem überdachten Hauseingang und beugte sich herab, um durch sein Autofenster zu schauen. Sie lächelte ihn einladend an.

Die Ampel schaltete auf Grün, und er fuhr weiter. Ihm wurde plötzlich bewusst, dass anscheinend sein Schwanz am Steuer gesessen hatte. Er hatte ihn genau in die richtige Gegend gebracht, wo er das bekam, was er jetzt brauchte – problemlosen Geschlechtsverkehr.

Dan fuhr einmal gemächlich um den Häuserblock und wog die Vor- und Nachteile einer Nutte ab. Es würde nicht das erste Mal sein, aber besonders häufig hatte er es auch noch nicht gemacht. Eigentlich ging es ihm gegen den Strich, für Sex zu bezahlen, aber manchmal bot sich eben keine andere Möglichkeit.

Auch wenn ihn die Frauen gewöhnlich anziehend fanden, schienen doch nicht viele seine Vorliebe für zwangloses Vögeln ohne Bindung zu teilen. Die meisten wollten auch eine *Beziehung*, wenn sie mit ihm ins Bett stiegen. Dan konnte zwar von Glück sprechen, dass gleich zwei Frauen im selben Gebäude wie er wohnten, die ihn hin und wieder bedienten. Aber trotzdem war es nicht genug, um ihn wirklich zufrieden zu stellen.

Er konnte natürlich auch versuchen, eine Frau in einer

Bar kennen zu lernen. Doch da bestand immer die Gefahr, dass sie nicht dasselbe wollte wie er.

Es war selbstverständlich ein gewisses Risiko, sich auf eine Professionelle einzulassen, was allerdings auch die Verlockung größer machte. Schließlich hatte er nichts zu verlieren – er arbeitete freiberuflich und somit konnte es ihn nicht seinen Job kosten.

Dan begutachtete die Mädchen, die sich an den Hauseingängen herumtrieben oder an die Mauern gelehnt dastanden und warteten. Wie schafften sie es nur, zu dieser Jahreszeit auf der Straße zu sein? Es war eine bitterkalte Januarnacht, und die meisten von ihnen hatten knappe Miniröcke an. Im Gegensatz zu anderen Leuten, die im Winter im Freien zu arbeiten hatten, konnten die Huren auch schlecht warme Unterwäsche tragen.

Für eine Weile fuhr er in gewöhnlichem Tempo durch die Gegend, bis er eine fand, die ihm gefiel. Ja, sie war die Richtige. Jung – aber nicht so jung, um Angst haben zu müssen, dass sie noch minderjährig war. Sie war schlank mit langen Beinen in absurd hohen Lackstiefeln und schien unter der Lederjacke zwei pralle Brüste zu verbergen.

Er drückte auf einen Knopf, und das Fenster neben dem Beifahrersitz glitt nach unten. Ein eisiger Windstoß fuhr ins warme Innere des Autos.

»Suchst du was Bestimmtes?«, fragte die Hure hoffnungsvoll. Sie hatte die Augen stark mit einem schwarzen Kajalstift umrandet und feuchte Haarsträhnen hingen ihr in das ovale Gesicht.

»Für normalen Sex – wie viel?«, fragte er.

»Fünfzig, und du musst einen Gummi tragen.«

»Steig ein«, forderte er sie auf.

Eine Wolke billigen Parfüms umhüllte sie, und Dan holte erst mal tief Luft. Plötzlich war er wieder besserer Laune.

»Willst du schon mal mit der Hand anfangen, während ich einen Parkplatz suche?«, fragte er und fuhr los. Er wollte nicht noch länger Zeit verschwenden.

Gehorsam öffnete sie seinen Hosenschlitz. Als ihre eiskalten Finger sein halb steifes Glied berührten, zuckte er erschrocken zusammen.

»Deine Hände sind ja fast gefroren! Wärm sie erst mal an.« Er drehte die Heizung höher und schaltete den Ventilator an. »Halt sie am besten hier davor.«

Die Hure tat wie ihr geheißen. Im warmen Luftstrahl drehte sie die Hände mehrmals hin und her und rieb sie dann aneinander.

»Du kannst da die Straße runterfahren«, schlug sie vor und zeigte auf die nächste Ecke. »Dort ist ein altes Lagerhaus, hinter dem du parken kannst.« Er folgte ihrem Ratschlag, hielt an und verriegelte dann automatisch die Türen. Schließlich wollte er nicht plötzlich überfallen werden.

Dan drehte sich dem Mädchen neben ihm zu und öffnete die Lederjacke. Unter einem dünnen Pullover waren ihre vollen Brüste zu sehen, deren Spitzen wie zwei Kirschen aussahen. Er zog den Pulli bis zu ihrem Schlüsselbein hoch und nahm dann die schweren Halbkugeln in die Hände. Sofort erwachte sein Schwanz zum Leben, während er mit den Brüsten spielte.

Sie glitt mit der Hand in seine Hose und drückte sein Glied.

»Du hast aber einen großen«, flüsterte sie. Dan war sich sicher, dass sie das jedem ihrer Kunden sagte, aber dennoch zuckte sein Schwanz erregt. Er beugte den Kopf herunter, nahm eine der angeschwollenen Brustwarzen in den Mund und begann zu saugen. Seine Hand schob er währenddessen unter ihren kurzen Rock, wo er sogleich ihr Spitzenunterhöschen entdeckte.

»Wie willst du es?«, fragte sie ihn, als er wieder auftauchte, um Luft zu holen. Sie rieb ihn die ganze Zeit über bereits sehr heftig, wohl um ihn anzufeuern und das Geschäft so rasch wie möglich über die Bühne zu bringen.

»Du sollst mich reiten. Zieh das aus«, befahl er ihr und zog am Höschen.

»Nicht nötig. Es hat einen Schlitz.«

»Dann mach mir mal Platz.«

Sie drückte sich gegen die Wagentür, während er auf den Beifahrersitz kletterte. Sein Schwanz war steif und aktionsbereit. Mit einer flinken Bewegung kletterte sie auf ihn, und er schob ihren Rock hoch. Nun konnte er den winzigen lila Slip und den farblich dazu passenden Hüftgürtel gut sehen.

Umständlich fummelte sie mit einem Kondom herum, das sie ihm nach einer Weile erfolgreich über den Penis streifte. Die stickige Luft im Auto war von dem durchdringenden Geruch des Gummis und ihrem billigen Parfüm erfüllt.

Die Hure fasste nach seinem Schwanz und hielt ihn gegen den Schlitz in ihrem Unterhöschen. Langsam ließ sie sich auf ihn nieder. Unversehens rutschte sie jedoch mit dem rechten Knie aus und verlor das Gleichgewicht, sodass sie plötzlich auf ihm zu sitzen kam und sich sein pulsierender Schaft mit einen Schlag in ihrer Möse befand. Er stöhnte lustvoll auf.

Während sie auf ihm ritt, spielte er mit ihren auf und ab springenden Brüsten. Es gefiel ihm, dass sie die ganze Arbeit leistete; schließlich bezahlte er ja dafür. Er leckte wieder ihre Brustspitzen und kreiste mit der Zunge um die harten Knöpfe. Genüsslich bedeckte er sie mit seinem Speichel, bis sie im Licht einer in der Nähe befindlichen Straßenlaterne feucht schimmerten.

Für einen Moment fragte er sich, wie lange sie wohl schon im Geschäft war. Ihre Bewegungen waren nicht sehr regelmäßig und wirkten unerfahren; doch das ganze Zusammentreffen mit ihr war für ihn so erregend und lustvoll, dass es ihm eigentlich gleich war.

Sie hatte wirklich fantastische Brüste. Dan vergrub sein Gesicht dazwischen und griff nach ihrem Hintern. Er wanderte mit den Händen unter den Slip und streichelte die zarte Haut ihrer Pobacken. Als er den engen Ring ihres Afters fand, kreiste er mit dem Daumen darüber.

Das Mädchen wand sich ungeschickt auf und ab. Sein Schwanz war tief in ihr versunken, und endlich spürte er, dass er fast wieder so weit war. Als er unaufhaltsam dem Höhepunkt zusteuerte, packte er sie fest an der Taille und durchbohrte sie ein letztes Mal mit größter Heftigkeit. Seine Hüften pressten sich den ihren entgegen, und sein Schwanz versank tief in ihren engen kleinen Honigtopf.

Er ächzte, als er seine Ladung verschoss, und genoss dabei jeden Augenblick dieser billigen Nummer.

»Okay?«, fragte sie gelassen. Sie zog sich mit einem leisen Schmatzgeräusch von ihm zurück, nahm sein Kondom von seinem Penis und begann ihre Kleider zu richten. Dan kletterte auf seinen Sitz zurück und schloss den Hosenschlitz. Dann holte er ein paar Scheine aus der Tasche und gab ihr das Verlangte. Gierig nahm sie es, zählte nach und steckte das Geld in ihre Handtasche.

»Soll ich dich dort hinauslassen, wo ich dich abgeholt habe?«

»Ja, danke.«

Als sie aus dem Wagen stieg, konnte er es sich nicht verkneifen, ihr noch einmal unter den Rock zu fassen. Ihr Höschen fühlte sich nass und ihr Schamhaar feucht und drahtig an. Für einen Augenblick überlegte er sich, ob er sie für die Nacht mitnehmen und all die obszönen Dinge ausleben sollte, die er sich jemals ausgemalt oder in seinen Romanen beschrieben hatte. Doch er entschied sich dagegen. Es würde ihn ein Vermögen kosten, und außerdem war er sich sicher, dass seine kreativen Säfte wieder ins Fließen gekommen waren.

»Mach's gut«, rief er ihr hinterher und fuhr in die eiskalte Nacht davon.

2. *Kapitel*

Chloe entschloss sich, den Intercity nach Leeds und von dort ein Taxi ins Hotel zu nehmen. Die Reise würde sie zwar einiges kosten – vor allem, da es vom Bahnhof bis zum Hotel über dreißig Meilen waren. Doch die Vorstellung, bei diesem Wetter den ganzen Weg nach Yorkshire allein mit dem Auto zurücklegen zu müssen, war einfach zu unangenehm.

Natürlich könnte sie in Leeds auch in einen anderen Zug umsteigen, da sich das Hotel bestimmt in der Nähe einer kleinen Station befand. Aber diese Art von Zügen hatte keine Abteile erster Klasse – und zweiter Klasse zu fahren kam für sie überhaupt nicht infrage.

Schließlich war sie ein Star.

Erhobenen Hauptes stieg sie in den Zug, während ein Gepäckträger ihr mit den teuren Koffern folgte. Gemächlich schritt sie durch den Wagen erster Klasse; ihr edler Pelzmantel hing ihr locker über den Schultern, und ihr dunkles, duftendes Haar umrahmte ihr Gesicht. Als sie den für sie reservierten Platz fand, ließ sie sich mit einer eleganten Bewegung darauf sinken, wobei sie sich deutlich bewusst war, dass die Blicke der anderen Passagiere ihr interessiert folgten.

Während sie an einem Glas Weißwein nippte und die Speisekarte des Zugrestaurants betrachtete, fragte sie sich, was Tess wohl dazu gebracht hatte, gerade im Januar zu heiraten. Noch dazu in Yorkshire! Wenn es bereits in London so kalt war, welch arktischen Kältegrade würde man erst dort aushalten müssen!

Bestimmt würde es ein merkwürdiges Erlebnis sein, nach über fünfzehn Jahren ihre alten Freunde aus Universitätszeiten wieder zu sehen. Es war allein der hartnäckig treuen Zoe zu verdanken, dass sie überhaupt wusste, was die anderen in der Zwischenzeit so getrieben hatten. Zoe war es auch gewesen, die Tess dazu überredet hatte, ihre Hochzeit zum Anlass zu nehmen, ein Treffen der Freunde zu veranstalten. Sie hatte ihr auch die ganzen Adressen zukommen lassen.

Als Chloe die Einladung erhalten hatte, war ihre erste Reaktion völlig ablehnend gewesen. Fast hätte sie den Brief schon in den Papierkorb geworfen, als ihr eingefallen war, welch eine gute Gelegenheit ihr ein solches Treffen bieten würde. Sie konnte niemals widerstehen, sich in Szene zu setzen. Von ihren Freunden war sie bestimmt die erfolgreichste, und so würde sie ihnen allen die Show stehlen. Wer sonst war es schon wert, dass man sich nach ihm umdrehte?

Bestimmt nicht Tess, die beruflich irgendetwas so Todlangweiliges machte, dass Chloe es gleich wieder vergessen hatte. War sie nicht Verwaltungsbeamtin? Oder in der Buchhaltung? Sie wusste es nicht, auch wenn Zoe es ihr oft genug in ihren Briefen mitgeteilt hatte – Briefe, auf die sie grundsätzlich nicht antwortete.

Dann gab es noch Matt, der irgendein mäßig erfolgreiches Tonstudio hatte. So viel wusste sie. Aber was hieß das schon?

Und Dan. Er war irgendein Schriftsteller. Pornografische Romane oder so etwas. Das passte ausgezeichnet zu ihm. An der Uni war er sexuell bereits sehr aktiv gewesen. Die Mädchen hatten Schlange gestanden, um von ihm gevögelt zu werden, weil er der Star des Debattierklubs und der Herausgeber der Studentenzeitung gewesen war.

Wenn er zum Fernsehen oder etwas Ähnlichem gegangen wäre, dann hätte es sich für Chloe gelohnt, in Kontakt mit ihm zu bleiben. Das Einzige, das für ihn sprach, war die Tatsache, dass er zweifelsohne recht wohlhabend war. Seine Romane schienen sich zu verkaufen.

Dann gab es noch Zoe. Die lächerliche, stets bemühte Zoe, die jetzt in irgendeiner schrecklichen Ganztagsschule in Manchester als Lehrerin arbeitete. Sie war die Einzige aus ihrem Freundeskreis, die dort geblieben war, nachdem sie alle ihren Abschluss gemacht hatten. Hoffentlich besaß sie wenigstens Takt genug, die anderen nicht mit ihrem öden kleinen Leben zu langweilen und sich angemessen für Chloes Karriere zu interessieren.

Ein Mann mittleren Alters in einem teuren Kaschmirmantel blieb neben ihr stehen, blickte auf seinen Fahrschein und verglich dann die Platznummer des Sitzes ihr gegenüber. Er sah so aus, als ob er sein Glück nicht fassen konnte.

Gut. Dann sollte er wenigstens ihr Mittagessen bezahlen. Chloe hielt nichts davon, selbst die Rechnung zu übernehmen, wenn irgendwo ein Mann in der Nähe war, der das für sie erledigen konnte.

Sie spürte, wie seine Augen sie förmlich verschlangen. Als sie aufsah, stellte sie fest, dass sein Blick auf ihr milchweißes Dekolleté gerichtet war, das sich im Ausschnitt des weinroten Kaschmirpullovers zeigte. Sie trug einen Gürtel um die schmale Taille, um ihre auffallend weibliche Figur zu unterstreichen. Der Mann lief rot an, als er bemerkte, dass sie ihn beobachtete, und kramte dann eifrig in seinem Aktenkoffer.

Als der Steward kam, um zu fragen, ob er etwas trinken wolle, bestellte er einen Gin und Tonic. Dann räusperte er sich höflich und fragte Chloe, ob er sie zu etwas einladen dürfe.

Sie nahm liebenswürdig an und war ganz und gar nicht überrascht, als er sagte: »Verzeihen Sie, aber sind Sie nicht …«

Bescheiden gab sie zu, dass sie tatsächlich die berühmte Schauspielerin sei, und fuhr dann fort, ihn das ganze Mittagessen über aus der Fassung zu bringen. Chloe liebte es, ihrer eigenen Stimme zuzuhören. Nachdem sie ihm gestattet hatte, ihre Darstellung der Lady Macbeth, die er im National Theatre gesehen hatte, in den Himmel zu loben, unterbrach sie ihn danach jedes Mal rücksichtslos, wenn er etwas zu sagen versuchte. Sobald er das gemeinsam eingenommene Essen bezahlt hatte, schloss sie ihre dunkelblauen Augen und gab vor zu schlafen.

Er hatte seinen Zweck erfüllt.

Sie verbrachte die Zeit damit, vor ihrem geistigen Auge noch einmal die vergangene Nacht durchzuleben, die sie mit dem Erben eines Tiefkühlkost-Imperiums verbracht hatte. Der junge Mann hatte ausgesprochen merkwürdige sexuelle Vorlieben gezeigt.

Aber Chloe schockierte fast nichts, und es fiel ihr auch nicht schwer, nein zu sagen, wenn es etwas gab, das sie nicht tun wollte. Als zwei weitere Freunde des Burschen aufgetaucht waren und die ganze Angelegenheit selbst für Chloe zu heiß geworden war, hatte sie sich einfach geweigert mitzumachen und stattdessen fasziniert als Zuschauerin daneben gesessen.

Es war eine ziemlich wilde Nacht gewesen.

Bei der Erinnerung daran presste sie die Schenkel zusammen und spürte, wie sich ein warmer Saft in ihrer Vulva zu sammeln begann. Sie glaubte zwar nicht, dass sie den Erben jemals wieder sehen würde, aber es war dennoch eine sehr aufregende Erfahrung gewesen.

Das Pochen in ihrer Klitoris wurde allmählich zu viel für sie. Für einen Moment überlegte sie, ob sie sich in die Toilette des Zuges zurückziehen sollte, um dort zu masturbieren. Doch allein die Vorstellung war ihr bereits zu anstrengend, und so blieb sie sitzen und zog stattdessen den Mantel enger um sich. Auf diese Weise wirkte es so, als ob sie frieren würde, während sie unbemerkt die Hand unter ihren Rock schieben konnte.

Vorsichtig strich sie über ihre Klitoris, die unter ihrem Satinhöschen pulsierte, und genoss die wunderbaren Empfindungen, die ihre eigenen Berührungen bei ihr auslösten. Sie warf einen schnellen Blick auf den Mann ihr gegenüber und fragte sich, wie er wohl reagieren würde, wenn er wüsste, was sie gerade trieb.

Er hatte ein unauffällig attraktives Gesicht. Vielleicht hätte sie sich neben ihn setzen sollen und ihm gestatten, es für sie zu tun. Sie spürte, wie ihre hohen Wangen erröteten, als sie zum Höhepunkt kam. Beinahe wäre es ihr nicht gelungen, den Schrei der Lust zu unterdrücken; sie schaffte es gerade noch, ihn in ein gekünsteltes Hüsteln zu verwandeln.

Als sie auf Leeds zufuhren, fiel ihr plötzlich ein, dass sie sich vielleicht die Taxikosten ins Hotel sparen konnte. Möglicherweise würde ihr Reisegefährte so freundlich sein und sie mit dem Auto dorthin bringen. Wie hieß er noch gleich? Robert? Nein, Roger. Sie öffnete blinzelnd die Augen, reckte sich wie eine Katze und sah ihn dann verführerisch an.

»Leben Sie in Yorkshire, Roger?«, fragte sie mit unschuldiger Stimme.

Zoe beendete gerade die letzte Korrektur. Sie schob den Stapel Schulhefte beiseite und warf einen Blick auf ihre Armbanduhr. Gut. Es blieb ihr gerade noch genug Zeit, einen Kaffee zu trinken, ehe sie wieder in den Unterricht musste.

Eine ihrer Kolleginnen setzte sich auf den Stuhl neben ihr. Das Lehrerzimmer war augenblicklich sehr voll.

»Wie konnte ich jemals glauben, dass Unterrichten leicht sein würde?«, klagte die Frau. »Der Gedanke an die wenigen Arbeitsstunden und die langen Ferien hat mich verführt. Was für ein schrecklicher Irrtum!«

Zoe lächelte automatisch, während sie innerlich stöhnte. Wenn sie ihrer Kollegin erlaubte, ihre so häufig vorgebrachte Klagelitanei aufzusagen, würde sie niemals zu ihrem Kaffee kommen.

»Du fährst also dieses Wochenende zu einer schicken Hochzeit«, fuhr die Frau fort und wechselte so zum Glück das Thema. »Hat Harold inzwischen seine Meinung geändert und kommt doch mit?«

»Noch nicht.« In Wahrheit hatte Zoes Ehemann Harold schlichtweg abgelehnt, an der Feier teilzunehmen. Noch schlimmer war jedoch seine Weigerung, Zoe allein dorthin fahren zu lassen.

Aber schließlich hatte sie ihre alten Freunde seit Jahren nicht mehr gesehen. Es wäre so interessant, von jedem zu erfahren, was er jetzt tat und wie es ihm im Leben ergangen war. Würde Harold ihre alten Kumpane aus Unizeiten tatsächlich kennen lernen, verstünde er bestimmt, wie anregend sie als Menschen sein konnten. Für Zoe waren es die schönsten drei Jahre ihres Lebens gewesen, als sie gemeinsam in einem heruntergekommenen Haus in Fallowfield gewohnt hatten.

Und sie würde Dan wieder sehen.

Natürlich war sie in ihrem jetzigen Leben durchaus glücklich – zumindest nahm sie das an, da sie bereits seit zwölf Jahren mit Harold verheiratet war. Aber in ihrem Alltag gab es nicht viel Aufregung. Jedenfalls bei weitem nicht so viel, wie es das früher gegeben hatte.

Harold traf sich nicht gern mit anderen Leuten. Da er es nicht mochte, dass Zoe ohne ihn ausging, bedeutete das für sie, dass sich ihre einzigen Kontakte auf die Schule beschränkten.

Heimlich hatte sie sich für die Hochzeit ein neues Kleid gekauft und es in der hintersten Ecke ihres

Schranks versteckt. Außerdem hatte sie das Hotel angerufen und für Samstagabend ein Doppelzimmer gebucht. Wie herrlich wäre es, einmal gemeinsam eine Nacht in einem Hotel zu verbringen! Harold fuhr leider auch nicht gern in die Ferien, weshalb sie eigentlich meist zu Hause blieben. Sollte es ihr tatsächlich gelingen, ihn dazu zu überreden, die Hochzeitseinladung von Tess anzunehmen, würde er wahrscheinlich gleich nach den Feierlichkeiten wieder nach Manchester zurückkehren wollen.

Aber für sie würde es doch ein so großes Vergnügen bedeuten!

Wenn sie heute Abend nach Hause käme, wollte sie ein letztes Mal versuchen, ihn doch noch zu überreden.

Als Matt die Autobahn entlangfuhr, verwandelte sich der Graupelregen allmählich in Schnee. Nördlich von Birmingham blieb er bereits liegen.

Er fühlte sich noch immer nicht allzu gut. Der Schock, seine Frau mit gespreizten Beinen in einem Pornoheft zu entdecken, hatte ihn arg mitgenommen. Er hatte nie verstanden, weshalb sein Geschäftspartner diese Zeitschriften überhaupt kaufte. Er besaß sicherlich Hunderte davon, die alle in einem Schrank in seinem Büro aufbewahrt wurden, weil sich seine Frau weigerte, sie zu Hause herumliegen zu sehen.

Matt war an diesem Tag nicht ins Studio gefahren. Es wäre ihm unmöglich gewesen, seinem Partner oder irgendjemand anderem ins Gesicht zu schauen. Deshalb hatte er am Morgen angerufen und mitgeteilt, dass er erst am Montag wiederkommen würde.

Inzwischen war Nachmittag. Er sollte eigentlich rechtzeitig in Yorkshire ankommen, um dort im Hotel eine lange heiße Dusche nehmen und ein Nickerchen machen zu können. Die Nacht zuvor hatte er kaum ein Auge zugetan. Pausenlos hatte er an seine Frau denken müssen. Und jetzt schlief er beinahe am Lenkrad ein.

Er riss den Kopf hoch und fuhr sich mit der Hand durch das dunkle gelockte Haar. Dort vorn kam eine Raststätte in Sicht, wo er anhalten und einen Kaffee trinken wollte. Schließlich durfte er zu allem Überfluss nicht auch noch am Steuer einschlafen.

Nach einer Tasse Espresso fühlte er sich besser. Er fuhr gerade die Autobahnauffahrt entlang, als er das Mädchen sah.

Wie konnte sie nur so töricht sein, allein per Anhalter fahren zu wollen? Jedermann wusste, wie riskant das für Frauen war. Am besten nahm er sie mit, ehe es ein anderer tat und sie ernsthaft in Gefahr geriet. Außerdem würde es angenehm sein, mit jemandem reden zu können. Er hielt also an.

»Wohin wollen Sie?«, fragte er, als er die Beifahrertür geöffnet hatte.

»Nach Leeds.«

»Steigen Sie ein.«

Sie war vermutlich nicht viel älter als achtzehn und sah umwerfend hübsch aus. Ihr zurückgekämmtes blondes Haar umrahmte ein wunderbar sinnliches Gesicht mit einer schmalen Nase und einem großen Mund mit vollen Lippen.

Sie trug Jeans und eine weite marineblaue Jacke, die sie nun auszog und auf den Rücksitz warf. Darunter hatte sie ein Jeanshemd an, das sich wie eine zweite Haut um ihre Brüste legte.

»Studieren Sie?«, fragte Matt.

»Ja, an der *Metropolitan University*.«

Sie musste die frühere TU meinen. Er war des Öfteren dort gewesen, um sich irgendwelche Konzerte anzuhören, als er noch an der Uni in Manchester studiert hatte.

»Und was studieren Sie?«

»Kunstgeschichte.«

»Ich weiß zwar, dass es mich eigentlich nichts angeht – aber ist es nicht ziemlich gefährlich, als Frau allein per Anhalter zu fahren?«

»Vermutlich. Ich bin gemeinsam mit einem Mädchen nach London gefahren, um mir dort eine Ausstellung anzusehen. Sie bleibt übers Wochenende, aber ich muss leider wieder zurück. Da blieb mir nichts anderes übrig.«

»Gibt es denn keinen Linienbus, der diese Strecke fährt?«

»Klar gibt es den. Aber selbst eine Busfahrt kostet Geld, das ich nicht habe. Am Wochenende arbeite ich in einer Frittenbude, und wenn ich da heute nicht auftauche, verliere ich den Job.«

Matt war froh, dass er das Mädchen mitgenommen hatte. Sie entpuppte sich als angenehme Gesellschaft und hielt ihn davon ab, weiterhin seinen trüben Gedanken nachzuhängen. Leider hieß das aber nicht, dass er nicht darüber sprechen wollte. Als sie ihn fragte, ob er verheiratet sei, erzählte er ihr, ohne nachzudenken, von dem gestrigen Debakel.

»Wie furchtbar!«, erwiderte sie. »Das muss Sie aber sehr getroffen haben.«

Getroffen war noch viel zu harmlos, um zu beschreiben, wie es in ihm aussah. Aber wenigstens würde ihn das Treffen mit seinen alten Freunden für ein paar Tage ablenken.

Vor allem, wenn Chloe kam.

Allerdings war sie inzwischen ein Star geworden und würde es vermutlich als unter ihrer Würde betrachten, ihr Wochenende mit den Mitbewohnern aus Unizeiten zu verbringen. Sie hatte nun sicher genug neue Freunde, die ihrem glamourösen Leben mehr entsprachen.

Als sie die Vororte von Leeds erreichten, gab ihm das

Mädchen Anweisung, wohin er sie bringen sollte. Als sie schließlich vor einem viktorianischen Reihenhaus anhielten, wurde es bereits dunkel.

»Möchten Sie noch auf einen Kaffee hereinkommen?«, fragte sie freundlich.

»Gern.«

Sie führte ihn eine düstere, schmale Treppe hoch und sperrte dann die Tür zu ihrem Zimmer auf. Das ganze Haus roch nach Feuchtigkeit und nach klammer Kälte. Sie entzündete einen kleinen Gasofen, während Matt sich im Raum umschaute.

Hatte er jemals selbst in einem so fürchterlichen Zimmer gehaust? Sie hatte die Wände mit Postern bedeckt, um die abblätternde Tapete zu verbergen; auf das durchgesessene Sofa hatte sie einen bunten Überwurf gelegt, um etwas Farbe hereinzubringen. Doch nichts konnte den modrigen Geruch des Hauses mit den schimmelnden Teppichen, dem uralten Staub und der fehlenden Zentralheizung überdecken.

Wenn er es sich allerdings genau überlegte, so erinnerte ihn das Ganze doch ein wenig an das Haus in Fallowfield, das er mit den anderen geteilt hatte.

Dort musste es genauso kalt gewesen sein, aber es war ihm damals gar nicht aufgefallen. Die Jahre des Wohlstands hatten ihn verwöhnt und verweichlicht.

Das Mädchen zündete einen Ring am Gaskocher an, der in einer Ecke stand. Plötzlich ging das Gas jedoch aus und auch der Ofen gab seinen Geist auf.

»Ich muss wieder Geld in den Zähler werfen«, erklärte sie und suchte in ihren Taschen nach Münzen.

»Was nimmt er denn?«

»Nur Pfundmünzen.«

Zum Glück fand Matt einige davon in seinem Geldbeutel und steckte sie in den Schlitz am Zähler. Kurz darauf kam das Gas wieder. Sie machte Kaffee und setzte sich dann mit angezogenen Beinen aufs Sofa. Ihre blaue feuchte Jacke trug sie noch immer.

»Um wie viel Uhr fangen Sie zu arbeiten an?«, wollte Matt wissen.

»Um sieben.«

»Bekommen Sie dort etwas zu essen?«

»Ja, aber nicht vor zehn.«

»Soll ich uns schnell etwas holen? Bis zehn Uhr ist es noch lange hin.«

Plötzlich lächelte sie ihn an und zeigte dabei kleine, sehr weiße Zähne.

»Noch nicht. Kommen Sie doch zu mir und setzen Sie sich.«

Er folgte ihrer Bitte und ließ sich auf dem unebenen Sofa nieder. Wie sehr aber überraschte es ihn, als sie sich sogleich an ihn lehnte und ihn küsste! Wie von selbst nahm er sie in die Arme und erwiderte ihren Kuss. Sie glitt mit der Zunge in seinen Mund, und er spürte, wie ihre Hand federleicht über seine Lenden strich. Dann umschloss sie vorsichtig seinen sofort steif werdenden Schwanz.

»Möchtest du, dass wir uns lieben?«, fragte sie leise.

Ob er das wollte?

Ja, und wie er das wollte!

Wenige Augenblicke später rissen sie sich bereits gegenseitig die Kleider vom Leib und schlüpften dann zitternd unter die feuchten Decken. Matt konnte kaum fassen, wie ihm geschah. Aber er wollte bestimmt keine Zeit damit verschwenden, lange über sein Glück nachzudenken.

Nach Jahren der mehr oder weniger starken Zurückweisungen, die er seitens seiner Frau hatte erleben müssen, erschienen ihm die begierigen Reaktionen des Mädchens wie ein Geschenk des Himmels. Wenn er sie berührte, schnurrte sie geradezu wie eine Katze. Ihre festen jungen Brüste drängten sich auffordernd gegen ihn, als er sie streichelte, und sie öffnete bereitwillig die Beine, als er sein Knie sanft dazwischen schob.

Er redete sich zu, sich Zeit zu nehmen und es für das Mädchen zu einem wirklichen Vergnügen zu machen. Doch es fiel ihm nicht leicht, sich nicht sogleich mit voller Lust auf sie zu stürzen. Er wollte sich in ihr vergraben, sich in ihrem jungen, weichen Körper verlieren. Er wollte sie besinnungslos vögeln, bis er sich in einem Zustand der Ekstase befand, in dem seine Frau nicht mehr existierte – und auch noch nie existiert hatte.

Aber er zwang sich dazu, sie zu küssen und zu liebkosen, bis sie vor Erregung bebte. Erst dann kniete er sich über sie und führte die Spitze seines Glieds an den verborgenen Eingang ihrer Liebesgrotte.

Ihr Schamhaar war lang und seidig. Matt musste es mit den Fingern teilen. Als er eine Weile mit dem Zeigefinger über ihre Klitoris gestrichen hatte, stöhnte sie heftig. »Nimm mich! Nimm mich jetzt!«

Er drang in sie ein, und sofort verwandelte sich das schnurrende Kätzchen in eine wilde Raubkatze. Sie schlang ihre langen Beine um seine Taille und kratzte ihm mit den Nägeln über den Rücken. Dabei wand und schlängelte sie sich mit einer solchen Heftigkeit unter ihm, dass er beinahe befürchtete, abgeworfen zu werden.

Doch das hieß keineswegs, dass sie aufhören wollte. Als er für einen Moment mit seinen fieberhaften Stößen innehielt, fasste sie ihn entschlossen an den Hinterbacken und stöhnte. »Hör nicht auf! Nicht jetzt!« Matt verdoppelte seine Anstrengungen und pumpte wie ein Besessener in sie. Jedes Mal, wenn sie ihm ihre Hüften entgegen presste, fuhr er mit wilder Lust in sie hinein, bis sie wie ein einziger Körper vereint waren.

Er kam mit einem so großen Gefühl der Erleichterung, dass er sich wie ein Bogen über ihr aufbäumte, um schließlich erschöpft neben ihr zusammenzubrechen. Keuchend lag er da, und sogleich schmiegte sich das Mädchen an ihn, strich ihm durch das feuchte Haar und legte eine Hand auf seine Brust.

Seine Frau hatte sich gewöhnlich immer sofort abgewandt und war aufgestanden, wenn er fertig gewesen war. Sie war unter die Dusche gegangen, als hätte sie sich so schnell wie möglich von seinen Säften reinigen müssen.

Das Mädchen und er waren nun beide erhitzt und schweißüberströmt, obwohl es im Zimmer noch immer nicht wärmer geworden war. Dennoch zog Matt die Decke über sie.

»*Jetzt* habe ich Hunger«, sagte sie.

»Soll ich uns von irgendwoher etwas holen?«

»Noch nicht gleich. Bleib noch ein Weilchen bei mir.«

Sein schlaff gewordenes Glied war inzwischen aus ihr herausgerutscht. Er spürte, wie sie es in die Hand nahm und sanft und langsam streichelte.

Allmählich wurde Matts Schwanz wieder steif.

Sie glitt unter die Decke. Er stöhnte vor Lust und neu erwachtem Verlangen, als er spürte, wie sich ihre Lippen seiner Eichel näherten und sie zu küssen anfingen. Nach einer halben Ewigkeit nahm sie endlich seinen Schwanz in den Mund und begann zu lecken.

Er vermochte kaum zu glauben, mit welcher Heftigkeit sie ihn mit ihren vollen Lippen aufsaugte. Sie nahm ihn fast bis zu seinen Eiern in sich auf und lutschte ihn, als wollte sie ihm auch noch den letzten Tropfen seines Safts entziehen.

Matt erinnerte sich nicht mehr daran, wann er seinen Schwanz das letzte Mal im Mund einer Frau gehabt hatte. Es fühlte sich besser an als alles andere, was er jemals erlebt hatte.

Als er von neuem eisenhart geworden war, tauchte sie wieder unter der Decke auf, kniete sich über ihn und glitt langsam auf seinen feucht schimmernden Penis. Ganz allmählich und dann immer schneller ritt sie ihn. Ihre hohen, spitzen Brüste mit den zusammengezogenen rosa Spitzen wippten fröhlich über ihm auf und ab, sodass er sich für einen Moment wahrhaftig im Himmel fühlte.

Sie kam vor ihm und drückte ihn dabei stark mit ihrer Möse und den Schenkeln, während sie den Kopf zurückwarf und ein raues Stöhnen von sich gab.

Er versuchte sich zu zügeln, da er noch nicht wollte, dass es vorbei war. Aber er konnte nicht mehr an sich halten und ergoss sich ein zweites Mal mit größter Heftigkeit.

»Nicht übel für einen alten Mann«, spottete sie nach einer Weile freundschaftlich.

»Ich bin erst sechsunddreißig«, protestierte er.

»Keine Sorge – ich mag Männer, die älter sind als ich«, erwiderte sie und nahm ihre Uhr vom Nachttischchen. »Ich muss mich jetzt schnell baden. Willst du auch in die Wanne? Ich muss dich allerdings warnen: Das Badezimmer ist eiskalt, weil die Hälfte des Fensters fehlt.«

Matt hätte sich tatsächlich gern gewaschen. Aber die Vorstellung, jetzt in eine schmutzige alte Wanne zu steigen, wo ihm das Wasser nur bis zu den Knöcheln ging, war nicht sehr verlockend. Er konnte warten, bis er im Hotel war.

»Bade du dich nur. Ich mache es später.«

Sie zog einen abgetragenen Morgenmantel über und verließ das Zimmer. Als sie zehn Minuten später zitternd wiederkam, hatte er sich bereits angezogen und stand vor dem Gasofen. Wie konnte sie ein so schäbiges Leben nur ertragen? Es war wirklich bedrückend.

»Ich hole jetzt das Essen«, schlug Matt vor. »Es sei denn, du gehst lieber aus.«

Sie warf noch einmal einen Blick auf die Uhr.

»Wenn du nichts dagegen hast, könnten wir auch nach Leeds hineinfahren. Ganz in der Nähe der Frittenbude, wo ich arbeite, gibt es ein Pastarestaurant. Das wäre mal etwas anderes.«

»Dann essen wir also Pasta.«

Es war zehn nach sechs, als sie sich an einen Tisch im Restaurant setzten. Das Lokal befand sich einem Kaufhaus gegenüber, und Matt hatte plötzlich eine Idee.

»Bestell, was du willst, und nimm dasselbe für mich«, sagte er zu dem Mädchen. »Mir ist gerade eingefallen, dass ich noch etwas kaufen muss.«

Als er zehn Minuten später zurückkehrte, sah sie ihm erleichtert entgegen.

»Was essen wir?«, erkundigte er sich.

»Ich habe noch nichts bestellt. Ich war mir nicht sicher, ob du tatsächlich zurückkommen würdest, und kann es mir nicht leisten, das Essen zu bezahlen«, gab sie zu.

Als die Nudeln gebracht wurden, aß sie wie eine Verhungerte. Auch er hatte inzwischen einen ziemlichen Appetit; seit gestern Mittag war er nicht mehr in der Stimmung gewesen, etwas zu sich zu nehmen. Als das Mädchen schließlich sagte, dass es jetzt gehen müsse, schob er ein Kuvert über den Tisch.

»Nimm das und öffne es später«, sagte er und legte seine Kreditkarte auf die Rechnung.

Sie zögerte.

»Was ist los?«

Sie schaute ihn an und ihr Gesicht verdüsterte sich. »Ich hoffe bloß nicht, dass du mir Geld gibst.«

»Das tue ich auch nicht«, versicherte er ihr.

»Das will ich hoffen, oder du kannst etwas erleben. Ich mag vielleicht nicht viel haben, aber ich würde niemals mit jemandem des Geldes wegen ins Bett gehen.«

Sie riss den Umschlag auf und holte einen Geschenkgutschein für das Kaufhaus gegenüber hervor.

»Ich möchte, dass du dir einen warmen Morgenmantel oder eine Heizdecke kaufst. Irgendetwas, was dich warm hält. Ich wusste nicht, was du gern hättest, und hatte nur ein paar Minuten Zeit, bevor sie dicht machten. Bitte, verstehe es nicht als Beleidigung. Du weißt gar nicht, was du alles du für mich getan hast und wie viel besser ich mich jetzt fühle.«

Sie sah ihn noch immer misstrauisch an. »Ich weiß nicht. Eine Einladung zum Essen oder eine Flasche Wein ist eine Sache. Das hier ist etwas ganz anderes.«

»Bitte, nimm es an. Schließlich musst du zugeben, dass dein Zimmer verdammt kalt ist.«

Plötzlich lächelte sie. »In Ordnung. Ich muss jetzt los. Mach's gut.«

Sie küsste ihn auf die Wange und eilte aus dem Lokal.

Heute war tatsächlich Chloes Glückstag.

Roger hatte nicht nur seinen Wagen vor dem Bahnhof in Leeds geparkt, sondern er war auch ganz außer sich vor Freude, sie mitnehmen zu dürfen. Er hielt ihr die Tür zu seinem eleganten rotbraunen Mercedes auf, während der Gepäckträger ihre Koffer abstellte und mit einer gehörigen Summe Trinkgeld verschwand.

»In welchem Hotel steigen Sie ab?«, fragte ihr Reisebegleiter und fuhr los. Bis zu diesem Moment hatte Chloe absichtlich nicht erwähnt, dass es sich etwa dreißig Meilen nördlich der Stadt befand. Vermutlich nahm er an, sie bliebe in Leeds. Pech gehabt! Sie zählte darauf, dass er zu sehr Gentleman war, um sie jetzt noch auf die Straße zu setzen.

Als sie das Hotel nannte, fügte sie wie nebenbei hinzu: »Ich glaube, es liegt ein paar Meilen außerhalb der Stadt. Hoffentlich ist Ihnen das nicht zu weit.«

»Ganz und gar nicht«, erwiderte er galant. »Zufälligerweise bin ich einer der Hauptaktionäre der Gesellschaft, die das Hotel besitzt. Ich gehe dort oft essen und kenne es sehr gut.«

Es wurde immer besser.

»Wirklich?«, meinte sie schmeichlerisch. »Dann darf ich Sie bestimmt als Dank zu einem Drink in mein Zimmer einladen?«

»Mit dem größten Vergnügen.«

Als sie aus dem Fenster blickte und den dicht fallenden Schnee sah, fröstelte sie. Es war die richtige Entscheidung gewesen, nicht selbst mit dem Auto zu fahren. Als der Mann von der Schnellstraße auf eine Landstraße abbog, die sich in Serpentinen dahinwand, war er gezwungen, die Geschwindigkeit erheblich zu drosseln. Doch obgleich er beinahe im Schritttempo fuhr, kam er zweimal ins Schlittern.

Sie brauchten fast eine Stunde, bis endlich das Hotel vor ihnen auftauchte. Erleichtert sah Chloe die Lichter, die im Dunkeln einladend leuchteten.

Offensichtlich erkannte die Empfangsdame ihren Begleiter, denn sie sprach kurz in ein Telefon, und gleich darauf erschien der Hotelmanager und begrüßte sie persönlich. Chloe war etwas verstimmt, weil die Rezeptionistin *sie* nicht erkannt hatte. Aber zum Glück machte das der Manager wieder wett, indem er sie voller Verehrung im Namen des Hotels willkommen hieß.

»Hoffentlich haben Sie ein schönes Zimmer für mich«, sagte sie hochnäsig, während sie sich in das Gästebuch eintrug.

»Eines unserer besten«, versicherte er ihr. Roger raunte dem Mann etwas zu, und dann wurde ein Portier herbeigeholt, der ihre Koffer trug. Chloe hatte zwar ein Einzelzimmer gebucht, war jedoch keineswegs überrascht, als sie der Manager in eine luxuriös ausgestattete Suite geleitete.

»Das ist sehr hübsch, aber ich habe keine Suite gebucht«, sagte sie.

»Mit den besten Wünschen des Hauses«, erklärte

Roger glatt. Er wandte sich an den Manager. »Könnten Sie uns sogleich eine Flasche Champagner bringen lassen?«

»Mit dem größten Vergnügen.«

Chloe warf ihren Mantel auf das Sofa und schritt anmutig durch den Raum, während Roger dem Portier ein Trinkgeld zusteckte. Hier war es viel angenehmer als in einem Einzelzimmer, und sie würde bestimmt nichts extra zahlen müssen. Welch ein Glück, gerade einen der Aktionäre dieses Hotels im Zug getroffen zu haben!

Sie entschuldigte sich für einen Moment und ging ins Badezimmer, um sich im Spiegel zu betrachten. Zufrieden bemerkte sie die große Auswahl der Toilettenartikel, die dort auf sie wartete.

Belustigt stellte sie fest, dass sie vergessen hatte, einen der vorderen Knöpfe des eng sitzenden schwarzen Rocks zu schließen. Sie hatte ihn im Zug geöffnet, als sie sich selbst befriedigt hatte. Schnell machte sie ihn zu, entschloss sich allerdings, die unteren drei Knöpfe zu öffnen. Dann strich sie den feinen Stoff über ihre geschwungenen Hüften und legte für einen Moment die Hand auf ihren Venushügel.

Sie bürstete sich das Haar, besprühte sich mit Parfüm und ging schließlich zu Roger, der den inzwischen eingetroffenen Champagner entkorkt hatte.

Lächelnd nahm sie ein Glas entgegen und ließ sich elegant auf das hellblaue Sofa nieder. Dabei setzte sie sich so, dass ihr halb offener Rock einen gut Teil ihres Oberschenkels enthüllte.

»Sie sind wahrhaftig eine überaus reizvolle Frau«, bemerkte Roger.

Das war zwar nicht gerade ein einfallsreiches Kompliment, aber Chloe war eitel genug, um dergleichen immer wieder hören zu können. Sie strich langsam über den weichen Wollstoff ihres Rocks und sah dann dem Mann direkt in die Augen. Mit einer geschmeidigen Bewegung öffnete sie die restlichen Knöpfe.

Er schluckte hörbar und räusperte sich, als er feststellte, dass sie nun nur noch in ihrem weinroten Pullover, einem schwarzen Höschen, einem Hüftgürtel, Seidenstrümpfen und hochhackigen Stiefeln vor ihm saß.

Sie lehnte sich in die weichen Kissen zurück und öffnete verführerisch und zugleich wie selbstvergessen die Beine. Roger stellte sein Champagnerglas ab, trat ein paar Schritte auf sie zu und zögerte dann.

»Ich beiße nicht«, murmelte Chloe heiser und strich sich mit den Fingerspitzen sanft über den feuchten Seidenstoff zwischen ihren Beinen. Wie verzaubert näherte er sich ihr und sank zwischen ihren gespreizten Schenkeln auf die Knie.

Seine Finger wanderten über ihren flachen Bauch und dann zu ihrem Venushügel, um ihn mit der Hand zu bedecken. Sie seufzte und ließ sich tiefer in die Kissen sinken. Vorsichtig schob er seine Finger unter das Gummiband des Höschens und zog es dann langsam über ihre Schenkel. Sie hob ihren Po an, damit er ihr den Slip ganz ausziehen konnte, und legte eine Hand auf seinen Nacken, um sein Gesicht auf ihr feuchtes, seidiges Schamhaar zu ziehen.

Einer Frau mit seiner Zunge Lust zu schenken gehörte anscheinend nicht zu Rogers gewöhnlichem Repertoire. Anfangs sträubte er sich nämlich – vielleicht gefielen seiner Frau solche Praktiken nicht. Aber Chloe mochte sie, und sie würde ihm nicht gestatten, weiter fortzufahren, bis er sie nicht auf diese Weise befriedigt hatte.

Auffallend unerfahren leckte er ihre Vagina, wobei er kaum die äußeren Schamlippen benetzte. Also spreizte sie die Beine noch weiter und drückte sein Gesicht entschlossen und unmissverständlich gegen ihre feuchte, nach Moschus duftende Möse.

Vorsichtig fuhr er mit seiner Zunge hinein, und sie zuckte erregt zusammen. Allmählich schien er zu verstehen, worum es ging, und leckte ihre Vulva mit wachsender Hingabe. Als er schließlich ihre Klitoris entdeckte, ließ Chloe ein lautes Stöhnen vernehmen. Dadurch ermutigt fuhr er fort, immer tiefer in ihren Liebeskanal einzudringen, um zwischendurch wieder und wieder zu ihrer Klitoris zurückzukehren.

Chloe kam rasch zum Höhepunkt, der von einer Reihe lauter, lang gezogener Schreie begleitet wurde. Wie immer vergaß sie in ihrer Ekstase ganz ihre Umgebung.

Schwankend stand Roger auf und knöpfte mit zitternden Fingern seine Hose auf, während sie sich mit einer geschmeidigen Bewegung der Länge nach auf das Sofa legte. Er öffnete ihren Gürtel und zog ihr dann den Pulli bis zum Hals hoch. Als er ihre herrlichen milchweißen Brüste sah, die prall unter einem schwarzen Seiden-BH hervorlugten, vermochte er kaum mehr an sich zu halten.

Glücklich seufzend öffnete er den BH und fing an, mit ihren Brüsten zu spielen. Seine Augen verschleierten sich, und Schweißperlen traten auf seine Stirn, während er die festen Halbkugeln knetete und liebkoste.

Chloe fasste nach seinem Schwanz, der zwar kurz, aber sehr dick war. Sie zog Roger zu sich und spürte, wie er gegen den feuchten Eingang ihrer Möse drängte. Als er in sie fuhr, schien sich ihr Kanal zu weiten, und sie stöhnte laut. Dann schlang sie die Arme um ihn und wanderte mit den Händen nach unten, um von hinten seine Eier streicheln zu können.

Als er sie küsste, konnte sie ihren eigenen Saft auf seinen Lippen schmecken. Er stieß heftig in sie und stöhnte lustvoll, als er bereits nach wenigen Minuten kam.

Für Chloe war das viel zu schnell gegangen.

Sie löste sich von ihm und wollte gerade auf ihn steigen, als das Telefon klingelte.

Geschmeidig und mit gekonntem Hüftschwung stolzierte sie durch das Zimmer, um den Hörer abzuheben. Deutlich konnte sie Rogers bewundernden Blick spüren, der auf ihre wohlgeformten, festen Pobacken und ihre langen Beine gerichtet war, die noch immer in den Seidenstrümpfen steckten.

»Ja?«

»Entschuldigen Sie die Störung, Madam. Hier spricht der Manager. Einer unserer Gäste hat soeben angerufen, um uns mitzuteilen, dass er Schreie aus Ihrer Suite zu hören glaubte. Ist bei Ihnen alles in Ordnung?«

»Ja, danke.«

»Oh … Nun … Es tut mir Leid, Sie gestört zu haben. Ich wünsche Ihnen noch einen angenehmen Aufenthalt in unserem Hotel.«

Chloe legte auf, hob ihr Glas mit Champagner hoch und nahm einen Schluck daraus. Gedankenverloren betrachtete sie Roger, der noch immer auf dem Sofa lag.

»Also, wo waren wir stehen geblieben? O ja – du wolltest mich gerade ins Schlafzimmer tragen und mich auf diesem wunderbaren großen Bett vögeln.«

»Aber das haben wir doch gerade erst getan«, meinte er verdutzt.

»Ja, und wir werden es gleich wieder tun. Komm schon – und bring den Champagner mit.«

3. Kapitel

Nein.«

»Harold, bitte! Ich möchte meine alten Freunde unbedingt wieder sehen und bin mir außerdem sicher, dass du sie auch mögen wirst, wenn du sie erst einmal kennen gelernt hast.«

»Ich habe das Gefühl, sie bereits besser zu kennen, als mir lieb ist«, erwiderte er unfreundlich. »Du redest schließlich oft genug über sie, was eigentlich recht seltsam ist, wenn man bedenkt, dass du sie seit fünfzehn Jahren nicht mehr getroffen hast.« Er griff zur Zeitung, die neben ihm lag, und vertiefte sich darin. Was ihn betraf, so betrachtete er ihre Unterhaltung als beendet.

Zoe starrte verzweifelt auf das Feuer im Kamin und versuchte, nicht die Fassung zu verlieren. Ein weiterer ereignisloser Abend, den sie zu Hause verbringen musste. Und nun sah es auch noch ganz so aus, als könnte sie sich die Hochzeit, auf die sie sich bereits seit Monaten gefreut hatte, ebenfalls abschminken.

Mit leisen Schritten ging sie nach oben und holte das aufregend geschnittene Kostüm in dem schönen Korallenrot aus dem Schrank. Sie hatte ein Vermögen dafür hingeblättert und würde nun vermutlich nicht einmal mehr dazu kommen, es tragen zu dürfen.

Sie wusste, dass sie gut darin aussah. Es ließ ihre ziemlich rundliche Figur schlanker erscheinen, betonte jedoch ihre vollen Brüste und die sinnlichen Linien ihres Hinterns. Die Schuhe, die sie dazu gekauft hatte, hatten hohe Absätze, die ihre Waden schlanker erscheinen ließen und zehn Zentimeter zu ihren ein Meter fünfundfünfzig hinzufügten.

Würde Dan sie so attraktiv finden?

Würde er der Ansicht sein, dass sie sich seit ihrer letzten Begegnung sehr verändert hatte?

Falls es nach Harold ging, würde Zoe das niemals erfahren.

Nachdem sie das Kostüm wieder hinten im Schrank verstaut hatte, ging sie ins Badezimmer, um ein heißes Bad zu nehmen. Selbst wenn sie nicht zur Hochzeit gehen sollte, wollte sie den Abend zumindest so verbringen, wie sie es geplant hatte. Sie wollte sich mit einer Reihe von Schönheitskuren verwöhnen.

Vor einigen Tagen hatte sie ihr weiches braunes Haar neu schneiden und legen lassen, sodass es nun ihr rundes Gesicht hübsch umrahmte. Sie wollte es waschen und sich dann mit einer Gesichtsmaske in der Badewanne entspannen.

Während sie in einem Meer von Schaumflocken lag, dachte sie an Dan und an das letzte Mal, dass sie mit ihm geschlafen hatte. War es tatsächlich bereits fünfzehn Jahre her? Sie erinnerte sich noch so deutlich daran, als ob es erst letzte Woche gewesen wäre.

Wie von selbst wanderte ihre Hand zwischen ihre geöffneten Schenkel und stieß auf den winzigen Knopf, der das Zentrum ihrer Lust bedeutete. Sie streichelte sich, erst sanft und dann allmählich immer heftiger, während ihre Erregung wuchs. Ihr Orgasmus übermannte sie, und obgleich sie sich nun ein wenig erleichtert fühlte, war sie noch lange nicht befriedigt.

Nachdem sie aus dem Bad gestiegen war, trocknete sie sich ab und zog den alten Morgenmantel an. Dann ging sie ins Schlafzimmer zurück.

Vielleicht besaß sie doch noch eine Chance, Harold dazu zu überreden, trotz seines Widerwillens mit ihr auf die Hochzeit zu fahren und die Nacht gemeinsam im Hotel zu verbringen.

Sie holte das schwarze schimmernde Negligé aus der untersten Schublade ihrer Kommode, wo sie es vor einigen Tagen versteckt hatte, und zog es an.

Der Stoff war fast durchsichtig und enthüllte mehr als er verbarg. Ihre schweren Brüste zeichneten sich deutlich darunter ab, und sie konnte ihre Brustspitzen klar erkennen.

Zoe hatte sich das Negligé eigentlich für morgen gekauft – in der Hoffnung, dass es Harold nach einem angenehmen und heiteren Tag dazu verführen würde, mit ihr zu schlafen. Noch nie zuvor hatte sie etwas so Aufreizendes getragen. Vielleicht war es genau das, was nötig war, um ein wenig Spannung in ihre Ehe zu bringen.

Seit Wochen befand sich Zoe in einem Fieberrausch sexueller Vorfreude. Sie hatte sich eingeredet, dass der Grund dafür die Hoffnung auf eine erneute Belebung ihres Sexlebens mit Harold war. Doch tief in ihrem Inneren wusste sie, dass es weit eher der Gedanke an ein Wiedersehen mit Dan war, der sie so aufheizte.

Ihr Atem ging rascher und ihre Klitoris fing von neuem heftig an zu pochen.

Sie wusste, dass sie jetzt handeln musste, wenn sie nicht wieder den Mut verlieren wollte. Rasch eilte sie aus dem Schlafzimmer die Treppe hinunter und blieb dann vor dem Wohnzimmer stehen, um sich noch einmal zu sammeln. Sie holte tief Luft und trat durch die Tür, wobei sie eine Hand in die Hüfte gestemmt hatte und ein Bein durch den langen Schlitz des Negligés hervorlugte.

Harold war in seine Zeitung vertieft und schaute nicht einmal auf.

Sie räusperte sich hörbar, doch als er sie immer noch nicht beachtete, sagte sie schüchtern: »Harold …«

Er blickte ungeduldig hoch und ließ dann vor Überraschung die Zeitung sinken. Es funktionierte tatsächlich.

»Darf ich fragen, wie viel das gekostet hat?«, fragte er, während sein Gesicht dunkelrot anlief.

»Was?«

»Du hast mich schon richtig gehört. Ich habe dich gefragt, wie viel Geld du für dieses … dieses unanständige Kleidungsstück hinausgeworfen hast.« Sein Tonfall klang so eisig, dass es sie beinahe fröstelte.

»Ich … ich kann mich nicht mehr daran erinnern.«

»Du kannst dich nicht mehr daran erinnern? Vielleicht weißt du dann wenigstens, wohin du die Rechnung dafür gelegt hast?«

»Nein … nein, das weiß ich auch nicht.« Zoe war sich durchaus bewusst, dass Harold an die Decke gehen würde, wenn er herausfände, wie teuer dieses Stück Seide tatsächlich gewesen war.

»Dann schlage ich vor, dass du gleich damit beginnst, dir den Kopf darüber zu zerbrechen. Morgen bringst du den Fetzen nämlich zurück. Wie kannst du es wagen, Geld für etwas auszugeben, worin du wie eine billige kleine Nutte aussiehst?«

»Es ist auch mein Geld«, entgegnete sie rebellisch.

»Du weißt genau, dass wir die Vereinbarung getroffen haben, mir die Finanzen dieses Haushalts zu überlassen. Schließlich hast du dich schon oft genug als völlig unfähig erwiesen, einen bestimmten Rahmen nicht zu überschreiten. Jetzt geh und zieh dieses Ding sofort aus!«

Zoe drehte sich um und eilte aus dem Zimmer. Tränen brannten ihr in den Augen. Während sie wie blind die Treppe hinaufstolperte, verwandelte sich ihr Frust auf einmal in kochende Wut.

Sie hatte das Negligé gekauft, um für Harold reizvoll zu sein. Wie konnte er es wagen, sie eine billige kleine Nutte zu nennen? Andere Männer freuten sich bestimmt darüber, wenn ihre Frauen sich bemühten, sexy für sie auszusehen. Das Einzige, woran Harold dachte, waren jedoch die Kosten. Ihren Anblick hatte er offenbar überhaupt nicht erregend gefunden. Seit Monaten hatten sie nicht mehr miteinander geschlafen, obgleich sie mehrmals versucht hatte, ihn dazu zu verführen.

Sollte er sich doch zum Teufel scheren!

Sie würde morgen auf die Hochzeit fahren *und* die Nacht im Hotel verbringen. Er konnte sie nicht davon abhalten, zum ersten Mal seit Jahren ihre Freunde wieder zu sehen.

Vor allem Dan – den ließ sie sich nicht verbieten.

Es war eine grauenvolle Reise gewesen; Dan brauchte jetzt dringend einen Drink. Nachdem er am Empfang des Hotels eingecheckt hatte, ging er sofort in die Bar.

»Dan! Da bist du ja, altes Haus!«

Matt drehte sich auf seinem Barhocker um und begrüßte ihn grinsend. Sie hatten sich vor drei Jahren das letzte Mal getroffen. Als sie beide nach London gezogen waren, hatten sie es eine Weile geschafft, sich ziemlich regelmäßig zu sehen, doch dann war der Kontakt eingeschlafen.

Matt fühlte sich inzwischen wieder viel besser. Das unerwartete Intermezzo mit seiner jungen Reisegefährtin hatte sein Selbstwertgefühl deutlich gehoben. Selbst die scheußliche Fahrt zwischen Leeds und dem Hotel in einem immer dichter werdenden Schneegestöber hatte seine gute Laune nicht mindern können. Er hatte eine heiße Dusche genommen, ausgepackt und saß nun bereits bei seinem zweiten Whisky.

»Matt! Wie geht es dir, mein Freund?«

»Gut. Ganz gut. Was kann ich dir bestellen?«

»Einen Gin Tonic, bitte.«

Sie gingen mit den Drinks zu einem Ledersofa, das vor

einem riesigen offenen Kamin stand, in dem munter ein Feuer knisterte. Als sie zum zweiten Mal bestellt hatten, kam plötzlich Unruhe in der Bar auf. Die beiden Männer schauten sich um.

»Mein Gott, da ist Chloe!«, rief Matt aus.

Die Schauspielerin stand in der Eingangstür zur Bar und sah sich erst einmal um. Sie musste stets sicherstellen, dass ihr die ganze Aufmerksamkeit aller Anwesenden galt; dann erst trat sie mit anmutiger Eleganz ein. Ihre atemberaubende Figur war in ein langärmeliges, rückenfreies Kleid in Scharlachrot gehüllt, das der Fantasie nicht viel Freiraum ließ. Der Stoff fiel bis zu den Fesseln, zeigte jedoch den größten Teil ihres linken Beins, da das Kleid einen langen Schlitz an der Seite aufwies.

Es war Teil ihrer Garderobe für einen Film gewesen, den sie letztes Jahr gedreht hatte. In einem Hotel in Yorkshire wirkte es zwar ausgesprochen übertrieben, aber Chloe hatte dennoch nicht widerstehen können, es mitzubringen. Um den Hals trug sie eine eng geschlungene Goldkette, die mit Rubinen verziert war, und ihr Handgelenk schmückte ein dazu passendes Kettchen. Sie hielt eine kleine Tasche in der Hand und hatte die Fingernägel und die Lippen scharlachrot geschminkt.

»Die gute alte Chloe. Sie hat schon immer gewusst, wie sie allen die Show stiehlt«, bemerkte Dan bissig.

»Sie sieht fantastisch aus«, murmelte Matt bewundernd und starrte auf ihre Brüste. Ob sie wohl noch genauso spektakulär waren wie zu jener Zeit, als er sie das letzte Mal hatte nackt sehen dürfen?

»Hallo, Chloe! Hierher!«, rief Dan.

Sie würdigte ihn keines Blickes, sondern setzte sich an die Bar, wobei sich der Schlitz ihres Kleides dramatisch öffnete und ihr Bein bis zum oberen Spitzenrand ihres Seidenstrumpfs den gierigen Blicken der Männer frei gab.

Dan war sogleich beleidigt. Die dumme Kuh hatte sich also kein bisschen verändert, sondern trieb noch immer ihre blöden Spielchen. Sollte sie sich doch zum Teufel scheren! Wenn sie allein sitzen wollte, konnte sie das von ihm aus ruhig tun.

Matt jedoch sprang auf und eilte zu ihr an die Bar, ehe Dan ihn davon abhalten konnte.

»Chloe! Ich bin's, Matt. Du siehst einfach umwerfend aus.«

Sie musterte ihn kühl von Kopf bis Fuß und gab sich den Anschein, ihn erst jetzt wieder zu erkennen.

»Matt, Liebling. Wie schön!«

»Kann ich dir einen Drink bestellen?«

»Ich könnte durchaus einen Moët vertragen.«

»Würden Sie so freundlich sein und den Champagner an unseren Tisch bringen?«, bat Matt den Barkeeper. »Komm und setz dich zu uns, Chloe. Dan ist auch schon hier.«

»Dan – wer war das noch mal?«

Selbst für den von Bewunderung erfüllten Matt ging das doch etwas zu weit.

»Derselbe Dan, der drei Jahre lang im gleichen Haus wie wir gewohnt hat«, erwiderte er, wobei er sich bemühte, seine Stimme nicht allzu sarkastisch klingen zu lassen.

Chloe ließ sich vom Barhocker helfen und zu seinem Tisch geleiten.

»Schätzchen, ich hätte dich niemals wieder erkannt. Wie viel Haar du doch verloren hast!«

Matt erinnerte sich daran, dass sich Chloe und Dan noch nie hatten leiden können. Er wusste nicht, ob es einen konkreten Grund dafür gab – außer dass es beide liebten, im Mittelpunkt einer Gesellschaft zu stehen.

Dans früher einmal dichtes blondes Haar, das er lang getragen hatte, wurde tatsächlich merklich dünner. Doch wie jeder Mann schätzte er es überhaupt nicht, wenn man ihn darauf aufmerksam machte. Sein cooles Gebaren gestattete es ihm allerdings nicht, seinen Ärger deutlich zum Ausdruck zu bringen.

Er erhob sich und küsste Chloe flüchtig auf die Wange. In ihren hohen roten Wildlederpumps war sie bestimmt einen Meter fünfundsiebzig und somit fast so groß wie er. Ihren alten Freund Matt überragte sie sogar ein wenig.

»Und du hast ziemlich abgenommen, Chloe. Vermutlich hätten dich die Extra-Pfunde auf der Leinwand allzu schwer aussehen lassen«, entgegnete Dan kühl.

Das traf die Wahrheit ziemlich genau, was Chloe ganz und gar nicht behagte. Auch wenn sie alles andere als übergewichtig gewesen war, so hatte sie doch einen richtigen Schrecken bekommen, als sie sich das erste Mal im Film gesehen hatte. Die Kamera ließ einen stets dicker aussehen als man war, und deshalb hatte sie plötzlich schwerfällig gewirkt. Damals hatte sie sofort ihre Essgewohnheiten geändert und war zum Aerobicunterricht gegangen. Eine Schauspielerin mit so weiblichen Hüften und einem so üppigen Busen, wie sie es aufzuweisen hatte, musste am ganzen Körper sehr schlank sein, um auf der Leinwand tatsächlich sexy zu wirken.

Es hatte sich gelohnt. Nun besaß sie eine Figur, die selbst starke Männer sofort schwach werden ließ. Aber das würde sie Dan niemals eingestehen.

»Da irrst du dich, Schätzchen. Ich wiege noch genau das Gleiche wie damals. Vielleicht brauchst du nur stärkere Brillengläser.« Dan trug noch immer dieselbe runde Hornbrille.

»Irgendetwas hat sich an deinem Aussehen auch noch verändert«, sagte er und musterte sie gnadenlos. »Hatte deine Nase nicht früher einmal einen Höcker?«

»Da musst du mich verwechseln«, erwiderte Chloe mit eisiger Stimme.

Kein Wunder, dass sie ihn immer gehasst hatte. Er war ein selbstgefälliger Pfau, dessen aufgeblasenes Ego letztendlich genauso unbedeutend war wie vermutlich auch sein Schwanz.

Der Höcker auf ihrer Nase war winzig gewesen; man hatte ihn eigentlich kaum wahrgenommen. Doch wie bei ihrem Gewicht hatte es ihr überhaupt nicht gefallen, ihn bei Nahaufnahmen auf der Leinwand zu sehen. Eine Schönheitsoperation, die ein kleines Vermögen gekostet hatte, hatte sie von diesem Makel befreit, und nun war ihre Nase vollkommen gerade.

»Nein, bestimmt nicht. Hast du dir eine kleine Schönheitsoperation gegönnt?«

Sie wandte Dan einfach den Rücken zu und fragte: »Und was treibst du so, Matt?«

»Ich besitze gemeinsam mit einem Partner ein Aufnahmestudio in Soho. Dich muss man natürlich nicht fragen, was du so machst. Ich habe deinen letzten Film dreimal gesehen. Du warst großartig.«

Sie lächelte hoheitsvoll. »Es war ein ziemlicher Erfolg«, gab sie zu. »Dieser Film gehört zu meinen …«

»Wer kommt eigentlich sonst noch?«, unterbrach Dan sie erbarmungslos. Er war nicht den ganzen Weg nach Yorkshire gefahren, um Chloes Eigenlob anhören zu müssen. Das hatte er bereits oft genug in Fernsehshows erlebt. Sie hatte sich überhaupt nicht verändert und schien noch genauso selbstverliebt wie früher zu sein.

Wenn auch verdammt sexy … Aber das war sie schon immer gewesen. Ihr langer, wohlgeformter Schenkel, den sie gerade präsentierte, trieb ihm beinahe den Schweiß auf die Stirn.

Er hatte nie mit ihr geschlafen. Natürlich hatte er sich sexuell immer zu ihr hingezogen gefühlt. Wer hätte das nicht? Doch da er sie als Mensch nicht ausstehen konnte, weigerte er sich, den ersten Schritt zu tun und ihr so am

Ende noch die Befriedigung zu verschaffen, ihn abzuweisen. Er hatte stets gehofft, dass sie wie die meisten Frauen irgendwann einmal anfangen würde, ihm hinterher zu laufen. Aber das war nie passiert.

Dumme Zicke.

Chloe beugte sich nach vorn, um ihr Glas Champagner zu nehmen. Ihre vollen Brüste zeichneten sich verführerisch unter dem eng anliegenden Kleid ab und ließen Dan vor Erregung erbeben.

Er fasste einen Entschluss: Irgendwann an diesem Wochenende wollte er Chloe endlich vögeln.

Die Tatsache, dass sie inzwischen ein Star geworden war, gab dem Ganzen eine besondere Würze. Er würde sie dazu bringen, ihn auf Knien anzuflehen, es ihr immer wieder zu besorgen. Dan wollte ihr schon zeigen, was sie die vielen Jahre über versäumt hatte, als sie gemeinsam in einem Haus gewohnt hatten und sie kein einziges Mal spät nachts in seinem Zimmer aufgetaucht war, um zu ihm ins Bett zu schlüpfen.

Er würde sie besinnungslos vögeln.

Und Tess.

Und Zoe.

Er wollte sie alle vernaschen.

Tess saß in ihrem Zimmer in der zweiten Etage des Hotels und fragte sich zum wiederholten Mal, wie sie eigentlich auf die irrsinnige Idee gekommen war, Richard morgen zum Mann nehmen zu wollen.

Sie musste tatsächlich durchgedreht gewesen sein.

Vor fünfzehn Jahren war sie die rebellischste Studentin ihres Jahrgangs gewesen – und nun hatte sie vor, einen Kandidaten der Konservativen zu heiraten.

Sie nahm einen Schluck Wein aus dem Glas, das neben ihr stand, und versuchte sich einzureden, dass es das Beste für sie sei. Als Zoe ihr vorgeschlagen hatte, die Hochzeit zum Anlass zu nehmen, ihre alten Freunde wieder zu treffen, war ihr das als ein guter Einfall erschienen. Sie hatte sogleich voller Begeisterung an alle Einladungen verschickt.

Doch inzwischen kamen ihr deutliche Zweifel.

Mit Zoe hatte sie über die Jahre hinweg laufend in Kontakt gestanden, hauptsächlich durch Briefe und Telefonate. Sie trafen sich nur selten, da ihre Freundin einen verdammten Idioten geheiratet hatte, der nichts davon hielt, dass Frauen auch ein Recht auf ein eigenes Leben besaßen.

Tess hatte sich mehrmals darum bemüht, Zoe zu überreden, bereits am heutigen Abend zu kommen. Sie wollte ein paar Stunden mit ihr zusammen sitzen und sich unterhalten. Aber die Lehrerin aus Manchester hatte ihr nur ausweichende Antworten gegeben, sodass Tess schließlich den Eindruck gewann, dass es einem Wunder gleich käme, wenn sie es überhaupt zur Hochzeit schaffte – vom Wochenende ganz zu schweigen.

Sie wusste, dass in der Zwischenzeit Chloe, Matt und Dan eingetroffen waren, da sie sich beim Empfang nach ihnen erkundigt hatte. Doch sie schob es immer wieder auf, zu den dreien hinunterzugehen. Warum, wusste sie selbst nicht so genau.

Dieses Treffen war eine miserable Idee. Es bereitete Tess genug Kopfzerbrechen, einen Mann zu heiraten, den sie nicht mal besonders schätzte. Sie musste jetzt nicht auch noch Leute wieder sehen, mit denen sie seit Jahren keinen Kontakt mehr gehabt und wahrscheinlich kaum mehr etwas gemein hatte – von der Erinnerung an ihre Studienzeit einmal abgesehen.

Damals war sie politisch ziemlich links eingestellt und sehr aktiv gewesen. Jeden persönlichen Besitz hatte sie als Diebstahl verstanden. Und jetzt arbeitete sie als Buchhalterin in einer alten, renommierten Firma in Harrogate und war Mitbesitzerin eines großen Hauses am Rand des Moors geworden.

Nervös schenkte sie sich ein weiteres Glas Wein ein und fragte sich, ob es nicht das Beste wäre, den ganzen Abend über in ihrem Zimmer zu bleiben. Vielleicht sollte sie sich eine zweite Flasche Wein bestellen und einfach über die alten Zeiten nachsinnen. Schon jetzt war sie ziemlich angeheitert.

Richard war in Harrogate und veranstaltete dort seine Junggesellenfeier; das nächste Mal, wenn sie ihn sah, würden sie bereits vor dem Traualtar stehen. Tess hatte keine kirchliche Hochzeit gewollt. Doch wie bei allem, was Richard tat, war es auch hier sein Hauptbestreben gewesen, seinen potenziellen Wählern im Wahlkreis den besten Eindruck von sich zu vermitteln.

Tess war sich durchaus bewusst, dass ihr zukünftiges Leben vor allem durch die politischen Ambitionen ihres Mannes bestimmt sein würde. Leider wusste sie ganz und gar nicht, was sie davon halten sollte.

Richard besaß eine Maschinenbaufirma. Sie hatten sich kennen gelernt, als er ihr Klient geworden war. Es hatte ihn sehr beeindruckt, wie effizient sie seinen Geschäftsplan durchgearbeitet und ihm eine neue Strategie empfohlen hatte, womit er in Zukunft Steuern sparen konnte. Schon bald war er zu dem Entschluss gekommen, dass sie die vollkommene Gattin eines Politikers wäre.

Er konnte durchaus amüsant sein, wenn er sich einmal nicht allzu ernst nahm und wie ein eingebildeter Narr verhielt. Sie musste zugeben, dass er ein hervorragender Liebhaber war, aber davon einmal abgesehen war er ihr eigentlich gleichgültig – wenn nicht sogar zuwider.

Warum heiratete sie ihn also?

Sie genehmigte sich einen weiteren Schluck Wein und dachte nach. Vielleicht war er bloß zur richtigen Zeit am richtigen Ort gewesen.

Als sie mit einem Examensabschluss in Mathematik von der Universität abgegangen war, hatte sie als Erstes eine Stelle als Schatzmeisterin im Baureferat angenommen. Eigentlich war es ihre Absicht gewesen, sich weiterhin politisch links zu engagieren und dabei dem Verfall der Innenstädte entgegen zu wirken.

Doch irgendwie war sie mehr und mehr in den buchhalterischen Bereich ihrer Stelle verwickelt worden. Dabei hatte sie immer weniger mit den Leuten zu tun gehabt, denen sie eigentlich hatte helfen wollen. Mit fünfundzwanzig hatte sie ihr Buchhalterexamen nachgeholt und war sich plötzlich ihrer beruflichen Karriere sehr bewusst geworden. Dabei waren ihre sozialen Ideen und ihre linkspolitischen Überzeugungen auf der Strecke geblieben.

Mit dem morgigen Tag würde sie sich in eine treue, zuverlässige Politikergattin verwandeln, die es sich niemals gestatten durfte, auch nur andeutungsweise in einen Skandal verwickelt zu werden. Wollte sie tatsächlich ein so eintöniges Leben führen? Seit über zwei Jahren hatte sie mit niemandem außer Richard geschlafen, und noch gestern war sie überzeugt gewesen, nun auf immer treu zu bleiben. Heute jedoch glaubte sie bereits nicht mehr richtig daran.

Die Uhr auf dem Kaminsims schlug acht. Tess schüttelte ihre Erstarrung ab und stand auf. Es war an der Zeit, sich anzuziehen, hinunterzugehen und aufzuhören, wie ein Teenager in der Pubertät rebellieren zu wollen.

Vermutlich hatte sie die bevorstehende Hochzeit einfach zu sehr aufgewühlt. Schließlich bedeutete jede Heirat einen großen Schritt in eine neue, unbekannte Richtung.

Sie zog ein diskret geschnittenes, aber dennoch aufregend wirkendes schwarzes Kleid über ihre schwarze Spitzenunterwäsche und betrachtete sich im Spiegel. Beim letzten Mal, als sie ihre früheren Mitbewohner gesehen hatte, war ihr blondes Haar lang und glatt gewesen. Gewöhnlich hatte sie T-Shirts und Jeans oder lange, weite Röcke getragen und war wie die meisten Studenten ziemlich nachlässig herumgelaufen.

Verdammt sexy hatte sie gewirkt – wie ihr das die Männer immer wieder bestätigt hatten. Allerdings auch ziemlich vergammelt.

Jetzt war ihr blondes, schimmerndes Haar kinnlang geschnitten, während ihre klaren, feinen Gesichtszüge durch ein geschicktes Make-up hervorgehoben wurden. Tess passte nun tatsächlich perfekt in die Rolle der erfolgreichen Geschäftsfrau.

Wie würden die anderen wohl aussehen?

Chloe hatte sie in verschiedenen Filmen gesehen. Sie schien sich nicht besonders auffallend verändert zu haben, wenn sie auch schlanker geworden war. Sie nahm sich wie eine elegante Katze aus, die eine untergründige Erotik wie selten eine Frau ausstrahlte.

Der muskulöse Matt mit den grünen Augen hatte seine schwarzen Locken früher schulterlang getragen und sich einen kleinen Goldohrring angesteckt. Er hatte wie ein Zigeuner ausgesehen und sich auch wie einer angezogen. Würde er noch genauso sein? Er war stets ein netter Mann gewesen und hatte sich immer als guter Freund erwiesen. Tess bedauerte es inzwischen, den Kontakt mit ihm so völlig verloren zu haben.

Im Gegensatz zu ihm war Dan niemals nett gewesen. An der Uni hatte er in seinem Jahrgang als der Mann mit der stärksten Ausstrahlung gegolten. Als Redakteur der Studentenzeitung und Leiter des Debattierklubs hatten ihm die meisten Mädchen zu Füßen gelegen, und er hatte sie allesamt wie Dreck behandelt.

Jedenfalls diejenigen, die ihm das erlaubt hatten. Aber auch Tess musste zugeben, dass er ein fantastischer Liebhaber gewesen war.

Ob das noch immer stimmte?

Sie leerte den restlichen Wein und ging dann entschlossen zur Tür. Es war endlich an der Zeit, sich wie eine vernünftige Frau zu benehmen.

Dan war inzwischen sehr hungrig geworden und schlug vor, sich ins Restaurant des Hotels zu begeben. Matt hielt es jedoch für besser, noch ein wenig zu warten, ob nicht Tess oder Zoe doch noch auftauchten. Chloe war es völlig egal, wo sie saß, solange ihr nur die bewundernden Blicke der Anwesenden galten.

Als Tess in die Bar trat, bemerkte Dan sie als Erster. Zuerst erkannte er sie gar nicht wieder, sondern registrierte nur eine schöne Blondine, die allein kam. Erst als sie zu ihnen an den Tisch trat, ging ihm ein Licht auf, wer sie tatsächlich war.

»Tess!«, rief er aus, sprang auf und musterte sie bewundernd von Kopf bis Fuß.

»Hallo! Ich freue mich, dass ihr alle kommen konntet.« Dan beugte sich zu ihr, um ihr einen Kuss auf die Wange zu geben, und zog sie dann zu sich aufs Sofa. Sogleich legte er Besitz ergreifend den Arm um ihre Taille.

Auch Matt erhob sich, um ihr einen Kuss zu geben. »Tess, du siehst umwerfend aus. Ich hätte dich nicht wieder erkannt.«

»Hallo, Matt. Hallo, Chloe. Warum denn nicht? Sah ich damals so schrecklich aus?«

»Nein, natürlich nicht«, erwiderte Matt hastig. »Nur anders.«

Tess hatte sich wesentlich mehr als Chloe verändert. Bereits zu Studentenzeiten hatte die Schauspielerin große Mühe auf ihre äußere Erscheinung verwandt und sich stets so gekleidet, dass es der Rolle, die sie jeweils vor ihrem geistigen Auge spielte, entsprach. Eine Woche lang war sie Anna Karenina in pelzbesetzten Mantel und Hut gewesen; die folgende Woche hatte sie eine Gesellschaftsdame aus den vierziger Jahren dargestellt, die ein maßgeschneidertes Kostüm und einen winzigen schwarzen Hut mit einem Schleier getragen hatte.

»Hallo, Tess, Schätzchen«, begrüßte Chloe sie affektiert. »Wie nett von dir, uns zu deiner Hochzeit einzuladen. Ist es deine erste?« Das Aussehen ihrer früheren Mitbewohnerin überraschte sie. Eigentlich hatte sie erwartet, dass sich die unauffällig wirkende Tess zu einer spießigen Frau entwickelt hätte. Vor allem ihre Adresse in irgendeinem Kaff in Yorkshire hatte Chloe vermuten lassen, dass sie sich ein geschmackloses Kleid von der Stange und nicht eine so schicke schwarze Nummer anziehen würde.

»So weit ich weiß«, entgegnete Tess und nahm ein Glas Champagner entgegen, »ist es die erste. Und wie steht es mit dir? Du hast doch gerade deine dritte Ehe hinter dir, nicht wahr? Oder habe ich vielleicht ein paar übersehen?«

»Sollten wir nicht endlich ins Restaurant gehen und etwas essen?«, unterbrach sie Dan. »Ich bin schon fast am Verhungern.«

»Aber natürlich«, meinte die Braut und stand auf. Chloe führte die Gruppe an. Im Restaurant eilten sogleich mehrere Kellner aufgeregt auf die Schauspielerin zu. Sie lehnte zwei Tische, die ihr angeboten wurden, hochnäsig ab, um dann großmütig den dritten anzunehmen, der ihr anscheinend zusagte.

Dan hatte während der ganzen Zeit seine Hand nicht von Tess' Taille genommen. Das Ganze ließ sich besser an, als er sich vorgestellt hatte. Er wollte sich als Erstes völlig auf Tess konzentrieren. Chloe konnte bis nach der Hochzeit warten, wenn das glückliche Paar in die Flitterwochen aufgebrochen war.

Heute Abend – und wenn möglich auch noch morgen

früh – wollte er Tess vögeln. Es würde ihm ein großes Vergnügen bedeuten zuzusehen, wie sie unter Hochzeitsfanfaren zum Altar schritt, und dabei zu wissen, dass sie noch seinen Samen in sich trug.

Die Tatsache, dass sie so verdammt attraktiv aussah, war ein überraschender Zugewinn. Er hatte eigentlich erwartet, mit einer unauffälligen Sozialarbeiterin zusammenzutreffen, die Latzhosen oder etwas ähnlich Unmögliches trug. Das hätte ihn natürlich nicht davon abgehalten, sie trotzdem ins Bett zu locken, doch nun sah die Sache wesentlich erfreulicher aus.

In Gedanken zog er sie bereits aus und fragte sich, welche Unterwäsche sie wohl trug. Hoffentlich auch Seidenstrümpfe und die dazugehörigen Strapse. Früher hatte sie stets dicke Wollstrumpfhosen getragen, um sich gegen die unerträglich feuchte Kälte des Winters in Manchester zu schützen. Solche Strumpfhosen hatte er nie gemocht; doch in jenen Zeiten war sein Geschmack noch nicht so ausgefeilt gewesen wie jetzt. Er hatte damals nicht erwartet, dass sich ihm die Frauen hübsch verpackt wie ein Geschenk präsentierten. Das war inzwischen anders.

Jetzt mochte er es, wenn die Frauen entweder sexy Unterwäsche trugen oder irgendetwas anhatten, das fetischistische Neigungen vermuten ließ.

Die Unterhaltung während des Abendessens führte schon bald zu einer Aufteilung in zwei Grüppchen. Matt hörte fast ausschließlich den endlosen Monologen der Schauspielerin zu, während Dan mit Tess sprach. Ohne es zu wissen, half Chloe dem Schriftsteller bei seiner Absicht, die Braut zu verführen, indem sie ihn völlig ignorierte. Männliche Aufmerksamkeit und Bewunderung waren Dinge, die sie von ihrem Gegenüber strikt verlangte. Wenn sie das nicht bekam, existierte ein Mann für sie nicht.

»Die gute alte Chloe – noch immer eine Sirene«, bemerkte Tess mit gesenkter Stimme.

»Meinst du damit, dass sie noch immer laut ist, sich ständig wiederholt und plötzlich loslegt?«, entgegnete Dan, der sich keinerlei Mühe gab, leiser zu sprechen.

Tess unterdrückte ein Lachen und gab ihm dann einen sanften Schlag auf den Arm, so wie sie das früher immer getan hatte. Er stellte ihr Fragen zu ihrer beruflichen Laufbahn und gab sich die größte Mühe, sich auf ihre Antworten zu konzentrieren. Schon bald jedoch ging er zu seiner eigenen Karriere über, die er auf amüsante und selbstironische Weise zu schildern verstand. Gleich zu Anfang ihres Gesprächs fiel ihm auf, dass Tess bereits ziemlich angeheitert war, und er achtete darauf, ihr Glas stets nachzufüllen, wenn es noch nicht ganz leer war.

Obgleich er es gewöhnlich nicht nötig hatte, eine Frau betrunken zu machen, ehe er mit ihr schlief, wusste er diesmal, dass ihm nicht viel Zeit blieb. Er fühlte sich also durchaus berechtigt, alle Tricks anzuwenden, die es so gab, um eine Frau ins Bett zu bekommen. Von Zeit zu Zeit berührte er sie wie zufällig; sein Schenkel rieb sich unter dem Tisch flüchtig an dem ihren oder er legte ihr die Hand auf den Arm.

Währenddessen überlegte er sich unablässig, wie sie sich wohl inzwischen in erotischer Hinsicht entwickelt hatte. Sie hatte stets ein großes sexuelles Verlangen besessen, und das konnte sich doch nicht geändert haben?

In einem Alter, in dem die meisten jungen Burschen unter Vorspiel nichts als ein sekundenlanges Fummeln an jeder Brust verstanden, gefolgt von einem kurzen Streicheln der Vagina, hatte Dan bereits eine wesentlich ausgeklügeltere Vorgehensweise entwickelt.

Andere Studenten mochten vielleicht geglaubt haben, dass eine sexuelle Beziehung darin bestünde, den Schwanz in jede Frau zu stecken, die nur lange genug still da lag, und dann so schnell wie möglich zum Höhepunkt zu kommen. Nicht so Dan. Er war stets darum bemüht gewesen, seine Technik zu vervollkommnen, und war so schon bald seinen Altersgenossen um Lichtjahre voraus gewesen.

Sobald eine Frau einmal mit Dan geschlafen hatte, kehrte sie stets wieder zu ihm zurück. All seine Freunde hatten ihn um seinen Erfolg beneidet. Auf der Uni hatte das Gerücht kursiert, dass sein Penis überdurchschnittlich groß wäre. Gut, er war tatsächlich nicht klein, aber so groß nun auch wieder nicht.

Nein, Dans Anziehungskraft bestand in seiner Sexbesessenheit – eine Besessenheit, die ihn nach jeder nur möglichen Facette körperlicher Lust streben ließ. Es gab keinen Bereich des weiblichen Körpers, den er nicht berührt und aus dem er nicht Lust zu gewinnen versucht hätte. Die Frauen, denen er dieses Glück zuteil werden ließ, dankten es ihm, indem sie ihn stets willig bei sich im Bett empfingen und all das mit ihnen tun ließen, was ein anderer Mann sich niemals herausnehmen durfte.

Er fragte sich, ob Tess sich noch an seine Künste erinnerte.

Der Schriftsteller nahm gerade einen Schluck Wein, als er plötzlich spürte, wie sich unter dem Tischtuch eine Hand zwischen seine Beine legte. Es geschah so unerwartet, dass er sich verschluckte und heftig zu husten anfing. Die Unterhaltung am Tisch brach ab und alle starrten ihn an. Matt lehnte sich zu ihm und schlug ihm so fest auf den Rücken, dass es schmerzte.

»Ich … Mir ist etwas in die falsche Kehle geraten«, brachte Dan mühsam hervor und wich einem weiteren Schlag aus.

War es Tess gewesen? Er hätte es eigentlich angenommen, wenn er sich nicht ziemlich sicher gewesen wäre, dass ihre beiden Hände auf dem Tisch lagen, als es passierte.

Aber es konnte doch wohl nicht Chloe sein!? Sie behandelte ihn weiterhin so, als wäre er ein widerliches Insekt, das es zu verscheuchen galt. Aber das hatte sie schon immer getan.

Die Art und Weise, wie Matt weiterhin auf Chloes herrliche Brüste starrte, machte es unwahrscheinlich, dass sich seine sexuelle Orientierung in den letzten fünfzehn Jahren so gewandelt hatte.

Dan fuhr mit dem Essen fort, und als das Gleiche wieder geschah, schaffte er es, sich diesmal nicht zu verschlucken. Ein schneller Blick über den Tisch hinweg bewies ihm, dass es wirklich Chloe sein musste. Sie war die Einzige mit nur einer Hand auf dem Tisch. Ein Gefühl des Triumphs überkam ihn. Der Star der Leinwand war also doch nicht so immun gegen seinen Charme, wie sie es stets vorgegeben hatte.

Er warf ihr ein verführerisches Lächeln zu, war allerdings nicht sonderlich überrascht, als sie ihn desinteressiert ansah. Ohne mit der Wimper zu zucken, fuhr sie fort, sich mit Matt zu unterhalten.

Dan ließ seine Hand ebenfalls unter das Tischtuch gleiten und strich ihr über den Schenkel. Der lange Schlitz in ihrem engen Rock erlaubte es ihm, die nackte Haut über ihrem Seidenstrumpf zu streicheln.

Ihre Schenkel öffneten sich einladend unter dem Tisch, und er liebkoste das weiche Fleisch, während er fortfuhr, mit Tess zu reden. Seine Hand wanderte höher und fand den Spitzenbesatz ihres Höschens. Er glitt mit den Fingern unter das Gummiband und tauchte dann in das weiche Pelzchen ihres Venushügels.

Ihre äußeren Schamlippen fühlten sich heiß und feucht an. Als er sanft um den Eingang ihrer Möse kreiste, spürte er, wie sich sein Schwanz in seiner Hose regte. Wie gern hätte er ihn herausgeholt, Chloe rücklings auf den Tisch geworfen und sie vor den Augen der Anwesenden genommen!

Bald, versprach er sich, bald.

Er fand ihre Klitoris, nahm sie zwischen Daumen und Zeigefinger und begann so geschickt damit zu spielen, dass sie sogleich deutlich härter wurde. Für einen Moment überlegte er sich, ob er sie noch hier am Tisch zum Orgasmus bringen sollte, entschloss sich aber dazu, es nicht zu tun. Die Vorstellung, sie unbefriedigt bis morgen in der Schwebe zu halten, gefiel ihm wesentlich besser. Vielleicht kam er ja auch noch heute Nacht dazu, nachdem er es Tess besorgt hatte.

Er mochte zwar nicht mehr neunzehn sein. Aber es würde noch lange dauern, ehe er nicht mehr dazu fähig wäre, zwei Frauen in einer einzigen Nacht ein erotisches Glück zu verschaffen, von dem sie bisher nur geträumt hatten.

Wenn er sich noch richtig erinnerte, hatte Chloe mit ihren Lustschreien die Wände stets zum Wackeln gebracht und so jeden ihrer Orgasmen den anderen mitgeteilt. Ihr Zimmer hatte direkt neben dem seinen gelegen, und er hatte sie ständig stöhnen und ächzen gehört.

Als er versuchte, seine Hand zurückzuziehen, presste sie die Schenkel zusammen. Wie eine Seeanemone schloss sich ihre Möse um seine Finger und ließ sie nicht mehr los. Er zog fester und sah sie dabei an, aber Chloe hatte den Kopf abgewandt und winkte gerade einem Kellner zu.

In diesem Moment legte sich wieder eine Hand auf seinen Schwanz und rieb sein erregtes Glied. Diesmal konnte er jedoch Chloes Hände deutlich sehen.

Und die von Tess ebenfalls.

Entsetzt blickte Dan auf Matt, doch der hielt mit der einen Hand sein Glas fest, während die andere auf dem Tisch lag.

Mit einem heftigen Ruck schaffte es Dan, sich von Chloe zu befreien, und er fasste nach dem, was da mit seinem steifen Penis spielte. Erleichtert seufzte er auf, als er feststellte, dass es sich um einen Fuß in einem Seidenstrumpf handelte.

Tess sah ihn an und lächelte verführerisch. Sogleich loderte ein neues Feuer in seinen Lenden.

Dann war es also doch nicht Chloe gewesen. Dennoch hatte sie ihm gestattet, ja, ihn ermutigt, sie unter dem Tisch zu betasten. Vielleicht hatte sie angenommen, dass es Matt war. Und wenn schon! Dan fand das heimliche Fummeln in der Öffentlichkeit noch immer ausgesprochen aufreizend.

Nachdem sie zu Ende gegessen hatten, kehrten sie in die Bar zurück, um dort noch Cognac und Kaffee zu sich zu nehmen. Dan entschuldigte sich für einen Moment und machte sich auf die Suche nach der Herrentoilette. Sie befand sich am Ende eines Korridors, ganz in der Nähe der Empfangstheke.

Am Anfang dieses Flurs – und von der Rezeption aus nicht mehr zu sehen – lag eine kleine Garderobe, die durch eine hochklappbare Theke zugänglich war. Dort wurden die Mäntel der Restaurantbesucher aufbewahrt.

Als Dan aus der Toilette trat, entdeckte er Tess, die sich verführerisch an den Garderobentresen lehnte und ihm einladend zuzwinkerte. Ihre blonden Haare fielen ihr ins Gesicht und ließen sie noch verlockender aussehen.

»Kostet dich die Hochzeit so viel«, fragte er grinsend, »dass du am Abend als Garderobendame arbeiten musst?«

Ihre Augen funkelten, als sie ihn verträumt anlächelte. »Komm, wir schauen uns mal die Mäntel an«, forderte sie ihn auf. Sie klappte den Tisch hoch und sie traten in die Garderobe. Plötzlich hielt Dan verblüfft inne. Tess zog sich den Rock bis zur Taille hoch; sie trug zu seiner Freude kein Höschen mehr. Ihr nackter Hintern streckte sich ihm aufreizend entgegen.

Er stellte sich hinter sie und strich mit den Händen über die festen Pobacken. Dann glitt er mit den Fingern unter ihre Strapse und über ihre Schenkel.

»Setz dich hin«, murmelte sie. »Falls jemand vorbeikommt ...«

Er folgte ihrem Rat und schob ihre Beine weiter auseinander. Leise stöhnend betrachtete er die rosa Falten ihrer Schamlippen, die von einem seidigen Büschel goldener Härchen umgeben waren.

Er nahm seine Brille ab, umfasste ihre Pobacken und strich dann mit der Zunge von der winzigen Knospe ihres Anus zu ihrer Vulva. Züngelnd reizte er ihre erhitzte Haut. Dan tauchte immer tiefer in sie ein, wobei seine Zunge wie die einer Schlange vor und zurück fuhr. Auf diese Weise regte er ihre Klitoris so an, wie er das schon oft getan hatte. Aus Erfahrung wusste er, dass es die Frauen gewöhnlich beinahe zum Wahnsinn trieb.

Seine Zunge drang immer tiefer in sie ein. Er leckte begierig die Tropfen ihres Saftes, die aus ihr rannen. Plötzlich zuckte sie heftig zusammen und presste seinen Kopf gegen ihre Möse.

Gerade war er damit beschäftigt, die letzten Tropfen ihres süßen Honigs zu schlecken, als er eine männliche Stimme vernahm. »Den Kamelhaarmantel und die rote Jacke, bitte.« Dan erstarrte und wagte vor Aufregung kaum zu atmen. Der Besucher musste sich nur nach vorn beugen und würde sofort sehen, dass Tess gerade oral befriedigt worden war. Sie richtete sich auf, sodass ihr Rock über seinen Kopf fiel und ihn in eine nach Moschus duftende Dunkelheit hüllte.

»Bitte schön, Sir«, hörte er sie sagen. Ein paar Münzen fielen klimpernd auf einen Unterteller. »Vielen Dank.«

Schritte entfernten sich, und sie trat beiseite, damit Dan aufstehen konnte. Er kramte sein Taschentuch hervor und wischte sich damit das Gesicht ab.

»Er hat meine linke Brust begrapscht«, beschwerte sie sich. »Und dann hat er es gewagt, mir nur zehn Pence Trinkgeld zu geben.«

Dan fasste sie am Arm und führte sie in die hinterste Ecke der kleinen Garderobe, wo er sie gegen eine Reihe von Mänteln drückte. Ungeduldig zog er ihr den Rock bis zur Taille hoch und öffnete seine Hose. Sein Schwanz sprang groß, rot und sehr steif heraus.

»Mit dir hat es immer verdammt viel Spaß gemacht, Tess«, flüsterte er ihr zu und legte sein Glied an den Eingang ihrer feuchten Möse.

»Das tut es noch immer«, ächzte sie. Langsam, doch mit wilder Entschlossenheit tauchte er in sie ein.

4. *Kapitel*

DAMALS

»O Dan – du warst fantastisch«, sagte die rothaarige Erstsemesterstudentin bewundernd. Ihre Augen funkelten voll Bewunderung. Dan saß an einem Tisch in der Cafeteria der Uni und lächelte selbstzufrieden. Mit einem weißen Plastiklöffel rührte er gerade den Zucker in seinem Kaffee um. »Ich gehe immer zu den Debatten, wenn du dort sprichst«, fuhr sie fort. »Ich will doch nichts verpassen.«

»Er ist ein Advokat des Teufels«, bemerkte Tess trocken. »Es würde ihm nicht schwer fallen, dich davon zu überzeugen, dass Weiß in Wirklichkeit Schwarz ist und umgekehrt – ganz gleich, wie die Dinge in Wahrheit liegen.«

Dan hatte gerade zu dem Thema der Woche – »Wir glauben, dass jeder Politiker ein potenzieller Mörder ist« – eine Rede gehalten. Er hatte so überzeugend gesprochen, dass die anwesenden Studenten des Debattierklubs ihm allesamt zugestimmt hatten.

Die junge Studentin hatte ihm danach schüchtern zu seinem Erfolg gratuliert, und Dan hatte sogleich die Gelegenheit zu nutzen gewusst, sie auf einen Kaffee einzuladen. Tess war der Debatte diesmal fern geblieben, da sie es vorgezogen hatte, an einem Treffen der Antifaschisten teilzunehmen. Als sie Dan jedoch in der Cafeteria erblickt hatte, war sie zu ihm gegangen, um herauszufinden, wie es gelaufen war.

Für sie kam es längst nicht mehr infrage, mit ihm über Politik oder irgendein anderes Thema zu streiten. Er hatte nämlich die Methode entwickelt, eine bestimmte Position einzunehmen und diese sehr wirkungsvoll zu verteidigen, ohne auch nur ein Wort von dem zu glauben, was er selbst sagte.

Wenn sie das nächste Mal über dasselbe Thema sprachen, vertrat er eine völlig andere Einstellung, sodass sie das Gefühl bekam, niemals zu wissen, wer ihr eigentlich gegenüber saß.

Seine Art war Tess' Haltung vollkommen entgegengesetzt. Sie glaubte leidenschaftlich an ihre Ziele, und deshalb bemühte sie sich stets darum, sich auf keine Diskussion mit ihm einzulassen – ganz gleich, wie verwirrend das auch sein mochte und wie sehr er sie auch provozierte. Leider gelang ihr das nicht immer.

»Dan hätte wahrscheinlich auch dann alle auf seine Seite gezogen, wenn er die gegenteilige Meinung verkündet hätte«, erklärte sie dem Mädchen. »Du würdest einen guten Vertreter abgeben, Dan. Sicher könntest du jeden Menschen, der noch beide Beine hat, davon überzeugen, dass es das Beste wäre, sich ein künstliches dazu zu kaufen, um für alle Fälle gewappnet zu sein.«

Er grinste sie an und legte wie zufällig seinen Arm auf die Rückenlehne des Stuhls, auf dem das rothaarige Mädchen saß. Dabei berührte er sie leicht an den Schultern.

»Nächste Woche wirst du doch als meine Gegnerin auftreten, nicht wahr, Tess? Das wird bestimmt ein großer Spaß.«

Seine Aufmerksamkeit wurde durch Chloes Erscheinen für einen Moment abgelenkt. Sie trat würdevoll mit einem langen schwarzen Mantel und offenen schwarzen Haaren in die Cafeteria. Drei derzeit in ihrem Bann stehende Männer – einer davon ihr Dozent für Drama – folgten ihr wie Hündchen, wobei der Letztere sogar ihre Bücher trug.

Sie entdeckte ihre Freunde und nickte Tess zu, ohne sich jedoch zu ihnen zu gesellen. Tess vermutete, dass Chloe sie keines Blickes würdigen würde, wenn sie nicht den uralten Käfer besäße, mit dem sie manchmal zur Uni fuhr. Gewöhnlich ignorierte Chloe nämlich jeden, der ihr nicht von Nutzen sein konnte. Dan jedenfalls schien ihr völlig gleichgültig zu sein.

Tess trank ihren Kaffee aus und zog sich ihren alten Armee-Parka an. »Ich muss jetzt in eine Vorlesung. Danach komme ich wieder hierher. Wenn du mit nach Hause fahren willst, Dan …«

»Wahrscheinlich. Aber ich warte dann auf dem Parkplatz auf dich.«

Tess nahm ihren Rucksack und ging quer durch die Kaffeelachen und Brotkrumen zur Tür.

Nun hatte Dan die Möglichkeit, seinen ganzen Charme zu entfalten, um das Mädchen neben ihm noch mehr zu betören – und zu verführen.

»Verlässt du mich jetzt vielleicht auch noch?«

»Ich habe keine Vorlesung, aber ich muss dringend ein Bad nehmen.« Im Keller des Studentenschaftsgebäudes befanden sich Bäder für diejenigen, die das Pech hatten, in einem Zimmer ohne Waschgelegenheit zu wohnen.

»Dann begleite ich dich nach unten.«

An der Tür zum Damenbaderaum zögerte sie sichtlich. »Vielleicht sehen wir uns ja mal wieder.«

Dan warf einen Blick hinter sich auf den Flur und schob sie dann sanft durch die Tür. Hastig folgte er ihr.

»Du wirst gleich viel mehr von mir sehen«, versicherte er ihr. Sie betraten eine Kabine, und er verriegelte die Tür hinter sich. Dann zog er ihr den Mantel aus, während sie ihm unsicher ins Gesicht sah.

»Was … was tust du da?«

»Ich helfe dir, ein Bad zu nehmen.«

Er legte ihr die Hände um die Taille, zog sie an sich

und küsste sie leidenschaftlich. Als erfahrener Liebhaber begann er sogleich, ihr über den Rücken zu streicheln und die weichen Kurven ihrer Hüften zu erkunden. Sie entspannte sich allmählich und drückte sich dann sehnsüchtig an ihn, wobei sich ihre großen Brüste an seinen kräftigen Oberkörper schmiegten.

Langsam zog er sie aus und gab sich dabei die größte Mühe, ihr aufmunternde Komplimente ins Ohr zu flüstern und sie eingehend zu liebkosen. Schließlich stand sie nackt und ziemlich verschüchtert vor ihm. Sie hatte noch nicht ganz den Babyspeck verloren, aber ihre Brüste waren bereits üppig und fest. Als er ihre korallenroten Brustspitzen streichelte und dann küsste, stöhnte sie leise.

Nun zog sich Dan selbst aus und bat das Mädchen, sich auf den Hocker neben der Wanne zu setzen. Er stellte sich mit seinem großen Schwanz vor sie, vergrub seine Hände in ihrem Haar und lenkte ihren Mund auf sein Geschlecht.

Zögernd öffnete sie ihn ein wenig und beugte sich nach vorn; dann nahm sie das Ende seines erwartungsvoll gereckten Glieds zwischen die bebenden Lippen. Sie saugte vorsichtig an ihm, wobei sie Angst zu haben schien, dass er sich wie Zucker in ihr auflösen würde. Er ächzte ermutigend und schob seinen Penis immer weiter in die warme, feuchte Höhle.

Allmählich gewann sie immer mehr Vertrauen und fing an, intensiver zu saugen. Sie züngelte auch an seiner Eichel und sah von Zeit zu Zeit zu Dan auf, um zu sehen, ob sie auch das Richtige tat.

»O ja. Ja«, murmelte er. »Fester, Baby, fester.«

Sogleich übte sie mehr Druck aus und ließ ihn so weit in sich gleiten, dass sie leicht würgen musste. Er hatte ihren weichen Gaumen erreicht.

»Atme einfach durch die Nase – schön langsam«, ermutigte er sie. Gehorsam folgte sie seinem Ratschlag und drückte die Wurzeln seines Schwanzes mit den Lippen.

Dan widerstand der Versuchung, sich in ihren Mund zu ergießen; er zog sich gerade noch rechtzeitig zurück, bevor er kam. Es würde bestimmt noch öfter die Gelegenheit dazu geben, aber er wusste aus Erfahrung, dass viele Frauen erst dazu überredet werden mussten, so etwas zuzulassen. Wenn er sich nun ohne Vorwarnung gehen ließ, würde sie wahrscheinlich schockiert sein.

Stattdessen spreizte er ihre Beine und machte sich selbst an die Arbeit. Er hielt nicht inne, bis ihr ganzes Geschlecht weit geöffnet und einladend nass schimmerte.

Dann zog er sie vom Hocker herab und setzte sich neben sie auf den Boden. Sie atmete heftig und flüsterte aufgeregt: »So etwas mache ich gewöhnlich nicht ...«

»Ich weiß«, versicherte er ihr. »Aber zwischen uns ist es doch etwas ganz Besonderes, nicht wahr?«

Sie nickte und schien erleichtert zu sein, dass er sie verstanden hatte. Langsam ließ sie sich auf seinen heftig pulsierenden Schwanz nieder. Mit den Händen an ihrer Taille brachte er sie schon bald in einen befriedigenden Rhythmus.

Anscheinend hatte sie es noch nie zuvor in dieser Stellung getan. Er bezweifelte sowieso, dass sie schon oft Sex gehabt hatte. Doch schon bald gab sie sich ihm ganz hin und überließ sich mit gedämpften Schreien der Lust dem Vergnügen.

Nachdem sie sich wieder voneinander gelöst hatten, ließ er ein Bad ein und setzte sich zu ihr. Er seifte sie am ganzen Körper ein und forderte sie dann auf, auch ihn zu waschen. Schließlich vögelte er sie ein weiteres Mal, wobei ihre Haare triefend nass wurden. Nach einer Weile kletterte er mit einem gewissen Bedauern aus der Wanne.

»Wann sehe ich dich wieder?«, fragte sie schüchtern und zog sich mühsam die Jeans über die feuchte Haut.

»Bald«, versprach er ihr und reichte ihr das Handtuch. Er gab ihr einen flüchtigen Kuss, öffnete die Tür und warf schnell einen Blick nach draußen. Da die Luft rein war, verabschiedete er sich und verschwand.

»Was ist denn mit dir passiert?«, fragte Tess, als sie ihn mit nassen Haaren und an ihren Käfer gelehnt antraf. Es war ein eisiger Januartag und der Wind blies einem jegliche Wärme aus dem Körper.

»Ich habe in der Studentenschaft ein Bad genommen«, erwiderte er.

»Vermutlich nicht allein«, meinte sie, stieg ins Auto und wickelte dabei ihren langen Rock um sich.

»Wie gut du mich doch kennst«, sagte er und legte eine Hand auf ihr schlankes Bein.

»Lass das, wenn ich fahre«, tadelte sie ihn, obgleich sie sogleich ein starkes Verlangen in ihrer Lendengegend verspürte. »Es sei denn, du willst, dass wir gegen einen Baum prallen.«

Er nahm die Hand fort und lehnte sich gegen die Tür, um Tess aufmerksam zu betrachten. »Du siehst heute besonders sexy aus.«

Ihr langes blondes Haar fiel ihr über den Rücken und umrahmte ihr fein geschnittenes Gesicht mit den vollen, sinnlichen Lippen. Dan liebte ihren Mund. Er liebte es, wenn sie seinen Schwanz in ihn aufnahm.

Sie warf ihm aus ihren grauen Augen einen belustigten Blick zu. »Noch immer geil?«, fragte sie ihn mit lockender Stimme.

»Auf dich immer.«

»Das macht mich unter der weiblichen Bevölkerung dieser Stadt allerdings kaum zu einer Ausnahme«, meinte sie lachend.

Langsam fuhren sie durch Rusholme an den unzähligen pakistanischen und indischen Restaurants vorbei.

»Hättest du Lust, indisch essen zu gehen?«, fragte er sie, als gerade ein besonders einladender Duft durch die schlecht isolierten Fenster hereinkam.

»Heute kocht doch Zoe.«

»Ich meine auch später.«

»Ich kann nicht. Ich bin noch verabredet. Nimm doch die kleine Miss Hotpants mit. Aber wahrscheinlich hast du dir nicht einmal die Mühe gemacht herauszufinden, wo sie wohnt oder ob sie Telefon hat.«

»Das brauche ich auch gar nicht. Sie wird mich schon finden, wenn sie das Bedürfnis verspürt.«

»Dan, hat dir eigentlich schon mal jemand gesagt, was für ein eitler Idiot du bist?«

»Du und Chloe jedenfalls schon sehr oft.«

Sie fuhren an den Studentenwohnheimen vorbei und bogen dann in die Straße ab, in der sie wohnten.

»Kaffee?«, fragte Dan, nachdem sie kurze Zeit später ihre Jacken auf einen Stuhl in der voll gestellten, unordentlichen Küche geworfen hatten.

»Gern«, entgegnete Tess, machte den Gasofen an und kauerte sich dann davor. Dan steckte den Wasserkocher ein, kniete sich hinter sie, umfasste ihre Brüste und knabberte an ihrem Ohr.

»Willst du nach oben gehen?«, fragte er sie mit verlockender Stimme.

»Nicht wirklich. Dort wird es noch kälter sein als hier unten.« In Wahrheit hätte sie nichts dagegen gehabt, wollte es aber Dan nicht allzu leicht machen.

Er fuhr mit seinen Händen unter ihren Pullover, öffnete geschickt ein paar Knöpfe ihrer Bluse und streichelte dann ihre nackten Brüste. Tess trug nur selten einen BH. Ihre Brustspitzen waren hart, aber er wusste nicht, ob das von der Kälte oder von seinen Berührungen kam.

Er liebkoste die kleinen, glatten Halbkugeln und rollte die Brustwarzen zwischen Daumen und Zeigefinger, da er wusste, dass sie das bis an die Grenzen des Erträglichen brachte. Sie wurden von dem kochenden Wasserkessel unterbrochen, und Dan stand widerstrebend auf, um ihn auszustecken.

»Ich kann es noch immer nicht glauben, dass wir bereits in vier Monaten die Abschlussprüfungen haben«, stöhnte Tess, während er den Kaffee machte. »Ich habe noch so viel zu lernen.«

»Folge doch einfach Chloes Beispiel«, schlug Dan vor. »Geh mit deinem Dozenten ins Bett.«

»Chloe schläft mit jedem, nicht nur mit ihrem Dozenten«, entgegnete Tess und lehnte sich an den Rand des bereits ziemlich zerkratzten Holztisches, auf dem sich diverse schmutzige Teller und benutzte Kaffeebecher stapelten. Sie wollte Chloe zwar eigentlich nicht verteidigen, doch hatte sie auch nicht vor, einem Chauvinisten wie Dan alles durchgehen zu lassen. »Du hast schließlich auch eine deiner Dozentinnen gevögelt.«

»Aber nur, weil ich scharf auf sie war«, protestierte er. »Nicht, weil ich mir dadurch bessere Noten erhoffte.«

Es war dennoch ein Fehler gewesen. Sie hatte ihn immer wieder sehen wollen, und er war schon bald in Sorge gewesen, von ihr absichtlich schlechte Noten zu bekommen, wenn er sie fallen ließe. Schließlich war er einen Kompromiss eingegangen: Er sah sie etwa einmal im Monat, was ihr zu gefallen schien.

Jetzt stand er vor Tess, schob ihre Beine auseinander und stellte sich dazwischen.

»Also, wo waren wir stehen geblieben?«, fragte er, zog ihr den Pulli über den Kopf und knöpfte ihre Bluse auf. Er beugte sich nach unten, um eine ihrer harten Brustspitzen in den Mund zu nehmen und sanft daran zu saugen. Mit der Hand bedeckte er die andere Brust und streichelte sie, bis Tess vor Lust stöhnte.

Sie setzte sich auf die Tischkante und schlang ihre Beine um seine Taille, sodass sie sich gegen seinen steif gewordenen Schwanz presste. Er gab ihr einen leidenschaftlichen Zungenkuss und presste sich immer enger an sie. Das kalte Zimmer schien plötzlich wärmer zu werden, während das Blut in seinen Ohren rauschte.

Er trat einen Schritt zurück und drängte sie sanft dazu, sich rücklings auf den Tisch zu legen, wobei sie sich mit den Ellbogen abstützte. Auf diese Weise konnte er unter ihren weiten Rock fassen und ihr die Wollstrumpfhose und das winzige Höschen herunterziehen.

»Einmal«, murmelte er, »wäre es doch schön, wenn ich dich unter deinem Rock nackt vorfinden würde. Diese Strumpfhose ist wirklich eine Zumutung.« Er zog sie ihr weiter herunter und machte dann die Stiefel auf, sodass sie schließlich mit entblößten Schenkeln vor ihm auf dem Tisch lag.

Ihr Rock war bis zur Taille hoch geschoben. Sie schlang die Beine um seinen Hintern, rutschte zum Tischrand vor und öffnete seine Jeans. Dann holte sie seinen Schwanz heraus und rieb ihn gegen ihre feuchte Klitoris, die darauf hin noch erregter wurde.

Dan stöhnte und glitt mit den Händen unter ihre festen Pobacken, um sie ein wenig hochzuheben. Endlich war sein Glied tief in den Falten ihrer Möse vergraben.

Sie schlang die Arme um seinen Hals, und die beiden bewegten sich rhythmisch vor und zurück. Das einzige Geräusch in der engen Küche war ihr Stöhnen und das gelegentliche Zischen des Gasofens.

Dan konnte wieder einmal nicht genug von Tess bekommen. Er löste ihren Körper von sich und bat sie, sich mit gespreizten Beinen auf den Tisch zu legen, sodass er noch tiefer in sie hineinfahren konnte. Eine Tasse und ein Teller fielen auf den Boden, landeten jedoch heil auf dem schmuddeligen Teppich.

Hitzig schob er seine Hand zwischen ihre Beine, fand

ihre Klitoris und begann sie zu streicheln. Er mochte es besonders gern, wenn sie vor ihm kam, weil er dann spürte, wie sich ihre inneren Muskeln zusammenzogen und ihn wie eine samtene Faust nicht mehr losließen, bis auch er sich ergoss. Dan spielte mit ihrer harten Knospe und hielt seinen eigenen Höhepunkt zurück, indem er an das Referat dachte, das er diese Woche schreiben musste.

Tess kam ganz plötzlich und gab dabei ein leises Stöhnen von sich. Ihr ganzer Körper spannte sich an und zuckte hemmungslos. Er wünschte sich für einen Moment, dass er zwei Schwänze besäße, um den anderen in ihren weit geöffneten Mund stecken zu können.

Kurz darauf spritzte auch er heftig in sie. Er hatte das Gefühl, als verschmölzen seine Lenden mit den ihren, während er sich wie ein Wilder an ihre Brüste klammerte.

Als die Haustür krachend ins Schloss fiel, stand er hastig auf und zog sich an. Er hatte den Rücken der Küchentür zugewandt und machte gerade seinen Reißverschluss zu, als sie aufgerissen wurde. Tess setzte sich hoch und zog den Rock nach unten. Da stürmte Matt herein; seine schwarzen Locken schimmerten feucht, denn inzwischen hatte es zu regnen begonnen.

»Wer ist heute mit dem Kochen dran?«, fragte er. »Ich bin am Verhungern.«

»Es ist erst halb fünf«, erwiderte Tess. »Und außerdem ist Zoe an der Reihe. Du hast also kein Glück.«

Keiner der fünf kochte besonders gut oder gern, und deshalb waren die Mahlzeiten eher zusammengemanschte Unglücksfälle. Besonders kompliziert war die Sache geworden, seitdem Zoe Vegetarierin war, und Matt das Essen, das sie zubereitete, geradezu hasste. Doch er war zu höflich, um sich zu beschweren, und würgte es gewöhnlich mit stoischer Miene herunter.

»Gibt es dann wenigstens Kekse?«, fragte er und stöberte in der Küche herum.

»Hast du welche eingekauft?«, fragte ihn Tess mit betont unschuldiger Stimme. Als er den Kopf schüttelte, meinte sie: »Dann gibt es keine. Du bist an dem Laden vorbeigegangen, Matt. Warum bist du nicht hineingegangen und hast etwas zum Essen besorgt?« Sie sprang vom Tisch. »Ich glaube, jetzt ist es an der Zeit für mich, ein bisschen zu arbeiten.«

Bevor sie die Küche verließ, hob sie gelassen ihre Unterwäsche und die Stiefel auf, die noch immer auf dem Boden gelegen hatten.

Kaum war sie gegangen, fuhr Matt fort, den Schrank nach etwas Essbarem zu durchstöbern und holte schließlich triumphierend eine Schachtel mit Pralinen hervor.

»Die gehören Chloe – ein Geschenk von einem ihrer Bewunderer«, erklärte ihm Dan.

Widerstrebend legte Matt sie zurück. »Wie lief die Debatte?«, fragte er.

»Ich habe wie immer meine Gegner pulverisiert. Hast du Lust auf einen Joint?«

Als Dan zwei Stunden später in die Küche zurückkehrte, stand Zoe am Herd und rührte in einem Topf, in dem es unheilvoll brodelte. Im Raum roch es geradezu bedenklich.

Sie drehte sich zu ihm um und strahlte ihn an. Dann wandte sie sich wieder dem Essen zu.

»Was gibt es heute?«, fragte er ohne jegliche Begeisterung. Gewöhnlich fabrizierte sie wirklich schreckliche Mahlzeiten, diesmal roch es aber besonders Ekel erregend.

»Kichererbseneintopf«, erwiderte sie fröhlich und strich sich eine Locke ihres weichen braunen Haars hinter das Ohr.

»Was ist drin? Außer den Kichererbsen, meine ich natürlich.«

»Nicht viel«, gab sie zu.
»Und was gibt es dazu?«
»Weißkohl.«
Dan bereitete sich innerlich bereits auf einen späteren Besuch der Frittenbude vor, wo er vermutlich auch Matt vorfinden würde. Er setzte sich vor den Ofen. Sein Blick richtete sich fast automatisch auf Zoes Hintern, der in einer Jeans steckte. Vor allem wenn sie sich nach unten beugte, um etwas aus dem Schrank zu holen, bot er sich ihm besonders einladend dar.

Verdammt, sie hatte einen fantastischen Hintern. Zoe mochte zwar glauben, dass er zu groß war. Er war zugegebenermaßen tatsächlich ein wenig üppig, doch das bedeutete nur, dass er herrlich saftig aussah. Dan wurde stets von seinem Anblick erregt. Er liebte es, ihn mit den Händen zu umfassen und manchmal sogar sanft in die herrlichen Halbkugeln hineinzubeißen, um so lange daran zu saugen, bis die Haut einen Knutschfleck aufwies.

Es war kindisch, das wusste er. Aber er konnte einfach nicht widerstehen.

Leise stellte er sich hinter sie und fasste dann nach ihrem Reißverschluss, um ihn zu öffnen.

»Dan, ich rühre gerade den Eintopf um. Er brennt an, wenn ich das nicht tue.«

»Mach nur weiter und achte einfach nicht auf mich«, erwiderte er verträumt.

Er schob seine Daumen unter den Hosenbund ihrer Jeans und zog sie ihr über den Po. Obgleich Zoe protestierte, trat er lächelnd einen Schritt zurück, um das Kunstwerk zu bewundern.

Am liebsten hätte er eine Kamera geholt, um ein Foto zu machen. Es müsste eines der erotischsten Bilder sein, das er jemals gesehen hatte – wie Zoe am Herd stand, emsig ihren Kichererbseneintopf umrührte, ihr dabei die Hose und der Slip um die Knie hingen und sich ihr herzförmiger Hintern dem Betrachter entblößt entgegenreckte. Sie warf ihm einen Blick zu. Ihre Wangen waren vor Erregung und Scham gerötet.

Er wusste, dass er sich unmöglich benahm. Ohne Erbarmen nutzte er die Tatsache aus, dass sie ihn einfach nicht abzuweisen vermochte. Jeden Augenblick konnte einer ihrer Mitbewohner durch die Tür hereinkommen und sie so sehen. Zoe würde vermutlich vor Scham im Boden versinken.

Aber er konnte nicht anders. Er trat auf sie zu, bis er nahe hinter ihr stand, und ließ seine Hand über ihre samtweichen Kurven wandern. Ihre Pobacken knetete er so heftig, als ob er Grapefruits auspressen wollte.

Aber produzierte er auch Saft?

Das wollte er sogleich herausfinden.

Seine Liebkosungen wurden wieder sanfter. Er streichelte ihre Pobacken, ehe er mit den Fingern langsam ihre Ritze hinunter und in die Spalte zwischen ihre Beine fuhr. Unbeholfen versuchte sie, ihre Beine noch weiter zu spreizen, doch ihre Jeans ließen das nicht zu. Schließlich hatten seine Finger ihr Ziel erreicht.

Herrlich feucht.

Sein Schwanz fühlte sich in der engen Hose wie gefangen und wollte befreit werden. Keuchend tastete er sich mit zwei Fingern in sie hinein.

»Ich mache den Herd aus, und dann können wir zu mir ins Zimmer«, schlug sie schwer atmend vor. Er war drauf und dran, sein stahlhartes Glied zu befreien und es in ihren Liebeskanal zu stoßen, als sie schwere Schritte auf der Treppe vernahmen.

Zoe ließ vor Schreck den Holzlöffel fallen und zog sich rasch die Hose wieder hoch. Wieder stürmte Matt in die Küche.

»Was ist das?«, fragte er argwöhnisch und warf einen misstrauischen Blick in den Topf auf dem Herd.

»Kichererbseneintopf«, antwortete Dan, während Zoe auf dem Boden nach dem Löffel suchte.

»Super«, sagte er und bemühte sich darum, glaubwürdig zu klingen.

Das Essen war wie erwartet fürchterlich.

Eine Zeit lang saßen alle um den Tisch herum und bissen sich an den steinhart gebliebenen Kichererbsen und dem noch halb rohen Kohl fast die Zähne aus. Lange sprach keiner ein Wort. Chloe, die zuvor eine geschenkte Flasche Rotwein aufgemacht hatte, war die Erste, die etwas sagte.

»So etwas Grauenvolles habe ich in meinem ganzen Leben noch nie gegessen«, empörte sie sich. »Das ist noch schlimmer als die Spaghetti, die Dan uns gestern Abend aufgetischt hat – und das soll etwas heißen! Zumindest sind einem da nicht die Plomben herausgefallen! Warum kannst du nicht einmal *Bœuf Bourginion* oder irgendetwas Zivilisiertes kochen, Zoe?«

»Das ist eine tolle Idee«, meinte Dan sarkastisch. »Bist nicht du morgen an der Reihe? Dann kannst du uns endlich zeigen, wie man vernünftig kocht.«

Chloe funkelte ihn böse an. »Wenn du glaubst, dass *ich* mich für euch über einer Pfanne mit stinkenden Zwiebeln und rohem Fleisch abquäle, dann hast du dich verdammt getäuscht«, entgegnete sie kalt. »Falls du es schon vergessen haben solltest, will ich dich gern daran erinnern, dass ich letzte Woche die Einzige war, die eine essbare Mahlzeit auf den Tisch gebracht hat.«

»Weil du sie in einem Restaurant bestellt hast. Wenn ich mich nicht täusche, bestand dein Beitrag darin, deinen Martin in die Kälte hinauszuschicken, um sie zu holen. Zoe hat den Tisch gedeckt und dann auch noch abgewaschen.«

»Na und?«, entgegnete Chloe, schob angewidert den Teller von sich und schenkte sich noch ein Glas Wein ein.

Die Frage, wer unter der Woche das Kochen übernahm, führte bei den Mitbewohnern immer wieder zu größeren oder kleineren Auseinandersetzungen. Keiner von ihnen riss sich darum, aber alle wollten natürlich essen. Chloe traf fast immer an jenen Abenden, an denen sie an der Reihe war, mit einem Mann zu Hause ein, dessen Aufgabe es war, auf seine Kosten etwas von einer Fastfood-Kette oder einem der nahe gelegenen kleinen Restaurants zu holen.

Das führte dazu, dass sie sich einmal pro Woche mit Burgern, Pommes frites, halben Hähnchen, Pizza oder einem indischen oder chinesischen Essen den Bauch voll schlugen. Matt und Tess gefiel diese Lösung ausgesprochen gut; nur Zoe war nicht allzu glücklich darüber, weil Chloe sich nicht darum scherte, dass ihre Mitbewohnerin inzwischen Vegetarierin geworden war. Meist musste sie sich dann an Pommes frites mit einem Stück Käse schadlos halten.

Dan genoss zwar das Essen, ärgerte sich aber maßlos darüber, dass Chloe immer wieder ihrer Verpflichtung erfolgreich aus dem Weg ging. Die anderen vier krempelten die Ärmel hoch und gaben sich die größte Mühe, etwas zu kochen. Warum also nicht Chloe?

»Du solltest wie die anderen auch endlich einmal kochen.«

»Ich habe Besseres zu tun. Für so etwas Banales habe ich keine Zeit. Wenn es dich allerdings stört, was ich euch bringen lasse, dann kannst du an diesen Abenden gern allein für deine Mahlzeiten sorgen.«

Mit einem siegessicheren Lächeln nahm sie die Weinflasche und das Glas und ging hoch erhobenen Hauptes aus dem Zimmer. Dan warf ihr einen wütenden Blick hinterdrein.

Verdammt, wie gern hätte er sie einmal gevögelt! Am liebsten hätte er sie so lange und so fest genommen, dass sie sich ihm völlig unterwerfen würde und alles für ihn täte, was er sich nur vorstellte.

Er hätte sie gern vor sich gesehen, ihre herrlich langen Beinen gespreizt und gehört, wie sie ihn um weitere Wohltaten anflehte.

Eines Tages wollte er sie vor sich knien sehen – ihre fantastischen Brüste entblößt und mit offenem Mund, um seinen Schwanz in sich aufzunehmen.

Er wusste genau, dass er es ihr besser besorgen konnte, als sie es jemals erlebt hatte. Falls er nur die Chance bekäme, sie ins Bett zu locken … Wenn er von den Männerscharen ausging, die sie mit sich aufs Zimmer nahm, musste sie verdammt gut in der Koje sein.

Aber er würde bestimmt nicht den ersten Schritt tun. Schließlich wollte er nicht von ihr abgewiesen werden. Diese Genugtuung gönnte er ihr nicht. Es blieb ihm also nur die Hoffnung, dass sie ihm eines Tages nicht länger widerstehen konnte.

Wie sehr kränkte ihn dabei das Wissen, dass Matt ab und zu die Gelegenheit bekam, mit diesem herrlichen Geschöpf ins Bett zu steigen! Matt hatte es ihm zwar nicht selbst erzählt, aber Dan hatte ihn schon mehrmals aus ihrem Zimmer schleichen sehen. Obwohl er ihn ein- oder zweimal darauf angesprochen hatte, wich sein Mitbewohner geschickt jeder eindeutigen Antwort aus.

Warum also Matt – warum nicht auch Dan?

Eines Tages, schwor er sich.

Eines Tages.

Chloe schlug in ihrem Zimmer – das größte und schönste im ganzen Haus – verärgert auf ihre Stereoanlage ein. Warum, zum Teufel, funktionierten die Lautsprecher nicht mehr? Sie musste ihren Text auswendig lernen und brauchte dazu dringend Musik im Hintergrund.

Genervt riss sie die Tür auf. »Matt!«, rief sie. Er erschien mit nacktem Oberkörper in seiner Tür.

»Könntest du mal kommen und dir meine Stereoanlage anschauen?«, fragte sie, wobei sie ihren Blick auf seine kräftige, behaarte Brust richtete. »Sie funktioniert schon wieder nicht.«

»Gern. Warte einen Moment.« Er verschwand in seinem Zimmer und erschien wenige Augenblicke darauf mit einem Rugbyshirt, das er sich über den Kopf zog.

Chloe ließ sich elegant auf eine Chaiselongue nieder, die sie vor kurzem in einem Trödelladen entdeckt hatte. Einer ihrer Verehrer hatte sie für sie abgeholt und hierher bringen lassen. Sie trug einen weiten, leuchtend bunten Morgenmantel aus Seide, der mit Kaschmir gefüttert war. Die strahlenden Farben unterstrichen ihre exotische Schönheit.

»Gieß dir ein Glas Wein ein«, bot sie ihm großmütig an und nahm dann ihren Text zur Hand.

»Danke.«

Matt, der alles, was mit Elektronik zu tun hatte, problemlos bewältigte, untersuchte gewissenhaft die Stereoanlage. Chloe versuchte währenddessen, sich in ihre neue Rolle einzulesen. Im Zimmer war es warm, denn ihr Raum war der einzige im Haus mit einem Gasofen. Die Hitze und der Wein brachten sie in eine sinnliche Stimmung und ließen sie ihr Rollenbuch gelangweilt beiseite legen.

Ihr Blick schweifte ziellos durchs Zimmer, bis er an Matt hängen blieb. Bei der Betrachtung seines muskulösen Oberkörpers und des knackigen Hinterns verspürte sie plötzlich eine ihr wohl bekannte Hitze in der Lendengegend. Unruhig rutschte sie auf der Chaiselongue hin und her. Dann löste sie entschlossen den Gürtel ihres Morgenmantels, als ob es das Natürlichste auf der Welt wäre. Er rutschte ihr von der rechten Schulter und entblößte eine ihrer großen festen Brüste.

Stumm fing sie an, die Brust zu liebkosen, und kreiste dabei mit langen Fingern sanft um die immer härter werdende Spitze.

»Ich glaube, es liegt an …«

Matt drehte sich um und verschluckte sich beinahe, als er Chloe sah. Sie warf ihm einen heißblütigen Blick aus ihren blauen Augen zu, ohne dabei mit ihrer Liebkosung aufzuhören.

»Kannst du es richten?«, fragte sie.

Er antwortete nicht, denn er war von dem Bild, das sich ihm bot, wie verzaubert.

»Kannst du es richten?«, wiederholte sie ungeduldig.

Ohne ein Wort herauszubringen, nickte er. Chloe öffnete den Morgenmantel bis zur Taille und fuhr nun fort, auch mit der anderen Brust zu spielen.

»Na, dann mach schon«, befahl sie. Aber ihr wieder den Rücken zuzudrehen und mit ruhiger Hand die Anlage zu reparieren war eine genauso unmögliche Forderung, als hätte er plötzlich eine Arie auf Chinesisch singen sollen.

Sie tat so, als achtete sie nicht auf ihn, und hörte nicht auf, sich selbst zu streicheln. Der Morgenmantel klaffte nun ganz auf und enthüllte das seidige Dreieck ihres kurz geschnittenen Schamhaars.

Matt hatte das Gefühl, in Stein verwandelt worden zu sein – zumindest, was seinen Schwanz betraf. Er hockte regungslos da und hielt noch immer den Schraubenzieher in der Hand.

Chloe rutschte die Chaiselongue weiter nach unten und spielte nun mit ihrem Pelzchen. Deutlich konnte er die winzige rosa Knospe ihrer Klitoris sehen, die unter den äußeren Schamlippen feucht schimmernd hervorspitzte.

Sie streichelte sich so selbstvergessen, als ob sie allein im Zimmer wäre. Langsam spreizte sie die Beine, sodass er die nassen Falten ihrer Möse genau erkennen konnte. Er spürte, wie seine Beine weich wurden.

»Komm hierher«, murmelte sie. Er rutschte auf den Knien zu ihr, bis er sich unmittelbar vor ihr befand.

»Streichle meine Brüste«, befahl sie ihm. Seine großen männlichen Hände taten sogleich, wie ihm geheißen worden war. Matt holte tief Luft, als er die harten Knospen ihrer Brustspitzen fühlte. Er liebkoste sie hitzig, während sie weiterhin mit sich selbst spielte, ihren Honigtopf streichelte und immer wieder in ihn hineinfuhr. Plötzlich zuckte ihr Körper heftig zusammen, und sie kam zum ersten Höhepunkt.

Ihre Schreie der Lust hallten so laut im Zimmer wider, dass er sich am liebsten die Ohren zugehalten hätte. Dann öffnete sie die Beine noch weiter und sagte: »Fick mich.«

Matt sprang auf und zog sich hastig aus. Währenddessen kniete sie sich mit allen vieren auf die Chaiselongue und wartete darauf, dass Matt sie mit seinem großen, pulsierenden Schwanz von hinten nahm.

Als er auf das Sofa gestiegen war, schob sie ihm ungeduldig ihre hübschen Pobacken entgegen. »Lass dir nicht die ganze Nacht Zeit.«

Das musste sie Matt nicht zweimal sagen. Leidenschaftlich stieß er in ihren heißen Liebesschlund und beugte sich dann nach vorn, um sie an den Brüsten zu fassen. Sie schrie bei jedem Stoß auf, und ihre Hüften begannen sich rhythmisch auf und nieder zu bewegen.

Auf der anderen Seite der Wand biss Dan frustriert die Zähne zusammen. Matt war also wieder drauf und dran, es der Zicke zu geben. Was war nur los mit ihr? Sah sie denn nicht ein, dass *er* es ihr wesentlich besser besorgen könnte?

Die Laute, die durch die Wand drangen, brachten auch

seinen Schwanz wieder zum Stehen. Erhitzt sprang er auf und stürmte zu Zoes Zimmer. Ohne anzuklopfen, riss er die Tür auf und platzte hinein.

Überrascht drehte sie sich um. Sie war gerade dabei, sich ihr T-Shirt auszuziehen. Ihre schweren Brüste reckten sich ihm üppig entgegen; ein kleiner Spitzen-BH bedeckte sie nur teilweise.

Er packte Zoe und warf sie mit dem Gesicht nach unten auf ihr hohes, altmodisches Bett. Dann öffnete er seine Jeans und holte seinen Schwanz heraus. Es dauerte nur wenige Sekunden, um ihre Hose bis zu den Knien hinunterzuziehen – genauso, wie er das zuvor in der Küche getan hatte.

Er rammte sein Knie zwischen ihre Beine und schob sie auseinander. Sie ächzte schmerzvoll auf, als er in sie fuhr und ihr dabei vor Ungeduld wehtat.

Sogleich zog er sich aus ihr zurück und brachte sich in eine andere Position. Dann vergrub er seinen Schwanz von neuem in ihr. Da sie nicht sehr feucht war, war es vermutlich nicht sehr angenehm für sie; aber Zoe war eine Frau, die ihm das niemals gesagt hätte. Er war wie ein Besessener und pumpte wie verrückt in sie, bis er schließlich seinen heißen Samen in sie spritzte.

Sogleich zog er sich aus ihr zurück und warf sich atemlos neben sie aufs Bett. Zoe stand langsam auf und sah ihn verwirrt und mit feuchten Augen an.

Dans Zorn hatte sich gelegt, sobald er sich ergossen hatte; er zog sie neben sich auf die Matratze. Er wusste, dass sie nicht zum Höhepunkt gekommen war – nicht einmal andeutungsweise. Und dabei rühmte er sich stets, eine Frau niemals unbefriedigt zu lassen.

Ohne ein Wort zu sagen, schob er ein Kissen unter ihre Hüften und zog ihr nun die Jeans und das Höschen vollständig aus. Er kniete sich zwischen ihre geöffneten Beine und reizte langsam und sanft ihre Klitoris mit der Zunge.

5. Kapitel

Tess wachte mit dröhnenden Kopfschmerzen und dem unangenehmen Gefühl auf, dass etwas nicht stimmte. Sie lag im halb dunklen Zimmer und kämpfte gegen eine aufsteigende Depression an. Da wusste sie plötzlich, was mit ihr los war. Heute war ihr Hochzeitstag.

Ihre Scham schien fast genauso heftig zu pochen wie ihr Kopf, was allerdings wesentlich angenehmer war. Eine leichte Bewegung neben ihr im Bett ließ sie erschreckt zusammenzucken. Sie versuchte sich daran zu erinnern, wann Richard am Abend zuvor aufgetaucht war. Sollte er nicht eigentlich in ihrem Haus in Harrogate sein? Sie befand sich doch im Hotel, wo ihre Hochzeitsfeier stattfinden sollte – oder etwa nicht?

Tess entwich ein leises Stöhnen, als sie sich daran erinnerte, dass es nicht Richard war, der neben ihr im Bett lag – sondern vielmehr Dan.

O nein! Was hatte sie getan?

Es war eine Sache, während ihrer Unizeit ständig das Höschen für Dan herunterzulassen; es war jedoch etwas ganz anderes, dasselbe fünfzehn Jahre später wieder zu tun – vor allem, wenn es sich um die Nacht vor ihrer Hochzeit mit einem anderen Mann handelte.

Tess stand leise auf und taumelte ins Badezimmer. Sie trug noch immer ihre Strapse und einen schwarzen Seidenstrumpf, der inzwischen voller Laufmaschen war. Ihr Schamhaar, die Schenkel und ihr Strumpfband waren klebrig, und sie konnte eindeutig den scharfen Geruch nach Sex an ihr wahrnehmen.

Als sie in den Spiegel schaute, schreckte sie fast zurück. Sie sah fürchterlich aus. Ihr Gesicht war leichenblass, und das Make-up um ihre Augen war so verschmiert, dass sie wie ein Pandabär aussah. An ihrem Hals zeigte sich ein leichter Bluterguss. Dan hatte es schon immer genossen, seine Zeichen an den Körpern seiner Bettgenossinnen zu hinterlassen. Wahrscheinlich stammte das noch von dem pubertären Wunsch, die Frauen als sein Eigentum zu markieren. In den letzten fünfzehn Jahren hatte er sich also in dieser Hinsicht nicht geändert.

Tess wusste nicht, welcher verrückte Floh sie letzte Nacht gebissen hatte. Aber sie war so betrunken gewesen, dass sie sich an kaum etwas erinnern konnte. Trotzdem …

Es wäre ihr vermutlich besser gegangen, wenn sie sich hätte einreden können, dass Dan ihren Zustand ausgenutzt und sie gevögelt hatte, als sie zu besoffen gewesen war, um sich dagegen zu wehren. Aber sie wusste, dass es sich ganz gewiss nicht so abgespielt hatte.

War nicht vielmehr *sie* es gewesen, die den ersten Schritt getan hatte?

Für einen Moment schloss sie die Augen. Sie dachte daran, wie sie auf Dan an der Garderobe gewartet hatte und ihren Rock dann aufreizend hochgezogen hatte, um ihm wie eine läufige Hündin ihren entblößten Hintern entgegenzustrecken.

Tess schüttelte sich und durchsuchte ihren Kulturbeutel, bis sie das Aspirin fand. Sie nahm zwei Tabletten und überlegte sich, ob sie ein langes, heißes Bad nehmen sollte. Nein, es war bestimmt besser, darauf zu warten, bis ihre Kopfschmerzen ein wenig nachließen.

Leise schlich sie ins Schlafzimmer zurück und öffnete die Vorhänge einen Spalt. Es wurde gerade hell. Sie konnte im Morgengrauen deutlich die Schneedecke erkennen, die sich über die Landschaft gelegt hatte.

Anscheinend hatte es in der Nacht noch einmal geschneit. Mit etwas Glück würde es vielleicht manchen Gästen nicht möglich sein, zur Hochzeit zu kommen. Vor allem bei Richards politischen Spießgefährten hoffte sie das. Sie fröstelte, obwohl es in dem gut geheizten Zimmer nicht kalt war, und schlüpfte zurück ins Bett.

Eine warme Hand wanderte ihren Schenkel hoch, und Dan fragte mit rauer Stimme: »Wie fühlt sich die junge Braut heute Morgen?« Die Art und Weise, wie seine Hand zielsicher weiter nach oben glitt, zeigte Tess, dass er keine Antwort erwartete.

Chloe war gerade dabei, Matts morgendliche Erektion zu nutzen.

Sie kniete sich über ihn und gebrauchte seinen Schwanz dazu, ihre Klitoris an seiner Eichel auf und ab zu reiben, umso zum Höhepunkt zu kommen.

Matt lag auf dem Rücken und starrte wie verzaubert auf ihre herrlichen Brüste, die durch ihre Bewegungen rhythmisch auf und ab wippten. Er konnte kaum glauben, wie sehr sich sein Leben in den letzten zwei Tagen verändert hatte. Vor achtundvierzig Stunden war er noch mit der Eiskönigin persönlich verheiratet gewesen und hatte kaum je die Gelegenheit bekommen, mit ihr zu schlafen. Plötzlich jedoch hatte er innerhalb eines Tages mehr Sex gehabt als in den letzten sechs Monaten zusammen. Zuerst mit der schönen Studentin und jetzt unvorstellbarerweise mit Chloe.

Als sie noch gemeinsam in einem Haus gewohnt hatten, war sich Matt durchaus bewusst gewesen, dass er häufig als Lückenbüßer diente. Er war jemand, der sofort zur Hand war, wenn es darum ging, Chloes unstillbaren Hunger nach Sex zu befriedigen. Sowohl im Bett als auch außerhalb war sie immer tonangebend gewesen, und Matt hatte das wortlos hingenommen – ganz gleich, wie herausfordernd und anstrengend sie manchmal sein konnte. Es hatte ihn oft verblüfft, dass sie ihn dem sexuell wesentlich erfahreneren und viel forscheren Dan vorzog.

Diesmal hatte er nun wirklich nicht erwartet, dass sie ihm von neuem ihre Gunst schenken würde. Schließlich war sie inzwischen ein Star geworden.

Nachdem Dan und Tess am Abend zuvor so geheimnisvoll verschwunden waren, hatte sie verkündet, dass sie sich ebenfalls zurückziehen wolle. Auch er hatte sich ziemlich müde gefühlt und deshalb beschlossen, ihrem Beispiel zu folgen. Er wollte sich eben vor der Tür zu ihrer Suite von ihr verabschieden, als sie ihn plötzlich zu sich einlud – oder ihm vielmehr befahl einzutreten.

Sie goss sich und ihm einen großen Cognac ein, den sie beide schweigend tranken. Es herrschte eine seltsam angespannte Atmosphäre. Auf einmal verschwand Chloe im Badezimmer. Matt, der auf dem Sofa saß, fragte sich gerade, wo sie so lange blieb, als sie wieder erschien. Sie trug nun nur noch ein Gummihalsband und ein dazu passendes Armband, ein enges Lederhöschen und ihre hochhackigen roten Schuhe.

Matt schüttete vor Verblüffung den Cognac über sein Hemd.

Sie sah wundervoll herrisch aus, als sie so vor ihm stand. Ihre großartigen Brüste wirkten durch die schmale Taille und die schönen Kurven ihrer Hüften noch üppiger. Ihre Figur war noch atemberaubender geworden, seitdem er sie das letzte Mal gesehen hatte – wenn das überhaupt möglich war.

Sie trat einen weiteren Schritt auf ihn zu. Sogleich umgab ihn eine Woge ihres aparten, exotisch duftenden Parfüms, das sich mit dem Ledergeruch ihres Höschens vermischte. Wie in Trance streckte Matt eine Hand aus und strich ihr über die Hüfte.

Langsam, unglaublich langsam, spreizte sie die Beine. Es schockierte und erregte ihn zugleich, als er feststellte, dass das Höschen einen Schlitz aufwies. Deutlich waren die rosa Falten ihres Geschlechts und ihre rote Klitoris zu sehen.

Matts Puls pumpte das Blut so heftig durch seinen Körper, dass er glaubte, es rauschen zu hören. Sein Schwanz, der bereits bei Chloes Eintritt und dem Anblick ihrer nackten Brüste angeschwollen war, wurde nun so hart, dass er schmerzte.

Ihre so aufreizend zur Schau gestellte Vulva befand sich auf gleicher Höhe mit seinem Gesicht. Sie fuhr ihm durch sein schwarzes Lockenhaar und streichelte seinen Nacken, ehe sie plötzlich seinen Kopf gegen ihre Möse presste.

Chloe hatte es schon immer genossen, wenn man ihrem Geschlecht viel Aufmerksamkeit mit dem Mund zollte. Sie hatte ihn oft dazu gebracht, sie über Stunden hinweg zu lecken, an ihr zu saugen und an ihr zu knabbern, bis er das Gefühl hatte, keine Zunge mehr zu haben.

Es fühlte sich seltsam an, ihre Möse zu schlecken, ohne eines ihrer Schamhärchen zu spüren; ihr ganzer seidenweicher Busch wurde nämlich durch das eng sitzende Leder zurückgehalten. Matt fühlte sich geradezu wie ein Perversling. Vor allem der durchdringende Geruch des Leders, der sich mit Chloes Mösenduft vermengte, gab ihm das Gefühl, etwas Ungehöriges zu tun.

Nachdem er jahrelang mit einer Frau zusammengelebt hatte, die Sex als eine Zumutung zu betrachten schien, war Chloes herausfordernde Geste verdammt erregend. Er tauchte mit der Zunge in sie ein und erkundete jede Falte mit einer Begeisterung, die schon an Ekstase grenzte.

Sie ließ ihn fast die ganze Nacht nicht zur Ruhe kommen, sondern verlangte, sie in jeder nur möglichen Stellung zu befriedigen. Endlich schlief er erschöpft ein, sein Schwanz noch immer tief in ihr. Das Lederhöschen zog sie die ganze Nacht über nicht aus.

Am Morgen ritt sie so leidenschaftlich auf ihm, als ob sie bereits seit Monaten keinen Sex mehr gehabt hätte. Matt genoss jede Minute, die von dieser heißen Erregung erfüllt war.

Endlich stieg sie mit einem eleganten Schwung von ihm herunter und zog sich eine rote Seidenrobe über. Matt massierte sich vorsichtig seinen schmerzenden Penis.

»Ich sollte jetzt lieber in mein Zimmer zurückgehen«, sagte er, als sie sich an den Toilettentisch setzte und ihr schimmerndes schwarzes Haar zu bürsten begann.

Sie schaute sich um, als ob sie sich gar nicht bewusst gewesen wäre, dass er noch im Zimmer war.

»Ja«, murmelte sie und betrachtete sich interessiert im Spiegel. Plötzlich hatte Matt das Gefühl, ein unwillkommener Gast zu sein. Er stieg aus dem Bett und zog sich hastig an.

»Bis später«, verabschiedete er sich.

Chloe antwortete nicht einmal.

»Was, zum Teufel, tust du da?«, wollte Harold wütend wissen. Sein Gesicht war rot angelaufen.

»Was glaubst du denn, was ich tue?«, entgegnete Zoe aufrührerisch und warf die letzten Dinge in ihre Reisetasche.

»Du hast doch wohl nicht im Ernst vor, bei einem solchen Wetter nach Yorkshire zu fahren?«, fuhr er sie an. »Du bleibst hier – das ist mein letztes Wort!«

Ohne darauf zu antworten, nahm Zoe ihr korallenfarbenes Kostüm, das sie in einer Plastikhülle verstaut hatte, und verließ das Zimmer. Harold folgte ihr die Treppe hinunter.

»Hast du mich verstanden?«, bellte er. Am Fuß der Treppe drehte sie sich zu ihm um.

»Ich habe dich verstanden«, sagte sie mit ruhiger Stimme. »Wenn du nicht mitkommen willst, Harold, dann soll mir das recht sein. Aber ich werde mir die Gelegenheit nicht entgehen lassen, meine alten Freunde wieder zu sehen, nur weil *dir* nicht danach ist. Ich übernachte im Hotel und bin dann morgen wieder zurück.«

»Aber es hat die ganze Nacht geschneit«, empörte er sich. »Die Autobahn wird vermutlich gesperrt sein, und du musst die Nacht im Wagen verbringen.«

»Ich habe den Autoclub angerufen und mich erkundigt. Man hat mir gesagt, dass die Schneepflüge die Autobahn bereits geräumt haben«, erklärte sie ihm. Harolds zornige Miene verwandelte sich plötzlich in ein Mitleid heischendes Gesicht. Er änderte schlagartig seine Taktik.

»Zoe, fahr nicht. Es ist viel zu gefährlich. Bleib hier bei mir.«

Zitternd, aber wild entschlossen öffnete Zoe die Haustür. Es war das erste Mal, dass sie sich gegen Harold durchsetzte, und im Innersten wusste sie, dass es ihr überwältigendes Verlangen nach Dan war, das sie diesen Schritt tun ließ.

»Wir sehen uns morgen«, murmelte sie und eilte den Weg durch den knöcheltiefen Schnee zur Garage.

»Wenn du jetzt gehst, dann brauchst du nicht wieder zurückzukommen!«, brüllte er ihr nach. Auch er bebte, denn er konnte nicht verstehen, dass seine sonst so gehorsame Frau plötzlich einen eigenen Willen zeigte.

In Manchester waren die Straßen bereits geräumt, doch sobald sie sich nördlich der Stadt befand, wurde der Schnee tiefer. Auf der Autobahn war nur eine einzige Spur zu befahren, und der Schneematsch spritzte in einem gleich bleibenden Rhythmus auf ihre Windschutzscheibe.

Die Fahrt, die gewöhnlich eineinhalb Stunden dauerte, nahm diesmal drei Stunden in Anspruch. Zoe zitterte vor Anspannung, als sie endlich die Autobahn verließ und auf die Landstraße abfuhr.

Sie war froh, dass Tag war. Obgleich keine Sonne schien, fielen doch immer wieder ein paar Strahlen durch die dunklen Wolken am Himmel, die noch mehr Schnee versprachen.

Gegen Mittag traf sie endlich vor dem Hotel ein. Erleichtert parkte sie das Auto und atmete auf. Was sie jetzt brauchte, war eine Dusche, um sich den Schweißfilm abzuwaschen. Schließlich hatte sie einiges hinter sich. Sie hatte sich nicht nur Harold widersetzt, sondern auch eine schreckliche Fahrt absolviert.

Ehe sie die anderen suchte, ging sie deshalb in ihr Zimmer, um dort zu duschen, sich umzuziehen und sich neu zu schminken.

Tess hatte ihr eine Nachricht an der Rezeption hinterlassen und sie gebeten, sie sofort anzurufen, sobald sie angekommen war. Aber Zoe wollte sich zuerst wieder wie ein zivilisierter Mensch fühlen.

Sie stieg gerade aus der Dusche, als ihr Telefon klingelte.

»Hallo?«

»Zoe! Du bist also heil angekommen. Kannst du gleich bei mir vorbeischauen? Ich bin in Zimmer zweihundertzwei.«

»Hallo, Tess. Ich bin gerade erst eingetroffen und musste mich einfach duschen. Es war eine schreckliche Fahrt. Ich zieh mich noch schnell an und …«

»Dann komme ich zu dir.« Tess legte auf, ehe Zoe sie bitten konnte, ihr noch eine halbe Stunde Zeit zu geben. Zu Unizeiten waren die beiden schließlich gute Freundinnen gewesen und hatten sich auch danach noch mehrere Jahre regelmäßig gesehen.

Doch als Harold immer besitzergreifender geworden war, hatte Zoe es nicht mehr geschafft, sich gegen ihn durchzusetzen. Einmal im Jahr fuhr sie heimlich nach Leeds, oder sie traf Tess in Manchester, wenn Harold bei der Arbeit war. Doch schon bald fand sie diese Geheimniskrämerei zu kompliziert, sodass sich ihre Freundschaft schließlich nur noch auf brieflichen oder telefonischen Kontakt beschränkte.

Es war stets Tess gewesen, die sie anrufen musste, denn Harold kontrollierte die Rechnungen genau. Es gefiel ihm ganz und gar nicht, wenn sie das Telefon dazu hernahm, um mit ihren Freundinnen zu plaudern.

Nach wenigen Minuten klopfte es an die Tür. Als sie öffnete, stand Tess in einem hellgrünen Morgenmantel vor ihr; sie sah zerbrechlich, aber sehr schön aus. Die beiden Freundinnen umarmten sich, und dann warf sich Tess auf das Bett, während sich Zoe an den Toilettentisch setzte.

»Wie geht es dir?«, erkundigte sich Zoe. »Nervös?«

»Und wie«, gab Tess zu. »Ich habe gestern Abend ziemlich viel mit Dan, Matt und Chloe getrunken. Und jetzt muss ich dafür bezahlen.«

»Sie sind alle da?«, fragte Zoe, deren Magen sich vor Aufregung verkrampfte. »Haben sie sich sehr verändert?«

»Eigentlich gar nicht. Matt ist noch immer so freundlich wie früher, Chloe die gleiche Zicke, und Dan … Nun, Dan hat sich auch nicht verändert.« Tess setzte sich auf. »Sollen wir uns einen Drink genehmigen?« Gewöhnlich trank Zoe um diese Uhrzeit noch nicht, doch da Tess es wünschte, blieb ihr nichts anderes übrig, als ihr den Gefallen zu tun.

»Gut. Was sollen wir trinken?«, fragte Zoe.

»Champagner.« Tess hob den Hörer ab und bestellte eine halbe Flasche. Kurz darauf erschien ein Kellner und brachte das Gewünschte in einem Eiskübel. Er öffnete den Champagner und verließ das Zimmer. Tess trank sogleich ein halbes Glas und gestand dann: »Zoe, ich glaube, ich will gar nicht heiraten.«

»Natürlich willst du das. Du hast nur Angst. Es wird dir wieder viel besser gehen, sobald alles vorbei ist«, sagte sie beruhigend.

»Aber ich mag Richard nicht einmal besonders gern.«

Zoe dachte einen Augenblick lang nach. »Liebst du ihn nicht?«

»Ich weiß nicht. Er ist sehr amüsant und wirklich fantastisch im Bett. Das habe ich zumindest bis gestern Nacht geglaubt. O Zoe, ich habe Dan erlaubt, mit mir zu schlafen, und es war genauso gut wie früher. Sogar besser«, jammerte sie. Ihre Freundin starrte sie für einen Moment entsetzt an. Ihr sank das Herz.

»Du hast mit Dan in der Nacht vor deiner Hochzeit geschlafen?«

Tess nahm noch einen Schluck Champagner und musste husten, da sie zu schnell getrunken hatte. »Ich weiß nicht, was in mich gefahren ist. Ich war so nervös wegen der Hochzeit und des Wiedersehens … Da hatte ich plötzlich das Gefühl, als wären wir alle noch Studenten. Und so führte eins zum andern …« Sie verstummte.

Zoe, die ihr ganzes Leben stets die Gefühle der anderen vor ihre eigenen gestellt hatte, sagte beruhigend: »Ach, es ist doch gar nicht so wichtig. Du fühlst dich jetzt schlecht, weil du einen Kater und vermutlich nicht viel geschlafen hast. Aber es ist doch nichts Schlimmes passiert.«

»Doch, das ist es. Ich glaube, dass ich Richard doch nicht heiraten will.«

»Warum hast du ihn eigentlich heiraten wollen?«, erkundigte sich Zoe neugierig.

»Ach, dafür gab es viele Gründe. Nachdem ich jahrelang von einem Mann zum anderen gewechselt bin, hatte ich das Gefühl, endlich Sicherheit zu brauchen. Und Harrogate ist sehr klein und extrem konservativ. Die Zeiten ändern sich, und ich wollte mir keinen schlechten Ruf einhandeln. Das wäre für meine Karriere nicht gut gewesen. Richard tauchte zum richtigen Zeitpunkt auf und bot mir das, was ich gerade wollte: immer derselbe Mann in meinem Bett, der Sex genauso gern mag wie ich.«

Tess hielt inne, nahm das Glas mit Champagner und ging dann durchs Zimmer, um aus dem Fenster zu starren. Nach einer Weile wandte sie sich wieder Zoe zu.

»Je älter ich werde, desto wichtiger wird für mich das Geld, und Richard besitzt viel davon. Ich verdiene selbst auch ziemlich gut, und mit unserem gemeinsamen Einkommen können wir uns einen sehr angenehmen Lebensstil leisten.«

»Du warst immer der letzte Mensch, von dem ich angenommen hätte, dass er einmal so etwas sagen würde«, stellte Zoe überrascht fest.

Tess hatte noch nie zuvor ihr Gehalt oder ihren Lebensstil erwähnt. Wenn sie sich in der Vergangenheit getroffen hatten, war Zoe zwar der allmähliche Wandel ihrer Freundin von der nachlässigen Studentin zur gepflegten Karrierefrau aufgefallen. Doch sie hatte nie mitbekommen, in welcher Umgebung Tess lebte, und so war sie immer davon ausgegangen, dass sich nichts Wesentliches bei ihr geändert hätte.

»Ja, die Dinge wandeln sich. Wie die Menschen auch, und ich habe mich wirklich sehr verändert. Als ich noch im Baureferat arbeitete, hielt ich privaten Immobilienbesitz für etwas, was verboten werden sollte. Ich war der Ansicht, dass jeder dasselbe Gehalt bekommen muss – ganz gleich, was er tut. Jetzt bedeutet mir mein Leben in meinem Haus mit den sechs Zimmern und mit meinem

BMW immens viel; irgendein kleiner Teil in mir schämt sich aber auch dafür.«

Sie strich sich eine blonde Haarsträhne aus dem Gesicht und wandte den Kopf von Zoe weg zum Fenster. Ihr Morgenmantel fiel auf und entblößte den oberen Teil ihres alabasterweißen Dekolletés. Zoe stellte sich plötzlich vor, wie Dan Tess gestreichelt hatte, und errötete vor Scham.

»Du hast ein großes Haus und einen BMW?«, fragte sie verblüfft. Sie hatte stets angenommen, dass sie und Harold in ihrem Häuschen mit den vier Zimmern und mit einem Wagen für jeden ausgesprochen angenehm und gut lebten.

Tess nickte. »Ja. Und wir fahren im Urlaub auf die Seychellen, gehen ständig essen, und ich gebe ein Vermögen für Klamotten aus. Ich hatte angenommen, dass mein Leben so ist, wie ich das möchte; aber nach der Nacht mit Dan bin ich mir nicht mehr so sicher.«

Wenn Zoe neidisch veranlagt gewesen wäre, hätte sie all das nicht ertragen. Tess besaß so viel *und* hatte eine lange, wundervolle Nacht mit Dan verbracht.

Es war einfach nicht fair.

Sie gab sich die größte Mühe, diese kleinlichen Gedanken zu unterdrücken, und überlegte stattdessen, wie sie Tess trösten konnte.

»Betrachte gestern Nacht einfach als dein letztes sexuelles Abenteuer vor der Ehe«, schlug sie vor. Sie war überzeugt, dass ihre Freundin vor dem großen Schritt, den eine Hochzeit nun einmal bedeutete, schlichtweg nervös war – und mehr nicht. Ihre erneutes Zusammentreffen mit Dan hatte sie wahrscheinlich nur noch kribbeliger gemacht.

»Du hast vermutlich Recht«, meinte Tess. »Ich benehme mich bloß wie eine dumme Gans. Dan fährt morgen wieder nach London, und Richard und ich brechen in unsere Flitterwochen nach Mexiko auf. In einigen Tagen werde ich bereits vergessen haben, wie gut Dan im Bett war. Er schafft es übrigens noch immer mehrmals hintereinander.« Ihr Tonfall klang plötzlich träumerisch.

Zoe spürte, wie sie eine Welle der Erregung durchlief. Sie dachte an ihre eigenen Erfahrungen mit Dans legendärer Ausdauer.

Plötzlich warf Tess einen Blick auf ihre Uhr. »Ich sollte mich allmählich anziehen«, sagte sie widerstrebend. »Kommst du in mein Zimmer, wenn du so weit bist?«

»Natürlich. Bis später also.«

Tess war nach ihrer zweiten Dusche an diesem Vormittag damit beschäftigt, sich auf ihr Make-up zu konzentrieren. Sie brauchte eine halbe Ewigkeit dazu, da sie so leichenblass und richtig abgewrackt aussah.

Als sie schließlich ihr Bestes gegeben hatte und mit ihrem Aussehen recht zufrieden war, zog sie ihr neues perlweißes Seidenhemdchen und das dazu passende Höschen an. Dann fuhr sie in die cremefarbenen Seidenstrümpfe und befestigte sie an den Strapsen.

Ihre Hochzeitsgarderobe bestand aus einem auf Taille geschnittenen elfenbeinfarbenen Wollkleid mit einem passenden Mantel. Tess war gerade dabei, das Kleid zu schließen, als es an der Tür klopfte und Zoe ins Zimmer trat.

In ihrem sexy korallenfarbenen Kostüm und den für sie ungewöhnlich hohen Absätzen sah sie besser aus, als Tess sie seit vielen Jahren gesehen hatte.

Bewundernd begutachtete Zoe das Kleid der Braut.

»Es ist an der Zeit, dass ich hinuntergehe«, sagte sie nach einer Weile. »Matt hat mich vor ein paar Minuten in meinem Zimmer angerufen. Ich treffe sie alle unten in der Bar.«

Sie zitterte vor Nervosität. Zum Glück würde Matt dabei sein. Wenn es nur Dan und Chloe gewesen wären, hätte sie ein Wiedersehen nicht durchgestanden. Aber Matt würde ihr schon über die peinlichen Momente hinweg helfen.

»Bleib doch noch«, sagte Tess, die plötzlich von neuem in Panik ausbrach. »Ich will jetzt nicht allein sein.« Sie hatte sich dazu überwunden, das Zimmermädchen zu bitten, die Bettwäsche zu wechseln, damit sie heute Nacht mit Richard in einem frischen Bett lag. Ihr Flug nach Mexiko war nämlich erst für morgen gebucht.

In diesem Augenblick klopfte es wieder an der Tür. Zoes Herz blieb vor Schreck beinahe stehen, als Dan eintrat.

Er sah noch genauso aus wie früher – und doch anders. Sein früher einmal langes Haar wurde merklich dünner und war kurz geschnitten. Auf seinem Gesicht zeigten sich Linien, an die sie sich nicht erinnern konnte. Doch er besaß noch immer dieselbe betörend erotische Ausstrahlung wie damals.

Ihr Mund wurde trocken, und sie wusste nicht, was sie sagen sollte. Er kam strahlend durchs Zimmer auf sie zu und umarmte sie stürmisch. Als sie gegen seinen großen, männlichen Körper gepresst wurde, hatte sie auf einmal das Gefühl, als ob ihre Welt aus den Fugen geriete.

»Zoe!« Er löste sich von ihr, um sie genauer betrachten zu können. Dann gab er ihr einen Kuss. »Du siehst fantastisch aus. Wirklich toll!« Seine Hand wanderte Besitz ergreifend über ihren üppigen Hintern und brachte sogleich ihr Blut in Wallung.

»Hallo, Dan«, stammelte sie. Er legte ihr den Arm um die Schultern und führte sie sanft, aber entschlossen zur Tür.

»Matt wartet schon in der Bar. Keine Ahnung, wo sich Chloe herumtreibt, aber wenn die dumme Kuh mit uns zur Kirche fahren will, muss sie sich beeilen. Ich warte bestimmt nicht auf sie. Ich wollte nur noch schnell Tess viel Glück wünschen. Geh doch schon hinunter – ich komme dann gleich nach.«

Plötzlich fand sich Zoe auf dem Flur vor der geschlossenen Tür wieder, ohne einen vollständigen Satz herausbekommen zu haben.

Drinnen musterte Dan die Braut bewundernd von Kopf bis Fuß. »Richard kann sich als einen glücklichen Mann schätzen«, sagte er und streichelte ihr begehrlich über die Brust. Sie zuckte wie elektrisiert zusammen und tat einen Schritt zurück. Es wäre ihr lieber gewesen, wenn er nicht gekommen wäre, und doch hatte er bereits wieder den Funken der Lust in ihr entzündet.

Sie sah das ihr so vertraute Funkeln in seinen Augen. Entschlossen trat er wieder auf sie zu, doch sie wich ihm beharrlich aus. Schließlich stieß sie mit dem Fuß gegen die Wand. Jetzt gab es keine Fluchtmöglichkeit mehr. Ohne ein Wort zu sprechen, zog er ihr den Rock bis zur Taille hoch, schob ihr die Hand zwischen die Beine und begann, ihre Möse zu massieren.

»Dan, das geht nicht«, flüsterte sie. »Wir haben nicht genug Zeit.«

Er antwortete nicht, sondern fuhr mit dem Reiben so lange fort, bis er spürte, wie das Stückchen Seide zwischen ihren Schenkeln immer feuchter wurde. Sie stöhnte und spreizte jetzt bereitwillig die Beine.

Das war das Zeichen, auf das Dan gewartet hatte. Er glitt mit zwei Fingern in ihr Höschen und berührte ihre Klitoris. Einen Großteil der Nacht hatte er damit verbracht, Tess von einem Höhepunkt zum nächsten zu bringen, indem er mit ihrer Perle gespielt hatte. Nun zuckte sie zusammen, als ob sie einen Stromschlag bekommen hätte.

Sie merkte, wie ihre Knie weich wurden. Bebend lehnte sie sich an ihn und spürte seinen steifen Schwanz an ihrem Schenkel. Dan schob seine Finger in sie und testete, wie feucht sie war. Ihre Möse troff vor Saft.

Tess stöhnte und öffnete die Beine noch weiter.

Mit fliegender Hast machte er seine Hose auf, holte sein Glied heraus und stieß es mit einer einzigen Bewegung tief in sie hinein. Er packte sie am Hintern und drückte sie gegen die Wand, sodass sie sich daran lehnen und ihre Beine um seine Taille schlingen konnte.

Erhitzt fanden sie zu einem gemeinsamen Rhythmus der Lust. Ihr Stöhnen war in dem stillen Zimmer deutlich zu hören. Dan küsste sie gierig, während sein Schwanz in ihre geschwollene Möse pumpte. Wie eng sie sich anfühlte! Tess erreichte in dem Moment den Höhepunkt, als das Telefon klingelte. Sie reagierte jedoch nicht, bis auch Dan nach weiteren heftigen Stößen in sie spritzte.

Das Läuten hörte auf, als sie die Beine von ihm löste und sich mit zitternden Knien auf den Boden stellte. Kurz darauf klingelte es von neuem. Sie eilte zum Apparat, wobei ihr der Rock noch immer um die Taille gewickelt war. Dans Saft lief ihr klebrig die Schenkel hinunter.

»Ja?«, meldete sie sich mit geistesabwesend klingender Stimme. »In Ordnung. Ich bin gleich unten.« Sie drehte sich zu Dan um, der inzwischen allerdings im Badezimmer verschwunden war. »Der Wagen ist hier!«, rief sie ihm zu. Er war noch mit seinem Reißverschluss beschäftigt, als er wieder herauskam; auf seinem Gesicht zeigte sich ein selbstzufriedenes Lächeln.

»Ich gehe dann besser. Die anderen warten bestimmt schon auf mich.« Er gab ihr einen flüchtigen Kuss und schritt zur Tür, während Tess ins Badezimmer eilte und ihr Bestes tat, um sich noch schnell frisch zu machen.

Matt begrüßte Zoe voll Wiedersehensfreude, während Chloe ihr altes Spiel trieb. Sie tat so, als wüsste sie nicht mehr, wer ihre frühere Mitbewohnerin überhaupt war.

Zoe hatte sich bei Begegnungen mit der Schauspielerin schon immer eingeschüchtert gefühlt; jetzt jedoch empfand sie Chloe geradezu als bedrohlich.

Sie trug ein schwarzes Seidenkostüm, das wirklich todschick geschnitten war und ihre Figur optimal betonte. Dazu hatte sie passende Lederhandschuhe, schwarze Seidenstrümpfe und hochhackige schwarze Schuhe angezogen. Ihr luxuriöser Pelzmantel war hinter ihr über die Stuhllehne drapiert.

Zoe, die sich bisher in ihrem neuen Kostüm recht sexy vorgekommen war, sank bei diesem Anblick innerlich sofort in ihre frühere Bedeutungslosigkeit zurück. Matt plauderte jedoch munter mit ihr, und so gab sie sich die größte Mühe, ihm ihre ganze Aufmerksamkeit zu schenken. Innerlich war sie jedoch noch sehr aufgewühlt, wenn sie an ihr Zusammentreffen mit Dan dachte. Auch Matt sah gut aus. Sein dunkles, gelocktes Haar war jetzt kürzer, und es zeigten sich bereits die ersten grauen Strähnen darin. Er schien müde zu sein, wirkte aber im Ganzen noch immer wie der alte Matt. Sie war erleichtert, dass er da war und so ein wenig die Spannung milderte.

»Wo ist Dan?«, fragte Chloe unvermittelt.

»Bei Tess«, erwiderte Zoe und errötete. Sie malte sich aus, was die beiden vermutlich gerade trieben.

»Er vögelt sie wahrscheinlich noch einmal so richtig durch«, sagte Chloe grob. Zoe lief noch röter an. Die Schauspielerin hatte es also zumindest erraten.

Die anderen Hochzeitsgäste, die im Laufe des Vormittags im Hotel eingetroffen waren, brachen auf, um zur Kirche zu fahren. Schließlich saßen sie nur noch zu dritt in der Bar. Matt warf immer wieder einen Blick auf seine Uhr und meinte nach einer Weile: »Ich würde vorschlagen, wie gehen zur Empfangstheke.«

Er überlegte gerade laut, ob er Tess in ihrem Zimmer anrufen lassen sollte, als Dan die Treppe herunterkam. Er trug die unverwechselbare Miene eines Mannes zur Schau, der vor kurzem sexuell befriedigt worden war.

»Na, endlich«, sagte Chloe. »Wir wollten soeben ohne dich los.«

»Hattet ihr vor, zu Fuß zu gehen?«, erkundigte er sich freundlich und schlüpfte in den zweiten Ärmel seines Mantels.

»Matt oder Zoe hätten auch fahren können«, wies sie ihn mit kalter Stimme zurecht.

Zoe malte sich aus, wie verstimmt Chloe gewesen wäre, wenn sie sich in ihr kleines Auto hätte quetschen müssen. Sie war froh, dass Dan endlich da war.

»Also? Seid ihr so weit? Dann geht's los«, sagte Dan.

6. Kapitel

Es war ein klirrend kalter Wintertag. In der kleinen Dorfkirche gab es keine Heizung, und der Atem der Hochzeitsgäste stieg während des Gottesdienstes nach oben und hing in weißen Wölkchen über ihren Köpfen.

Der Organist wollte die Hochzeit anscheinend so schnell wie möglich hinter sich bringen, um wieder ins Warme zu kommen. So nudelte er die Hymnen und Choräle derart flott herunter, dass die versammelten Hochzeitsgäste kaum mithalten konnten.

Der Vikar hielt eine entsprechend kurze Ansprache, sodass die meisten Anwesenden gar nichts davon mitbekamen und noch darauf warteten, als alles bereits vorbei war. Es war die schnellste Hochzeitszeremonie, die Zoe jemals miterlebt hatte. Anschließend stellten sich alle bereitwillig vor der Kirche zu Aufnahmen zusammen. Allerdings blies ein so eisiger Wind über die verschneiten Moore, dass viele nicht lange blieben, sondern zu ihren warmen Autos eilten, um ins Hotel zurückzufahren.

Zoe saß neben Matt auf dem Rücksitz von Dans Wagen. Chloe hatte selbstverständlich den Beifahrersitz für sich in Anspruch genommen und so lange neben der Tür gewartet, bis Dan um das Auto geeilt war und sie ihr geöffnet hatte. Zoe war froh, als Matt einen Arm um sie legte und sie an sich zog. Hoffentlich würde sie bald wieder ihre in der Kirche gefühllos gewordenen Zehen spüren.

»Kann man die Heizung hier nicht höher stellen?«, wollte Chloe wissen und fummelte an einem der Belüftungsregler herum.

Zu Zoes und Matts Überraschung erwiderte Dan mit milder Stimme: »Es braucht eine Weile, bis es wärmer wird. Dein schöner Mantel sollte dich doch eigentlich warm halten, nicht wahr?«

Stumm holte Chloe ein kleines Spray mit Eau de Parfum aus ihrer Tasche und sprühte sich damit ein, ohne darauf zu achten, dass die anderen zu husten begannen.

Matt dachte über Dans wohlwollendes Verhalten nach. Er war sich sicher, dass er Chloe ins Bett bekommen wollte.

Sonst würde sie noch immer vor der Wagentür stehen und darauf warten, dass er sie für sie öffnete. Und auch ihre Beschwerde über die Autoheizung hätte ihn andernfalls bestimmt zu einer schärferen Antwort verleitet.

Das versprach interessant zu werden. Er fragte sich, ob auch Zoe begriff, was vor sich ging. Matt warf einen raschen Blick auf ihr kleines Gesicht mit der vor Kälte rot angelaufenen Nase. Er bezweifelte es eigentlich, denn Zoe hatte sich noch nie als besonders welterfahren gezeigt.

Im Gegensatz zum üblichen Verlauf einer Hochzeit waren diesmal die Brautleute die Letzten, die den Kirchplatz verließen. Der Vikar war eilig verschwunden, nachdem er ihnen gratuliert hatte; und selbst der Fotograf – ein alter Hase, was winterliche Hochzeiten in Yorkshire betraf – hielt es für das Beste, die meisten Aufnahmen beim Empfang im Hotel zu machen.

Sobald sie im Hochzeitsauto saßen, nahm Richard seine junge Frau in die Arme und küsste sie leidenschaftlich. Sie konnte riechen, dass er Whisky getrunken hatte. Vermutlich spürte er die Kälte nicht so sehr wie sie, da er sich rechtzeitig dagegen gewappnet hatte.

Ehe ihr ganz klar wurde, was er vorhatte, wanderte seine eiskalte Hand ihre Schenkel hoch und fummelte an ihrem Seidenhöschen. Er holte tief Luft, als er spürte, wie feucht der Stoff zwischen ihren Beinen war.

»Liebling, du bist ja klatschnass. Ich kann es kaum erwarten, mit dir allein zu sein. Ich habe dich gestern Nacht im Bett vermisst. Du mich auch?«

Tess, die der Gedanke quälte, dass die Feuchtigkeit zwischen ihren Schenkeln von Dans Samen stammte, schob seine Hand fort. Jetzt war nicht der richtige Zeitpunkt für die harte, eiskalte Wahrheit – obwohl Richards Glied ziemlich hart und ihr eiskalt war.

»Natürlich«, erwiderte sie leichthin. »Aber hör jetzt auf damit, sonst bin ich so erregt, dass ich es sofort machen will – vielleicht sogar hier auf dem Rücksitz.« Sie rückte ein Stückchen von ihm ab.

Nachdem Dan sie genommen hatte, war ihr gerade noch Zeit geblieben, sich hastig zu waschen. Es war dringend nötig, dass sie sich so bald wie möglich duschte und ein frisches Höschen anzog, denn sie konnte den Sex mit ihrem alten Freund noch immer an sich riechen. Auf keinen Fall durfte Richard Wind davon bekommen, was sie nur wenige Minuten vor der Hochzeit getrieben hatte.

»Du siehst sehr vornehm aus«, sagte sie, um das Thema zu wechseln. Er strich sich durch seine gepflegt schimmernden Haare und lächelte zufrieden. Es stimmte. Mit seinen aristokratischen Gesichtszügen und den dunklen, grau melierten Haaren sah er wirklich sehr distinguiert aus.

»Und du bist so hinreißend wie immer, Liebling«, entgegnete er höflich. »Ach, da sind wir ja. Ich brauche jetzt dringend einen Whisky.«

Tess schaffte es nicht, sich in ihr Zimmer zurückzuziehen und eine Dusche zu nehmen. Richard wollte sie nicht von seiner Seite lassen, und als sie sich mit der Ausrede entschuldigte, ihre Nase pudern zu müssen, meinte er nur: »Das ist doch gar nicht nötig.«

»Aber ich muss auf die Toilette«, drängte sie.

»Da vorn gibt es auch eine«, erwiderte er und wies auf die Damentoilette, die sich vor dem Saal befand, wo die Festlichkeiten stattfanden. Widerstrebend ging sie dort hinein. Hoffentlich konnte sie sich wenigstens mit einem feuchten Klopapier abwischen. Aber eine von Richards schrecklichen Tanten stand vor dem Spiegel und rückte sich gerade ihren Hut zurecht. Erfreut, die Braut allein zu sprechen, wartete sie vor der Kabine auf sie und plapperte währenddessen ohne Unterlass.

Verzweifelt holte Tess ihr Parfüm aus der Handtasche und sprühte sich ihren Venushügel damit ein. Der Alkohol brannte unangenehm auf ihren geschwollenen Schamlippen.

Als sie zu den Gästen zurückkehrte, legte Richard sofort den Arm um sie und hielt sie so umfangen, während sie mit verschiedenen Leuten sprachen. Jedes Mal, wenn sie sich umdrehte, schaute sie in Dans Augen. Er warf ihr verschwörerische Blicke zu, die vermutlich die Aufmerksamkeit der Umstehenden auf sie lenkten.

Als Richard schließlich mit einem seiner Freunde sprach, trat er zu ihr. »Ich gratuliere euch, Tess. Und ich hoffe, dass dich dein Mann sehr glücklich machen wird.« Es war klar, was er in Wirklichkeit damit meinte: »Bestimmt nicht so glücklich, wie ich es könnte – zumindest nicht im Bett.«

Richard drehte sich zu ihnen um, und Tess sah sich gezwungen, die beiden Männer einander vorzustellen. Warum konnte Dan nicht plötzlich unter einem furchtbaren Magenkrampf leiden und somit für den restlichen Tag von der Bildfläche verschwinden?

»Hallo, Dan. Nett, Sie kennen zu lernen. Sie sind doch

der Autor, mit dem Tess befreundet ist?«, begrüßte ihn Richard freundlich. »Sie schreiben pornografische Romane, nicht wahr? Nicht gerade mein Fall, aber Tess sagt, dass sie sehr gut wären.«

Dans Bücher gehörten tatsächlich zu Tess' bevorzugter Lektüre, wenn sie masturbieren wollte. Sie musste zugeben, dass er genauso wirkungsvoll schrieb wie er vögelte. Aber sie wollte nicht, dass Dan das erfuhr. Er war bereits eingebildet genug.

Wie hatte sie es zulassen können, von ihm gefickt zu werden? Nicht nur in der Nacht vor ihrer Hochzeit, sondern sogar am Tag selbst!

Sie musste den Verstand verloren haben.

»Sie sollten nächsten Sommer zu uns kommen und uns besuchen«, meinte Richard. Er hielt Dan für einen geeigneten Gast, mit dem er so manche seiner etwas liberaler eingestellten politischen Gesinnungsgenossen bei einem Dinner beeindrucken konnte. Wenn er die nächste Wahl gewann und viel Zeit in London als Abgeordneter verbringen musste, konnte es bestimmt auch nicht schaden, dort so viele namhafte Persönlichkeiten wie nur möglich zu kennen.

»Danke. Das würde ich mit dem größten Vergnügen«, erwiderte Dan und warf Tess ein anzügliches Lächeln zu, was sie mit steinerner Miene registrierte. Das hätte ihr wirklich noch gefehlt! Mit Dan unter einem Dach und ständig damit beschäftigt zu sein, ihn abzuwimmeln, wenn Richard für zwei Minuten das Zimmer verließ. Ihr alter Freund mochte es vielleicht genießen, gefährlich zu leben – er hatte schließlich nichts zu verlieren. Aber sie wollte das ganz und gar nicht.

Sie würde alle Hebel in Bewegung setzen, um Dan davon abzuhalten, die Einladung tatsächlich anzunehmen.

»Ich bin mir sicher, Dan führt in London ein so aufregendes Leben, dass er sich bei uns tödlich langweilen würde«, sagte sie mit süßer Stimme.

»Ganz und gar nicht«, entgegnete Dan aalglatt. »Ich bin gern von Zeit zu Zeit auf dem Land. Und wer weiß? Vielleicht entdecke ich, dass Harrogate in Wahrheit ein Zentrum erotischer Intrigen darstellt, und ich bekomme dort ein paar neue Ideen für mein nächstes Buch …«

Richard lachte belustigt. »Wohl eher politische Intrigen. Es würde mich jedenfalls freuen, wenn Sie die Gegend im Sommer sehen würden. Hier ist es nämlich nicht immer so trostlos wie jetzt.«

Tess atmete erleichtert auf, als Dan weiterging.

Zu seiner angenehmen Überraschung hatte er nämlich festgestellt, dass es mehrere attraktive Damen gab, die zu den Hochzeitsgästen gehörten und es wert waren, dass er ihnen seine Aufmerksamkeit schenkte. Er wollte sich jedoch vor allem auf Chloe konzentrieren, die bestimmt die härteste Nuss war, die es zu knacken galt.

Die süße kleine Zoe schien wie früher allzu willig, wie ein reifer Apfel in seine Hände zu fallen – das konnte er deutlich erkennen. Er wusste, dass sie inzwischen verheiratet war; doch sie wirkte wie eine erotisch unerfüllte Frau. Es sah ganz so aus, als ob ihr Mann sie nicht häufig genug nahm, um sie zufrieden zu stellen. Doch an diesem Wochenende hatte sie nun das Glück, *ihn* wieder zu sehen. Er würde es ihr so heftig besorgen, dass sie einige Zeit davon zehren konnte.

Grinsend ging Dan an die Bar.

Chloe genoss das Fest.

Sie war wieder einmal von einer Gruppe bewundernder Männer umringt – ganz so, wie sie es mochte. Zoe stand ein paar Meter von ihr entfernt und klammerte sich an ihre Handtasche, als ob ihr Leben davon abhinge. Die Schauspielerin gab sich keinerlei Mühe, ihre frühere Mitbewohnerin in eine Unterhaltung zu ziehen. Wenn Zoe nicht die Gewandtheit besaß, sich unter Fremden zurechtzufinden, dann hätte sie lieber zu Hause bleiben sollen.

Zoe war zutiefst erleichtert, als Dan mit zwei vollen Gläsern neben ihr erschien.

»Ich habe mich zur Bar durchgekämpft und uns etwas zu trinken geholt«, sagte er. »Wollen wir uns irgendwo hinsetzen?«

Sie nickte und schaute bewundernd zu ihm auf. Dann folgte sie ihm zu einem Tisch. Schon bald gesellte sich Matt zu ihnen.

»Zum Glück war der Gottesdienst so kurz«, sagte Matt. »Ich wusste gar nicht, dass es so kalt werden kann. Ich habe mich gerade erst wieder aufgewärmt und kann meine Füße immer noch nicht spüren.«

»Ich befürchtete schon, dass mir der Schwanz abfällt«, sagte Dan. »Das hätte den Frauen bestimmt nicht gefallen.«

Matt schnitt eine Grimasse. »Träum weiter, Freund. Ist dir inzwischen wärmer, Zoe?«

Sie nickte schüchtern. Plötzlich fühlte sie sich wieder glücklich, denn sie saß zwischen ihren zwei Favoriten – von Harold natürlich abgesehen, wie sie hastig in Gedanken hinzufügte.

Sie plauderten eine Weile miteinander, und dann entschuldigte sich Zoe bei den beiden Männern. Sie musste dringend ein gewisses Örtchen aufsuchen und eilte zu den Damentoiletten, wobei sie mit ihren ungewohnt hohen Absätzen ein wenig ins Stolpern geriet.

Auf dem Weg zurück verlor sie tatsächlich das Gleichgewicht und stieß dabei gegen einen Mann, der ihr gerade entgegenkam. Er fing sie auf, und sie schaute ihn dankbar an. Plötzlich errötete sie zutiefst.

»Ray!«, rief sie entsetzt aus.

Für einen Moment sagte keiner der beiden ein Wort. Sie wollte sich schon abwenden und vor ihm fliehen, als er sie am Arm fasste und festhielt.

»Lenk die Aufmerksamkeit der anderen nicht auf uns«, flüsterte er ihr zu. »Was sollen die denn denken, wenn du vor mir davon läufst, als wäre ich ein Ungeheuer?«

»Tut mir Leid«, entgegnete sie, sah ihn jedoch nicht an. »Ich habe nicht erwartet, dich jemals wieder zu sehen – und schon gar nicht hier.«

»Ich kenne viele Leute«, erwiderte er leichthin und gönnte ihr ein charmantes Lächeln. »Bist du eine Freundin der Braut oder des Bräutigams?«

Zoe schaute sich verzweifelt um. Warum öffnete sich nicht der Boden unter ihren Füßen und verschlang sie? Vor lauter Scham glaubte sie jeden Augenblick in Ohnmacht fallen zu müssen.

»Tu einfach so, als ob wir flüchtige Bekannte wären«, ermunterte er sie. »Kennst du nun Tess oder Richard?«

Zoe schluckte, schloss kurz die Augen und öffnete sie dann wieder. »Tess und ich sind gemeinsam auf die Uni gegangen«, stammelte sie.

»Und ich bin ein entfernter Verwandter von Richard. Ist die Welt nicht klein?«

Er war groß, blond und *sehr* attraktiv. Zoe bemerkte, wie ihm ein paar Frauen interessierte Blicke zuwarfen. Sie hatte das Gefühl, vom Blitz getroffen worden zu sein, und war überhaupt nicht in der Lage, seiner Unterhaltung mit ihr zu folgen. Verzweifelt platzte sie heraus: »Ich muss jetzt zu meinen Freunden.« So schnell es ihre hohen Schuhe erlaubten, eilte sie davon.

»Alles in Ordnung?«, erkundigte sich Matt, als er Zoes gerötete Wangen sah. Sie nickte, hob ihr Glas und nahm einen großen Schluck. Für einen Moment betrachtete er sie neugierig und wandte sich dann wieder Dan zu. Auf diese Weise blieb Zoe Zeit, sich zu sammeln.

Als sie nach der Hochzeitsfeier ins Hotel zurückgekehrt waren, hatte Dan nachgesehen, wie die Platzkarten verteilt waren. Er hatte nur einen Augenblick gebraucht, seine Karte so zu platzieren, dass er zwischen Zoe und Chloe zu sitzen kam. Schließlich brauchte er etwas Zeit, um die Schauspielerin herumzukriegen, und er hatte keine Lust, sich mit den anderen Verehrern um ihre Aufmerksamkeit zu streiten. Auf diese Weise würde er sie zwei Stunden mehr oder weniger für sich haben.

Nach der ersten Hälfte des Essens fragte er sich jedoch bereits, ob sich der Aufwand gelohnt hatte. Chloe besaß ein Ego, so groß wie Alaska, und obgleich er sie dazu ermunterte, über ihre Karriere zu sprechen, machte sie sich keineswegs die Mühe, auch ihn nach der seinen zu befragen. Sie gab ihm vielmehr das Gefühl, ein langweiliger Steuerberater statt ein interessanter Bestseller-Autor zu sein.

Unter dem Tischtuch legte er die Hand auf ihr Knie – sie hatte das am Abend zuvor ja eindeutig genossen. Wenn er jetzt ihren Motor wieder zum Laufen brachte, sollte er sie nach dem Essen so weit haben.

Zu seinem Ärger fuhr sie ihn jedoch an: »Was fällt dir ein, mich unter dem Tisch zu begrapschen?« Mehrere Gäste drehten sich zu ihm um, und eine ältere Dame in seiner Nähe starrte ihn missbilligend an.

»Gestern Abend hat es dir doch gut gefallen«, zischte er ihr zu und versuchte dabei belustigt drein zu blicken.

Sie schaute ihn ausdruckslos an.

»Das warst also du? Ich dachte, es wäre Matt gewesen«, erwiderte sie zu seiner Beschämung. Wütend nahm Dan einen großen Schluck Wein. Seine Laune verbesserte sich jedoch wieder merklich, als er einen Blick auf das glückliche Paar am Kopfende des Tisches warf und sich daran erinnerte, dass er bereits eine der Frauen abhaken konnte.

Auch während der zweiten Hälfte des Essens kam keine vernünftige Unterhaltung zu Stande. Chloe schien zu dem Entschluss gekommen zu sein, dass sich ein Gespräch mit ihren früheren Freunden nicht lohnte, und sagte überhaupt nichts mehr. Matt, der neben Zoe saß, bemühte sich eifrig darum, mit ihr zu reden, doch sie wirkte ausgesprochen geistesabwesend und gab nur einsilbige Anworten. Nach einer Weile ließ er es bleiben und verfiel ebenfalls in Schweigen.

Zoe ihrerseits wusste kaum, wie sie nach außen hin die Ruhe bewahren sollte.

Wie konnte sie nur so viel Pech haben und ausgerechnet Ray über den Weg laufen? Was würde passieren, wenn er es jemandem erzählte? Vielleicht breitete es sich schon bald wie ein Lauffeuer aus, und alle würden davon erfahren. Sie könnte es nicht ertragen, wenn ihre alten Freunde davon wussten! Nie mehr würde sie es wagen, ihnen ins Gesicht zu sehen. Vor allem Dan nicht – was würde er wohl von ihr denken?

Sie atmete erleichtert auf, als die Hochzeitsreden gehalten wurden und Matt deshalb keinen weiteren Versuch unternehmen konnte, sich mit ihr zu unterhalten. Es war ihr kaum möglich gewesen, seinen Worten zu folgen – geschweige denn, die passenden Antworten zu geben.

Sobald der erste Redner anfing, stand Chloe wortlos auf und verließ den Saal. In der für sie typischen Manier bemühte sie sich nicht einmal darum, leise zu sein. Jedermann drehte sich zu ihr um, als sie vorbeischritt und der Trauzeuge seine Rede von vorn beginnen musste.

Sie ging hinauf in ihre Suite, um sich hinzulegen. Am Abend wollte sie dann wieder auftauchen und den Männern von neuem die Köpfe verdrehen.

Gerade hatte sie sich bis auf ihren Slip entkleidet, als sie von nebenan ein Geräusch vernahm. Plötzlich wurde die Tür zu ihrem Schlafzimmer aufgestoßen, und ein junger Mann – den Arm voll schneeweißer Handtücher – erschien auf der Schwelle.

Er blieb ruckartig stehen, als er Chloe entdeckte. Ihre großen, vollkommen geformten Brüste wurden nur von ihren langen schwarzen Haaren bedeckt, die ihr über die Schultern fielen.

»Ich habe nicht gehört, dass Sie angeklopft haben«, sagte sie mit eisiger Stimme.

»Entschuldigen Sie vielmals, Madam. Ich dachte, dass sich alle Gäste auf der Hochzeitsfeier befänden«, murmelte er mit einem starken Yorkshire-Akzent.

Chloe betrachtete ihn aus schmalen Augen. Er war groß, breitschultrig und auf grobe Weise ganz attraktiv. Vielleicht gefiel ihr der Abstecher aufs Land doch nicht so schlecht, wie sie befürchtet hatte. Matt war ja ganz nett, aber viel zu passiv für ihren Geschmack.

»Wie heißen Sie?«, wollte sie wissen.

»Marvin.«

»Nun, Marvin … Ich finde, Sie sollten dafür bestraft werden, dass Sie mich so erschreckt haben. Meinen Sie nicht auch?«

»Es tut mir Leid, Madam. Es wird nicht wieder passieren«, sagte er hölzern.

»Das hoffe ich. Soll ich jetzt den Manager rufen oder wollen wir das unter uns ausmachen?«

Er blickte sie verwirrt an und trat beunruhigt von einem Fuß auf den anderen. Seine Augen wanderten immer wieder zu Chloes milchweißen Brüsten, und sie stellte zu ihrer Zufriedenheit fest, dass er einen Steifen in der Hose hatte.

Als er nicht antwortete, sagte sie langsam: »Ich glaube, ich werde das selbst in die Hand nehmen. Legen Sie die Handtücher auf den Stuhl.«

Er tat, wie ihm geheißen wurde. Chloe ging mit

schwingenden Hüften durchs Zimmer auf ihn zu. Er stand stocksteif da, als sie ihm mit einem rot lackierten Nagel über die Schulter und dann über die Brust fuhr. Die Haut über seiner Oberlippe schimmerte vor Schweiß, denn ihre Hand wanderte nun nach unten und blieb schließlich auf seinem Penis liegen.

Plötzlich lächelte der Zimmerjunge. Ihm war nun klar, welches Spiel die Dame mit ihm trieb.

»Zieh dein Hemd aus«, flüsterte sie.

Unbeholfen entledigte er sich des Kleidungsstücks und ließ es auf den Boden fallen. Seine Brust war breit und muskulös, während seine Hüften schlank und schmal waren. Sie streichelte seine nackte Haut, strich ihm mit den Fingernägeln über die Brustwarzen und spielte mit seinem Brusthaar.

»Trainierst du?«, fragte sie schmeichelnd.

Stolz ließ er seine Muskeln spielen und nickte.

Sie stellte sich hinter ihn und strich mit der Hand über seine festen Pobacken.

»Bist du stark, Marvin?«, hauchte sie ihm ins Ohr. »Bist du stark genug, eine Strafe von mir auszuhalten?«

Er schluckte und antwortete nicht.

Chloe ging geschmeidig zu einer Kommode und holte einen dünnen Ledergürtel hervor.

Sie hielt ihn mit beiden Händen hoch und befahl dann leise: »Zieh dich aus.«

Der Zimmerjunge sah verwirrt drein, beeilte sich aber, ihrem Befehl nachzukommen. Sein Schwanz drängte bereits aus der Unterhose, auf der ein feuchter Fleck zu sehen war. Sein Penis war groß und von blauen Venen durchzogen. Der Anblick ließ Chloe vor Begierde mit der Zunge über die Lippen fahren.

Als er völlig nackt vor ihr stand, führte sie ihn zum Bett, wo sie den Gürtel um seine Handgelenke wickelte und ihn zumachte. Er tat nichts, um sie davon abzuhalten, sondern stand nur passiv da und verschlang mit hungrigen Blicken ihren Körper.

Entschlossen stieß sie ihn aufs Bett und kehrte dann zu der Schublade zurück, wo sie diesmal einen breiten Ledergürtel hervorholte. Sie warf das schwarze Haar zurück und entblößte damit ihre herrlichen Brüste; die Spitzen waren bereits hart geworden. Er beugte sich nach vorn und fuhr mit der Zunge über den Leberfleck, der sich links neben einer ihrer Brustwarzen befand.

»Das war sehr voreilig von dir«, sagte sie und schlug mit dem Gürtel zu. Er schrie auf und fiel auf das Bett zurück, wobei er sich rasch auf die Seite rollte. Wieder schlug sie zu und traf ihn diesmal auf seinen knackigen Hintern. Der Junge schaffte es, vom Bett zu robben und aufzuspringen.

Chloe folgte ihm, ließ den Gürtel durch die Luft schnalzen und fragte mit gefährlich klingender Stimme: »Bist du kein Mann?«

Er wich dem nächsten Schlag geschickt aus, woraufhin sie sich auf den nächsten Hieb konzentrierte. Ihre Augen funkelten vor Aufregung. Mit seinen zusammengebundenen Händen packte er das eine Ende ihres Folterwerkzeugs und zog sie zu sich. Sie gestattete es ihm und schlang dann die Arme um seinen Hals. Heftig presste sie ihren Körper gegen den seinen und gab ihm einen leidenschaftlichen Zungenkuss.

Seine Hände legten sich auf ihren Venushügel, und er rieb wie besessen ihre Möse durch den Seidenstoff des Slips.

Für wenige Augenblicke ließ sie es zu. Dann riss sie sich los und schlug ihn von neuem mit dem Gürtel. Da stürzte er sich mit einem Satz auf sie. Er bekam sie am Handgelenk zu fassen und warf sie aufs Bett, wo er sich auf sie setzte, sodass sie ihm nicht mehr entkommen konnte. Dann nahm er ihr den Gürtel ab und schleuderte ihn in eine ferne Ecke des Zimmers, um sie schließlich mit seinem großen, gestählten Körper niederzudrücken.

Atemlos rangen sie miteinander. Er war jung und stark, aber auch Chloe war kein Schwächling. Seine noch immer zusammengebundenen Armgelenke hielten ihn davon ab, sich wirksam gegen sie zu wehren. Als sie ihn in die Schulter biss, fluchte er leise und schaffte es, den dünnen Lederriemen um seine Hände zu zerreißen. Nachdem er sich von der Fessel befreit hatte, bedeutete es für ihn kein Problem mehr, sie zu überwältigen und sie auf dem Bett festzuhalten. Einen seiner Schenkel hatte er zwischen ihre Beine geschoben.

»Du magst es also hart, was?«, knurrte er. »Da bist du nicht die Einzige. Was willst du? Sag es mir lieber gleich, denn ich will später keine Anklage wegen Vergewaltigung am Hals haben. Also los – was willst du?«

Chloe hörte auf, sich zu wehren, und entspannte sich merklich. Sie sah ihn herausfordernd an.

»Ich möchte, dass du mich ans Bett bindest und alles mit mir tust, was du willst. Bis ich sage, dass du aufhören sollst. Oh, und noch etwas, Marvin …«

»Was?«

»Du brauchst nicht gerade sanft mit mir umzugehen. Aber wenn du irgendwelche Blutergüsse hinterlässt, werde ich mich darum kümmern, dass du gefeuert wirst.«

Am späten Nachmittag begann es wieder zu schneien. Die großen Flocken fielen so dicht, dass innerhalb weniger Minuten die Zufahrt zum Hotel zugeschneit war.

Die Hochzeitsgäste, die kein Zimmer hatten, verabschiedeten sich. Alle waren zu der Party am Abend eingeladen, aber Zoe bezweifelte, dass bei diesem Wetter viele noch einmal die Mühe auf sich nehmen würden zurückzukehren.

Die Gäste, die blieben, zogen sich in ihre Zimmer zurück, um sich für den Abend auszuruhen. Zoe, Dan und Matt gehörten zu den Letzten, die sich noch in der Bar aufhielten. Von Zeit zu Zeit warf die Lehrerin unruhig einen Blick über die Schulter, um zu sehen, wo sich Ray befand. Sie hätte sich viel besser gefühlt, wenn sie gewusst hätte, dass auch er gegangen war. Wann immer sie ihn entdeckte, lief sie rot an und verlor dann endgültig den Faden der Unterhaltung.

Um fünf entschuldigte sich Dan bei den anderen und ging nach oben. Zoe entschied sich dafür, das Gleiche zu tun – wenn sie schon nicht bei ihm sein konnte. Sie brauchte dringend etwas Zeit für sich allein.

Gerade steckte sie den Schlüssel ins Schloss, als ein Geräusch hinter ihr sie erschreckt zusammenfahren ließ.

»Zoe, kann ich dich einen Augenblick sprechen?«

Es war Ray.

»Ich … ich kann jetzt nicht«, stotterte sie und blickte wie ein gejagtes Tier den Korridor auf und ab.

»Es wird nicht lange dauern«, meinte er beruhigend. Noch nie hatte sich Zoe so sehr gewünscht, mehr Durchsetzungsvermögen zu haben. Sie wollte einfach in ihrem Zimmer verschwinden und die Tür absperren. Aber sie war es nicht gewöhnt, nein zu sagen.

»Was willst du?«, fragte sie gehetzt.

»Ich wollte bloß …«

In diesem Moment klingelte ihr Zimmertelefon. Entsetzt starrte Zoe auf ihre Tür, als ob sie erwartete, dass jeden Augenblick eine Bombe losgehen würde.

»Willst du nicht dran gehen?«, erkundigte er sich. Widerstrebend öffnete sie die Tür und eilte zum Telefon.

»Zoe?«, fragte Harold am anderen Ende der Leitung.

»Harold!«, rief sie beinahe hysterisch. Sie war sich irgendwie sicher, dass er Rays Anwesenheit spüren konnte.

»Zoe, warum bist du noch dort?«, wollte er empört wissen.

»Ich … ich habe dir doch gesagt, dass ich über Nacht bleiben würde.«

»Sei nicht so bescheuert, Frau! Der Wetterbericht hat für kommende Nacht wieder starken Schneefall angekündigt. Wenn du jetzt nicht sofort los fährst, kommst du morgen wahrscheinlich gar nicht mehr weg.«

Zoe warf einen Blick zum Fenster. Draußen war es inzwischen völlig dunkel. Es schneite wieder heftig. Die Fahrt zum Hotel war bereits am Vormittag schwierig genug gewesen. Im Dunkeln würde sie sicher zu einem Albtraum werden. Aber sie wusste, dass Harold keine Rücksicht auf sie nahm, wenn er sich einmal etwas in den Kopf gesetzt hatte.

»Ich kann heute nicht mehr fahren. Ich habe bereits zu viel getrunken«, erklärte sie mit nervöser Stimme. Ihr Mann lehnte jegliche Art von Alkoholkonsum ab. Am anderen Ende der Leitung herrschte für eine Weile eisiges Schweigen.

»Wenn du heute Abend nicht nach Hause kommst, werde ich mir meinen Teil denken«, meinte er schließlich.

»Was soll das heißen?«, fragte sie verwirrt.

»Das soll heißen, dass dir deine Freunde mehr bedeuten als ich.«

»Harold, du kannst doch nicht ernsthaft von mir erwarten, dass ich mich jetzt ins Auto setze! Ich habe ein paar Gläser getrunken und habe nicht vor, durch einen Schneesturm zu fahren, nur weil du mich zu Hause haben willst«, entgegnete sie nach einer kleinen Weile.

»Dann nimm den Zug.«

»Und das Auto? Ich weiß nicht einmal, ob Züge bei diesem Wetter überhaupt fahren. Hör zu, ich komme morgen zurück, sobald es hell ist.«

Ihr Mann knallte ohne Abschied den Hörer auf.

»Probleme?«, fragte Ray mit belustigt klingender Stimme. Er hatte sich an den Toilettentisch gelehnt – die Beine über Kreuz und die Arme verschränkt. Sein weiches blondes Haar fiel ihm in die Stirn.

»Worüber wolltest du mit mir reden?« Zoes Beine zitterten. Sie ließ sich auf einem Stuhl nieder und überlegte verzweifelt, wie sie Ray so schnell wie möglich los werden konnte.

»Ich wollte dich nur beruhigen. Was zwischen uns passiert ist, wird keiner je erfahren. Ich hatte vorhin den Eindruck, als ob du befürchtest, dass ich es ausplaudern könnte. Aber das werde ich nicht. Glaubst du denn, ich möchte, dass meine Familie davon weiß? Es bleibt ein Geheimnis zwischen uns, dass ich für Geld mit Frauen schlafe.«

7. Kapitel

Sie hatten sich vor etwa achtzehn Monaten kennen gelernt, als Zoe eine Wochenendtagung in einem Hotel in Cheshire besucht hatte. Solche Fortbildungskurse waren ihre einzige Art von Urlaub, und darum versuchte sie, mindestens zweimal im Jahr einen zu belegen.

Harold gefiel das natürlich ganz und gar nicht. Aber da jeder Kurs, den sie besuchte, eine Beförderung wahrscheinlicher machte, gab er meistens doch widerstrebend seine Zustimmung. Je mehr Geld sie nach Hause brachte, desto besser.

Sie bemerkte Ray das erste Mal nach dem Abendessen in der Bar. Irgendwie erinnerte er sie an Dan – oder zumindest an den Dan, wie er vor zehn Jahren gewesen sein mochte. Denn Ray war bestimmt erst Mitte zwanzig.

Er lächelte ihr zu, und sie lächelte zurück, denn sie nahm an, dass er ebenfalls den Fortbildungskurs besuchte. Als er sie fragte, ob er sich zu ihr setzen dürfe, fühlte sie sich zwar geschmeichelt, vermutete aber, dass er mit ihr über seine Arbeit sprechen wollte. Er war charmant, amüsant und ließ sie völlig die Zeit vergessen. Alles, was sie betraf, schien ihn zu interessieren, und so fiel es ihr erst später auf, dass er keinerlei Fragen über sich selbst beantworten wollte.

Gegen Ende des Abends schlug er vor, sie bis zu ihrem Zimmer zu begleiten. Dort lud sie ihn noch auf einen weiteren Drink ein.

Im Licht der Nachttischlampe sah er Dan noch ähnlicher, und als er sie sanft küsste, ließ sie es geschehen.

Ein Gefühl großer Wehmut um ihre verlorene Jugend nahm plötzlich von Zoe Besitz. Doch als sie eine leidenschaftliche Woge der Lust überrollte, war sie darauf noch weniger vorbereitet. Ray streichelte über ihren Pullover, unter dem sich ihre vollen Brüste wölbten, und sie musste an sich halten, um sich nicht die Kleider vom Leib zu reißen.

Harold hatte sie noch nie so erregt.

Ray küsste und liebkoste sie, bis sie vor Verlangen den Verstand zu verlieren glaubte. Erst dann bot er ihr an, mit ihr zu schlafen, so lange sie wolle – wenn sie ihn nur dafür bezahlte.

Er kostete hundert Pfund. Der Preis erschien Zoe horrend hoch zu sein, doch sie war bereits zu erregt, um noch nein sagen zu können. Also stimmte sie zu und stellte ihm sofort einen Scheck aus.

Er führte sie zum Bett und zog sie aus. Währenddessen sprach er leise mit ihr und verzauberte sie mit seiner sonoren, angenehmen Stimme. Wenn er einen Teil ihres Körpers entblößt hatte, bedeckte er ihn mit Küssen und versicherte ihr, wie hübsch sie sei. Als sie schließlich nur noch ihren beigen BH und das Höschen trug, überkam sie plötzlich ein Gefühl der Scham, und sie schlüpfte unter die Bettdecke.

Er besaß einen schlanken, kraftvollen Körper mit breiten Schultern und einem flachen Bauch. Zuerst behielt er seine Unterhose an, und Zoe wagte es nicht nachzusehen, ob sein Glied steif geworden war. Plötzlich kam ihr nämlich ein schrecklicher Gedanke.

Wenn er nun keine Erektion hatte, weil er sie nicht attraktiv fand?

Sie würde vor Scham im Boden versinken, wenn dem so wäre.

Beinahe wollte sie ihn schon bitten, den Scheck zu nehmen und zu gehen. Aber Ray zog seinen Slip aus, schlüpfte zu ihr ins Bett und nahm sie in die Arme. Da spürte sie, wie sich sein steifer und unwahrscheinlich großer Schwanz gegen ihren Bauch presste. Erleichtert atmete sie auf.

»Ich will, dass es wirklich schön für dich wird«, sagte er mit sanfter Stimme. »Deshalb wäre es gut, wenn du mir sagen könntest, was du magst.«

Ein junger Mann mit einem gewaltigen Steifen war schon mal kein schlechter Anfang.

Harolds Zärtlichkeiten waren sehr selten und meist recht unbefriedigend. Zoe redete sich stets ein, dass es andere Dinge gab, die in einer Ehe von Bedeutung waren – doch so ganz konnte sie sich nie selbst davon überzeugen.

»Schlaf einfach mit mir«, murmelte sie und erinnerte sich an eine besonders erregende Geste von Dan. »Und ich mag es gern, wenn man mich ein bisschen in den Po beißt.« Sie errötete, da die befürchtete, sich lächerlich gemacht zu haben. Aber Ray sah sie nur aufmerksam an.

Sanft drehte er sie auf den Bauch, öffnete ihren BH und begann, ihren Rücken zu massieren. Er strich mit seinen großen Händen über ihre Haut und brachte so Muskeln zur Entspannung, von deren Existenz sie bisher gar nichts gewusst hatte. Dann wandte er sich ihren Beinen zu.

Er begann mit den Füßen und wanderte mit seiner sinnlichen Massage langsam ihre Waden und Schenkel hoch. Schließlich widmete er sich ihrem runden, herzförmigen Hintern, der noch immer von dem beigen Spitzenhöschen bedeckt war. Als er es herunterzog, wartete sie atemlos darauf, was er als Nächstes tun würde.

Sie stöhnte vor Lust auf, als sie seine warmen Lippen auf ihrem Po spürte. Langsam küsste er jede ihrer Halbkugeln und biss sie zärtlich, bis sie vor Verlangen bebte.

»Fester«, keuchte sie, woraufhin er den Druck seiner

Lippen verstärkte. »Fester«, wiederholte sie und stöhnte, als er ihrem Wunsch nachkam. Sie spürte, wie seine Zunge in die Spalte zwischen ihren Pobacken wanderte und er den ganzen Weg bis zu ihrem Anus nachfuhr, wo er für einen Moment die winzige Öffnung leckte. Dann ging es zu ihrer warmen, feuchten Vulva weiter, die bereits erwartungsvoll pulsierte.

Er öffnete ihre Schenkel und ließ seine Zunge über den Rand ihrer äußeren Schamlippen kreisen, wo er so lange verweilte, bis sie völlig nass war. Schließlich entdeckte er die kleine Knospe ihrer Klitoris und kitzelte sie mit seiner Zungenspitze, sodass sie nach kurzer Zeit hart und geschwollen war.

Zoe war nur mehr ein einziges angespanntes Bündel voller Lust. Ihr Körper verlangte dringend nach Erleichterung, als Ray sie endlich auf den Rücken rollte.

»Wunderschön«, seufzte er, als er ihre nackten Brüste mit den großen, dunkelbraunen Spitzen sah. »Wunderschön«, wiederholte er und betrachtete ihre feuchten, dichten Schamhaare.

Er glitt mit dem Zeigefinger durch die Löckchen und fand schon bald ihre Klitoris wieder. Mit einem wunderbaren Druck rieb er darüber, sodass sich die Hitze in ihrem Körper von neuem anstaute. Sie hatte das Gefühl, innerlich zu explodieren.

Als sie sich in die große Welle der Lust warf, war es ihr, als ob ihr ganzer Körper in tausend Stücke zerschmettert würde, bis sie endlich kam.

Nach ihrem Höhepunkt drang er in sie ein. Langsam führte er seinen stahlharten Schwanz in ihren weit geöffneten Liebeskanal. Zoe spürte, wie er sie ganz ausfüllte. Stöhnend schlang sie die Beine um seine Schenkel.

Ray liebkoste ihre Brüste, während er mit langen, geschmeidigen Bewegungen in sie fuhr. Sogleich spürte sie, wie ihre Lust von neuem entfacht wurde.

Nach einer Weile wurde er schneller und heftiger. Sie merkte, dass ein heißer Saft ihre Schenkel hinabrann und wusste, dass ihre ganze Möse vor Verlangen troff. Sehnsüchtig drückte sie ihr Becken nach oben, um so jedem seiner Stöße noch mehr entgegenzukommen. Schließlich schrie sie leise auf, als sie zum zweiten Mal kam.

Zufrieden lag sie danach in Rays Armen. Der Gigolo versuchte weiter herauszufinden, wie sie am liebsten von einem Mann verführt wurde.

Endlich versank Zoe in tiefem Schlaf und wachte erst gegen Morgen auf, als die Vögel vor dem Fenster zu zwitschern begannen. Mit einem Lächeln auf den Lippen erinnerte sie sich an den aufregendsten erotischen Traum, den sie seit Jahren gehabt hatte.

Plötzlich spürte sie, dass jemand ihre Klitoris streichelte. Sie merkte, dass sie sich mit rasender Geschwindigkeit bereits wieder auf einen Höhepunkt zubewegte, gleichzeitig aber dringend auf die Toilette musste. Sie lag auf der Seite und hatte ein Bein hochgezogen. Ray lag ihr gegenüber und drückte mit der Hand ein wenig auf ihren Bauch, sodass ihr Bedürfnis, die Blase zu entleeren, noch stärker wurde. Eigentlich musste sie dringend ins Bad gehen, doch irgendwie trug der Druck dazu bei, sie noch weiter zu erregen. Zoe biss sich auf die Unterlippe, wartete auf den Höhepunkt und war gleichzeitig in Sorge, dass sie unwillkürlich die Kontrolle über ihre Blase verlieren würde.

Es war einer der stärksten Orgasmen, den sie jemals erlebt hatte. Irgendwie schien ihre Vagina durch den Druck wie elektrisiert zu sein, sodass sie wieder und wieder zusammenzuckte, während die Lust sie schüttelte.

Noch ehe es ganz vorbei war, sprang sie aus dem Bett und rannte ins Badezimmer. Sie warf die Tür ins Schloss und schaffte es gerade noch rechtzeitig auf die Toilette.

Als sie zu Ray zurückkehrte, hatte er die Arme hinter

dem Kopf verschränkt und sah ihr erwartungsvoll entgegen.

Er sprach kein Wort, sondern bedeutete ihr nur, sich auf allen vieren vor ihn hinzuknien und ihren Po provokant in die Luft zu strecken. Dann setzte er sich hinter sie.

»Du hast den herrlichsten Hintern, den ich jemals gesehen habe«, murmelte er und strich mit den Händen bewundernd darüber. Zärtlich knetete er ihre üppigen Kurven und beugte sich nach vorn, um die milchweiße Haut zu küssen und hineinzubeißen. Plötzlich spürte sie seine Schwanzspitze, wie sie langsam von hinten in sie eindrang. Er zog sie näher zu sich, bis sich ihr Hintern gegen seine Lenden presste; gleichzeitig spielte er mit ihren schweren, schwingenden Brüsten.

Während er mit dem Daumen über ihre geschwollenen Brustspitzen strich, fuhr er in einem solchen Winkel in sie hinein, dass er die äußeren Wände ihrer Vagina berührte. Er fühlte sich so gewaltig an, dass Zoe beinahe sofort gekommen wäre, wenn sie es nicht gerade noch geschafft hätte, sich zurückzuhalten.

Immer schneller pumpte er in ihre Möse und rieb dabei ihre Klitoris zwischen Zeigefinger und Daumen. Als sie schließlich keuchend rief: »Ja … Ja … Fester …«, kam der letzte erlösende Orgasmus.

Es war eine Nacht gewesen, die sie nicht so schnell vergessen konnte. Obgleich sie später tief beschämt war, bedauerte sie ihre Eskapade keine Sekunde lang und ging tagelang mit einem verträumten Blick durchs Leben.

Dennoch fühlte sie sich auch schuldig. Als Harold – wie jeden Monat – ihre Bankauszüge durchsah, wusste sie kaum, wie sie das fehlende Geld erklären sollte.

Doch hatte ihr diese Nacht eine ihrer sexuell aufregendsten Erinnerungen beschert und war beinahe mit ihren Abenteuern mit Dan zu vergleichen.

Allerdings hatte sie nicht erwartet, Ray jemals wieder zu sehen. Ihn dann aber am selben Tag wie Dan zu treffen überstieg fast ihre Kräfte.

Ray räusperte sich und Zoe wurde in die Wirklichkeit zurückkatapultiert. Er lehnte sich noch immer an den Toilettentisch und sah sie fragend an.

»Entschuldige … Was hast du gefragt?«, wollte sie wissen.

»Ich habe gefragt, ob du annimmst, dass ich mich vor meiner Familie als Gigolo outen will«, wiederholte er.

Sie starrte ihn an. »Ich … Wahrscheinlich nicht«, stammelte sie.

Er ging zu ihr und nahm ihre Hände in die seinen. »Ich bleibe heute Nacht im Hotel und möchte nicht, dass du dich wegen meiner Anwesenheit unwohl fühlst«, sagte er. »Niemand wird wissen, dass wir einmal eine Nacht miteinander verbracht haben. Du kannst dich also entspannen und die Party genießen.« Er ließ sie los und ging zur Tür. Dann drehte er sich noch einmal um und schaute sie aufmerksam an. »Und, Zoe …«

»Ja?«

»Wenn du zufälligerweise auf eine Wiederholung Lust haben solltest, findest du mich in Zimmer zweiundsiebzig.«

Sobald die Party voll in Schwung war, ging Richard schnurstracks auf Chloe zu. Er hielt sie wie Dan für eine nützliche Bekanntschaft in London – ganz abgesehen davon, dass schon ein Blick auf sie genügte, einen Steifen in der Hose zu haben.

Chloe war spät auf der Party erschienen. In ihrem smaragdgrünen Kleid, das sowohl ihre elfenbeinfarbenen Schultern als auch den größten Teil ihrer langen Beine frei ließ, sah sie unverschämt sexy aus. Die hochhackigen Schuhe aus Schlangenleder machten sie fast so groß wie

Richard. Es fiel ihm ausgesprochen schwer, nicht ständig auf ihr eindrucksvolles Dekolleté zu starren.

Tess, die diese Begegnung vom anderen Ende des Raums aus beobachtete, meinte zu Dan: »Wie vorherzusehen war, ist Richard von unserer früheren Mitbewohnerin total in den Bann gezogen.«

»Wenn er sich weiterhin so in ihr Dekolleté vertieft, wird er noch hineinfallen«, bemerkte Dan. Er und Tess standen neben einem der hohen Lautsprecher, aus denen gerade ein alter Song von Jimmy Ruffin plärrte.

»Er konnte es kaum erwarten, sie zu treffen, und war ganz aufgeregt, als sie zusagte«, erzählte Tess mit finsterer Miene.

»Eifersüchtig?«

»Es hat sich noch nie gelohnt, auf Chloe eifersüchtig zu sein. Sie zu sehen bedeutet, sie zu begehren, und ich muss erst noch einen Mann treffen, bei dem das nicht der Fall ist.«

Dan zog sie hinter den Lautsprecher, der ihnen bis zur Taille Deckung gab. Sie spürte, wie seine Hand unter ihren Rock wanderte, und versuchte, ihn wegzuschieben. Aber er ließ sich nicht abwimmeln.

»Komm schon, Tess. Du findest es doch genauso aufregend wie ich, wenn ich bei deiner Hochzeitsparty mit dir spiele.« Seine Finger fanden ihre Möse, und er drückte gegen den Seidenstoff ihres Höschens.

»Verdammt, Dan – wenn uns jemand sieht?«, protestierte sie schwach.

»Wie sollte uns jemand sehen? Wir stehen in einer dunklen Ecke hinter dem Lautsprecher. Entspann dich ganz einfach.«

»Für dich ist das leicht«, entgegnete sie, öffnete ihre Beine jedoch weit genug, damit er seine Finger unter den Slip und in ihre Liebesgrotte schieben konnte. Sie kämpfte zwar darum, sich zurückzuhalten, doch ihre in der Vergangenheit hemmungslos mit Dan ausgelebte Sexualität übermannte sie nun von neuem.

Sie musste betrunken sein, sonst hätte sie niemals ein solches Risiko auf sich genommen.

Zoe tanzte gerade mit Matt. Sie hatte den ganzen Abend darauf gewartet, dass Dan sie auffordern würde, aber bisher hatte er sich ziemlich desinteressiert gezeigt. Sie drehte sich zu den beiden um und winkte.

»Wenn du so geil bist, warum sparst du es dann nicht für Zoe auf?«, fragte Tess, die allmählich von seinen Fingern auf unerträgliche Weise erregt wurde. »Sie ist ganz offensichtlich noch immer scharf auf dich.«

»Ich spare mir Zoe auf, wenn du nach oben ins Schlafzimmer geführt wirst, um die Hochzeitsnacht mit deinem Mann zu verbringen«, erwiderte er mit liebenswürdiger Stimme.

Tess erstarrte. »Du hast dich wirklich überhaupt nicht verändert, nicht wahr, du Schwein?«, zischte sie und ging hoch erhobenen Kopfes davon. Dan wischte sich die klebrigen Finger an seinem Taschentuch ab, während er überlegte, was in sie gefahren war. Früher hatte sie es nie gestört, wenn er es zwischendurch mit Zoe getrieben hatte.

Sein Spielchen mit Tess hatte ihn verdammt angeheizt. Er stürmte auf die Tanzfläche und drängte sich zwischen Matt und Zoe.

»Jetzt bin ich an der Reihe«, sagte er. »Du hast sie schon lang genug gehabt.« Matt trat höflich beiseite und ging zur Bar, um sich noch etwas zum Trinken zu holen. Dan zog die Lehrerin an sich und begann mit ihr zu tanzen. Dabei presste er immer wieder seine Lenden gegen ihren Bauch, damit sie seinen steifen Schwanz spürte.

Sie errötete und schaute auf den Boden, während er seine Erektion an ihrer Hüfte rieb.

»Du siehst heute Abend fantastisch aus«, schmeichelte

er ihr. Sie trug noch immer ihr korallenfarbenes Kostüm, hatte jedoch den dünnen cremefarbenen Pulli gegen eine schwarze Seidenbluse ausgetauscht.

»Danke.«

»Das Kostüm ist sehr sexy«, fuhr er fort. »Deine Unterwäsche auch?«

Verwirrt versuchte Zoe das Thema zu wechseln. »Wie findest du Richard?«

»Ein eingebildeter Lackaffe, aber Tess wird ihn sich schon zurechtbiegen. Ich will jetzt allerdings nicht über die beiden sprechen, sondern über uns.«

Zoe überlief bei seinem plötzlich zärtlich gewordenen Tonfall eine leichte Gänsehaut. »Worüber denn?«, brachte sie mühsam hervor.

»Ich habe mich schon den ganzen Tag gefragt, wann ich wohl allein mit dir sein kann.«

Zoe bezweifelte das stark. Schließlich hatte er Tess noch schnell vor ihrer Hochzeit gevögelt. Ihre Antwort kam nur zögernd. »Ich weiß nicht.«

Innerlich war sie ganz angespannt, und ihr Herz begann vor Aufregung schneller zu schlagen. Allein mit Dan! Und wenn er mit ihr ins Bett gehen wollte?

Sie redete sich sogleich ein, dass es lächerlich wäre, so etwas anzunehmen. Dan war inzwischen ein erfolgreicher Autor geworden, dem bestimmt die schönsten Frauen zu Füßen lagen. Er würde bestimmt nicht mehr mit ihr schlafen wollen. Nur um der guten alten Zeiten willen gab er sich Mühe, mit ihr zu flirten.

»Es ist wirklich schön, dich wieder zu sehen«, sagte er verführerisch. »Du hast mir gefehlt.«

Zoe wollte ihm so gern glauben. Deshalb unterdrückte sie die Erwiderung, dass sie ihm gewiss nicht so sehr gefehlt hätte, denn er hätte schließlich weder ihre Briefe beantwortet noch sie auch nur ein einziges Mal angerufen. Stattdessen lächelte sie ihn verklärt an.

»Wollen wir nicht hinausgehen und ein wenig Luft schnappen?«, schlug er vor.

Glücklich und benommen nahm sie seine Hand und folgte ihm durch die verschiedenen Bars und Aufenthaltsräume des Hotels. Sie verließen den Hauptbereich, gingen einen langen Korridor entlang zum anderen Ende des Hotels und stiegen dort eine Treppe hoch.

Mitten auf der Treppe blieb Dan plötzlich stehen und zog sie in seine Arme. Sie öffnete die Lippen, um ihn zu küssen, schreckte jedoch zusammen, als er Besitz ergreifend ihre Brüste umfasste.

»Es könnte jeden Augenblick jemand kommen«, flüsterte sie nervös.

»Das passiert schon nicht«, beruhigte er sie. Geschickt öffnete er ihre Bluse und glitt mit der Hand unter ihren schwarzen Spitzen-BH. Er spielte mit der Brustspitze, die sogleich hart wurde. Seine Berührung brachte Zoe fast um ihren Verstand – so sehr hatte sie sich danach gesehnt. Gleichzeitig machte sie sich Sorgen, dass jemand kommen könnte. Sie überlegte sich, ob sie Dan vorschlagen sollte, mit in ihr Zimmer zu gehen; aber irgendwie erschien ihr das zu aufdringlich.

Ungeduldig schob er ihren BH nach oben, sodass ihre Brüste entblößt wurden. Dann trat er zwei Stufen unter sie und nahm gierig eine ihrer großen braunen Spitzen in den Mund.

Sie spürte, wie sich ihr Geschlecht zusammenzog und feucht wurde. Alle Nervenenden ihres Körpers schienen sich plötzlich auf ihr intimes Zentrum zu konzentrieren. Dan nahm eine ihrer prallen Pobacken und drückte sie, während er seinen steifen Schwanz gegen sie drängte.

Wie lange hatte sie sich danach gesehnt!

Zoes Lust wurde plötzlich so heftig entfacht, dass sie sich wie eine Katze an ihm rieb. Er zog ihren Rock hoch und streichelte ihren Hintern, der von einem Spitzenslip bedeckt wurde. Dann drehte er sie um, sodass sie ihm den Rücken zuwandte.

Er biss sie zärtlich in den Po, und sie spürte, wie sein heißer Atem ihre Leidenschaft noch mehr anfachte. Als er ihr den Slip herunterzog, stützte sie sich an der Wand ab und reckte ihm auffordernd den Hintern entgegen.

Seine Lippen wanderten über ihre üppigen Halbkugeln und begannen daran zu saugen – zuerst sanft und dann immer heftiger.

Zoe wusste, dass sie einen Bluterguss davontragen würde, aber es war ihr gleichgültig. Die Welt um sie herum versank, und es gab nur noch Dan und die Empfindungen, die er mit seinem Mund und seinen Zähnen in ihr auslöste.

Er roch sogar noch wie früher. Sie hätte ihn in tiefster Dunkelheit wieder erkannt. Der feine Limonenduft seines Aftershave, das er noch immer verwendete, vernebelte ihr die Sinne – und nicht nur das.

Ihre Beine fingen an zu zittern, und sie ließ sich auf die Knie sinken. Mit den Händen stützte sie sich auf einer der oberen Stufen ab und hielt Dan noch immer ihren Hintern entgegen. Er kniete sich nun ebenfalls hin und fing an, mit ihrer Brust zu spielen.

Zoe vergaß, dass sie sich auf einer Treppe im Hotel befanden, dass sie verheiratet war … sie vergaß alles – außer dass sie Dans Schwanz in sich spüren wollte.

Endlich löste er sich von ihren Hinterbacken, und sie hörte, wie er seine Hose öffnete. Dann drängte seine Schwanzspitze gegen den triefend nassen Eingang zu ihrem Liebeskanal, und er fuhr langsam in sie hinein.

Er hielt inne, bevor er das erste Mal zustieß. Seine Hand wanderte zwischen ihre Beine und rieb ihre pulsierende Klitoris.

Er ließ sie warten.

Sie ertrug es kaum mehr.

Sie musste ihn ganz tief in sich spüren.

Kurz vor ihrem Höhepunkt hörte Zoe plötzlich über sich einen Schrei. Dann rief eine vornehm klingende Frauenstimme: »Das ist doch die Höhe!«

Sie starrte entsetzt in das empörte, ja schockierte Gesicht einer älteren Dame, die zu den Hotelgästen gehörte.

Wie ein Blitz hatte Dan seinen Schwanz wieder in der Hose und zog den Reißverschluss zu. Zoe brauchte viel länger. Wie festgefroren verharrte sie mit Händen und Knien auf der Treppe – ihre Brüste entblößt und ihr Höschen bis zu den Kniekehlen heruntergezogen. Ihr Gesicht war tiefrot vor Scham.

Als sie sich zögernd aufrichtete, fiel ihr der Rock über die Hüften. Ungeschickt versuchte sie, ihren vollen Busen wieder in den BH zu quetschen, was ihr jedoch nicht so ohne weiteres gelingen wollte. Nach einer halben Ewigkeit gab sie es auf und knöpfte mit zitternden Fingern die Bluse zu.

Die Dame stand noch immer über ihr, stieß ihren Stock mehrmals drohend auf den Boden und schimpfte über die Schlampen, die sich heutzutage nicht einmal mehr schämten, mitten in der Öffentlichkeit ihrem schmutzigen Geschäft nachzugehen. Zoe hätte sich am liebsten in Luft aufgelöst. Wie konnte ihr nur so etwas Peinliches zustoßen!

Als sie einen raschen Blick hinter sich zu werfen wagte, stellte sie zu ihrem weiteren Entsetzen fest, dass sich Dan einfach aus dem Staub gemacht hatte. Er hatte sie sitzen gelassen, während sie noch mit ihrer Kleidung gekämpft hatte, sodass sie die ganze Strafpredigt der alten Dame allein über sich ergehen lassen musste.

Als die Frau sich schließlich von ihr abwandte, floh Zoe in ihr Zimmer. Dort sperrte sie die Tür hinter sich zu, warf sich aufs Bett und fing hemmungslos an zu schluchzen.

Was würde wohl geschehen, wenn die Frau sie dem Hotelmanager meldete? Draußen herrschte noch immer ein Schneesturm, und das Hotel war meilenweit von jedem anderen Ort entfernt. Oder wenn sie die Dame im Speisesaal sah? Würde sie auf Zoe zeigen und den anderen Gästen erzählen, dass sie die Nutte war, die ihr Höschen in aller Öffentlichkeit hatte fallen lassen?

Es war unerträglich.

Mit einem leisen Stöhnen stand sie auf und ging zur Minibar. Sie nahm das erstbeste Fläschchen und trank es in einem Schluck leer. Es war Brandy, der sie sogleich ein bisschen beruhigte. Sie leerte ein weiteres Fläschchen und ging dann ins Badezimmer, um sich wieder frisch zu machen.

Nach wenigen Minuten hatte sie es geschafft, ihr Haar zu kämmen, die Bluse und den BH zu richten und sich die Lippen zu schminken. Gefasster, wenn auch ziemlich betrunken entschloss sie sich, die Nacht nicht in ihrem Zimmer zu verbringen – auch wenn ihr dies am angenehmsten gewesen wäre –, sondern stark zu sein und Dan zu suchen. Die Tatsache, dass er einfach davongelaufen war und sie stehen gelassen hatte, musste ein Beweis dafür sein, dass er sich noch mehr schämte als sie.

Nervös trat sie aus ihrem Zimmer. Auf dem Weg zu Dans Zimmer vermied sie es so gut es ging, anderen Gästen zu begegnen. Sie klopfte an seine Tür, erhielt jedoch keine Antwort. Daraufhin fasste sie den mutigen Entschluss, auf die Party zurückzukehren. Dan brauchte sie schließlich.

Wenn sie es schaffte, ungesehen die Hälfte der Haupttreppe hinunterzugehen, würde sie feststellen können, ob die alte Dame unten war, und sich notfalls in Sicherheit bringen. War die Luft aber rein, so waren es nur fünfzehn Meter bis zu dem Saal, wo die Party stattfand. Zum Glück gehörte die Dame nicht zu den Hochzeitsgästen, sodass sie sich bestimmt nicht in diesem Raum aufhielt. Und morgen wollte Zoe so früh wie möglich abfahren.

Mit dem Brandy hatte sie sich Mut angetrunken. Nachdem sie sich überzeugt hatte, dass sich nur die Rezeptionistin in der Empfangshalle befand, eilte sie hastig zur Party zurück. Dort wurde ihr Erscheinen von der lauten Menge der Gäste zum Glück nicht bemerkt.

Sie entdeckte Dan, der mit Chloe und Matt zusammen saß und gerade lauthals lachte. Als sie sich auf den Stuhl neben ihn setzte, konnte er kaum mehr an sich halten.

Offensichtlich unterhielt er die beiden Freunde gerade mit ihrem beschämenden Erlebnis auf der Treppe. Matt sah peinlich berührt drein, während Chloe höhnisch lachte.

»Ich dachte, du würdest die ganze Nacht auf der Treppe bleiben«, begrüßte sie Dan. »Arme kleine Zoe! Hat dich der böse alte Drachen arg beschimpft? Du hättest gleich weglaufen und die Alte sich selbst überlassen sollen. Mit ihrem Gehstock wäre sie dir nicht hinterhergekommen, auch wenn dir das Höschen noch immer zwischen den Beinen hing.«

Chloe grinste verächtlich, und Matt starrte auf den Boden. Zoe hätte sich vor Scham am liebsten in Luft aufgelöst.

Wie konnte Dan so grausam sein und den beiden von ihrer Blamage erzählen?

Nun wusste jeder, dass sie selbst nach fünfzehn Jahren Dan nur zu sehen brauchte, um sofort willig die Beine für ihn breit zu machen. Und noch dazu war sie inzwischen verheiratet!

Ihr stiegen Tränen in die Augen, die ihr bestimmt über die Wangen gerollt wären, wenn Matt sie nicht an der Hand genommen hätte. »Komm, Zoe. Tanzen wir.«

Auf dem Tanzboden nahm er sie in die Arme, sodass sie ihren Kopf an seine Schulter schmiegen konnte.

»Wie kann er nur?«, fragte sie, nachdem sie endlich die Tränen zurückgedrängt hatte.

»Weil er ein Riesenarschloch ist. Das ist er schon immer gewesen und wird es auch immer bleiben«, erwiderte Matt. »Ich weiß, dass du ihn vergötterst, Zoe. Es ist mir zwar völlig schleierhaft, warum, aber ich glaube, dass du in den letzten Jahren die weniger angenehmen Seiten seines Charakters völlig verdrängt hast.«

Sie warf einen Blick über Matts Schulter und sah, dass Dan und Chloe noch immer lachten.

»Die beiden sollten endlich zusammenkommen. Sie würden das ideale Paar abgeben«, bemerkte Matt trocken. Sie tanzten eine Weile und kehrten dann zu den anderen zurück. Chloe ließ sich erstaunlicherweise dazu herab, ein paar Sätze mit Zoe zu wechseln, ehe sie von einem ihrer zahlreichen Verehrer auf die Tanzfläche entführt wurde.

»Tanzen wir«, schlug Dan Zoe vor.

»Nein, danke«, erwiderte sie abweisend. Er nahm ihre Hand.

»Du bist doch nicht sauer auf mich? Es war einfach zu lustig, um es für mich zu behalten. Ich wollte dich nicht verärgern.«

So betrunken sie auch sein mochte, so wusste Zoe doch, dass Dan keinen Moment lang an ihre Gefühle gedacht hatte. Dennoch schmolz sie dahin, als er sie gewinnend anlächelte. »Ich möchte noch immer mit dir allein sein«, fügte er hinzu. Sie beugte sich zu ihm und hoffte, dass er sie jetzt küssen würde, um alles wieder ins Lot zu bringen.

In diesem Augenblick gab es am anderen Ende des Saals einen kleinen Aufruhr. Richard wurde gerade hinausgeführt: Er war anscheinend stockbetrunken. Tess folgte ihm und schien ziemlich aufgebracht zu sein.

»Das sieht nicht danach aus, als ob es eine großartige

Hochzeitsnacht geben würde«, meinte Dan. »Ich kümmere mich besser um Tess, um sie aufzumuntern. Wir sehen uns dann später.« Er folgte dem Paar und ließ Zoe und Matt allein zurück.

Als sich die Party schließlich dem Ende näherte, war Dan noch immer nicht wieder da. Matt brachte sie zu ihrem Zimmer und wünschte ihr eine gute Nacht. Sie wusste nicht, was sie tun sollte. Dan hatte ihr doch versprochen, sie später zu sehen. Er würde also bestimmt noch in ihr Zimmer kommen – oder etwa nicht?

Sie zog sich ihr durchsichtiges schwarzes Negligé an und betrachtete sich im Spiegel. Würde sie Dan gefallen? Das Kleidungsstück war tief ausgeschnitten und ließ einen großen Teil ihrer Brüste frei. Plötzlich fröstelte sie und ging ins Bett. Dort wartete sie geduldig, bis ihr plötzlich ein Gedanke kam. Vielleicht saß er in seinem Zimmer und glaubte, dass sie ihn aufsuchen würde?

Sie zog sich ihren alten Morgenmantel an und eilte zu Dans Zimmer. Die Tür war geschlossen, und sie klopfte leise an. Als sie einen Laut von drinnen vernahm, den sie als Dans Antwort verstand, schlug ihr Herz vor Aufregung schneller. Langsam drückte sie die Klinke nach unten.

Tess lag, die Beine weit gespreizt und über ihren Kopf gestreckt, auf dem Bett und stöhnte: »Ja! Ja!« Dan pumpte gnadenlos in sie hinein; Schweiß stand ihm auf der Stirn, und er hatte die Augen geschlossen.

»Das ist besser als das, was du von Richard bekommst, nicht wahr?«, wollte er unter lautem Keuchen wissen.

»Ja! Ja!«, stöhnte Tess. »Fick mich, Dan! Hör nicht auf! Fick mich!«

In diesem Moment öffnete Dan die Augen und entdeckte Zoe, die erstarrt unter der Tür stand. Ohne innezuhalten, sah er sie ausdruckslos an und schloss dann die Augen wieder.

Fassungslos stürzte Zoe davon. Sie rannte blindlings den Korridor entlang, bis sie plötzlich mit jemandem, der ihr entgegenkam, zusammenstieß.

Zwei kräftige Arme zogen sie an sich, und sie vernahm Rays beruhigend tiefe Stimme. »Wo brennt's denn?«

Sie schaute mit wild pochendem Herzen zu ihm auf.

»Ist alles in Ordnung?«, fragte er. In dem schwachen Licht des Korridors sah er Dan so ähnlich, dass Zoe es kaum ertragen konnte.

»Gilt … gilt dein Angebot noch?«, fragte sie tollkühn.

8. Kapitel

DAMALS

»Das wird der letzte Studentenkarneval sein, bei dem ich mitmache«, sagte Tess bedrückt. Sie setzte sich näher an den Gasofen in der engen Küche, der ein wenig Wärme spendete.

»Wirklich?«, fragte Chloe und schaute von dem Skript auf, das sie gerade durchlas.

»Nächstes Jahr werde ich irgendwo in der kalten Welt um mein Überleben kämpfen und habe noch keine Ahnung, wie oder womit. Bisher habe ich immer ziemlich genau gewusst, wo ich mich nächstes Jahr um die gleiche Zeit befinden werde – diesmal nicht. Und das macht mir Angst.« Als Chloe nicht antwortete, fügte sie hinzu: »Bereitet dir das denn keine Sorgen?«

»Nein, denn *ich* weiß schließlich, was ich nächstes Jahr machen werde. Ich werde in London wohnen und Schauspielerin sein.«

»Das hoffst du zumindest. Aber was machst du, wenn es nicht klappt?«

»Es wird klappen.« Chloes Tonfall klang so überzeugt, dass Tess ihr glaubte.

»Ich bin eigentlich gern Studentin. Es wird mir schwer fallen, das aufzugeben.«

»Was aufgeben?« Chloe sah sich verächtlich in der Küche um, wo sich angeschlagenes, schmutziges Geschirr in der Spüle stapelte und die Farbe von den Wänden blätterte. »Du machst Witze. Ich kann es kaum erwarten, hier rauszukommen und endlich mein eigenes Geld zu verdienen. So armselig zu wohnen, das mag vielleicht deinem Geschmack entsprechen – meinem jedenfalls nicht.«

Chloe sah überhaupt nicht so aus, als würde sie ein ärmliches Studentenleben führen. Sie trug eine tailliert geschnittene, bunte Brokatjacke, die sich schmeichelhaft an ihre aufregenden Brüste schmiegte. Dazu hatte sie eine Art Reiterrock an, der seitlich geschlitzt war, und ein Paar glänzend polierte Stiefel. Tess wusste, dass die Schuhe aus dem teuersten Geschäft der Stadt stammten.

Es war kein Geheimnis, dass Chloe den größten Teil ihrer Garderobe von ihren Verehrern geschenkt bekam. Um ungewöhnliche Kleidungsstücke aufzutreiben, ging sie auf Flohmärkte und brachte dann die Kostümbildnerin im Theater dazu, sie zu ändern, wenn das gelegentlich nötig war.

Während die meisten Studenten T-Shirt, Jeans und Pullover trugen, stach Chloe mit ihrer ungewöhnlichen Kleidung wie ein Paradiesvogel aus der Masse hervor.

Sie warf einen abfälligen Blick auf Tess' ausgeleierten Pulli und die Flicken auf ihrer Jeans.

»Gibt es denn nichts, was du an deinem Studentenleben nicht magst?«, fragte sie.

»Eigentlich nicht.«

Für eine Weile herrschte Schweigen, das nur von dem gelegentlichen Zischen des Gasofens unterbrochen wurde.

»Gehst du eigentlich auf den Karnevalsball?«, erkundigte sich Tess nach einer Weile.

»Owen führt mich zum Abendessen ins *Terrazza*. Vielleicht schauen wir nachher noch vorbei. Ich weiß es noch nicht. Und du?«

»Ja, klar. Schließlich gibt es das nur dreimal im ganzen Leben.«

»Für mich sind diese drei Male schon zu viel. Die Bierlachen und die Besoffenen, die nicht mehr an sich halten können – ekelhaft. Lust auf einen Joint?«

»Gern.«

Chloe warf ihrer Mitbewohnerin ein Päckchen Zigarettenpapier, Tabak und einen kleinen, in Alufolie gewickelten Brocken Hasch zu.

»Roll du.«

Tess fragte sich, warum ihre Mitbewohnerin heute so ungewöhnlich freundlich war. Normalerweise rauchte sie allein in ihrem Zimmer. Sie war zwar zu Tess immer etwas netter als zu anderen Frauen, aber das sollte nicht viel heißen.

»Trägst du heute deine Pelzjacke?«, wollte Chloe wie nebenbei wissen und beantwortete somit die Frage, die sich Tess gestellt hatte. Das war also der Grund. Tess hatte vor einiger Zeit von einer alten reichen Tante eine edle Pelzjacke vererbt bekommen, die diese während des Krieges getragen hatte. Chloe war von Anfang an hinter dem Kleidungsstück her gewesen und es ihr sogar abkaufen wollen. Aber Tess hatte sich geweigert, ihr die Jacke zu überlassen.

»Hatte ich eigentlich nicht vor.«

»Könnte ich sie mir dann leihen?«

»Gern, bedien dich.« Das dumpfe Knarren eines Betts über ihnen erinnerte sie daran, dass auch Dan im Haus war. Anscheinend war er noch immer mit dem Mädchen zu Gange, das er gestern Abend mitgebracht hatte. Inzwischen war es später Nachmittag.

»Ich frage mich, woher er die Ausdauer nimmt«, bemerkte Chloe. »Er hat es bestimmt die ganze Nacht getrieben. Zum Glück schlafe ich gewöhnlich tief. Es ist mir wirklich ein Rätsel, warum ihn die Frauen so unwiderstehlich finden.«

»Weil er im Bett verdammt gut ist«, entgegnete Tess, zündete den Joint an und sog den Rauch tief in ihre Lungen. Sie hatte einen besonders starken gemacht; schließlich kam es nicht oft vor, dass Chloe ihr Hasch teilte.

»Niemand ist *so* gut. Ich verstehe auch nicht, wie du es ertragen kannst, eine von vielen zu sein, die bei ihm Schlange stehen.«

»Ich stehe nicht gerade Schlange. Dan ist auch nicht der einzige Mann in meinem Leben. Es ist aber ganz praktisch, unter demselben Dach mit ihm zu wohnen, wenn ich mal besonders scharf bin. Bei dir ist das doch das Gleiche mit Matt.« Sie reichte Chloe den Joint.

»Aber warum ist er *so* unwiderstehlich? Ich weiß jedenfalls, dass es nicht an der Größe liegt, denn ich habe ihn schon mal gesehen.«

»Wirklich? Wann denn?«, fragte Tess überrascht.

»Er wollte ihn gerade in die überaus glückliche Zoe stecken, als ich ins Badezimmer kam. Sie hatten sich nicht einmal die Mühe gemacht, die Tür abzusperren. Ich verstehe partout nicht, wie sie das alles mitmachen kann. Du hast wenigstens auch noch andere Männer und betest ihn nicht an. Aber Zoe mit ihrer verblendeten Liebe ist doch unerträglich. Ich könnte kotzen, wenn ich sehe, wie sie seine Klamotten zum Waschsalon bringt oder ihn dankbar anhimmelt, wenn er ihr mal gnädigerweise ein Lächeln schenkt.«

Tess hielt es eigentlich für unverschämt, dass gerade Chloe es widerlich fand, wie Zoe sich ausbeuten ließ. Schließlich nutzte auch sie die Schwäche ihrer Mitbewohnerin weidlich aus.

»Du hast meine Frage noch nicht beantwortet – was macht ihn so unwiderstehlich?«

»Bei jedem anderen Mann besteht nur die Möglichkeit, dass ich einen Orgasmus habe. Bei Dan ist das garantiert – und meistens mehr als einmal.«

»Wirklich? Ich lasse einen Mann nie aus meinem Bett, ehe ich nicht befriedigt worden bin.« Als Tess Chloes schönes, raubkatzenartiges Gesicht betrachtete, glaubte sie das gern.

»Wir sind sexuell nicht alle so selbstbewusst wie du«, sagte sie schließlich.

»Warum nicht? Du bist doch selbstbewusst genug, wenn es um deine politischen Interessen geht. Ich habe schon miterlebt, dass du Männer in stotternde Trottel verwandelst, wenn du dich ins Zeug legst.«

»Aber nur, wenn es um jemand anderen geht«, erklärte Tess. »Ich schaffe es nicht, wenn es nur für mich ist.«

»Dann ist es aber höchste Zeit, das zu lernen. Du musst doch inzwischen mitbekommen haben, dass in dieser Welt jeder nur für sich selbst kämpft. Wenn du nicht forderst, was du willst, dann wirst du es auch nicht kriegen.« Chloe streckte sich und ließ den Kopf zurückfallen, sodass man ihren langen weißen Hals gut sehen konnte. »Wo wir schon mal dabei sind: Ist Matt eigentlich da? Hasch macht mich immer ganz geil.«

»Er ist vorhin weggegangen.« Die Haustür fiel ins Schloss, und ein paar Sekunden später trat Zoe in die Küche. Ihre Wangen waren gerötet, und ihr braunes Haar hing ihr feucht ins Gesicht.

»Hallo. Draußen bläst ein ganz schöner Sturm. Will jemand einen Kaffee?«, erkundigte sie sich und stellte mehrere volle Plastiktüten auf den Tisch. Dann zog sie ihre Jacke aus.

»Hast du mein Massageöl bekommen?«, fragte Chloe abrupt.

»Zu guter Letzt schon. Aber dazu musste ich in die Stadt fahren.« Zoe schob ihr eine Tüte über den Tisch zu und stellte dann den Wasserkocher auf. Chloe holte währenddessen eine kleine braune Flasche heraus und drehte den Verschluss auf. Sie träufelte ein paar Tropfen auf ihre Hand und rieb sie damit ein. Dann bot sie Zoe den Joint an.

»Danke. Willst du?«

Zoe zögerte und sagte schließlich: »Lieber nicht. Ich

benehme mich dann immer so blöd.« Tess konnte sich des Eindrucks nicht erwehren, dass Chloe sich zusammenriss, um ihre Mitbewohnerin nicht darauf hinzuweisen, dass sie sich meistens blöd benahm. Sie war froh, dass Chloe sich zur Abwechslung einmal zurückhielt.

»Komm schon, nimm.« Chloe fuchtelte mit dem Joint vor Zoes Nase herum, sodass diese nach einer Weile nicht mehr ausweichen konnte. Sie paffte nervös an der Zigarette. Als sie schließlich alle drei mit einer Tasse Kaffee vor sich auf dem Tisch dasaßen, schlug ihr Chloe vor: »Sollen wir nach oben gehen? Ich möchte, dass du etwas für mich tust.«

Tess kehrte zu ihrer Seminararbeit zurück, während Chloe ihre Mitbewohnerin in ihr Zimmer führte. Dort drehte sie den Gasofen an, da es im Februar noch sehr kalt war. Es wurde bereits dunkel und sie schloss den Vorhang.

»Könntest du das für mich nähen?« Sie warf ihrer Mitbewohnerin eine Bluse mit einer aufgegangenen Naht zu. Auch wenn Zoe keine komplizierten Sachen nähen konnte, war sie doch bei kleinen Flickarbeiten ganz gut – im Gegensatz zu Chloe, die nicht einmal einen Faden einzufädeln vermochte.

»In Ordnung«, erwiderte Zoe unterwürfig.

»Du kannst von mir aus hier bleiben. Hier ist es wärmer«, sagte Chloe. »Ich nehme jetzt ein Bad.« Sie zog sich aus, während Zoe schüchtern die Augen abwandte und die Naht betrachtete. Als die Schauspielerin nach einer Weile zurückkehrte, goss sie ihnen beiden ein Glas Wein ein. Sie hatte ihr Haar noch immer hochgesteckt.

»Hast du es genäht? Danke.« Sie setzte sich aufs Bett und ließ den Morgenmantel, den sie trug, auffallen. Dann nahm sie die Flasche mit dem Massageöl und rieb sich die Waden ein.

»Das hier ist viel besser als Körperlotion – falls man

genug Zeit verstreichen lässt, ehe man sich anzieht«, meinte sie. Zoe sah wie gebannt zu, während Chloe sich die wohlgeformten Waden und dann die Schenkel einrieb. Das Glas Wein und der Joint hatten bei Zoe ihre Wirkung getan. Sie versuchte, nicht hinzuschauen, als sie das kurz geschnittene dunkle Schamhaar ihrer Freundin sah, das sich zwischen ihren Beinen zeigte.

»Reibst du mir den Rücken ein?«, fragte Chloe plötzlich.

Zoe war sich nicht sicher, ob sie das tatsächlich tun wollte, wusste aber auch nicht, wie sie ablehnen sollte.

Chloe ließ die Robe auf den Boden fallen und legte sich dann bäuchlings auf ihr Bett. Bewundernd starrte Zoe auf die langen Linien ihrer Schenkel, die in straffen Pobacken endeten.

»Wärm dir erst einmal deine Hände an«, befahl Chloe.

Nervös träufelte sich Zoe ein bisschen von dem Massageöl in die Hände und rieb sie aneinander. Dann setzte sie sich auf die Bettkante. Warum konnte Chloe nicht wenigstens einen Slip tragen? Sie sah so … so selbstvergessen aus, wie sie mit dem Kopf auf den verschränkten Armen und den leicht geöffneten Beinen dalag.

Ganz so, als ob sie auf ihren Liebhaber wartete.

Zoe rieb Chloe die Schulterblätter ein und entspannte sich erst, als sie ein wohliges Seufzen von ihr vernahm. Ruhiger geworden, massierte sie dann ihren ganzen Rücken, bis er im Schein der Lampe ölig schimmerte.

»Meine Arme auch«, bat Chloe mit einer verträumt klingenden Stimme.

Gehorsam tat Zoe, wie ihr geheißen wurde. Schließlich sagte sie: »So, fertig.«

»Reib noch meine Pobacken ein, und dann drehe ich mich um.« Zoe schluckte. Das hatte sie nicht erwartet. Chloe den Rücken einzuölen war eine Sache; aber sie hatte sich noch nicht überlegt, ob sie den Hintern einer anderen Frau berühren wollte. Doch da sie es nicht gewohnt war zu widersprechen oder sich zu weigern, kam sie auch dieser Aufforderung nach.

Widerstrebend träufelte sie etwas Massageöl auf Chloes Pobacken und rieb es dann so schnell wie möglich ein. Daraufhin drehte sich die Schauspielerin um, sodass Zoe plötzlich ihre herrlichen Brüste ganz nahe vor sich sah. Die aprikosenfarbenen Spitzen hatten sich zusammengezogen und standen keck in die Höhe.

»Jetzt vorn«, befahl sie. Mit geröteten Wangen und beschämten Blick gehorchte Zoe. Es verwirrte sie noch mehr, dass Chloe sie unter ihren dichten langen Wimpern hinweg beobachtete. Sie massierte, so rasch es ging, ihren Bauch und ihre Schultern ein und schloss dann erleichtert das Fläschchen.

»Und was ist mit meinem Busen?«, fragte Chloe.

»Ich ... ich dachte, das willst du selbst machen«, stammelte sie.

»Nein. Lieber du.« Sie schloss die Augen und legte erwartungsvoll den Kopf zurück. Als Zoe sich nicht rührte, schaute sie wieder auf. »Was ist los? Hast du noch nie die Brüste einer anderen Frau berührt?«

»N ... nein.«

»Hast du dich noch nie gefragt, wie es sich für einen Mann anfühlt? Jetzt hast du Gelegenheit, es endlich herauszufinden.«

Als Zoe sich noch immer nicht rührte, nahm Chloe ihre Hand und führte sie zu ihrer linken Brust. Die Spitze fühlte sich seltsam fremd an, und als sie spürte, wie die Knospe noch härter wurde, wollte sie entsetzt ihre Hand wegziehen. Aber Chloe hielt sie fest. Langsam und zögerlich massierte sie erst die eine und dann die andere üppige Halbkugel. Sie fühlte sich erhitzt und verwirrt. Wie viel lieber wäre sie jetzt in der Sicherheit ihres eigenen Zimmers gewesen!

Zu ihrem Entsetzen bemerkte sie, dass sie diese Berührungen erregten. Sie wäre bestimmt geflohen, wenn Chloe sie nicht so sehr eingeschüchtert hätte.

»Hast du jemals eine andere Frau zwischen den Beinen berührt?«, schnurrte Chloe nach einer Weile. Zoe schüttelte den Kopf; diese Idee entsetzte sie noch mehr.

»Jede Frau sollte das mindestens einmal im Leben tun. Berühr mich, Zoe. Probiere, wie es sich anfühlt.« Ihre Stimme klang heiser und einschmeichelnd.

Zoe hatte das Gefühl, als verlöre sie die Kontrolle über ihre Hand. Wie von selbst legten sich ihre Finger auf Chloes Schenkel.

Die Schauspielerin öffnete einladend die Beine, und Zoe konnte die rosafarbenen Falten ihres Geschlechts sehen, die sie an eine exotische Blüte erinnerten. Mit öligen Fingerspitzen berührte sie die äußeren geschwollenen Schamlippen und riss dann erschrocken die Hand fort, als sie das Pulsieren der Möse spürte.

Chloe lachte leise.

»Reib mich da unten mit etwas Öl ein«, verlangte sie.

Wie in einem Traum kam Zoe der Aufforderung nach, wobei sie kaum merkte, wie ihre Mitbewohnerin immer schneller atmete. Zwischen den Falten zeigte sich ein harter kleiner Knopf, der wohl die Klitoris sein musste.

Sie hatte nichts von der Existenz dieser Lustquelle gewusst, bis Dan sie dazu gebracht hatte, sie sich im Spiegel anzuschauen. Er hatte ihr auch beigebracht, sich bis zum Höhepunkt zu bringen, während er genüsslich zusah.

Erlebten andere Frauen wohl dieselbe Lust, wenn die winzige Knospe gereizt wurde?

Sie berührte vorsichtig Chloes Klitoris. Ganz leicht nahm sie den meeresähnlichen Geruch von ihrem Geschlecht wahr. Ihr eigener Geruch war schärfer, aber dennoch besaß er etwas Vertrautes. Chloe stöhnte laut auf, als sie die Knospe einölte.

»Schneller«, murmelte sie. Zoe rieb schneller. Schweiß lief ihr über die Stirn, und ihre Bluse klebte ihr an den Brüsten. Ihre Spitzen fühlten sich nun auch geschwollen und hart an, während sie rhythmisch Chloes Klitoris massierte.

Plötzlich stieß ihre Mitbewohnerin einen lauten Schrei aus, und ihre Schenkel schlossen sich wie Hummerscheren um Zoes Hand. Ihr Körper zuckte mehrmals heftig zusammen. Dann fiel ihr Kopf zur Seite, und sie lag ganz still und regungslos da. Nach einer Weile entspannten sich ihre Schenkel, sodass Zoe ihre Hand befreien konnte.

Als Chloe nichts sagte, ging sie leise aus dem Zimmer. Sie eilte in ihr eigenes und schloss hastig die Tür hinter sich ab.

Ob die Erregung, die sie verspürt hatte, wohl bedeutete, dass sie lesbisch war? Mit brennenden Wangen lag sie auf dem Bett und vergrub voller Verwirrung ihr Gesicht im Kopfkissen.

Noch nie zuvor hatte sie sich so ratlos gefühlt.

Sie musste dringend mit Dan darüber reden. Er hatte ihr so viel über Sex beigebracht – im Grunde alles, was sie wusste. Er würde sie bestimmt beruhigen und ihr den Vorfall erklären können.

Doch er hatte das Haus verlassen, während sie in Chloes Zimmer gewesen war.

Vielleicht würde sie ihn später auf dem Karnevalsball treffen.

Am späten Abend war der Ball in vollem Gange.

Zoe verbrachte den größten Teil der Zeit mit Kommilitonen aus ihrem Studiengang. Sie zogen gemeinsam durch das dekorierte Unigebäude, und Zoe hielt ständig Ausschau nach Dan. Als sie ihn endlich entdeckte, tanzte sie gerade mit Tony, der, wie sie wusste, schon lange ein Auge auf sie geworfen hatte.

»Da ist jemand, mit dem ich reden muss«, brüllte sie Tony über die laute Musik hinweg ins Ohr. Ohne noch eine Minute zu verlieren, eilte sie davon und ließ ihn enttäuscht zurück.

Dan hatte den Arm gerade um eine zierliche Blondine gelegt, deren Lockenpracht ihr wie ein Wasserfall über den Rücken fiel.

»Dan! Ich muss mit dir reden«, rief sie ihm ins Ohr. »Es ist wichtig.«

»Worum geht es denn?«, fragte er, während seine Begleiterin Zoe finster ansah.

»Es ist … etwas vorgefallen.«

Dan ließ die Blondine stehen und legte den Arm um Zoe. »Dann komm mal.«

Das blonde Mädchen schaute ihn empört an. »Sehen wir uns später?«, wollte es wissen.

»Klar. Unten in der Bar.«

Er führte Zoe in den obersten Stock, wo sich eine Halle befand, in der riesige auberginenfarbene Schaumstoffkissen ausgelegt worden waren. Dorthin konnte man sich zurückziehen, wenn es einem unten zu laut oder zu wild wurde. Irgendwo rauchten ein paar Leute heimlich Hasch, und viele Paare waren mit Küssen und Schmusen beschäftigt. Das Licht im Saal war gedämpft. Hier war es viel ruhiger als unten, und Zoe setzte sich erleichtert neben Dan auf ein großes Schaumstoffkissen und lehnte sich mit dem Rücken an die Wand.

»Also – was ist denn so wichtig?«, fragte er und schaute sie belustigt an.

Zoe trug einen langen blauen Baumwollrock und ein eng anliegendes, langärmliges T-Shirt in einem helleren Farbton. Für einen Moment blieb sein Blick an ihren üppigen Brüsten hängen, die diesmal von keinem BH verborgen wurden. Ihre Brustspitzen zeichneten sich deutlich durch das T-Shirt ab.

»Heute Nachmittag ist etwas passiert ... Und ich ...« Sie brach ab.

»Was ist passiert?«, bohrte er nach.

»Ich ... Ich ... O Dan ... Ich glaube, ich bin vielleicht lesbisch«, jammerte sie.

Dan fiel die Kinnlade herunter.

»Was?«, rief er aus.

Stockend erzählte ihm Zoe, was geschehen war. Sie wagte es dabei kaum, ihn anzusehen. Als sie mit ihrer Geschichte zu Ende war, warf sie ihm einen schnellen Blick zu. Seine Augen wirkten verträumt, und er hatte den Mund leicht geöffnet.

»Sie hat dich also dazu gebracht, ihre Titten einzuölen und sie dann zu befriedigen?«, fragte er atemlos.

»Nicht nur ihre Tit ... ihre Brüste. Eigentlich ihren ganzen Körper«, erwiderte Zoe. »Außer ihren Beinen. Die hat sie sich selbst eingeölt. O Dan, glaubst du, dass ich lesbisch bin?«

Auf seinem Gesicht zeigte sich ein seltsamer Ausdruck, als er sie ohne Erwiderung an sich zog und wild küsste. Seine Zunge fuhr in ihren Mund, und er drängte sie plötzlich nach hinten, sodass sie fast auf dem Schaumstoffkissen zu liegen kam. Er fasste nach ihren Brüsten und zwickte die Spitzen ziemlich unsanft.

Sie spürte, wie sein steifer Schwanz gegen ihre Schenkel drängte, während er sich halb auf sie legte.

»O Mann. Allein der Gedanke daran«, keuchte er ihr ins Ohr und fuhr fort, ihre Brustwarzen zu bearbeiten. Er stöhnte. »Es ist kaum auszuhalten. Du wusstest, dass mich diese Geschichte so geil machen würde, dass ich fast explodiere, nicht wahr? Wie fühlt es sich an, eine andere Frau zum Höhepunkt zu bringen?«

Zoe spürte, wie seine Hand ihren Rock bis zur Taille nach oben schob.

Seine Finger glitten zwischen ihre Beine. Ihre Möse

wurde trotz ihres Widerstrebens sogleich feucht. »Dan, hör auf … Jemand könnte uns sehen.«

»Das ist doch nach einer solchen Geschichte völlig egal. Erzähl es mir noch mal, Zoe. In allen Einzelheiten – lass ja nichts aus. Wie haben sich ihre Titten angefühlt?«

Zoe war nun noch verwirrter. Warum reagierte er so seltsam? Sie hatte gehofft, dass er sie beruhigen würde. Stattdessen benahm er sich so, als ob er vorhätte, sie vor aller Augen auf der Stelle zu nehmen – ohne jegliche Rücksicht auf ihre Gefühle.

Er zerrte an ihrem winzigen weißen Höschen und zog es weit genug herunter, um mit den Finger in sie hineingleiten zu können. Gierig fasste er in ihre feuchten Schamhaare und nach ihrer Klitoris.

»Wie hat es sich angefühlt?«, keuchte er. »Hat es sich so gut wie das hier angefühlt? O Baby, du hast mich so wahnsinnig aufgeheizt. Sieh nur!« Er stieß seinen stahlharten Schwanz gegen sie. Dann hörte sie, wie er seinen Reißverschluss öffnete. Fassungslos spürte sie plötzlich seinen großen Penis, der sich entschlossen zwischen ihre Beine drängte.

»Dan – nicht!«, flehte sie ihn an, aber sein Schwanz stieß schon die ersten Zentimeter in ihren Liebeskanal vor. Dann packte er sie an den Pobacken und rammte den Rest so tief in sie, dass sie vor Verblüffung keuchte. Er drängte sich an sie und fing wie ein Besessener zu pumpen an. Zoe war zwischen dem Wunsch, sich der Lust zu überlassen, und der Scham, von anderen dabei beobachtet zu werden, hin und her gerissen. Sie wusste überhaupt nicht mehr, was sie von Dans Benehmen halten sollte.

Die anderen Studenten in ihrer Nähe mussten doch merken, was da vor sich ging. Es war schließlich ziemlich offensichtlich, und Dan gab sich keinerlei Mühe, diskret zu sein.

Er kam schnell und unerwartet und überschwemmte sie mit seinem Saft. Zoe, die knapp vor dem Höhepunkt war, brach fast in Tränen aus, als er sich sofort aus ihr zurückzog und den Hosenschlitz schloss.

»Das war die aufregendste Geschichte, die ich seit langem gehört habe«, krächzte er. Seine Finger kehrten zu ihrer Klitoris zurück und streichelten sie von neuem. »Hat sie sich so heiß und nass wie du angefühlt? Hast du das mit ihr gemacht? Und das ...? Hat sie geschrien, als sie kam?«

Er rieb ihre Klitoris so gekonnt, dass Zoe trotz ihrer Verwirrung und Scham schließlich zuckend kam. Zitternd und matt lag sie auf dem Kissen und hielt die Augen geschlossen.

Er zog ihr den Rock über die Beine und stand auf.

»Ich muss jetzt gehen«, verkündete er. »Wir sehen uns dann später.«

Zoe lehnte den Kopf gegen die Wand und schaute sich mit Tränen in den Augen um.

Zum Glück sah niemand zu ihr hin.

Während Dans Samen noch ihre Beine herablief, stand sie auf und eilte zur nächsten Toilette.

9. *Kapitel*

Am Sonntagmorgen nach der Hochzeit wachte Zoe mit einem Gefühl ungewohnter Euphorie auf. Sie räkelte sich behaglich und spürte ein angenehmes Ziehen zwischen den Beinen. Es erinnerte sie daran, dass sie letzte Nacht den besten Sex seit …

Ruckartig setzte sie sich im Bett auf. Plötzlich fielen ihr wieder die entsetzlichen Ereignisse des vorangegangenen Abends ein.

Wie sie von der alten Dame auf der Treppe überrascht worden war, während Dan gerade dabei gewesen war, in sie einzudringen.

Wie Dan den anderen lachend von ihrer Blamage erzählt hatte.

Wie sie zu Dans Zimmer gegangen war und ihn dort mit Tess entdeckt hatte.

Beschämt verkroch sich Zoe unter der Decke und versuchte – für einen Moment zumindest – die Tatsache zu vergessen, dass sie auch noch Ray für Sex bezahlt hatte und sie noch immer neben ihm in seinem Doppelbett lag.

Es war unerträglich.

Gestern um dieselbe Zeit hatte sie sich noch so sehr darauf gefreut, endlich ihre alten Freunde wieder zu sehen – vor allem Dan. Und jetzt wollte sie keinen der vier jemals wieder unter die Augen treten.

So leise, wie sie nur konnte, schlüpfte sie aus dem Bett und zog sich den Morgenmantel über. Sie hob das zusammengeknüllte schwarze Negligé vom Boden auf und verließ auf leisen Sohlen den Raum.

Sobald sie sich in der Sicherheit ihres eigenen Zimmers befand, nahm sie eilig eine Dusche, zog sich an und stopfte dann ihre Utensilien in den Koffer. Mit etwas Glück würde sie das Hotel verlassen haben und bereits längst auf dem Heimweg sein, ehe noch einer der anderen wach geworden war.

Der Empfang lag verlassen da. Nur eine verschlafene Rezeptionistin sah Zoe überrascht entgegen.

»Hallo. Könnte ich bitte meine Rechnung haben?«, fragte sie und reichte der jungen Dame den Zimmerschlüssel.

»Ja, natürlich«, erwiderte diese unsicher. Sie verschwand im Büro und tauchte wenige Minuten danach mit fragendem Gesicht wieder auf. »Wollen Sie sofort aufbrechen?«

»Ja.«

»Es ist nur so … Ich glaube nicht, dass es überhaupt möglich sein wird.« Sie wies zum Fenster, und Zoe stellte erst jetzt fest, dass es letzte Nacht heftig geschneit haben musste. Auf dem Parkplatz waren die meisten Autos tief im Schnee vergraben und kaum mehr zu sehen.

»Haben Sie eine Schaufel, die ich mir borgen könnte?«, fragte Zoe nach einer Weile. »Ich kann mein Auto bestimmt ausgraben.«

»Das vielleicht schon«, entgegnete die Empfangsdame. »Aber auch die Straßen dürften gesperrt sein, bis der Schneepflug durchkommt.«

»Und wann wird das sein?«

»Ich habe keine Ahnung. Vermutlich nicht vor morgen.«

»Was? Das darf doch nicht wahr sein«, jammerte Zoe entsetzt.

»Heute ist Sonntag. Letzten Winter waren wir drei Tage eingeschneit, ehe sie zu uns vorgestoßen sind.«

Zoe hatte nicht geglaubt, dass das Wochenende noch

schlimmer werden könnte, doch plötzlich hatte sich die Lage dramatisch verschlechtert. Wie sollte sie es aushalten, den ganzen Tag mit Leuten eingesperrt zu sein, denen sie niemals mehr in die Augen hatte sehen wollen?

Und Harold erst! Er würde bestimmt die Wände hochgehen.

»Könnten Sie herausfinden, wie lange es tatsächlich dauern wird, bis die Straßen frei sind?«, fragte sie voll Panik.

»Leider nicht«, erwiderte die Rezeptionistin. »Wenn der Hotelmanager kommt, kann er Ihnen vielleicht weiterhelfen.«

»Und wann ist das?«

»Um zehn.«

Entmutigt ließ sich Zoe in einen Sessel neben der Empfangstheke fallen.

»Möchten Sie immer noch, dass ich Ihre Rechnung fertig mache?«

»Ja. Ich meine, nein. Lieber noch nicht.« Sie stand bedrückt auf und nahm den Schlüssel wieder an sich. Dann kehrte sie in ihr Zimmer zurück. Es blieb ihr nichts anderes übrig als zu warten. Irgendwann würden die Straßen schon frei sein.

»Es tut mir Leid, Schatz«, sagte Richard reumütig. »Es war keine sehr aufregende Hochzeitsnacht für dich, nicht wahr?« Tess wagte es nicht ihn anzuschauen, sondern fuhr fort, emsig den Koffer zu packen.

Sollte Richard das nur glauben!

»Beeil dich, Richard. Der Wagen wird schon in einer halben Stunde hier sein«, sagte sie mit gleichmütiger Stimme. Er seufzte und stürzte den Rest seines Kaffees hinunter. Dann kletterte er mühsam aus dem Bett.

»Ich dusche mich schnell. Zum Glück kann ich ja während des Flugs schlafen.«

»Ich gehe schon mal nach unten und begleiche die Rechnung«, rief Tess ihm nach einer Weile durch die Badezimmertür zu. »Bringst du dann die Koffer?« Ohne eine Antwort abzuwarten, fuhr sie sich schnell mit dem Kamm durch ihr blondes Haar, nahm ihre Handtasche und den roten Wintermantel und verließ das Zimmer.

An der Rezeption wurde ihr dasselbe wie Zoe mitgeteilt. Auch sie war fast am Boden zerstört.

»Das darf doch nicht wahr sein!«, rief sie verzweifelt. »Wir wollten heute Vormittag in die Flitterwochen nach Mexiko fliegen.«

Die Vorstellung, ihre Zeit stattdessen in einem Hotel im eiskalten Yorkshire zu verbringen, sagte Tess ganz und gar nicht zu. Vor allem, wenn sie an die Sonne in Mexiko dachte ...

Der Gedanke, Dan noch einmal begegnen zu müssen, war ihr ebenfalls unerträglich. Noch schlimmer war jedoch die Vorstellung, dass Richard wieder mit ihm zusammen treffen könnte.

Dan hatte ihr – wie es sich für ihn gehörte – lachend erzählt, dass Zoe sie beobachtet hatte, als er sie gerade gefickt hatte. Sie musste wahnsinnig gewesen sein, es ihm noch einmal zu erlauben. Er würde es vermutlich allen erzählen, höchstwahrscheinlich war er längst dabei.

Die arme Zoe. Sie hatte sich offenbar so sehr auf das Wochenende gefreut. Dan hatte ihr auch die üble Geschichte mit der alten Dame auf der Treppe erzählt und wie er schnell abgehauen war und Zoe im Stich gelassen hatte.

Typisch! Sie hatte gehofft, weder ihm noch ihren früheren Freunden begegnen zu müssen, ehe sie abfuhr. Aber nun sah die Lage ganz anders aus.

Verärgert kehrte Tess in ihr Zimmer zurück, um Richard die schlechten Nachrichten zu überbringen.

Dan saß im Bett, nippte von Zeit zu Zeit an seinem Kaffee und schrieb mit dem Laptop auf dem Schoß an seinem Roman weiter.

Er war ausgesprochen zufrieden mit sich.

Seine kreativen Säfte flossen wieder. Er hatte am gestrigen Vormittag und frühen Abend mehr geschrieben als in der ganzen letzten Woche. All der Sex in den vergangenen zwei Tagen hatte anscheinend die Blockade gelöst, sodass er nun kaum mit dem Tippen hinterherkam.

Das Wiedersehen mit seinen alten Mitbewohnern hatte ihm verschiedene Ideen eingegeben und ihn an einige heiße Szenen erinnert, die sie gemeinsam erlebt hatten. Er konnte es fast nicht erwarten, alles niederzuschreiben.

Dieses Buch würde ein neuer Bestseller werden – das spürte er.

Sobald er zu Ende gefrühstückt hatte, wollte er Zoe anrufen und sie fragen, ob sie nicht noch bei ihm vorbeischauen wollte, ehe sie abreiste. Er schuldete ihr zumindest einen Quickie, da er letzte Nacht nicht dazu gekommen war.

Nachdem Tess zu dem mehr oder weniger bewusstlosen Richard zurückgekehrt war, hatte Dan seinen Morgenmantel angezogen und sich auf die Suche nach Zoe begeben. Zu seiner Überraschung war sie nicht in ihrem Zimmer gewesen. Er hatte angenommen, dass sie Matt ihr Herz ausschüttete, und da er sowieso erschöpft gewesen war, hatte er beschlossen, das Ganze bis zum Morgen auf sich beruhen zu lassen.

Zoe stellte kein Problem dar – das hatte sie noch nie getan. Dafür war Chloe umso schwieriger. Wenn er es nicht schaffte, diese Nuss zu knacken, noch bevor er heute nach London zurückfuhr, wollte er ihr anbieten, sie mitzunehmen. Mal sehen, was sich daraus ergeben würde.

Alles in allem war es ein ziemlich erfolgreiches Wochenende geworden.

Und es war noch nicht vorbei.

Jemand klopfte an seine Tür, und kurz darauf trat der Zimmerkellner ein. Er brachte Dan einen zweiten Teller mit Toast.

»Sind Sie Schriftsteller?«, fragte er neugierig, stellte den Teller auf das Tablett und versuchte einen Blick auf den Bildschirm zu werfen.

»Das bin ich«, erwiderte Dan freundlich.

»Was schreiben Sie denn?«

Dan wies auf das Nachttischchen, wo eine Ausgabe seines letzten Buchs lag. Der Junge nahm sie begeistert in die Hand. »Das haben Sie geschrieben?«

»Ja.«

»Ich habe all Ihre Bücher gelesen. Das hier gerade erst letzte Woche.« Er sah Dan bewundernd an. »Haben Sie wirklich so viele Frauen gehabt?«

Dan lächelte selbstverliebt. »Da würde ich zu viel verraten.« Der Zimmerjunge schaute sich verschwörerisch um, als ob er sichergehen wollte, dass ihnen auch niemand zuhörte.

»Ich könnte Ihnen ein paar Geschichten erzählen, die Ihnen bestimmt gefallen würden. In meinem Beruf erlebt man alles Mögliche und auch Unmögliche, wie Sie sich bestimmt vorstellen können. Ich hatte schon einige Anfragen, die den normalen Zimmerservice weit überstiegen – das können Sie mir glauben.«

Dan war es gewohnt, dass Leute annahmen, ihr langweiliges Sexleben böte geeignetes Material für seine Pornos. Dennoch zeigte er sich interessiert.

»Was, zum Beispiel?«

»Zum Beispiel gestern. Einer unserer weiblichen Gäste verlangte einen sehr persönlichen Service von mir.«

»Wirklich? Was denn für einen?«

Der Zimmerjunge lächelte geheimnisvoll. »Ich verrate nur so viel: Es ist eine echt heiße Braut. Mag es etwas ausgefallen, das Herzchen.«

»Schade, dass ich sie nicht mehr treffen werde.«

»Ach, Sie haben noch genügend Zeit dafür. Es kann nämlich niemand weg, solange die Straßen nicht geräumt sind.«

Dan schob die Brille hoch und schaute zum ersten Mal an diesem Morgen aus dem Fenster.

»Ist es so schlimm?«

»Der stärkste Schneefall seit zehn Jahren. Schlechte Nachrichten für das Personal hier im Hotel. Wer über Nacht gearbeitet hat, kann nicht weg, und die Ablösung kommt nicht durch. Das heißt, wir müssen weiterarbeiten. Heute ist noch dazu mein freier Tag.«

Der junge Mann verließ das Zimmer, während Dan über die jüngste Entwicklung der Dinge nachdachte. Er war nicht unglücklich darüber – schließlich gab ihm das mehr Zeit, Chloe herumzukriegen.

Sie würde es bestimmt nicht lange durchhalten, ihn zurückzuweisen, wenn er sich ihr erst einmal richtig widmete.

Und vielleicht würde er auch die geheimnisvolle Frau finden, die ausgefallenen Sex mochte.

Dan mochte es schließlich selbst auch ausgefallen.

Chloe und Matt nahmen die Nachricht, dass sie im Hotel festsaßen, ziemlich gelassen auf. Matt hatte ganz und gar nicht das Bedürfnis, bald nach Hause zurückzukehren und sich den Problemen zu stellen, die dort auf ihn warteten.

Und Chloe hatte augenblicklich keine dringenden Termine in London. Ihre Suite kostete sie keinen Penny, und so lange die ganze Angelegenheit nicht länger als ein paar Tage dauerte, hatte sie nichts dagegen. Auf diese Weise konnte sie noch eine Weile das ausgezeichnete Essen und die luxuriöse Ausstattung des Hotels genießen. Zum Glück hatte sie ziemlich viele Klamotten eingepackt – ihre Garderobe würde also auch kein Problem darstellen.

Sie wählte ein cremefarbenes Wollkleid, um wieder einmal jedermann beim Lunch den Kopf zu verdrehen. Bei den meisten Frauen hätte das Kleidungsstück wahrscheinlich unauffällig gewirkt. Doch der Stoff war edel und der Schnitt betonte Chloes reizvolle Kurven. Als sie die Bar betrat, herrschte für einen Augenblick bewunderndes Schweigen.

Sie ging zu Matt und Dan, die gerade ihren zweiten Drink vor sich stehen hatten.

»An diesem Wochenende hat sich hier so einiges abgespielt. Eine wahre Brutstätte für sexuelle Abenteuer«, erzählte Dan angeregt, als sie darüber sprachen, wie lange sie wohl festsitzen würden.

»Du warst also beschäftigt«, bemerkte Matt sarkastisch.

»So ziemlich. Aber ich habe nicht mal mich selbst gemeint. Der Typ, der mir das Frühstück brachte, hat mir von einer verdammt scharfen Frau erzählt, die ihn um einen ganz speziellen Service bat. Angeblich soll es recht wild zugegangen sein.«

Er hielt seine Augen auf Chloe gerichtet, denn ihm war inzwischen die Idee gekommen, dass durchaus sie dieser mysteriöse Gast sein könnte. Aber die Schauspielerin zuckte mit keiner Wimper.

»Welcher Zimmerjunge war das denn?«, erkundigte sie sich belustigt.

»Er hat dunkle Haare und ist ziemlich muskulös – ganz dein Typ, Chloe.«

»Ich werde an ihn denken, falls ich mich langweilen sollte.«

»Wenn wir gerade davon sprechen – habt ihr zwei es

auch wieder miteinander getrieben?« Dan hatte bereits Matt gefragt, der ihm jedoch beleidigenderweise geraten hatte, endlich erwachsen zu werden.

Chloe fixierte ihn mit ihren dunkelblauen Augen und fuhr sich dann mit der Zungenspitze über die leuchtend roten Lippen.

»Wie schade, dass du nicht im Zimmer nebenan wohnst! Du könntest wieder mit einem Glas an der Wand lauschen, wie du das in Studentenzeiten immer gemacht hast.«

Zu seinem Ärger lief Dan rot an. Woher, zum Teufel, wusste sie das?

»Ich habe kein Glas gebraucht, meine Liebe«, entgegnete er schnell. »Das ganze Haus und wahrscheinlich auch die ganze Straße wussten, wann *du* es treibst.«

Sie lächelte verächtlich. Am liebsten hätte er sie auf der Stelle vernascht, ihr vor den Augen aller das Höschen heruntergezogen und es ihr so besorgt, dass sie es nie mehr vergessen würde.

Er hätte darauf wetten können, dass auch Matt wieder mit im Spiel war.

Nur – diesmal sollte er nicht der Einzige sein.

Diesmal nicht.

»Hat jemand heute schon Zoe gesehen?«, fragte Matt und schaute auf die Uhr. Seine Studienfreunde schüttelten den Kopf. »Ich gehe mal zum Empfang und rufe in ihrem Zimmer an.«

Sobald er verschwunden war, kamen Tess und Richard in die Bar. Beide sahen ziemlich miesepetrig drein.

»Wir sollten eigentlich schon über dem Atlantik sein«, sagte Tess bedrückt. Sie wich Dans Blicken aus und setzte sich so weit wie möglich von ihm entfernt, während Richard den Kellner heranwinkte.

»Was möchtet ihr trinken?«, fragte er, als Matt zurückkam.

»Keine Antwort. Wo sie wohl stecken mag?«, meinte er und setzte sich zu den anderen.

»Sie kann nicht weit sein«, sagte Tess mit schuldbewusster Miene. Verdammt! Zoe war bestimmt gekränkt, weil sie Dan dabei beobachtet hatte, als er es gerade mit ihr getrieben hatte. Erst jetzt fiel ihr auf, dass Zoe schon gestern Vormittag nicht allzu begeistert gewesen war, als sie ihr gestanden hatte, dass sie und Dan miteinander gevögelt hatten. Aber woher hätte sie wissen sollen, dass Zoe sogar nach fünfzehn Jahren noch in Dan verknallt war?

Das war ihr erst im Lauf des Tages klar geworden. Letzte Nacht hatte sich Tess dann so sehr über Richard geärgert, der sich bis zur Besinnungslosigkeit betrunken hatte, dass sie dummerweise schon wieder mit Dan ins Bett gestiegen war.

Warum konnte sie jetzt nicht im Flugzeug nach Mexiko sitzen und diese ganzen überflüssigen Verwicklungen hinter sich lassen?

Die fünf genossen ein langes, alkoholreiches Mittagessen. Danach ging Dan nach oben, um an Zoes Zimmer zu klopfen. Er wollte sie richtig schön durchvögeln, um dann wieder für ein paar Stunden an seine Arbeit zurückzukehren. Als niemand öffnete, zuckte er mit den Achseln und ging unbefriedigt in sein Zimmer.

Vielleicht würde er später Chloe aufsuchen.

Als Chloe den Gürtel um seinen Hals wickelte und zuzog, entschloss sich Matt, nun doch zu protestieren.

In der Nacht zuvor hatte er ihr gestattet, seine Handgelenke ans Bett zu fesseln, obwohl es ihm nicht gerade zusagte. Doch diesmal bestand die Gefahr, von ihr erdrosselt zu werden.

Er machte den Gürtel los und warf ihn auf den Boden. »Nein, danke. Ich würde gern noch weiter atmen.« Chloe zog eine Schnute und legte sich geschmeidig neben ihn aufs Bett. Ihr langes schwarzes Haar strich ihm über die Brust, während sie ihm schmerzhaft in die Schulter biss. Er zuckte zusammen. Chloe mochte es genießen, die Lust mit Schmerzen zu verbinden, doch Matts Geschmack kam das weit weniger entgegen.

Er spannte sich an, als sie seinen Schwanz in den Mund nahm. Nachdem sie jedoch anfing, mit der Zunge die ganze Länge auf und ab zu wandern, wurde er wieder ruhiger und gab sich den angenehmen Empfindungen hin. Er hatte sie an diesem Nachmittag bereits zweimal gevögelt und wusste eigentlich nicht, ob er es noch einmal schaffen würde.

Es war schwierig, von Chloe nicht fasziniert zu sein. Ob angezogen oder nackt – ihre Figur raubte ihm den Atem. Er strich ihr über den hübsch geformten Hintern und knetete dann das glatte weiße Fleisch. Die Spalte zwischen ihren Pobacken war feucht.

Sie kniete sich über ihn, fuhr jedoch fort, seinen Schwanz zu lecken. Er schaute nun direkt in ihre Möse, und dieser Anblick ließ seinen Penis sogleich wieder ganz steif werden.

Die feuchten Falten ihrer Vagina schimmerten einladend. Zärtlich strich er mit dem Zeigefinger über den Rand ihrer Schamlippen, um sie dann sanft mit beiden Händen zu öffnen, sodass er den Eingang zu ihrem Liebeskanal gut sehen konnte.

Sie rutschte ein wenig zurück, damit er sie mit seiner Zunge besser erreichen konnte. Matt leckte sie so lange und ausgiebig, bis sie erneut vor Lust zu tropfen begann.

Er tauchte mit der Zunge, so tief er konnte, in ihre weit geöffnete Möse. Genüsslich erforschte er ihre inneren Schamlippen und brachte dadurch Chloe zu einem lauten Stöhnen. Plötzlich setzte sie sich auf sein Gesicht. Ihr weiblicher Moschusduft umhüllte ihn und ließ ihn leise ächzen.

Er rieb sein Gesicht in ihren Säften und fand schließlich ihre Klitoris, an der er zu saugen begann. Ihre Lustschreie hallten im ganzen Zimmer wider, während er sie zum dritten Höhepunkt seit dem Mittagessen brachte. Als sie danach anmutig von ihm herunterrollte, fasste er mit geschlossenen Augen nach einem Kosmetiktüchlein, das auf dem Nachttisch lag, um sich sein Gesicht abzuwischen.

»Fick mich«, verlangte Chloe mit heiserer Stimme und zog ihn auf sich.

Matt hielt für einen Moment inne, um den Anblick ihrer prachtvollen Brüste zu genießen.

»Du bist so wunderschön«, flüsterte er.

»Fick mich«, wiederholte sie, wickelte sich eine kleine Locke seines Brusthaars um den Zeigefinger und zog so heftig daran, dass es wehtat. Er stützte sich mit den Händen über ihrem Kopf ab, da er wusste, dass sie das mochte. Dann stieß er mit aller Kraft bis zum Anschlag in sie. Chloe schrie laut auf und begann unter seinem muskulösen Körper zu zucken.

Manchmal bedurfte es einer ziemlichen Kraftanstrengung, Chloe festzuhalten, während er sie vögelte. Sie fing nämlich an, wie eine Wilde um sich zu schlagen, sodass er sich gezwungen sah, sie mit dem Gewicht seines Körpers niederzudrücken, während er sie beide dem Höhepunkt näher brachte.

Einige Minuten lang kämpfte sie gegen ihn an und tat ihm sogar dabei ein paar Mal weh. Plötzlich jedoch überließ sie sich dem Rhythmus seiner Stöße und reckte ihm auffordernd ihre Hüften entgegen. Ihr schöner Körper bewegte sich zeitgleich mit dem seinen dem Orgasmus entgegen.

Als Matt gegangen war, zog sich Chloe ihre Seidenrobe an, um sich abzuschminken. Sie wollte ein langes, heißes

Bad nehmen, ein kleines Nickerchen machen und dann zum Abendessen hinuntergehen.

Zu ihrem Ärger musste sie jedoch feststellen, dass ihr Make-up-Entferner leer war. Sie rief Tess an, deren Marke sie jedoch nicht vertrug. Deshalb nahm sie noch einmal den Hörer ab und wählte Zoes Nummer. Doch ihre frühere Mitbewohnerin antwortete nicht.

Sie verließ das Zimmer und ging den Korridor entlang zu ihr.

»Zoe!«, rief sie und klopfte ungeduldig an die Tür. »Zoe! Ich bin's, Chloe. Mach schon auf.« Noch immer antwortete niemand. Sie entdeckte eines der Zimmermädchen am anderen Ende des Flurs und winkte sie gebieterisch heran.

»Können Sie diese Tür für mich öffnen?«, fragte sie.

»Ja, aber wir sollen nicht …«

»Ich habe die Befürchtung, dass meine Freundin krank sein könnte. Ich übernehme die Verantwortung.« Widerstrebend öffnete das Mädchen die Tür, und Chloe betrat das Zimmer. Zoe lag auf dem Bett und schaute ihr kummervoll entgegen.

»Warum hast du nicht geantwortet? Bist du krank?«, wollte die Schauspielerin wissen. Als sie genauer hinsah, entdeckte sie, dass Zoes Augen gerötet waren. »Was ist denn los?«

Zoe verzog das Gesicht und zwei große Tränen rollten ihr über die Wangen.

»Versteckst du dich hier vor Dan?«, fragte Chloe überrascht. Ihre einstige Mitstudentin ließ den Kopf hängen.

»Er hat allen von diesem schrecklichen Erlebnis auf der Treppe erzählt«, jammerte sie. »Ich dachte, er wollte mit mir zusammen sein. Doch als ich in sein Zimmer kam, war er dort mit …« Sie brach ab, da sie Tess nicht verraten wollte.

»Na, und?« Als Zoe nicht antwortete, fuhr Chloe fort:

»Du versteckst dich hier oben, weil du nach all den Jahren noch *immer* von diesem eingebildeten, selbstzufriedenen Schwein fasziniert bist.« Sie setzte sich in einen Sessel und schaute Zoe herausfordernd an. »Wie kannst du nur so verdammt dumm sein?« Ihr Zorn war dermaßen greifbar, dass Zoe erschreckt zusammenzuckte. »Du willst doch bestimmt nicht, dass Dan sieht, wie du leidest. Er würde es nur dazu benutzen, sich noch weiter aufzublasen. Vielleicht müssen wir einige Tage hier verbringen. Du kannst doch nicht die ganze Zeit in deinem Zimmer bleiben.«

»Das ist mir egal.«

»Mir aber nicht. Dieser widerliche Kerl behandelt dich und Tess so, als ob ihr zu seinem Harem gehört. Und ich muss ehrlich sagen, dass es mir allmählich verdammt stinkt.« Chloe stand auf. »Nun hör mir genau zu. Du badest dich jetzt, wäschst dein Haar und machst dich für den Abend fertig. Ich komme um sieben, um dich abzuholen, und dann gehen wir nach unten, und du tust so, als ob Dan gar nicht existierte.«

Sie ging ins Badezimmer und kam mit Zoes Make-up-Entferner wieder heraus. »Das hier leihe ich mir aus.« Auf dem Weg zur Tür blieb sie noch einmal stehen.

»Wenn es sein muss, zerre ich dich an den Haaren nach unten. Dan soll glauben, dass du dich keinen Deut mehr um ihn scherst – ob du das willst oder nicht.«

Verzweifelt ließ sich Zoe wieder aufs Bett fallen. Sie hatte den Manager mehrmals angerufen, nur um immer wieder zu erfahren, dass morgen der früheste Termin sei, an dem die Straßen wieder frei wären. Aber selbst das wäre nicht sicher.

Inzwischen schneite es wieder, und die Autos auf dem Parkplatz waren kaum mehr zu sehen. Sie hatte Harold angerufen und ihm die schlechte Nachricht mitgeteilt. Ihr Mann hatte sich am Telefon heiser geschrien und verlangt, dass sie sofort nach Hause käme.

Das Letzte, was sie nun tun wollte, war, nach unten zu gehen und sich zu den anderen zu gesellen. Doch es sah ganz so aus, als ob ihr gar keine Wahl blieb. Sie kannte Chloe nur allzu gut, um zu wissen, dass sie nichts aufhalten konnte, wenn sie sich einmal etwas in den Kopf gesetzt hatte.

Seufzend richtete sich Zoe im Bett auf und ging dann schleppenden Schrittes ins Bad.

Als die Schauspielerin zwei Stunden später in ihr Zimmer kam, trug Zoe die Jeans, die sie auf der Fahrt ins Hotel angehabt hatte, und die schwarze Seidenbluse vom Abend zuvor. Chloe sah in ihrem preußisch-blauen Seidenoberteil und dem engen cremefarbenen Rock wie immer umwerfend aus.

»Bist du so weit?«, fragte sie ungeduldig.

»Ja, irgendwie schon.«

Als sie Zoes blasses Gesicht sah, ging sie zur Minibar.

»Vielleicht sollten wir erst mal einen Drink zu uns nehmen.« Sie machte ihnen beiden einen Wodka mit Tonic und ließ sich dann elegant in einen Sessel sinken. Schließlich wollte sie nicht, dass Zoe leichenblass in der Bar erschien.

Sie zwang sich dazu, amüsant zu sein, und unterhielt ihre Freundin zu deren Überraschung mit einer Geschichte aus ihrer Bühnenlaufbahn. Nach einer Probe wurde einmal unerwartet der Vorhang geöffnet und enthüllte Chloe und den Hauptdarsteller bei einer wilden Nummer mitten auf der Bühne. Zufällig befanden sich gerade zwei Bühnenarbeiter, mehrere Schauspielschüler und die Frau des Hauptdarstellers im Zuschauerraum.

Zoe starrte sie entsetzt an. »Was hast du getan?«, fragte sie schüchtern.

»Nichts, bis ich gekommen bin. Clive versuchte sich von mir zu lösen, aber ich habe ihn mit den Beinen umklammert und ihn dazu gezwungen, weiterzumachen, bis ich so weit war.«

»Und was ist dann passiert?«

»Die Schüler klatschten, Clives Frau kreischte und die beiden Bühnenarbeiter haben sich danach sehr um mich bemüht.«

»War es dir nicht schrecklich peinlich?«

»Das Leben ist zu kurz, um etwas peinlich zu finden«, sagte Chloe bestimmt. »Komm, gehen wir nach unten.«

Als sie schon durch die Tür auf den Flur getreten waren, wollte Chloe doch noch einmal kurz das Bad benutzen. Kaum eine Sekunde später kam Ray um die Ecke und stieß auf Zoe. Mit seinem blonden Haar sah er atemberaubend gut aus. Er lächelte sie an und zog etwas aus der Tasche.

»Du hast das hier vergessen«, sagte er. Es war eine der schwarzen Schleifen von ihrem Negligé. »Du bist früh gegangen.« Er strich ihr über die Wange. »Was mich betraf, waren wir noch nicht fertig.«

Zoe konnte den schwachen Duft seines Aftershave riechen, und ihr Bauch zog sich bei der Erinnerung an die vergangene Nacht plötzlich lustvoll zusammen.

Es waren wieder herrliche Stunden gewesen, die sie für eine Weile hatten alles vergessen lassen. Erst das unerbittliche Licht des Tages hatte sie in die Wirklichkeit zurückgebracht. Ray hatte sie wieder einhundert Pfund gekostet, war jedoch jeden Penny wert gewesen.

»Ich schulde dir noch was. Sag mir einfach, wann du so weit bist«, hauchte er in ihr Ohr.

Ein Geräusch aus Zoes Zimmer ließ sie beide aufschauen. Chloe stand in der Tür und sah sie fragend an. Schuldbewusst trat Zoe einen Schritt von Ray zurück.

»Willst du uns nicht vorstellen?« Die Schauspielerin kam auf ihren hochhackigen Schuhen verführerisch auf sie zu und lächelte interessiert.

»Äh … Das ist Ray. Wir haben uns gestern auf der Hochzeitsfeier kennen gelernt.« Zoe spürte, wie ihre Wangen rot anliefen, und sie hielt den Blick auf den Boden gesenkt. Anmutig reichte Chloe Ray ihre Hand. Sie war die einzige Frau aus Zoes Bekanntenkreis, die diese Geste wie eine Einladung zum Sex aussehen lassen konnte.

»Hallo, Ray. Zoe hat mir gar nichts von Ihnen erzählt.«

»So geht es mir immer«, erwiderte Ray galant. »Sehe ich dich nachher in der Bar, Zoe?«

»Aber bestimmt«, erwiderte Chloe anstelle ihrer Freundin. Sobald Ray gegangen war, sah sie Zoe für einen Moment nachdenklich an, sagte zum Glück jedoch nichts.

Als sie die Bar betraten, saßen Dan und Matt bereits wieder an der Theke. Chloe spürte, dass Zoe am liebsten sofort wieder in ihr Zimmer gestürzt wäre. Sie achtete jedoch nicht darauf, sondern führte die Lehrerin zu einem Sofa am offenen Kamin und winkte einen Kellner heran. Matt drehte sich zu den beiden Frauen um und lächelte sie an.

»Eine Flasche Champagner, bitte.«

»Entschuldigen Sie, aber darf ich Sie dazu einladen?« Ein attraktiver Mann mittleren Alters, der auf einem Sofa neben ihnen saß, sah sie erwartungsvoll an.

»Das ist sehr großzügig von Ihnen.« Der Mann, der sich sogleich als Bernard vorstellte, setzte sich ohne Umschweife zu ihnen, und Chloe stellte zufrieden fest, dass Dan immer wieder einen unruhigen Blick in ihre Richtung warf. Sie war Zoe gegenüber auffallend freundlich und bemühte sich wirklich darum, sie in die Unterhaltung mit einzubeziehen, sodass Zoe sich fragte, ob dies alles nur ein Traum war. Nach einem Tag ohne Essen stieg ihr der Champagner sofort zu Kopf. Ihr wurde ein wenig schwindlig, was sie den anderen nach einer Weile auch mitteilte.

»Warum essen wir nicht zusammen? Ich hasse es, allein am Tisch zu sitzen«, lud Bernard sie ein.

»Das wäre ganz reizend.« Chloe nahm an, ohne auch nur einen Moment nachzudenken. In diesem Augenblick trat Ray in die Bar. Sie warf ihm ein aufforderndes Lächeln zu.

Sogleich kam er zu ihrem Tisch.

»Darf ich mich zu euch setzen?«

»Mit dem größten Vergnügen«, erwiderte Chloe und rückte auf, sodass er neben Zoe Platz nehmen konnte. Bernard blickte ein wenig verstimmt drein. Als er jedoch verstand, dass der andere Mann an Zoe interessiert war, wurde er wieder freundlicher und lud auch Ray dazu ein, am Dinner teilzunehmen.

Sie standen gerade auf, um ins Restaurant hinüberzugehen, als Dan an ihren Tisch trat. Zoe sah inzwischen viel besser aus. Ihre Wangen hatten wieder Farbe bekommen, und sie lachte gerade über etwas, das Ray gesagt hatte.

»Tess und Richard essen auf ihrem Zimmer. Ich habe uns also einen Tisch für vier Personen reservieren lassen. Seid ihr so weit?«, unterbrach er die Gespräche der kleinen Gesellschaft.

Chloe betrachtete ihn mit einem Ausdruck größten Missfallens, und Zoe sah ihm nicht einmal in die Augen.

»Wir haben bereits andere Pläne«, sagte Chloe abweisend. Er achtete nicht auf sie.

»Zoe, ich habe mich schon den ganzen Tag darauf gefreut, etwas Zeit mit dir zu verbringen«, behauptete er charmant. »Lass uns zusammen essen.« Widerstrebend sah sie auf. Als er sie gewinnend anlächelte, spürte sie, wie sie wieder einmal dahinschmolz.

»Bist du, seitdem du Groschenromane schreibst, nicht mehr der richtigen Sprache mächtig?«, meinte Chloe eisig. »Ich glaube nicht, dass ich mich noch deutlicher ausdrücken kann.«

Sie schritt würdevoll an ihm vorbei, nahm Zoe am Arm und schwebte aus der Bar. Ray und Bernard folgten ihr eilig. Dan stand wie erstarrt da, und sein Gesicht lief dunkelrot an. Dann straffte er sich und kehrte mit finsterer Miene zur Bar zurück.

Es wurde ein lebhaftes Dinner. Unter dem Einfluss von viel Wein, einem aufmerksamen Ray und einer wirklich bezaubernden Chloe begann Zoe endlich, den Abend zu genießen. Sie vergaß beinahe, welch einen schrecklichen Tag sie hinter sich hatte.

Dan und Matt aßen gemeinsam an einem Tisch für zwei Personen am anderen Ende des Restaurants. Zu ihrem Vergnügen bemerkte Chloe, wie Dan immer wieder fassungslose Blicke in ihre Richtung warf.

Sie konnte zwar überhaupt nicht verstehen, warum Ray die kleine Zoe so anziehend fand, und wusste auch nicht, was in der Nacht zuvor zwischen den beiden passiert war – aber es war ihr auch gleichgültig. Sein unerwartetes Auftauchen hatte sich perfekt in ihren Plan gefügt.

Zoe musste irgendetwas an sich haben, auch wenn sie den Anschein einer kleinen grauen Maus machte. Ray war nämlich ein auffallend anziehender Mann. Unter anderen Umständen hätte ihn sich Chloe sogleich geschnappt, denn er war jung, fit und sah so aus, als ob er ausgesprochen gut im Bett wäre. Doch heute Abend ging es ihr vor allem darum, Dan zu ärgern, und bisher klappte das ganz ausgezeichnet.

Zoe wusste gar nicht, wie ihr geschah. Ray war so liebenswürdig zu ihr, dass sie annehmen musste, er wollte noch einmal einhundert Pfund verdienen. Es würde ihr allerdings schon schwer genug fallen, den Scheck von letzter Nacht zu erklären, ohne noch einen weiteren auszustellen. Dennoch war es schön, hier am Tisch zu sitzen und endlich vergessen zu können, wie unerfreulich das Wochenende verlaufen war.

Nach dem Essen kehrten die vier an die Bar zurück. Als auch Dan und Matt aus dem Restaurant kamen, setzten sie sich uneingeladen zu der kleinen Gruppe. Dan ließ sich auf einem leeren Stuhl neben Zoe nieder und legte einen Arm um sie, wobei er Ray einen herausfordernden Blick zuwarf.

Als Chloe sah, wie sich die Augen ihrer früheren Mitbewohnerin sofort verschleierten, stand sie entschlossen auf.

»Bernard, warum bestellen Sie nicht Kaffee und Cognac auf meine Suite? Zoe, Ray – kommt ihr mit nach oben?«

Ray nickte begeistert, und Chloe nahm ihre Freundin am Arm. Mit betont süßer Stimme sagte sie: »Gute Nacht, Matt. Nacht, Dan.« Dann rauschte sie mit den anderen aus der Bar.

10. Kapitel

Der Kellner brachte eine Flasche Cognac und ein Tablett mit Kaffee in Chloes Suite. Bernard unterzeichnete, während Ray bewundernd durch die großen Räume schritt.

»Ich habe ja schon mein Zimmer für ziemlich luxuriös gehalten. Aber das hier …«, sagte er.

Chloe musterte ihn aufmerksam von Kopf bis Fuß. Sie war sehr in Versuchung, ihn zu verführen, und allein das Wissen, dass Zoe dann zweifelsohne wie ein reifer Apfel in Dans Hände fiele, hielt sie davon ab. Aber auch Bernard sah so aus, als ob er ausgesprochen sportlich wäre. Er hatte den Körper eines Mannes, der nur halb so alt zu sein schien, wie er wohl tatsächlich war.

Bestimmt würde er eine angenehme Abwechslung zu Matt bieten.

Chloe genoss es zwar, wieder Matts muskulösen Körper an ihrer Seite zu haben; doch sie schaffte es nicht, ihn für ihre wilderen Spiele zu begeistern. Und das frustrierte sie.

Sie fühlte sich ruhelos und wie im Jagdfieber. Als sie ihre drei Bekannten betrachtete, fasste sie einen Entschluss.

Es war an der Zeit, die Stimmung richtig aufzuheizen.

Ray sah so aus, als ob er willig wäre, sich auf ihre Spielchen einzulassen. Und auch Bernard schien mit von der Partie sein zu wollen. Nur bei Zoe war sie sich nicht so sicher. Aber sie war davon überzeugt, dass sie ihre frühere Mitbewohnerin zu allem bringen konnte, wenn sie es nur wollte. Vor allem jetzt, da sie bereits ziemlich angeheitert war.

»Hat jemand Lust auf ein Spiel?«, fragte sie, und ihre dunkelblauen Augen glitzerten erregt.

»Was für ein Spiel?«, fragte Ray.

»Karten?«, erkundigte sich Bernard.

Chloe stand geschmeidig auf und ging in ihr Schlafzimmer, um nach kurzer Zeit mit vier Würfeln zurückzukehren.

»Es ist eine Art von Pfänderspiel«, erklärte sie. »Anfangs sieht es ein wenig kompliziert aus, aber ihr werdet es schon schnell genug begreifen.« Sie erklärte den anderen die Regeln, wobei Zoe Schwierigkeiten hatte, sich zu konzentrieren. Irgendwie klang es wie ein Spiel aus der Kindheit, das sie häufig auf Festen gespielt hatte.

»Sobald wir einmal angefangen haben«, schloss Chloe nach einer Weile, »solltet ihr euch darüber im Klaren sein, dass die Strafe für eine verlorene Spielrunde darin besteht, dass die anderen von euch ein Pfand verlangen können, das ihr nicht ablehnen dürft. Wir spielen erst einmal eine Proberunde, damit auch alle die Regeln verstehen.«

Sie nahm die Würfel, warf sie hintereinander und schrieb die Augenzahl auf. Dann war Bernard an der Reihe. So ging es weiter, bis jeder zweimal gewürfelt hatte. Schließlich warf Ray eine niedrige Zahlenkombination, die bedeutete, dass er Chloe ein Pfand schuldete.

Sie warf ihm einen verführerischen Blick zu, drehte das Radio an und sagte: »Sie müssen beim nächsten Song mit mir tanzen. Wie wir tanzen, hängt von der Musik ab. Wenn es zum Beispiel ein langsames Stück ist, tanzen wir Wange an Wange. Verstanden?«

»Hoffentlich ist es nicht so etwas Kompliziertes wie ein Tango«, erwiderte er grinsend. »Sonst gucke ich ganz schön dumm aus der Wäsche.«

Es war ein schnelles Rhythm & Blues-Stück. Zoe sah neidisch zu, wie die zwei miteinander tanzten. Beide bewegten sich mit einer rhythmischen Geschmeidigkeit, die sie sich niemals zutrauen würde. Bernard war ganz offensichtlich vor allem von Chloes aufregenden Bewegungen in Bann gezogen, denn er wandte seinen Blick nicht von ihren vollen Brüsten und den geschwungenen Hüften ab.

Er verlor die nächste Runde an Zoe, die nicht wusste, was sie von ihm verlangen sollte. Verwirrt sah sie die anderen an.

»Komm schon, Zoe«, sagte Chloe ungeduldig, nachdem die Lehrerin sich eine Weile den Kopf zerbrochen hatte. »Es muss nichts Kompliziertes sein. Er soll zum Beispiel einfach das Fenster öffnen und so lange Schneebälle werfen, bis er eines der Autos trifft.«

»Ja«, meinte Zoe erleichtert. »Tun Sie das.«

Bernard zog den Vorhang zurück, öffnete das Fenster und nahm eine Hand voll Schnee vom Fensterbrett. Allen lief ein kalter Schauder über den Rücken, als die eisige Luft in das geheizte Zimmer drang. Zum Glück traf er gleich beim zweiten Versuch und schloss wieder rasch das Fenster.

»Ich habe ganz blau gefrorene Hände«, klagte er.

»Kommen Sie hierher. Ich werde Sie Ihnen wärmen«, sagte Chloe einladend.

Er setzte sich neben sie, und sie rieb seine Finger; dann steckte sie seine Hände unter ihre Achseln und küsste ihn. Zoe sah, wie er dabei ihre Brüste berührte, und eine Erregung, die der eines Voyeurs gleichkam, ließ sie erbeben.

Ray nutzte die Gelegenheit, um mit leiser Stimme zu flüstern: »Ich habe das, was ich vorhin sagte, völlig ernst gemeint. Du hast noch etwas gut bei mir und kannst es jederzeit einfordern. Ich war ziemlich enttäuscht, als ich heute Morgen aufwachte und du schon weg warst.« Er beugte sich zu ihr, strich ihr über ihre schimmernden braunen Locken und küsste sie dann sanft, wobei seine Zunge für einen Moment über ihre Lippen strich.

Dann legte er den Arm um sie und lehnte sich auf dem Sofa zurück. Zoe bemerkte, dass Bernard und Chloe sich noch immer küssten und er nun ganz ungeniert ihre Brüste liebkoste.

Nach einer Weile lösten sie sich voneinander, und das Spiel begann von neuem. Zoe verlor diese Runde an Ray, der sie bat, ein Gedicht aufzusagen. Sie entspannte sich. Sie hatte nämlich befürchtet, dass die verlangten Pfänder schwierig oder irgendwie peinlich sein würden; doch es schien sich nur um ein harmloses, nettes Spiel zu handeln.

»Haben also alle die Regeln verstanden?«, wollte Chloe wissen und nahm die Würfel auf. Die drei nickten. »Dann spielen wir jetzt richtig.«

Sie verlor das nächste Spiel an Ray, der sie darauf aufforderte, einen ihrer hauchdünnen Seidenstrümpfe auszuziehen. Chloe stand langsam auf und stellte den linken Fuß in ihrem hochhackigen Schuh auf den Couchtisch. Dabei zog sie ihren Rock so weit hoch, dass man ihre Strapse sehen konnte. Sie rollte den Strumpf im Zeitlupentempo über ihr glattes, wohl geformtes Bein, das Zoe wie der erotischste Körperteil vorkam, den sie jemals gesehen hatte. Als sie einen Blick auf Ray und Bernard warf, bemerkte sie, dass den beiden wohl die Hose eng wurde. Sie war plötzlich wahnsinnig eifersüchtig auf ihre frühere Mitbewohnerin, da sie bezweifelte, dass irgendein Mann eine Erektion bekäme, wenn sie ihre Strümpfe auszöge.

Als Chloe fertig war, legte sie die Trophäe um Rays Hals, zog den Schuh wieder an und ließ sich anmutig im Sessel nieder.

Es folgten zwei weniger aufregende Pfandstrafen, doch dann begann sich das Spiel hochzuschaukeln. Bernard verlangte von Chloe nämlich, die Bluse auszuziehen. Sie stand auf und öffnete sie ganz langsam – einen Knopf nach dem anderen. Die anderen sahen ihr atemlos zu. Selbst Zoe blickte gebannt auf die Schauspielerin.

Als Chloe den blauen Seidenstoff von der Schulter gleiten ließ, enthüllte sie ein champagnerfarbenes Satinhemdchen und einen dazu passenden BH. Die zwei hauchdünnen Satinstoffe übereinander vermochten ihre harten Brustspitzen kaum zu verbergen, die sich darunter abzeichneten.

Zoe beobachtete, wie die beiden Männer während der nächsten Runde ihre Augen nicht von Chloes Brüsten zu lösen vermochten.

Ray verlor an Chloe, die, ohne zu zögern, seine Hose einforderte. Wie selbstverständlich zog er sie aus und enthüllte einen weißen Baumwollslip über einem halb erigierten Schwanz, der schon in diesem Zustand gewaltig wirkte.

Zoe kannte diesen Penis inzwischen gut. Er hatte mit ihr Dinge getan, die selbst Dan nicht eingefallen waren, und die Erinnerung daran verschaffte ihr ein wohliges Ziehen in der Lendengegend. Am liebsten hätte sie ihm vorgeschlagen, jetzt sofort in ihr Zimmer zu gehen, um dort mit ihm allein zu sein. Aber das traute sie sich nicht.

Voller Bangen wartete sie darauf, dass auch sie gebeten wurde, etwas auszuziehen. Das geschah bereits in der nächsten Runde, wo Ray von ihr erwartete, sich ihrer Jeans zu entledigen. Er schenkte ihr ein aufreizendes Lächeln, und sie zog sich, so rasch sie konnte, die Hose aus.

Warum trug sie nur ein einfaches beiges Höschen und kein verführerisches Etwas? Ihre Beine wirkten plump und bleich, und sie setzte sich hastig so hin, dass man so wenig wie möglich von ihnen sehen konnte. Zudem versuchte sie, ihre schwarze Bluse bis über die Schenkel zu ziehen, um sie zu verbergen.

Bernard verlor die nächste Runde an Zoe. Als sie zögernd vorschlug, dass er ihnen allen Kaffee nachschenken sollte, mischte sich Chloe ein.

»Benimm dich doch nicht lächerlich, Zoe. Sag ihm, dass er etwas ausziehen muss – oder auch alles, wenn du das willst.« Nach kurzem Nachdenken bat sie Bernard, sein Hemd auszuziehen. Wenige Minuten später erhielt er jedoch bereits seine Chance auf Rache, als Chloe sich ihres Rocks zu entledigen hatte. Sie saß nun mit übereinander geschlagenen Beinen und nur noch mit ihrer Unterwäsche bekleidet im Sessel und strahlte eine solche Erotik aus, dass man sie im ganzen Raum spüren konnte.

Als Zoe wieder verlor, hörte sie voll Entsetzen, wie Chloe sagte: »Ray scheint seinen Steifen wieder verloren zu haben. Solltest du dich nicht darum kümmern?«

»W… wie?«, stotterte Zoe und lief rot an, als Chloe spöttisch die Augenbrauen hob.

»Wie schaffst du es denn sonst? Nimm deine Hand oder deinen Mund – oder zieh dich vor ihm aus«, erwiderte sie mit einer gewissen Schärfe in der Stimme.

Zoe wünschte sich plötzlich, die Sicherheit ihres Zimmers nie verlassen zu haben.

»Es bedarf nicht viel«, ermutigte sie Ray. »Berühre mich einfach oder zeige mir deine Brüste – was immer du willst.«

Mit gesenktem Blick legte Zoe zögernd die Hand auf seinen Schwanz, der sich unter dem Slip abzeichnete. Sogleich regte er sich erwartungsvoll. Sie streichelte ihn, bis er wieder ganz steif wurde, und seine Spitze sich aus der Unterhose drängte.

»Sehr schön«, bemerkte Chloe und fuhr sich mit der Zunge lüstern über die Unterlippe.

Als Zoe schließlich an Bernard verlor und auch noch ihre Bluse ausziehen musste, sodass sie nur noch in ihrem beigen BH und dem Höschen dasaß, wäre sie am liebsten vor Scham im Boden versunken. Sie hielt sich für viel zu plump, um dermaßen dürftig bekleidet da sitzen zu können; sie war sich überhaupt nicht bewusst, welch einen erregenden Anblick ihre hübsch gerundeten Hüften und die üppigen Brüste den anderen boten.

Wenige Minuten danach trug auch Chloe nur noch ihren BH, ihr Höschen, ihre Strapse und einen Seidenstrumpf. Zoe fragte sich, warum sich das Spiel zu so etwas wie einem Stripp-Poker entwickelt hatte. Sie hätte bestimmt nicht daran teilgenommen, wenn sie das von Anfang an gewusst hätte.

Es wurde aber noch ärger.

Als Chloe ihr nächstes Pfand an Bernard abgeben musste, sagte er: »Jetzt ist es endlich an der Zeit, diesen BH loszuwerden.« Als sie sich daran machen wollte, ihn zu öffnen, unterbrach er sie. »Nein, das werde ich tun.«

Er machte ihn langsam auf und legte dann von hinten seine Hände auf ihre vollen Brüste, wobei er sie leicht in den Nacken biss und so lange liebkoste, bis sie die Augen schloss und sich an ihn lehnte. Über fünfzehn Jahre waren vergangen, seitdem Zoe die Brüste ihrer früheren Mitbewohnerin das letzte Mal gesehen hatte. Als Bernard sich von ihr löste, stellte sie fest, dass sie noch immer so schön wie damals waren – wenn nicht gar noch schöner.

Völlig entspannt ging Chloe durch den Raum zu ihrem Schlafzimmer und dann ins Bad, wo sie die Tür hinter sich schloss.

»Ray«, flüsterte Zoe. »Glaubst du, wir können jetzt gehen?«

»Aber es wird doch gerade erst interessant«, entgegnete er. »Komm schon, meine Süße. Gefällt es dir denn gar nicht?«

Das tat es zwar in gewisser Weise schon, aber es erschreckte sie auch zutiefst.

Es schmeichelte ihr, mit drei so interessanten, selbstbewussten Leuten zusammen zu sein und von Chloe so nett behandelt zu werden. Aber sie machte sich auch Sorgen, dass die Dinge allmählich außer Rand und Band gerieten.

»Es ist doch nur ein harmloser Spaß«, fuhr Ray fort. »Entspann dich und genieße das Ganze.«

»Geh jetzt auf keinen Fall«, bedrängte auch Bernard sie. »Es kommt schließlich nicht alle Tage vor, dass ich mit zwei so schönen, aufregenden Frauen erotische Spielchen erleben darf.«

Zoe errötete. Fand er auch sie wirklich schön und aufregend? In diesem Moment tauchte Chloe wieder aus dem Bad auf. Sie schritt graziös durchs Zimmer und präsentierte ihre nackten Brüste stolz den Betrachtern. Zoe hätte nun nicht mehr den Mut aufgebracht, vor Chloes Augen den Raum zu verlassen.

Inzwischen trug auch Bernard nur noch seine Boxershorts. Zoe zitterte vor Aufregung, als sie an Chloe verlor und diese ihr befahl, Bernards letztes Schutzschild zu entfernen.

»Kann ... kann er das nicht selbst tun?«, fragte sie unsicher.

»Es ist nicht sein Pfand, sondern deines«, entgegnete Chloe. »Aber wenn du dich weigerst, fällt mir bestimmt etwas anderes ein, und außerdem wirst du auch noch das tun müssen, was Ray und Bernard von dir verlangen.«

Mit klopfendem Herzen verließ Zoe ihre sichere Ecke auf dem Sofa und ging zu Bernard.

»Steh auf, Bernard«, befahl Chloe. »Sie kann sie dir nicht ausziehen, wenn du sitzen bleibst. Ach, und Zoe – küss ihm auch noch den Schwanz.«

Mit zitternden Händen kniete sich Zoe vor Bernard und begann, ihm mit gesenktem Blick seine Boxershorts herunterzuziehen. Das Gummiband verfing sich über seinem angeschwollenen Glied, und obgleich sie voll Panik an den Shorts zerrte, schaffte sie es nicht, ihn davon zu befreien.

»Er wird dich schon nicht beißen«, spöttelte Chloe. Widerstrebend fasste Zoe die Hose und zog den Baumwollstoff vorsichtig über einen großen und sehr steifen Schwanz. Als die Shorts sich um seine Füße legten, lehnte sie sich nach vorn und küsste rasch seinen Penis. Dann sprang sie auf und stürzte zum Sofa zurück.

»Gieß ihr noch etwas zu trinken ein«, meinte Bernard lachend. »Sie ist anscheinend nicht an eine solche Größe gewöhnt.« Dankbar nahm Zoe das Glas entgegen, das Ray ihr reichte. Sie fühlte sich sogleich besser, als der Cognac Wärme durch ihre Glieder sandte.

Als Nächstes verlor Chloe an Bernard, und nach einem Augenblick des Nachdenkens meinte er: »Liebkose deine Brüste und deine Möse, während wir zuschauen.«

Mit gemächlichen, sinnlichen Bewegungen begann Chloe, ihre Brüste zu streicheln. Die langen Finger glitten sanft über die vollen Halbkugeln und hielten dann inne, um ausführlicher mit einer Brustspitze zu spielen, ehe sie zu ihrem Bauch und dem Satinhöschen glitten.

Zoe glaubte kaum ihren Augen zu trauen, als Chloe sich ganz offensichtlich ihre Klitoris rieb. Ihre Augen vernebelten sich, je größer ihre Erregung wurde. In völliger Stille schauten alle zu, als sie zu stöhnen begann – zuerst leise und dann immer lauter. Ihre Finger bewegten sich stetig schneller, und ein feuchter Fleck erschien auf ihrem Slip.

Mit einem lauten Schrei kam sie ganz plötzlich und ließ sich dann mit geschlossenen Augen zurücksinken.

»Verdammt«, keuchte Bernard. »Kommst du immer so schnell?«

Chloe öffnete die Augen. »Wenn jemand weiß, was er tun muss, dann schon«, schnurrte sie. »Bernard, wärst du so liebenswürdig und würdest uns noch eine Flasche Champagner bringen lassen? Der Brandy hat mich durstig werden lassen.«

Bernard, dessen erigierter Schwanz heftig zitterte, hob den Hörer ab.

»Ihr drei geht lieber ins Schlafzimmer«, schlug Chloe vor und zog sich eine Seidenrobe über. »Ich öffne die Tür.«

Ray zog Zoe dort aufs Bett und küsste sie. Ihr blieb vor Schreck beinahe das Herz stehen, als sie plötzlich auch Bernards Hand auf ihrem nackten Bein spürte.

»Entspann dich«, murmelte er. »Du kannst nicht erwarten, dass ich nur zuschaue. Das wäre nicht fair.« Er fuhr fort, ihre Waden und Schenkel zu streicheln, während Ray sich um den Rücken und die Schultern kümmerte. Nach einer Weile wurden sie von Chloe unterbrochen, die Bernard die Rechnung für den Champagner zur Unterschrift vorlegte.

Das ist typisch Chloe, dachte Zoe. Sie ließ niemals eine Gelegenheit aus, jemand anderem ihre Rechnungen unterzuschieben, wenn es nur irgendwie ging. Doch plötzlich plagte sie bei diesem Gedanken ein leichtes Schuldgefühl, denn Chloe hatte sich an diesem Abend wirklich nett ihr gegenüber erwiesen.

Als die Schauspielerin zu ihnen ins Bett stieg, nachdem sie ihre Seidenrobe ausgezogen hatte, reichte sie die gekühlte Flasche Champagner an Bernard weiter, damit dieser sie öffnete. Der Korken knallte, und ein Sprudel geeisten Schaums schoss empor. Er sprühte auf ihre nackten Brüste und ließ ihre Brustspitzen noch härter werden.

Sie stieß einen leisen Schrei aus und legte sich dann auf das Bett zurück. Sogleich nahmen Ray und Bernard jeweils eine Brust in den Mund und leckten gierig daran. Zoe starrte mit offenem Mund auf dieses Bild. Sie hatte plötzlich das seltsame Gefühl, so etwas schon einmal miterlebt zu haben, konnte sich aber beim besten Willen nicht mehr erinnern, wo und wann das gewesen sein sollte.

Als Chloes Brüste sauber geleckt waren, setzte sie sich auf und würfelte von neuem. Zoe verlor die Runde an Ray, der ihr befahl, ihr Höschen auszuziehen, sich zurückzulegen und die Augen zu schließen.

»Ich kann nicht!«, stöhnte sie verzweifelt.

»Dir bleibt keine Wahl«, belehrte sie Chloe. »Es sei denn, du willst uns allen ein Pfand schulden. Und ich kann dir jetzt schon sagen, dass ich mit dem meinen viel weiter gehen würde als Ray.«

Zoe schluckte nervös, trank dann das Glas Champagner leer, das Bernard ihr eingeschenkt hatte, und zog sich mit geschlossenen Augen den Slip aus.

Sie stieß einen lauten Schrei aus, als ein eiskalter Schwall Schaumwein auf ihren Venushügel niederging. Die Flüssigkeit tropfte zwischen ihren Beinen zu ihrem Geschlecht hinunter. Hände spreizten ihre Beine, und sie spürte, wie eine warme Zunge begann, jeden Tropfen Champagner aufzulecken. Dabei hoffte sie inbrünstig, dass es Ray war, der sie so berührte.

Jemand liebkoste ihre Brüste. Als ihr BH beiseite geschoben wurde, wollte sie sich schon erschrocken aufsetzen, zwang sich aber dazu, mit geschlossenen Augen durchzuhalten. Sie hoffte, dass die Sache nicht allzu lange dauern würde, doch nach einer Weile entspannte sie sich und genoss die Aufmerksamkeit, die ihren erogenen Zonen gezollt wurde.

Sie brauchte eine Weile, bis ihr klar wurde, dass Chloe wohl die eine ihrer Brüste und Bernard die andere liebkoste. Chloes Hand war viel weicher und glatter, während Bernards Haut sich rauer anfühlte. Doch er war der Zärtlichere von beiden.

Zoes Brustwarzen wurden härter. Sie streckte sich und bemerkte plötzlich, wie sich die Lust in ihren Lenden ausbreitete. Chloe zwickte ihre Brustspitze und rollte sie dann zwischen Daumen und Zeigefinger, sodass Zoe zu stöhnen begann.

Irgendwie wurde das Ganze allmählich zu viel. Rays lange Zunge erkundete jede Falte ihrer Möse, auch wenn er schon längst den ganzen Champagner fortgeleckt hatte. Sie öffnete die Beine noch weiter und stöhnte kehlig, als er über ihre Klitoris züngelte. Auf einmal wurde ihr klar, dass sie kurz vor dem Höhepunkt stand, und sie fragte sich, wie sie einen so öffentlich zur Schau gestellten Orgasmus aushalten sollte.

Aber die Alternative – nämlich keinen zu haben – war noch schlimmer.

Gerade als sich die Hitze in ihrer Lendengegend sammelte und sich damit ihr Höhepunkt ankündigte, hörte sie Chloe mit heiserer Stimme sagen: »Es wird Zeit, weiterzuspielen.« Wie auf Befehl lösten sich alle von ihr, und sie blieb enttäuscht und unbefriedigt liegen.

Sie öffnete die Augen und entdeckte Bernard, der sie angrinste. Ray tauchte gerade zwischen ihren Beinen auf, und Chloe sah sehr zufrieden drein.

Zoe zog sich wieder den BH über ihre Brüste und schmiegte sich an das Kopfende des Bettes; dabei winkelte sie ein Bein an, um zumindest teilweise ihre Möse zu verbergen.

Sie fühlte sich verwirrt und frustriert, da sie so nahe daran gewesen war zu kommen und es ihr dann doch verweigert worden war. Hastig trank sie ein weiteres Glas Champagner, um nicht mehr so sehr an das Pochen in ihrem Liebeskanal zu denken.

Als Nächstes verlor Chloe an Ray.

»Blas mir einen«, befahl er. Sie lächelte voll sinnlicher Vorfreude und leckte sich die Lippen. Dann kniete sie sich neben Ray, holte seinen Schwanz aus dem Slip und beugte den Kopf nach unten.

Rays Miene verklärte sich geradezu, als sie mit der Zunge über seinen stahlharten Schwanz glitt. Züngelnd umkreiste sie ihn, und schon bald schimmerte er von ihrem Speichel.

Zoe war so sehr damit beschäftigt, den beiden zuzusehen, dass sie zuerst gar nicht bemerkte, dass Bernard seine Hand auf ihren nackten Bauch gelegt hatte. Er machte kreisende Bewegungen, die schon bald wieder die Hitze in ihren Lenden aufsteigen ließen.

Chloes orale Fähigkeiten faszinierten sie. Wie schaffte sie es nur, Rays Schwanz so tief in den Mund zu nehmen? Er schien fast bis zu den Eiern in ihr verschwunden zu sein.

Bernard spielte mit den weichen Locken ihres Schamhaars und arbeitete sich langsam weiter nach unten vor, bis er mit dem Zeigefinger in die Falten ihres Geschlechts eintauchte.

Sie spürte, wie sein Finger immer tiefer in ihre feuchte Liebesgrotte rutschte. Gleichzeitig fing er an, rhythmisch ihre Klitoris zu streicheln. Zoe öffnete wie von selbst die Schenkel, sodass er mit zwei Fingern tief in sie gleiten konnte. Dabei hörte er jedoch nicht auf, ihre kleine Knospe mit dem Daumen anzufeuern.

Sie stöhnte und beobachtete unterdessen, wie Chloe Ray mit ihren Lippen und der Zunge zum Höhepunkt brachte. Sowohl Ray als auch Chloe waren derart mit sich selbst beschäftigt, dass sie die beiden anderen gar nicht mehr wahrnahmen.

Als sich Bernards Daumen immer schneller bewegte, setzte sich Zoe so hin, dass seine Finger, die sich bereits weit in ihr befanden, noch höher rutschten. Sie umschloss sie mit ihrem inneren Muskel und genoss insgeheim das Gefühl der Kontrolle.

Ihr ganzer Liebeskanal schien inzwischen zu triefen und hinterließ einen feuchten Fleck auf dem Kissen, auf dem sie saß.

Plötzlich zuckte sie zusammen und kam mit ungewohnter Heftigkeit zum Höhepunkt. Sie warf den Kopf nach hinten und drückte Bernards Hand mit den Schenkeln noch tiefer in sich hinein, bis die Erregung abflaute.

Ihre eigene Lust hatte sie von Ray und Chloe abgelenkt. Ray explodierte nun so heftig in Chloes Mund, dass ihr ein Teil seines Samens über das Kinn lief. Langsam zog sich die Schauspielerin zurück, wobei sie weiterhin sein zuckendes Glied umzüngelte, um nur jeden Tropfen seines Safts zu erhaschen.

Als sie sich zu den anderen beiden wandte, fiel ihr Blick auf Bernards Hand, die sich noch immer zwischen Zoes üppigen Schenkeln befand. Sie betrachtete die geröteten Wangen ihrer Freundin und kam sogleich zur richtigen Schlussfolgerung.

»Jemand hat sich hier nicht an die Regeln gehalten«, sagte sie zu Ray. »Sollen sie dafür ein Extrapfand zahlen? Was meinst du?«

»Auf jeden Fall«, stimmte er zu.

Die beiden berieten sich flüsternd. Zoe entschuldigte sich für einen Moment und eilte ins Badezimmer.

Als sie dort einen Blick in den Spiegel warf, erkannte sie sich kaum wieder. Sie war nackt bis auf ihren BH, der inzwischen so schief saß, dass eine angeschwollene Brustspitze herausschaute; ihre Wangen waren gerötet, und ihre Augen funkelten vor fiebriger Erregung.

Ihr war heiß, und gleichzeitig liefen ihr kalte Schauder über den Rücken. Die Vorstellung, was in dieser Nacht noch auf sie zukommen sollte, machte ihr Angst und ließ sie doch auch wie eine rollige Katze erbeben.

Sie ging auf die Toilette und wusch sich die Hände. Dann spritzte sie sich etwas kaltes Wasser ins Gesicht und kehrte mit einem spürbaren Pochen in ihrer Möse zu den anderen zurück.

Chloe lag inzwischen auf einem Berg von Kissen. Sie trug nun nur noch ihre Strapse und den einen hauchdünnen Seidenstrumpf. Ihr schwarzes Haar fiel ihr ungebändigt über die Schultern und hob das milchige Weiß ihrer Brüste noch stärker hervor.

Mit einer Geste wies sie Zoe an, ebenfalls wieder zum Bett zu kommen.

»Ray und ich haben beschlossen, welche Strafe ihr bekommt.« Zoe hörte betäubt zu, während Chloe das erotische Szenario beschrieb, das sie sich vorstellte. »Zoe, du besorgst es mir mit deinem Mund, während Bernard dich von hinten nimmt. Ray und ich schauen zu. Und Ray – du kannst genauso gut deinen Schwanz wieder in meinen Mund stecken. Wenn das überhaupt geht, während du zusiehst.«

Ray war sich sicher, dass er das irgendwie bewerkstelligen konnte.

Zitternd kniete sich Zoe zwischen Chloes weit geöffnete Beine. Sie sah die aufreizende Schwellung ihrer Schamlippen und entdeckte schon bald die Spitze ihrer geschwollenen Klitoris. Ihre ganze Möse schimmerte einladend. Als Zoe sich langsam nach unten beugte, roch sie den meeresähnlichen Duft der anderen Frau. Sie erinnerte sich noch deutlich an die Gelegenheit, bei der sie ihr diesen Dienst erwiesen hatte.

Bernard, der anscheinend keine Schwierigkeiten hatte, die Sache sogleich in Angriff zu nehmen, brachte sich hinter ihr in Position.

»Knie dich auf alle viere, Zoe, und öffne die Beine«, befahl Chloe und fasste dann nach Rays bereits wieder halb erigiertem Schwanz.

»Sind alle soweit? Dann los!«

Zoe tastete sich vorsichtig an Chloes Möse heran, während sie Bernards Hände an ihren Hüften spürte. Er zog sie an sich, und doch war sie nicht darauf vorbereitet, mit einem heftigen Stoß von ihm durchbohrt zu werden.

Sie fiel nach vorn, sodass ihr Gesicht plötzlich mitten in Chloes Geschlecht gedrückt wurde. Für einen Moment glaubte sie, in der heißen Möse ersticken zu müssen, und rang nach Luft.

Bernard begann mit einem harten Rhythmus in sie zu stoßen, wodurch sie immer weiter nach vorn rutschte. Zoe leckte fiebrig; während ihre Zunge den geschwollenen Knopf der Klitoris fand, hoffte sie inbrünstig, Chloe wirklich einzuheizen.

Bernard fuhr gnadenlos mit seinen Stößen fort. Sein Schwanz löste ein schmatzendes Geräusch aus, da Zoe immer nasser wurde. Sie öffnete die Beine noch weiter und stemmte ihm auffordernd ihre sahneweißen Pobacken entgegen. Seine Stöße wurden immer schneller und hektischer, bis sie schließlich innerlich zu explodieren schien. Mit einem lauten Schrei kam sie.

Er ergoss sich einen Moment später und verlängerte so ihren Höhepunkt, wobei sich ihr innerer Muskel zusammenzog und das Zucken noch verstärkte. Währenddessen fuhr sie fort, Chloes Klitoris zu lecken, und wurde kurz darauf belohnt, als Chloe einen markerschütternden Schrei ausstieß und ebenfalls zuckend zum Orgasmus kam.

Zoe brach auf dem Bett zusammen. Ihr Kopf lag auf Chloes Schenkel, und Bernard drängte sich von hinten an sie. Ray lehnte sich erschöpft am Kopfende des Bettes an die Wand.

Für eine lange Zeit herrschte Schweigen. Chloe bewegte sich als Erste wieder.

»Also gut. Jetzt ändern wir die Positionen«, kommandierte sie.

11. Kapitel

DAMALS

»Super!«, rief Matt, sprang auf und wedelte begeistert mit einem Brief in der Luft herum.

Es war ein windiger Morgen im März. Er und Dan saßen in der Küche ihres gemeinsamen Hauses und frühstückten. Zoe war bereits zu einer Vorlesung unterwegs, Chloe hatte die Nacht woanders verbracht, und Tess befand sich im Badezimmer.

»Was gibt's denn?«, fragte Dan und steckte sich einen weiteren Löffel aufgeweichter Cornflakes in den Mund.

»Wie gefällt dir die Idee von einem Urlaub auf den griechischen Inseln? Und zwar ganz umsonst!«

»Klingt gut.«

»Meine Eltern und ihre Freunde haben über Ostern eine Villa gemietet, aber nun sieht es ganz so aus, als ob sie es terminlich nicht schaffen würden. Sie wollen wissen, ob wir stattdessen fahren wollen. Alles ist bereits bezahlt, und mein Vater bekommt die Flugtickets durch seinen Beruf, sodass auch die nichts kosten.«

»Ich komme gern mit«, sagte Dan aufgekratzt. »Fantastisch! Ich wollte bloß ein paar Tage nach Hause fahren und dann den Rest der Ferien hier verbringen, um mich auf die Prüfungen vorzubereiten. Aber das kann ich ja jetzt in der glühenden Sonne Griechenlands tun und muss mir hier nicht den Hintern abfrieren. Wen lädst du noch ein?«

»Ich dachte, wir fahren alle fünf.«

Dan schnitt eine Grimasse. »Du willst doch nicht etwa auch Chloe einladen?«

»Natürlich will ich das.«

»Muss das sein?«

»Nein … ich verbringe die zwei Wochen einfach damit, im Nebenzimmer zuzuhören, wie du es mit Tess oder Zoe treibst, und hole mir hier und da einen runter«, entgegnete Matt sarkastisch.

»Ich hätte nichts dagegen, zur Abwechslung einmal zu teilen«, erwiderte Dan hoffnungsvoll. »Es wäre viel netter, wenn nur wir vier fahren würden.«

»Du meinst wohl, es wäre netter für *dich*? Manchmal bist du wirklich zum Kotzen!« Matt sah derart wütend aus, dass Dan ihn zu besänftigen versuchte.

»Tut mir Leid, Mann. Sie geht mir einfach verdammt auf den Sack. Aber es ist deine Entscheidung. Ich werde es schon aushalten. Wann fahren wir?«

»Fahren wohin?«, fragte Tess, die in diesem Moment die Küche betrat. Ihr blondes Haar hing ihr tropfnass über die Schultern. Sie holte einen Becher aus dem Schrank, während Dan die Arme von hinten um sie schlang.

»Auf die griechischen Inseln – mit den besten Wünschen von Matts Eltern. Du hast doch noch nichts für die Ferien geplant?«

Tess wirbelte überrascht herum.

»Ihr macht Witze!«

»Ganz und gar nicht«, sagte Matt fröhlich. »Meine Eltern haben einen Urlaub gebucht, den sie jetzt nicht antreten können. Stattdessen wollen sie wissen, ob ihr schwer arbeitender Sohn und seine Freunde vielleicht Lust hätten, dorthin zu fahren.«

Tess setzte sich. »Das wäre herrlich!«, meinte sie. »Wann?«

»In drei Wochen.«

Während Matt Tess in alle Einzelheiten einweihte, goss sich Dan etwas Milch in den Kaffee. Er hoffte inbrünstig, dass Chloe bereits andere Pläne hatte. Es war schon schlimm genug, während des Semesters diese egomanische Zicke aushalten zu müssen. Aber er befürchtete, dass bei einer Wahl zwischen ihm und Chloe er derjenige wäre, der auf der Strecke bliebe.

Zu Dans Ärger warf Chloe, als sie von der Reise erfuhr, sofort ihre früheren Pläne über den Haufen und sagte begeistert zu. Zoe war ebenfalls angetan.

Es war eine lange, anstrengende Reise mit dem Flugzeug und dann mit der Fähre. Alle fünf waren völlig erschöpft, als sie endlich spät nachts in der Villa ankamen. Jeder wollte nur noch ins Bett.

Irgendwie schaffte es Chloe mal wieder, das schönste und größte Zimmer für sich selbst zu beanspruchen. Sie schlich nach oben, während die anderen noch mit dem Ausladen des Gepäcks aus dem alten, klapprigen Taxi beschäftigt waren, und begutachtete die Räumlichkeiten. Ihr Zimmer war das einzige mit einem eigenen Bad.

Dan öffnete den Mund, um zu protestieren, besann sich dann aber doch anders. Da Matt das Zimmer mit ihr teilen würde, konnte er wohl kaum etwas dagegen einwenden. Es gab noch ein Doppel- und ein winziges Einzelzimmer, das nicht viel größer als ein Schrank war. Zoe hatte heimlich gehofft, das Bett mit Dan zu teilen; doch da auch Tess dabei war, hielt sie es nicht für sehr wahrscheinlich.

Um der peinlichen Situation, dass Dan sich für Tess entschied, vorzugreifen, sagte sie hastig: »Ich nehme das kleine Zimmer, wenn euch das recht ist.«

»Wir können das alles morgen früh regeln«, schlug Matt vor. »Jetzt sollten wir einfach nur ins Bett gehen und uns um nichts mehr kümmern.« Er trug seine Tasche in Chloes Zimmer, wo sich die künftige Schauspielerin bereits ausgezogen hatte und gerade eine Dusche nehmen wollte.

»Was tust du hier?«, fragte sie kühl und hielt inne, um ihr Haar hochzustecken.

»Wie meinst du das?«, entgegnete Matt überrascht.

»Du erwartest doch nicht von mir, das Zimmer mit dir zu teilen? Ich brauche meine Ruhe.«

»Chloe, es gibt drei Schlafräume: zwei Doppel- und ein Einzelzimmer«, erklärte Matt müde.

»Ja, und?«

»Dan und Tess sind in dem anderen Doppelzimmer, während Zoe allein schläft. Wo soll ich also schlafen?«

»Das ist mir völlig egal, solange es nicht hier ist«, fuhr Chloe ihn an. »Wenn es mir zusagt, kannst du ein paar Nächte hier schlafen, aber heute will ich allein sein.«

»Was ist denn los?«, fragte Dan, der in der Tür erschien.

»Ein kleines Problem mit den Schlafzimmern – Chloe will dieses hier allein haben.«

»Wenn Chloe nicht teilen will, dann sollte sie in das kleine Zimmer ziehen, und Zoe und du können hier schlafen«, erwiderte Dan sofort.

»Scher dich um deine eigenen Angelegenheiten«, zischte Chloe ihn an. »Wenn ihr euch jetzt gnädigst hinaus bewegen könntet – ich will endlich duschen.«

Irgendwie fanden sich Matt und Dan plötzlich vor der abgeriegelten Tür wieder.

»Ich wusste, dass du sie nicht hättest …«, murmelte Dan, hielt dann jedoch inne, als er den Ausdruck im Gesicht seines Freundes sah. Tess und Zoe kamen aus ihren Zimmern, um zu sehen, was los war. Sie standen alle betreten auf dem Gang und sahen sich erschöpft an.

Nach einer Weile unterbrach Tess die Stille. »Also gut. Zoe, warum schläfst du heute Nacht nicht bei uns, damit Matt das kleine Zimmer haben kann? Wir kümmern uns morgen früh dann um alles andere.« Da niemand etwas Besseres einfiel, trug Zoe ihren Rucksack zu Dan und Tess hinüber.

Zum Glück war das Bett riesig. Dan zog sich rasch aus und schlüpfte unter die Laken. »Ich lege mich in die Mitte. Kommt, Mädchen, das könnte ganz lustig werden.«

Sowohl Tess als auch Zoe ließen ihre Unterwäsche an und kletterten neben ihm ins Bett. Wenige Minuten später waren bereits alle eingeschlafen.

Als Zoe nach einem langen, tiefen Schlaf erwachte, bemerkte sie zweierlei: Gleißendes Sonnenlicht erfüllte den Raum, und Dan stieß so langsam und sanft in sie, dass sich das Bett kaum bewegte.

Es war eine herrliche Art und Weise aufzuwachen. Sie war bereits nahe am Höhepunkt und fragte sich verschlafen, wie lange er sich schon in ihr befand.

Ihrer Erregung nach zu urteilen musste es eine ganze Weile gewesen sein.

Sie lag mit heruntergezogenem Höschen auf der Seite, und Dan vögelte sie von hinten. Ihre Klitoris fühlte sich heiß und geschwollen an. Er musste sie also schon eine ganze Weile stimuliert haben, ehe er in sie eingedrungen war.

Sie drängte sich gegen ihn, wobei sie durch den Schlaf und die Hitze, die im Zimmer herrschte, wie benebelt war. Zwischen ihren Brüsten lief der Schweiß herunter, und sie merkte, dass sie roch. Aber gestern Nacht war sie einfach zu müde gewesen, um noch ein Bad zu nehmen. Dans Bewegungen wurden rascher und seine Stöße tiefer.

Hinter ihm rührte sich nun Tess und sagte mit fröhlicher Stimme: »Guten Morgen, ihr beiden.«

Dan fuhr fort, in Zoe hineinzustoßen, doch diese erstarrte vor Schreck.

Wie konnte sie nur vergessen, dass Tess mit im Bett lag!

Doch nun war es zu spät, noch ihren Höhepunkt aufzuhalten, und sie vergrub das Gesicht in den Kissen, um ihr lautes Stöhnen zu dämpfen.

Dan zog sich aus ihr zurück und wandte sich Tess zu. »Morgen, Süße. Jetzt bist du an der Reihe.«

»Nicht, ehe du dich geduscht hast«, sagte Tess freundlich. Zoe lag regungslos auf Dans anderer Seite und wagte vor Scham kaum zu atmen. Tess jedoch schien keineswegs verwundert zu sein. »Wenn ihr zwei nichts dagegen habt, würde ich es sogar vorziehen, als Erste zu duschen.«

Sie stieg in ihrem pinkfarbenen BH und dem dazu passenden Höschen aus dem Bett und öffnete ihren Koffer. Eine Weile suchte sie darin herum, bis sie ihren Kulturbeutel fand. Dann grinste sie die beiden schelmisch an und ging aus dem Zimmer.

»Dan, wie konntest du?«, fragte Zoe aufgebracht. »Ich werde Tess den ganzen Urlaub über nicht mehr in die Augen blicken können.«

»Ich habe nur das getan, was mir ganz natürlich erschien«, erwiderte Dan grinsend. »Gib es zu, Zoe – du hast es sehr erregend gefunden, von mir gevögelt zu werden, während Tess neben uns lag.«

Zoe sprang aus dem Bett und wühlte in ihrem Rucksack nach ihrem Morgenmantel. Er war aus Wolle und für das griechische Klima eigentlich viel zu warm; doch sie zog ihn trotzdem an.

»Wie spät ist es?«, fragte Dan gut gelaunt. Zoe warf einen Blick auf ihre Uhr.

»Viertel vor elf.« Sie schloss den Rucksack, hob ihn auf und ging zur Tür.

»Wohin gehst du?«, fragte er, ohne dass seine Stimme besonders interessiert geklungen hätte.

»Nach unten, ehe Tess zurückkommt.«

Sie stolperte ins Erdgeschoss, ließ ihren Rucksack im

Flur stehen und ging dann in die Küche zu Matt, der gerade eine Tüte mit Lebensmitteln auspackte.

»Morgen«, begrüßte er sie. »Kaffee?«

Sie nickte und nahm dankbar eine Tasse entgegen.

»Gibt es hier in der Nähe einen Laden?«, fragte sie.

»Das Dorf ist etwa fünfzehn Minuten von hier entfernt. Ich bin früh aufgewacht, kurz schwimmen gegangen und dann losgezogen, um uns Vorräte zu kaufen. Möchtest du ein Brötchen? Es ist noch warm.«

Das Brötchen war süß und schmeckte köstlich. Zoe aß ein zweites und lief währenddessen durch das Haus, um sich alles anzusehen.

Der Boden des großen Wohnzimmers war mit Terracotta-Fliesen gekachelt und überall lagen bunte Webteppiche. Der Raum war einfach, aber bequem möbliert; er hatte einen Esstisch und Stühle, mehrere Sessel und eine Rattanbank. Wenn man nach rechts schaute, konnte man die Küche sehen; geradeaus befand sich eine offene Glastür, die auf eine Terrasse hinausführte, von wo aus man einen wunderschönen Blick auf den weißen Sandstrand hatte.

Zoe ging mit bloßen Füßen zur Tür und schaute hinaus. Plötzlich fühlte sie sich wieder glücklich. Das Meer war dunkelblau und rollte in kleinen Wellen an den hell leuchtenden, mit Muscheln übersäten Strand. Um die Villa wuchsen blaugrüne Pinienbäume, und nirgends war ein Mensch zu sehen.

Nach der durchdringenden, feuchten Kälte Manchesters fühlte sich die Luft hier sehr heiß an, und sie spürte, wie sie in ihrem dicken Morgenmantel zu schwitzen begann.

Dan und Tess kamen einige Minuten später die Treppe herunter. Zoe eilte an ihnen vorbei nach oben, sperrte sich ins Badezimmer und ließ die Wanne voll laufen. Leider war das Wasser ziemlich kalt, sodass sie nicht lange sitzen bleiben konnte. Aber nachdem sie den Schmutz der Reise und Dans Säfte von sich abgewaschen hatte, fühlte sie sich viel besser.

»Stimmt etwas nicht mit Zoe?«, fragte Matt und goss Dan unaufgefordert einen Kaffee ein.

»Ich habe sie wachgevögelt, und sie war entsetzt, als sie feststellte, dass Tess mit im Bett lag. Anscheinend hatte sie es ganz vergessen.«

»Halt die Klappe, Dan«, fuhr ihm Tess wütend über den Mund. »Du hast dich richtig mies benommen.«

Sie wandte sich an Matt. »Was ist jetzt mit den Zimmern? Wie wollen wir das regeln?«

Matt sah sie unglücklich an. »Ich weiß nicht«, gestand er.

»Es ist doch ganz einfach«, sagte Dan. »Wir werfen die Zicke raus, und sie soll sich eine Bleibe im Dorf suchen. Dann kannst du im Doppelzimmer schlafen, und Zoe und Tess können mir abwechselnd Gesellschaft leisten.«

»Schön, wie du immer zuerst an die anderen denkst«, meinte Tess sarkastisch. »Warum ziehst *du* nicht ins Einzelzimmer, und Zoe und ich teilen uns das Doppelbett?«

»Gern – wenn ich zuschauen darf«, erwiderte er unbeeindruckt.

In diesem Moment schwebte Chloe die Treppe herunter. Sie trug ein winziges rotes T-Shirt und extrem knapp abgeschnittene Jeans. Die Unterhaltung kam ins Stocken, da Dan und Matt fasziniert auf ihre kaum bedeckten Brüste und die endlosen Beine starrten.

»Gut geschlafen?«, fragte Dan ironisch, als er wieder sprechen konnte.

»Nicht schlecht, danke. Gibt es etwas zum Frühstück?«

»Du kannst nicht allein in dem Zimmer bleiben«, erklärte ihr Dan. »Entweder teilst du es mit Matt oder du ziehst aus und suchst dir selbst etwas.«

Sie achtete nicht auf ihn, sondern goss sich eine Tasse Kaffee ein. Während sie an einem Brötchen knabberte, ging sie gelassen zur Terrassentür und zeigte ihnen allen ihren attraktiven Hintern, der in der eng sitzenden Hose besonders gut zur Geltung kam.

»Es gibt einfach nicht genug Zimmer, als dass du eines für dich selbst beanspruchen könntest. Es sei denn, du nimmst das Einzelzimmer«, sagte Matt nach einer Weile. Es war offensichtlich, dass er sich dabei unwohl fühlte. Chloe sah völlig unbeeindruckt aus.

»Es gibt nicht einmal ein ausklappbares Sofa«, fügte Dan hinzu.

Chloe ging mit schwingenden Hüften durchs Zimmer und blieb vor Matt stehen.

»Komm, gehen wir ins Bett«, hauchte sie, strich ihm mit der Hand über die Brust und ließ sie dann zu seinen Lenden hinabwandern. Sie drehte sich um und ging mit wiegenden Hüften nach oben.

Ohne die anderen anzuschauen, folgte ihr Matt schweigend.

»Warum lässt er sich von dieser verwöhnten, egoistischen Kuh nur so behandeln?«, wollte Dan wütend wissen.

Tess hob die Augenbrauen. »Ich dachte, dass das klar ist. Ich werde jetzt einen Spaziergang am Strand machen und würde vorschlagen, dass du nach oben gehst und Zoe beruhigst. Ehrlich, Dan – ich weiß manchmal nicht, was du dir so vorstellst. Zoe ist sexuell wahrhaftig noch recht unerfahren.«

»Im Gegensatz zu dir.«

Tess trug ein weißes T-Shirt, das sie in ihre kurze khakifarbene Hose gesteckt hatte. Dan zog es heraus und schob seine Hand hinten in ihre Hose, um ihre festen Pobacken zu drücken. Er zog sie an sich, sodass sie seinen steifen Schwanz deutlich fühlen konnte.

»Komm, gehen wir an den Strand und treiben es da.«

»Nicht jetzt«, sagte sie entschlossen. »Ich will ein Weilchen allein sein. Warum schlägst du nicht Zoe einen Spaziergang vor?«

Chloe ließ sich nicht umstimmen. Zu Dans Ärger war Matt auch nicht gewillt, sie dazu zu zwingen, das Schlafzimmer mit ihm zu teilen. Dan versuchte, Tess und Zoe zu überreden, Chloes Koffer zu packen und zu einem gemieteten Zimmer im Dorf zu bringen, doch die Mädchen lehnten ab.

Schließlich lösten sie das Problem so, dass sie sich abwechselten. Wenn Matt bei Chloe schlief, konnten entweder Zoe oder Tess im Einzelzimmer übernachten, und wenn er nicht bei ihr war, sollten beide Mädchen mit Dan das Bett teilen.

Das kam vor allem Dan entgegen, auch wenn er sich maßlos darüber ärgerte, dass alle nach Chloes Pfeife tanzten. Tess schien dies nicht weiter zu stören, aber Zoe war nicht besonders glücklich darüber.

Sie hätte nichts dagegen gehabt, sich mit Tess abzuwechseln. Aber nachdem sie erlebt hatte, wie Dan sie neben ihrer Freundin hemmungslos gevögelt hatte, wollte sie nicht mehr zu dritt in einem Bett schlafen. Falls Tess und Dan nun auch noch damit anfingen, es nur wenige Zentimeter von ihr entfernt miteinander zu treiben, würde sie vor Scham bestimmt vergehen.

Wenn es ein Sofa gegeben hätte, dann hätte sie es vorgezogen, dort zu schlafen. Doch leider gab es nur die Stühle und die Rattanbank, die nicht lang genug war. Es blieb ihr also nichts anderes übrig, als fest zu hoffen, dass es nicht viele Nächte geben würde, in denen Matt aus Chloes Schlafzimmer verbannt war.

Sie verbrachten alle den ersten Tag am Strand – froh, nach einem langen, düsteren Winter endlich die Sonne an einem so idyllischen Ort in sich aufsaugen zu können.

Chloe lag auf einem großen kanariengelben Handtuch und räkelte sich wohlig in ihrem scharlachroten Bikini. Nach einer Weile rollte sie sich auf den Bauch, öffnete das Oberteil und döste ein.

Dan hoffte inbrünstig, dass sie lange genug dort liegen würde, um sich einen scheußlichen Sonnenbrand zu holen. Es wäre ihm eine unendliche Befriedigung, sie mit knallroten Schultern aufwachen zu sehen.

Er beobachtete sie durch seine Sonnenbrille und fantasierte, wie er ihr Bikinihöschen herunterziehen, sie festhalten und dann seinen riesigen pulsierenden Schwanz in sie stoßen würde.

Nie in ihrem Leben hätte sie solchen Sex erlebt wie mit ihm. Er wollte sie zu einem zitternden Nervenbündel reduzieren, das nur noch darum bettelte, von ihm gefickt zu werden. Doch je mehr sie ihn anflehen würde, es ihr zu besorgen, desto abweisender wäre er. Er würde sie dazu zwingen, sich in die Schlange hinter Tess und Zoe einzureihen.

Diese Vorstellung gefiel ihm ausgezeichnet. Ein selbstzufriedenes Lächeln zeigte sich auf seinem Gesicht. Mann, es war verdammt heiß. Er sollte lieber aufpassen, sich selbst keinen Sonnenbrand zu holen.

Er griff nach der Flasche mit Sonnenmilch, die in seiner Nähe stand, und öffnete sie.

»Nimm deine eigene Sonnenmilch!«, schnappte Chloe und riss ihm die Flasche aus der Hand. »Die hier ist speziell für meine Haut und kostet verdammt viel.« Sie steckte sie in ihre Tasche und schloss dann wieder die Augen. Dan zitterte vor Wut.

»Hier, nimm meine«, sagte Zoe beruhigend. »Soll ich dir den Rücken einreiben?« Sie massierte ihn so lange, bis sein Schwanz wieder ganz steif war. Rasch sah er sich um. Matt lag gemütlich im Meer auf dem Rücken und ließ sich treiben, während Tess in eines ihrer Studienbücher vertieft war.

»Komm, gehen wir etwas aus der Sonne«, sagte er zu Zoe. »Wie wäre es mit einem kleinen Spaziergang unter den Bäumen dort drüben?«

»Oh, Dan, das wäre wunderbar«, hauchte sie entzückt.

Dan achtete nicht auf Chloes höhnisches Schnauben, sondern nahm Zoe an der Hand und ging mit ihr in den Schatten. Unter den Bäumen duftete es nach Harz, und statt des Sandes lag ein weicher Teppich von Piniennadeln auf dem Boden. Die Sonne stand hoch, und das Wasser glitzerte so hell, dass es schwer war, ohne Sonnenbrille aufs Meer hinauszusehen.

Zoe hatte einen alten blauen Badeanzug an, der viel zu klein für sie war. Überall quollen ihre üppigen Kurven hervor, was Dan ausgesprochen gut gefiel. Ihre vollen Brüste schienen den Badeanzug aus allen Nähten platzen zu lassen, und ihre Brustspitzen wurden gerade noch von dem feuchten Stoff bedeckt.

Dan zog sie in seine Arme und glitt mit der Hand in den Badeanzug, um ihre Brüste zu liebkosen. Er küsste sie gierig und fuhr mit der anderen Hand ihren Rücken hinab, um ihren vollen Hintern zu massieren.

Als er sie gegen einen Baum gedrängt hatte und drauf und dran war, die Träger herunterzuziehen, hielt sie seine Hände fest.

»Die anderen können uns sehen«, sagte sie nervös.

»Na und?« Er nahm eine große Brustspitze in den Mund und begann daran zu saugen, da er wusste, dass sie das sogleich aufreizen würde.

»Dan, nicht!«, protestierte Zoe. Er achtete nicht darauf, sondern zog ihr den Badeanzug bis zu den Schenkeln hinunter. In diesem Moment setzte sich Chloe auf und sah direkt in ihre Richtung. »Chloe schaut uns zu«, keuchte Zoe und versuchte sich von Dan zu lösen.

Er war über die Unterbrechung zornig, da er gerade einen derart Steifen hatte, dass ihm nicht mal ein Zehn-Kilo-Gewicht etwas ausgemacht hätte; entschlossen zog er Zoe hinter den Baum und drängte sie auf den Boden.

»Jetzt kann sie uns nicht mehr sehen. Es sei denn, sie hat Laseraugen«, knurrte er, riss Zoe den Badeanzug ganz herunter und öffnete seine kurze Jeans. Er fuhr in sie und begann sie schnell und wild zu ficken. Seine ungewohnte Heftigkeit rührte sowohl von seiner Lust als auch seinem Ärger über Chloe her.

Hunderte von Piniennadeln bohrten sich schmerzhaft in Zoes Haut. Doch wie immer entschloss sie sich, alle Unannehmlichkeiten zu ignorieren, solange sie nur Dan in sich spürte.

Er wurde langsamer und begann mit ihren Brüsten zu spielen, die er mit seinen Handflächen knetete. Dann widmete er sich ihren Brustspitzen. Sie öffnete die Beine weiter und schlang sie um seine Taille, wobei sie spürte, wie sich in dem Spalt zwischen ihren Brüsten der Schweiß ansammelte.

Plötzlich zog er sich aus ihr zurück und glitt mit den Fingern zwischen ihre Beine. Als er die weiche Knospe ihrer Klitoris fand, fing er an, sie gekonnt zu streicheln. Während eine Welle der Lust nach der anderen über ihr zusammenschlug, wurden die Schweißtropfen auf ihrem Körper zu Sturzbächen.

Sie kam mit einem unterdrückten Stöhnen und ächzte dann leise, als Dan wieder mit dem Schwanz in sie fuhr und wie vorher hemmungslos in ihre Möse stieß. Sie erreichte ihren zweiten Höhepunkt kurz vor ihm und wartete geduldig, bis er schließlich mit einem gedämpften Schrei seinen Samen in sie verspritzte. Dann ließ er sich auf sie fallen und bettete seinen Kopf auf ihre Brüste.

Außer ihrem keuchenden Atem konnte man nur die Brandung und ein paar Vögel zwitschern hören. Zoe lag mit gerröteten Wangen da. Nach einer Weile setzte sich Dan auf, glitt aus ihr heraus und ließ seinen Schwanz in der Hose verschwinden.

Sie zog sich den Badeanzug an, wischte sich die Schenkel mit einer Hand voll Moos ab und hinterließ dabei zwei grüne Flecken auf ihrer weißen Haut.

»Gehen wir schwimmen«, schlug Dan vor und fuhr sich mit dem Handrücken über die schweißnasse Stirn.

»Können wir nicht erst am Strand entlangwandern? Ich muss mich waschen und möchte von den anderen dabei nicht gesehen werden.« Ihr Rücken fühlte sich so an, als ob die Piniennadeln unzählige winzige Einstiche in ihrer Haut hinterlassen hätten. Als sie schließlich in das glitzernde Meer stieg und das Salzwasser ihren Rücken berührte, war ihr klar, dass ihre Vermutung stimmte.

Während sie bis zur Taille in den Wellen stand, zog Zoe ihren Badeanzug zwischen den Beinen zur Seite und wusch sich. Als Matt plötzlich neben ihr auftauchte, fiel sie vor Schreck fast um. Er musste die letzten Meter unter Wasser geschwommen sein und hatte sie bestimmt gesehen.

»Habt ihr zwei schon Lust aufs Mittagessen?«, fragte er. »Ich habe Hunger, obwohl wir erst gefrühstückt haben.« Er und Dan schwammen parallel zum Ufer zu ihrem Badeplatz, während Zoe längs des Strandes zurücklief.

Als sie sich neben Tess niederließ, schaute diese besorgt auf ihren Rücken. »Was hast du denn gemacht?«, fragte sie.

Zoe lief knallrot an, als Chloe gelassen meinte: »Zoe und Dan haben sich gerade *al fresco* im Pinienwald vergnügt. Er hat sie so schnell gestoßen, dass man meinen konnte, er wäre einem Zug hinterhergelaufen. Ich bin überrascht, dass sie keine Brandwunden auf dem Bauch hat.«

»Ist das deine neueste Beschäftigung – spannen?«, wollte Dan wissen, während er sich das Haar mit einem Handtuch trocken rubbelte. »Wir waren hinter einem Baum. Bist du herangeschlichen und hast uns heimlich beobachtet?«

»Dan wollte es unbedingt vor aller Augen treiben – gegen einen Baum gelehnt«, fuhr Chloe fort, »aber Zoe scheint nicht dieselben exhibitionistischen Vorlieben zu haben wie er. Deshalb hat er sie hinter dem Baum auf den Boden geworfen. Leider störte er mit seinem Hintern meine harmonische ländliche Aussicht. Es blieb mir gar nichts übrig, als seinen Pobacken zuzuschauen, die wie besessen auf und ab sausten. Dein Rücken ist wirklich scheußlich, Zoe. Du hättest dich auf Dan setzen oder dir zumindest ein Handtuch holen sollen.«

Sie legte sich zurück und schloss die Augen, während Zoe versuchte, einen Blick über die Schulter auf ihren Rücken zu werfen.

»Dan, komm und hilf mir mit dem Mittagessen«, schlug Matt vor, um eine größere Auseinandersetzung zu vermeiden. Dan war nämlich tiefrot angelaufen und sah ganz so aus, als ob er sich jeden Augenblick auf Chloe stürzen wollte.

Finster folgte er seinem Freund zur Villa zurück. Zumindest musste er Chloe ab Juli nie mehr in seinem Leben ertragen.

12. *Kapitel*

Ab Sonntagabend schneite es wieder heftig, und als Dan am frühen Montagmorgen aus seinem Fenster schaute, wurde er von einer hohen, gleißend hellen Schneedecke begrüßt.

Er betrachtete missmutig die Aussicht, die sich ihm bot. Er war es nicht gewohnt, überhaupt keine Menschenseele vor dem Fenster zu sehen; diese Einsamkeit gefiel ihm ganz und gar nicht. Heute war er auch weniger davon angetan, noch länger in dieser Kälte verweilen zu müssen, als es noch gestern der Fall gewesen war.

Es hatte ihn wirklich aufgebracht, Chloe und Zoe mit diesen zwei Männern sehen zu müssen. Er hatte geplant, Zoe in sein Zimmer zu locken und sie dort daran zu erinnern, was sie in den letzten fünfzehn Jahre alles versäumt hatte. Wenn alles so gelaufen wäre, wie er sich das vorgestellt hatte, wäre er auch zu einem besseren Einverständnis mit Chloe gekommen.

Was er überhaupt nicht in Betracht gezogen hatte, war der Umstand, dass die beiden von zwei Fremden verwöhnt wurden. Was, zum Teufel, sollte das? Er verstand es ja noch, dass Chloe von einem Mann angesprochen wurde. Aber wie konnte Zoe es wagen, einen Abend mit zwei Kerlen zu verbringen, die sie noch dazu kaum kannte, anstatt *seine* Gesellschaft vorzuziehen?

Er hatte also den ganzen Abend mit Matt verbracht und war schließlich allein im Bett gelandet. Als ihm nämlich klar geworden war, dass es mit ihm und Zoe an diesem Abend nicht mehr klappen würde, war es viel zu spät gewesen, um noch jemand anderen aufzureißen. Er hatte an ihre Tür geklopft und sie mehrmals angerufen, ehe er ins Bett gegangen war, aber nie eine Antwort erhalten.

Er musste sie haben, ehe er nach London zurückkehrte. Am liebsten heute.

Nachdem er sich geduscht und angezogen hatte, überlegte er sich, ob er noch einmal an ihre Tür klopfen sollte, bevor er zum Frühstück nach unten ging. Oder vielleicht war es doch besser nach dem Frühstück? Wenn er vorhatte, sich auf einen sexuellen Marathon einzulassen, brauchte er genügend Kalorien, um auch durchzuhalten.

Er wartete gerade auf den Lift, als er Zoe Hand in Hand mit dem Mann erblickte, der am Abend zuvor im Restaurant neben ihr gesessen hatte. Sie hatte offenbar die Nacht mit ihm verbracht, denn sie trug noch immer dieselben Klamotten wie gestern.

Wütend sah Dan zu, wie sie sich zärtlich küssten. Dann hörte er den Mann sagen: »Bis nachher, Schatz.« Die beiden waren so sehr aufeinander konzentriert, dass sie ihn gar nicht beachteten. Er biss die Zähne zusammen, als er sah, wie Zoe ihrem Begleiter sehnsüchtig nachschaute und dann verträumt lächelte, während sie ihr Zimmer aufsperrte.

Ausgesprochen schlecht gelaunt ging Dan ins Restaurant hinunter und bestellte sich ein üppiges Frühstück. Er goss sich gerade die dritte Tasse Kaffee ein, als er bemerkte, wie ihn eine alte Frau durch den Raum hindurch anstarrte. Er fragte sich, wo er sie schon einmal gesehen hatte, als ihm plötzlich das Mädchen auffiel, das neben ihr am Tisch saß.

Sie hatte er bestimmt noch nie gesehen, denn dieser Anblick wäre ihm im Gedächtnis geblieben.

Sie besaß ein ovales Gesicht mit großen grauen Augen und so langen Wimpern, dass er sie von seinem Tisch aus erkennen konnte. Ihr schimmerndes hellbraunes Haar war streng zurückgekämmt und betonte ihren vollen sinnlichen Mund. Sie war sehr schlank und hatte lange Beine sowie kleine aufreizende Brüste, die sich leicht unter der Mohairwolljacke abzeichneten.

Schade, dass sie noch so jung war – vielleicht fünfzehn oder sechzehn?

Auf jeden Fall zu jung.

Wenn sie ein paar Jahre älter gewesen wäre – dann hätte er nicht widerstehen können, sich an sie heranzumachen. Doch so war er dazu verdammt, sie nur bewundernd und gleichzeitig bedauernd von oben bis unten zu mustern.

Der grimmige Blick der alten Dame wurde immer schärfer. Dan, der gewöhnlich solche Dinge gar nicht bemerkte, überlegte sich, was sie wohl bewegen mochte, ihn so wütend anzufunkeln.

Zwei Minuten später erhielt er die Anwort. Zoe und ihr neuer Liebhaber betraten das Restaurant. Sie hatten die Arme umeinander geschlungen und zeigten wieder nur Augen für den anderen. Als die alte Dame die beiden erblickte, sah es plötzlich danach aus, als ob ihr vor Zorn jeden Augenblick ein Äderchen platzen würde.

Nun erinnerte sich Dan.

Sie war das alte Schlachtross mit dem Gehstock, das ihn beim Vögeln mit Zoe auf der Treppe erwischt und wie eine Furie beschimpft hatte, während er so schnell wie möglich verduftet war.

Zoe bemerkte ihre Anwesenheit offenbar gar nicht, denn sie ließ sich von der Bedienung direkt an den Tisch neben sie führen. Sobald das Mädchen die Bestellungen entgegengenommen hatte und davongeeilt war, legte Zoe ihrem Begleiter die Hand aufs Knie und flüsterte ihm etwas ins Ohr.

Er lachte leise und beugte sich zu ihr, um sie zu küssen. Der Kuss wurde immer leidenschaftlicher, bis schließlich die alte Dame nicht mehr an sich halten konnte. Mit würdevoller, durchdringender Stimme rief sie: »Das ist doch die Höhe!«

Alle Augen waren auf sie gerichtet, als sie sich majestätisch erhob und mit dem Stock wütend auf den Parkettboden klopfte.

»Haben Sie denn überhaupt kein Schamgefühl, Sie Flittchen?«, donnerte sie. »Glauben Sie wirklich, die Gäste dieses Hotels wollen Ihr unzüchtiges Benehmen aus nächster Nähe sehen?«

Zoe lief tiefrot an und rückte entsetzt von Ray ab. Tränen stiegen ihr in die Augen, als sie merkte, dass alle Gäste sie anstarrten.

»Wenn das noch mal passiert«, drohte die Frau, »werde ich darauf bestehen, dass Sie aus allen Räumen verwiesen werden, die allgemein zugänglich sind. Komm, Caroline, wir gehen.«

Voll unübersehbar zur Schau getragener Empörung verließ sie das Restaurant. Caroline folgte ihr, wobei ihr hübscher Hintern unter dem kurzen schwarzen Rock entzückend hin und her wippte. Als das Mädchen an Dans Tisch vorbeiging, sah es ihn einen Moment lang an. Da merkte er, dass es sich die größte Mühe gab, nicht laut zu lachen.

Dan warf einen Blick zu Zoes Tisch und sah, dass sie die Hände vors Gesicht geschlagen hatte und dass ihr neuer Lover beruhigend auf sie einredete.

Für diese kleine Szene hatte es sich wirklich gelohnt, zum Frühstück herunterzukommen.

In gehobener Stimmung warf er seine Serviette auf den Tisch und verließ ebenfalls das Restaurant. Am besten ging er jetzt gleich nach oben in sein Zimmer und machte sich daran, weiter an seinem Roman zu schreiben.

Als er in den Lift stieg, stellte er fest, dass sich außer einem Ehepaar mittleren Alters auch die alte Dame und Caroline darin befanden.

Da der Aufzug nicht besonders groß war, stand Dan ganz dicht neben dem Mädchen, das sich gerade an die alte Frau wandte. »Hast du etwas dagegen, wenn ich ein bisschen spazieren gehe, Oma? Es ist so ein herrlicher Tag.«

Dan atmete das leichte, blumige Parfüm des Mädchens ein. »Caroline, du hast dich doch gerade erst von der Grippe erholt. Ich glaube kaum, dass dir dieses eiskalte Wetter gut tun würde.«

Der alte knarzende Lift schwankte plötzlich, und Caroline verlor das Gleichgewicht. Sie fiel auf Dan, der automatisch einen Arm um sie legte. Er spürte, wie sich ihr Hintern aufreizend gegen ihn drängte, und sogleich wurde sein Schwanz härter. Eine seiner Hände ruhte für einen kurzen Moment auf ihrer festen kleinen Brust, doch dann riss er sich von ihr los. Er wollte nicht, dass die Großmutter etwas merkte und am Ende auch ihm mit ihrem Stock drohte.

Eine klauenartige Hand legte sich auf Carolines Schulter, und sie wurde von der alten Dame aus Dans verderblicher Nähe gezogen. Der Lift blieb in seiner Etage stehen, und er verließ ihn. Auch wenn er es sich nicht eingestehen wollte, so hatte ihn die sinnliche Ausstrahlung des jungen Mädchens doch ziemlich verwirrt.

Er musste plötzlich an Zoe denken. Diese verdammte Kuh! Was fiel ihr eigentlich ein, sich von einem anderen Mann ins Bett zerren zu lassen? War sie denn nicht sogar verheiratet? Was dachte sie sich dabei, mit jemandem in die Koje zu springen, den sie kaum kannte? Sie war doch sonst so treu – außer natürlich, wenn er am Horizont erschien.

Missmutig sperrte Dan sein Zimmer auf. Verdammt – warum hatte ihn der Kontakt mit dem Mädchen nur so erregt? Er hob den Hörer ab und rief in Tess' Zimmer an. Richard meldete sich.

»Hallo, Richard. Hier Dan. Ist Tess zu sprechen?«

Richard klang etwas atemlos, als er sagte: »Eine Sekunde.«

Auch Tess wirkte außer Atem. Hatte er sie gerade beim Ficken gestört? Er hoffte es jedenfalls.

»Hallo?«

»Hallo, Tess. Ich musste gerade an dich denken. Hast du Lust, später auf einen Kaffee bei mir vorbeizuschauen?« Er senkte die Stimme. »Ich habe hier einen Steifen für dich, der ist so hart, wie du dir ihn gar nicht vorstellen kannst. Außerdem habe ich mir ein paar neue Dinge überlegt – darauf würdest du nie kommen.«

Am anderen Ende der Leitung herrschte für eine Weile Schweigen, das nur hier und da von einem unterdrückten Seufzer unterbrochen wurde.

Sie waren tatsächlich am Ficken.

»Wir werden wahrscheinlich zum Mittagessen hinunter kommen«, keuchte Tess. »Bis dann.«

Vielleicht war jetzt der richtige Zeitpunkt, sich um Chloe zu kümmern. Es war zumindest einen Versuch wert, da offensichtlich sowohl Zoe als auch Tess für den Vormittag ausschieden. Er hob wieder den Hörer auf.

»Hallo, Chloe. Ich bin's, Dan. Hättest du Lust, auf einen Kaffee zu mir herüberzukommen?«

»Nein, habe ich nicht.« Sie legte auf.

Verdammte Zicke!

Dan klappte seinen Laptop auf und setzte sich unruhig davor. Aber er wusste, dass es keinen Sinn hatte. Ihm würde jetzt bestimmt nichts einfallen. Für eine Weile ging er unruhig im Zimmer auf und ab und stellte sich dann ans Fenster, um die winterliche Landschaft zu betrachten. Vielleicht würde ihm ein Spaziergang gut tun. Entschlossen nahm er seinen Mantel, schlüpfte hinein und verließ das Zimmer.

Die Kälte draußen verschlug ihm fast den Atem. Sein Gesicht fühlte sich sogleich ganz taub an, und er fragte sich, ob es tatsächlich eine gute Idee gewesen war, an einem solchen Tag den Fuß vor die Tür zu setzen.

Doch es hatte auch etwas Angenehmes, den eiskalten Wind zu spüren und durch die tief verschneite Landschaft zu laufen. Er schob die Hände tief in die Manteltaschen und machte sich, ohne ein rechtes Ziel vor Augen, auf den Weg, wobei er bei jedem Schritt in den Schnee einsank.

Nach einer Weile bog er um die Ecke und folgte einer halb unter den Schneemassen begrabenen Mauer. Schließlich kam er zu einem überdachten Durchgang und ging hindurch, da er hoffte, an einen weniger windigen Ort zu gelangen. Der Weg führte ihn zu einem abgeschirmten alten Garten. Dort entdeckte er zu seiner Überraschung Caroline, die gerade den Kopf einer Statue mit Schneebällen bewarf. Sie zuckte schuldbewusst zusammen, als sie ihn sah, lächelte dann aber.

»Hallo«, sagte Dan und grinste sie an. Er machte einen Schneeball und traf die Statue mitten auf die Nase. Schnell schob er die Hände wieder in die Taschen.

»Was haben Sie eigentlich gemacht, um meine Großmutter so gegen Sie einzunehmen?«, fragte sie und formte den nächsten Schneeball.

»Was meinen Sie damit?«, erwiderte er vorsichtig. Sie trug eine Schaffelljacke mit dazu passenden Fäustlingen und flache braune Lederstiefel. Ihr Haar hatte sie unter den hochgeschlagenen Kragen gesteckt, und ihre Nase und Wangen waren von der Kälte ziemlich gerötet.

»Sie hat Sie im Restaurant ganz finster angestarrt. Als ich sie fragte, warum, meinte sie, dass man Männer wie Sie verbieten sollte. Aber sie wollte mir den Grund dafür nicht nennen. Immerhin kann es nicht daran liegen, dass Sie riesige Stiefel oder eine karierte Hose tragen, wie das manche Amerikaner tun, die wir in Harrogate gesehen haben.«

»Vielleicht gefallen ihr meine Bücher nicht«, schlug Dan vor, der das Mädchen beeindrucken wollte.

»Schreiben Sie Bücher? Wie schön. Wie heißen Sie denn?« Als er ihr seinen Namen nannte, klatschte sie fröhlich in die Hände. »Ich habe Ihre Bücher schon gesehen, aber noch keines davon gelesen. Das erklärt es aber. Meine Großmutter hasst alles, was mit Sex zu tun hat.« Sie lächelte ihn herausfordernd an, und die beiden spazierten langsam im Garten herum.

»War sie nicht schrecklich zu dieser Frau?«, fuhr Caroline fort. »Sie tat mir so Leid. Wahrscheinlich wäre sie am liebsten vor Scham im Boden versunken.«

»Die arme Zoe! Jetzt wird sie es nicht mehr wagen, ihr Zimmer zu verlassen«, sagte Dan. »Sie wird dort bleiben, bis die Straßen wieder frei geräumt sind – wann auch immer das sein mag.«

»Ich hoffe, dass wir hier für Wochen nicht weg können«, meinte Caroline fröhlich. Sie rutschte im Schnee aus und konnte sich gerade noch an Dans Arm festhalten, den sie daraufhin nicht mehr los ließ. »Ich bin zwei Wochen lang nicht in der Schule gewesen, weil ich Grippe hatte. Meine Großmutter wollte mich vorgestern zurück ins Internat fahren. Aber als es so heftig zu schneien begann, hielt sie es für das Beste, die Nacht über hier im Hotel zu bleiben. Und jetzt sind wir so eingeschneit, dass ich heute Vormittag zum Glück schon mal Mathe verpasse.«

Sie schaute ihn derart zufrieden an, dass er beinahe laut gelacht hätte.

»Wo gehen Sie zur Schule?«

»In York.«

»Gefällt Ihnen die Schule denn nicht?«

»Sie ist schon in Ordnung, aber man bewacht uns so, als ob wir Nonnen oder so was wären.«

Wenn er die langen, schönen Beine des Mädchens betrachtete, die sich unter dem kurzen Rock zeigten, konnte er die Sorge der Internatsleitung gut verstehen. Caroline warf ihm einen schelmischen Blick zu.

»Sie müssen doch sehr gut über Sex Bescheid wissen, wenn Sie so viele Bücher über dieses Thema schreiben«, sagte sie.

»Eigentlich nicht«, erwiderte er hastig. Er hoffte, dass sie nicht vorhatte, ihm peinliche Fragen zu stellen. Aber die Kids wussten doch heutzutage sowieso schon alles. Oder etwa nicht? Lernten sie nicht bereits in Biologie, wie man ein Kondom überstreifte? Wahrscheinlich gab es inzwischen ein Unterrichtsfach, das sich ausschließlich mit Sex befasste – ›Alles, was ihr schon immer über Sex wissen wolltet‹ oder so ähnlich …

Er blickte auf ihre vollen sinnlichen Lippen und versuchte – allerdings ohne großen Erfolg – das Bild aus seinem Kopf zu verdrängen, das sich ihm bei diesem Anblick wie von selbst aufdrängte. Erregt malte er sich aus, wie sie vor ihm kniete und seinen Schwanz in den Mund nahm.

Am besten bemühte er sich noch vor dem Mittagessen darum, eine Frau in der Bar aufzureißen. Es musste schlecht um ihn stehen, wenn er sich jetzt schon in Fantasien über ein Schulmädchen erging.

Aber welch ein Schulmädchen …

Je länger er sie anschaute, desto stärker spürte er ihre erotische Ausstrahlung – eine Art von wissender Unschuld, die ihm durchaus gefährlich werden konnte.

Er wollte sich lieber nicht die Reaktion der Großmutter vorstellen, wenn sie erführe, dass Dan etwas mit ihrer geliebten Enkelin angefangen hätte. Bilder, wie die alte Frau ihn mit dem Stock durchs ganze Hotel jagte, ehe sie ihn anzeigte, weil er mit einer noch nicht volljährigen Jungfrau geschlafen hatte, tauchten vor seinem inneren Auge auf.

Caroline hielt sich noch immer an seinem Arm fest und drückte sich mit ihrer Schaffelljacke an ihn. Dan bedauerte allmählich, überhaupt das Hotel verlassen zu haben.

»Ich hätte gern eine Affäre mit einem älteren Mann«, erklärte sie mit einem verführerischen Lächeln.

»Jungs in Ihrem Alter sind aber viel sicherer«, meinte er schnell.

»Wer will denn Sicherheit? Jungs in meinem Alter sind wahnsinnig langweilig. Wir veranstalten einen monatlichen Tanzabend an der Schule, und da werden immer die Jungs vom Nachbarinternat eingeladen. Das sind alles pickelige Babys, die nicht die geringste Ahnung haben, wie man eine Frau behandeln muss.«

Trotz der Kälte fing Dan an zu schwitzen. Seine Devise hatte bisher stets gelautet: Weise niemals eine schöne Frau ab. Er hatte erst einmal in seinem Leben eine Ausnahme von dieser Regel gemacht – bei dem attraktiven Ehegespons eines bekannten Boxers, das ihn einmal auf einer Party angebaggert hatte.

Er hatte damals dankend abgelehnt, obwohl sie eine atemberaubende Figur, riesige braune Augen und eine Haut gehabt hatte, die an Milchkaffee erinnerte. Aus dem Augenwinkel hatte er nämlich bemerkt, wie ihr eifersüchtiger Boxerehemann sie mit Argusblicken beobachtet hatte. Dan hatte auch davon gehört, dass es eine Gewohnheit von ihm war, den Männern, die seiner Frau zu viel Aufmerksamkeit schenkten, einen Krankenhausaufenthalt zu verschaffen; und das hatte er sich ersparen wollen.

Auf eine gewisse Weise erschien ihm eine nähere Bekanntschaft mit Caroline als ähnlich gefährlich.

Er antwortete nicht auf ihre letzte provokante Bemerkung. Stattdessen sagte er mit – wie er hoffte – unbekümmerter Fröhlichkeit: »Es wird allmählich etwas kalt hier draußen, und ich habe noch einige Arbeit vor mir. Ich glaube, ich gehe besser wieder hinein.« Er versuchte, seinen Arm von ihr zu lösen, doch sie ließ ihn nicht los, sondern schmiegte sich nur noch enger an ihn.

»Gute Idee. Gehen wir durch den Küchengarten ins Hotel zurück.«

»Welche Kurse haben Sie eigentlich belegt?« Er stellte absichtlich eine langweilige Frage, um Caroline und sich selbst abzulenken – auch wenn ihn die Antwort nicht im Geringsten interessierte.

Sie gingen gerade an einem Geräteschuppen vorbei, als sie plötzlich stehen blieb. Ehe Dan wusste, was geschah, öffnete sie die Tür und zog ihn hinein.

»Was, zum Teu…!«, rief er aus, als sie ihre Schaffell- und dann die Mohairjacke aufknöpfte, um darunter derart vollkommene, hohe Brüste zu enthüllen, dass ihm die Worte im Hals stecken blieben. Er schluckte hörbar und wagte kaum zu atmen.

Ihre rosafarbenen Brustspitzen zogen sich in der Kälte sogleich zusammen, und auf dem weißen Busen zeigte sich Gänsehaut. Ihr schöner, geschmeidiger Körper sah wie der einer Tänzerin aus, als sie langsam, aber entschlossen auf ihn zuschwebte.

Dan stöhnte leise, während er sich dazu zwang, ihr nicht unter den Rock zu fassen und den Slip die langen schlanken Beine herunterzuziehen, um ihr das zu geben, was sie anscheinend so dringend begehrte.

Sie legte die Hände unter die Brüste und hielt sie ihm einladend entgegen. Er spürte, wie sein Schwanz und seine Hände auf sie zustrebten, und konnte nichts dagegen unternehmen.

Die schreckliche Vorstellung einer Gefängniszelle, die er sich mit einem verrückten Typen mit abartigen Sexvorstellungen teilen musste, kam ihm in den Sinn. Doch sein Schwanz war bereits so hart und pochte derart heftig, dass er kaum mehr an sich halten konnte.

»Du bist noch nicht volljährig«, brachte er mühsam hervor, als sie ihre Brüste in seine willigen Hände schob.

»Doch, bin ich schon«, versicherte sie ihm. »Ich bin

letzten Monat achtzehn geworden. Im September gehe ich schon zur Uni.«

Das warf natürlich ein völlig anderes Licht auf die Angelegenheit.

Er beugte den Kopf nach vorn und begann gierig an einer Brust zu knabbern und zu saugen, während er die andere streichelte. Plötzlich spürte er die Eiseskälte nicht länger und achtete auch nicht auf die düstere Atmosphäre im Schuppen. Er liebkoste sie mit der Leidenschaft eines Mannes, der seit Monaten keinen Sex gehabt hatte.

Sie schlang die Arme um ihn, und er gab ihr einen tiefen Zungenkuss. Als sie bereits nach kurzer Zeit auf die Knie sank und seinen Reißverschluss öffnete, stöhnte Dan laut auf. Seine Traumvision wurde plötzlich zur Wirklichkeit.

Die Hitze ihres Mundes stand in direktem Kontrast zu der bitterkalten Luft. Carolines Zunge fühlte sich wie warmer Samt an, als sie sie katzengleich um sein steifes Glied wand. Sie züngelte aufreizend um seine Eichel und glitt dann weiter nach unten, um die Linie zu erkunden, die am Schaft entlang nach unten verlief.

Es war ihm sofort klar, dass sie das schon einmal gemacht haben musste. Sie war zwar nicht so geübt wie manche der Frauen, die er kannte, aber ihr offensichtliches Vergnügen, seinen pulsierenden Schwanz mit dem Mund zu erkunden, wirkte ausgesprochen erotisch.

Er fuhr fort, mit ihren Brüsten zu spielen, strich mit den Handflächen über das feste, weiße Fleisch und knetete ihre rosenquarzfarbenen Brustspitzen. Er war bereits so erregt, dass er sofort in ihren Mund hätte spritzen können. Doch das wäre zu früh gewesen. Die Kälte war zwar zu groß, um das Ganze endlos auszudehnen, aber er wollte auf jeden Fall ihre süße kleine Möse erkunden, ehe er sich ergoss.

Widerstrebend zog er sein Glied aus ihrem verführerischen Mund. Sie schaute herausfordernd zu ihm hoch, während sie es langsam zwischen ihren Lippen herausgleiten ließ. Für einen Moment saugte sie noch fest daran, dann ließ sie es ganz los.

Caroline stand auf, und Dans Hände wanderten sofort unter ihren winzigen Rock. Er strich über die feine Wolle ihrer schwarzen Strümpfe, bis er die wunderbar weichen Zentimeter entblößter Haut entdeckte, die sich darüber befanden.

Genüsslich streichelte er mit den Fingerspitzen über den Baumwollstoff, der ihren Venushügel verhüllte. Dann bedeckte er ihn mit der Hand und drückte leicht nach oben. Sie rieb sich wie eine Katze dagegen, und Dan konnte die Hitze ihrer Möse spüren.

Zwei Finger glitten zwischen ihre Beine. In ihrem Höschen war es bereits ganz feucht. Er fing wie immer an, ihr ganzes Geschlecht zu liebkosen, bis alles triefend nass war und sie keuchend in sein Ohr atmete.

Dann kniete er sich vor sie und zog ihr den Slip über die Wollstrümpfe. Sofort stieg ihm der herrliche Duft einer erregten Frau in die Nase.

Sie war schon ganz geil.

Er zog das hellblaue Höschen über ihre Lederstiefel, und Caroline stieg anmutig heraus. Dann hob er sie auf einen Holztisch und schob ihre Schenkel auseinander.

Sie besaß das einladendste Geschlecht, das er jemals gesehen hatte.

Klein und rosa schimmerten ihm die äußeren Schamlippen entgegen. Sie umrahmten die röteren inneren Falten und die hochrote Knospe ihrer Klitoris. Ihre ganze Möse war von ihrem perlweißen Saft bedeckt, der deutlich im Licht der Sonne glänzte, die durch das verschmutzte Fenster hereinfiel.

Sanft und ganz langsam glitt Dan mit dem Finger in

sie, während er ihre Klitoris mit dem Daumen stimulierte. Sie fühlte sich warm, feucht und eng an. Ihr Liebeskanal pochte, als er sie von innen massierte. Rhythmisch strich er über ihre Klitoris und steckte dabei einen weiteren Finger in sie, um ihren G-Punkt anzuheizen.

Sie begann mit geschlossenen Augen auf dem schmutzigen Tisch zu zucken. Ihr Atem war eine Wolke in der kalten Luft des Schuppens. Als er den Druck auf ihre Klitoris erhöhte, kam sie ganz plötzlich mit einem leisen Schrei. Ihr ganzer Körper spannte sich an, während sie von Wellen der Lust durchspült wurde.

Sie öffnete die Augen, und auf ihrem Gesicht zeigte sich ein Ausdruck überraschter Unschuld.

Dan platzierte währenddessen seinen Schwanz an den Eingang ihrer Möse und schob ihn langsam hinein. Etwas an Caroline gab ihm das Gefühl ein, vorsichtig sein zu müssen. Als er bis zur Wurzel in ihr verschwunden war, spiegelte sich in ihren Augen eine solche Lust wider, dass er fast schon gekommen wäre.

Er fing bedächtig an. Während sie mit geschlossenen Augen die Arme um seinen Hals geschlungen hielt, fuhr er in sie. Dabei leckte er ihre Brüste und wärmte sie mit der Zunge. Allmählich gewann er an Tempo, bis seine Bewegungen immer schneller wurden und er zu keuchen begann.

Sie fing schon bald an, sich im selben Rhythmus zu bewegen. Ihre Beine hatte sie um seine Taille geschlungen, und nach einer Weile stieß er wie ein Besessener in sie. Beide schienen den letzten Tropfen aus dem anderen herausholen zu wollen.

Dan beherrschte sich so lange, bis sie schließlich ein zweites Mal kam. Dann explodierte er voll lüsterner Geilheit in ihr und füllte jede Ecke ihrer Möse mit seinem heißen Saft.

Eine Weile klammerten sie sich stumm aneinander.

Endlich merkte er, dass die Außentemperaturen ihre Körperhitze rapide zum Sinken brachten.

Er zog sich aus Caroline zurück, steckte den Schwanz in seine Hose und knöpfte sich dann den Mantel zu. Sie saß noch immer regungslos auf dem Tisch und schaute verträumt in die Ferne.

»Ich bin gekommen«, sagte sie glücklich.

»Tust du das sonst nicht?«, fragte er und reichte ihr den nassen Slip. »Hier – zieh das lieber wieder an, ehe dir die Möse abfriert.« Er gab ihr einen raschen Kuss auf den Venushügel und half ihr dann vom Tisch herunter.

»Ich schaffe es manchmal selbst, aber nicht so.«

»Und was ist mit Männern?«

»Nein, noch nie. Es waren auch erst zwei, und jedes Mal ist es sehr schnell vorbei gewesen.«

Dan konnte sich das gut vorstellen.

Sie zog sich wie benommen das Höschen und ihre Handschuhe an.

»Komm, gehen wir zurück. Ich könnte einen Kaffee vertragen«, sagte er, öffnete die Tür und steckte vorsichtig den Kopf hinaus. Als er sah, dass die Luft rein war, eilten sie zum Hotel zurück. Caroline hakte sich wieder bei ihm unter, doch plötzlich wurde Dan nervös. Er fürchtete sich vor ihrer Großmutter. Deshalb gab er ihr einen sanften Klaps auf den Hintern.

»Geh du da hinein. Ich laufe ums Haus herum und gehe durch den Vordereingang. Uns sollte lieber niemand zusammen sehen.«

»Stimmt. Meine Großmutter würde durchdrehen«, sagte sie kichernd. Sie stellte sich auf die Zehenspitzen und küsste ihn auf den Mund. »Bis irgendwann.«

Während sie durch den Schnee davonstapfte, wurde Dan plötzlich von Angst ergriffen.

»Du wirst doch niemandem von uns erzählen?«, rief er ihr nervös hinterdrein. »Es bleibt unser Geheimnis, ja?«

»Unser Geheimnis«, versicherte sie ihm und verschwand winkend im Hotel.

Er ging zum Haupteingang und betrat erleichtert die Rezeption. Die warme Luft fühlte sich nach der klirrenden Kälte draußen herrlich wohlig an. Er zog den Mantel aus und stampfte mehrmals mit den Füßen auf, um sich den Schnee von den Schuhen zu klopfen.

Matt saß in der Lounge und trank einen Kaffee.

»Hallo, Dan.«

Der Schriftsteller ließ sich in einem der Ledersessel ihm gegenüber nieder und streckte die Hände aus, um sie am offenen Kamin zu wärmen.

»Bist du spazieren gewesen?«, erkundigte sich Matt und winkte die Bedienung heran. Er bestellte mehr Kaffee und wandte sich dann wieder Dan zu. »Ist es nicht etwas kalt draußen?«

»Ich konnte nicht arbeiten und wollte frische Luft schnappen. Wie lange, glaubst du, werden wir hier noch festsitzen?« Während sie ihren Kaffee tranken, redeten sie darüber, wann wohl endlich die Straßen geräumt würden.

Plötzlich erstarrte Dan. Hinter sich hörte er das ihm inzwischen wohlbekannte Klopfen des Stocks. Man konnte ihn zwar hinter der großen Lehne des Sessels nicht sehen, aber sein Herz pochte doch heftig, da er befürchtete, von der alten Dame entdeckt zu werden.

Jemand setzte sich in den Sessel direkt hinter ihm. Dann vernahm er das Klappern von Geschirr, als Kaffee oder Tee serviert wurde.

»Schenk du ein, Caroline. Und bemühe dich bitte, dass nicht wieder die Hälfte auf der Untertasse landet«, sagte die alte Dame. Dan entspannte sich ein wenig. Er bezweifelte, dass sie so ruhig sprechen würde, wenn sie wüsste, dass ihre Enkelin gerade mit einem Mann, der doppelt so alt war wie sie, im Geräteschuppen gevögelt hatte. Trotzdem fühlte er sich ziemlich unwohl.

»Was bringen sie dir eigentlich in der Schule bei?«, sagte die alte Frau verärgert. »Auf jeden Fall keinen Benimm. Hier, trockne das mit der Serviette auf.«

»So etwas bringt man uns auch nicht mehr bei«, erwiderte Caroline hochmütig. »Uns werden wesentlich *relevantere* Dinge gelehrt. Was hat der Manager gesagt?«

»Dass die Schneepflüge inzwischen zu räumen angefangen haben, aber dass es noch bis morgen dauern könnte, ehe sie bis hierher durchgekommen sind. Wirklich unfähige Trottel!«

»Mir wäre es ganz recht, noch Wochen hier bleiben zu müssen. Ich hoffe sogar, dass das passiert. Ich hasse die Schule und kann es kaum erwarten, endlich da weg zu kommen.«

»Du hast noch zweieinhalb Jahre vor dir, junge Dame. Finde dich lieber damit ab.«

»Warum kann ich nicht schon diesen Sommer abgehen?«, fragte Caroline beleidigt. Dan hörte ihre nächsten Worte nicht mehr, als es ihm plötzlich wie Schuppen von den Augen fiel, was er da gerade vernommen hatte. Er verschluckte sich beinahe vor Schreck.

Zweieinhalb Jahre bis zum Abschluss? Die Kleine hatte ihn also eiskalt belogen.

Sie war noch nicht volljährig.

Wenn die alte Schrulle alles herausfand und ihm die Gesetzeshüter auf den Hals hetzte, würde er bestimmt ins Gefängnis wandern. Die Tatsache, dass er Autor von pornografischen Romanen war, würde ihm nicht viel helfen. Er würde wegen Verführung Minderjähriger angeklagt werden, und kein Mensch würde ihm glauben, wenn er beteuerte, dass ihn diese Göre angelogen hatte.

Er musste so schnell wie möglich das Hotel verlassen.

13. Kapitel

Dan wartete, bis die alte Dame und ihre Enkelin ihren Kaffee zu Ende getrunken hatten, bevor er es wagte, die Lounge zu verlassen und sich in sein Zimmer zu flüchten. Er wollte nicht, dass sich Caroline aus Versehen verriet, befürchtete jedoch, dass sie genau das täte, wenn sie ihn plötzlich erblickte.

Diese Reise entwickelte sich so völlig anders, als er sich das ausgemalt hatte. Aber wenigstens hatte das hoch erotische Rendezvous im Geräteschuppen zur Folge, dass er wieder schreiben konnte. Vor dem Mittagessen hatte er bereits mehrere Seiten in den Laptop gehämmert.

Matt kam um halb eins auf sein Zimmer.

»Hast du Lust, auf einen Drink in die Bar hinunterzugehen?«

»Trinken wir doch hier etwas«, schlug Dan vor.

»Ich habe gerade Tess angekündigt, dass wir unten sein würden.«

»Die Sache ist die«, begann Dan, öffnete die Minibar und holte mehrere Flaschen heraus. »Ich bin in einer etwas schwierigen Lage. Hast du vorhin in der Lounge die alte Dame und ihre hübsche Enkelin gesehen?«

Als Matt nickte, schilderte er ihm kurz die Ereignisse des Vormittags.

»Dein Schwanz wird dich eines Tages noch in große Schwierigkeiten bringen«, meinte Matt kopfschüttelnd. »Solange die Enkelin den Mund hält, kann dir nichts passieren. Warum sollte sie der alten Dame davon erzählen?

So etwas beichtet man doch seiner Oma nicht. Ich verstehe allerdings gut, dass du dich im Augenblick lieber nicht zeigen willst. Ich gehe nach unten und frage nach, ob Tess und Richard nicht heraufkommen möchten.«

Sie hatten keine Lust dazu – jedenfalls Tess nicht. Deshalb aß Dan allein in seinem Zimmer und hoffte inbrünstig, dass die Straßen bald wieder frei sein würden.

Doch am späten Nachmittag begann es wieder zu schneien. Der Hotelmanager verkündete bedauernd, dass die Schneepflüge bestimmt nicht vor morgen hier sein könnten. Auf diese Weise schaffte es Dan wenigstens, ziemlich produktiv zu sein. Erst als es dunkel wurde, legte er für ein Weilchen eine Pause ein, um einen Kaffee zu trinken.

Er blätterte gelangweilt durch die Hotelbroschüre, die in seinem Zimmer auslag, und stellte zu seiner Überraschung fest, dass es im Keller einen kleinen Swimmingpool, eine Sauna und einen Jacuzzi gab. Eine Runde Schwimmen wäre genau das Richtige, doch leider hatte er keine Badehose mitgebracht. Aber vielleicht stellte das Hotel eine zur Verfügung.

Marvin, der Zimmerkellner, war gerade vor ein paar Minuten mit frischen Handtüchern bei ihm gewesen. Dan steckte rasch den Kopf zur Tür hinaus, um zu sehen, ob er ihn noch irgendwo entdecken konnte. Tatsächlich war er gerade dabei, in der Wäschekammer am Ende des Gangs zu verschwinden.

Dan eilte ihm hinterher und öffnete die Tür. In dem kleinen Raum war es erstaunlich dunkel, und er tastete mit der Hand nach einem Lichtschalter. Als die enge Kammer plötzlich hell wurde, hörte er einen unterdrückten Ausruf des Erstaunens, und Marvin tauchte mit dem Gesichtsausdruck eines Überführten auf. Er hatte in einer Ecke gekniet und sein Gesicht gegen die Wand gepresst.

»Was tun Sie da?«, fragte Dan überrascht.

Der junge Mann lief dunkelrot an und schaute so schuldbewusst drein, dass Dans Neugier sogleich geweckt war.

Aber er antwortete nicht, sondern blickte nur betreten auf seine Schuhe.

»Mir können Sie sich doch anvertrauen«, ermunterte ihn Dan.

Marvin wirkte noch immer unsicher. Er ging an ihm vorbei zur Tür. »Ich schließe lieber ab.«

Daraufhin machte er das Licht aus und kniete sich wieder auf den Boden. »Kommen Sie und sehen Sie selbst«, lud er Dan ein. »Ich zeige Ihnen das nur, weil Sie über so etwas auch in Ihren Büchern schreiben. Wenn der Manager davon erfährt, fliege ich raus.«

Ein kleiner Strahl Licht fiel durch die Wand in die Wäschekammer. Als Dan sein Auge gegen das Loch hielt, stellte er zu seiner Verblüffung fest, dass er ins angrenzende Schlafzimmer schauen konnte.

»Ah!«, flüsterte er. »Ihre eigene Peepshow. Stell sich einer mal so was vor!« Er konnte niemanden sehen, doch im Badezimmer wurde anscheinend – den Geräuschen nach zu urteilen – gerade geduscht.

»Ich habe schon Dinge gesehen«, erzählte Marvin. »Das können Sie sich gar nicht vorstellen!«

»Das glaube ich Ihnen gern. Wer wohnt momentan in dem Zimmer?«

»Ein älterer Herr mit seiner jungen Frau.«

Dan wusste sofort, wen er meinte. Der Mann war wohl Mitte sechzig, aber seine hinreißende üppige Frau erst Anfang zwanzig und eine echte Herzensbrecherin. Sie hatte langes rotes Haar, ein süßes Lächeln und eine Figur, die selbst redseligen Männern die Sprache verschlagen konnte.

Er wartete neugierig und wurde schon bald belohnt, als der Mann aus dem Badezimmer kam. Er band sich gerade den Gürtel eines grünen Bademantels um den gut sichtbaren Bauch. Kurz darauf folgte seine hübsche Frau, die eine Krankenschwesteruniform trug, wie man sie gewöhnlich nur in Pornofilmen zu sehen bekam.

Ihre gestärkte Schürze saß eng über ihrem prallen Busen und war über der Taille mit einer großen Schleife zusammengebunden. Ihr Rock reichte nur wenige Zentimeter über ihren Hintern, sodass man gut ihre Beine sehen konnte, die in schwarzen Seidenstrümpfen mit Spitzenstrapsen steckten. Dazu trug sie hochhackige Pumps, die viel zu unbequem gewesen wären, um über einen Linoleumboden im Krankenhaus zu laufen.

Sie hatte eine Flasche Babyöl in der Hand, deren Anblick Dan hörbar schlucken ließ.

»Leg dich aufs Bett, Booboo, Liebling«, lockte sie ihn. »Und öffne deine Robe für mich.« Ein Ausdruck tiefster Zufriedenheit zeigte sich auf dem Gesicht des Mannes. Hatte sie ihn vielleicht gerade gebadet? Dan gefiel die Vorstellung. Der Kerl musste verdammt viel Kohle haben, um sich so einen Service leisten zu können.

Booboo legte sich auf den Rücken und öffnete den Bademantel, um einen großen, schlappen Schwanz zu präsentieren. Er regte sich jedoch sogleich, als Krankenschwesterchen die Schürze aufknüpfte und dann das blaue Kleid aufmachte, um zwei pralle Brüste zu zeigen. Ihr atemberaubender Anblick ließ auch Dans Schwanz nervös zucken.

Sie machte die Flasche auf und goss sich Öl in die Hand. Dan hörte Marvin stöhnen, als er sich etwas abseits von ihm hinkniete, wo sich wohl noch ein Guckloch befand.

Krankenschwesterchen verteilte das Öl in den Händen und rieb sich dann die Brüste damit ein. Sie massierte sie so lange, bis sie im Licht der Bettlampen schimmerten. Sie drehte an ihren riesigen korallenroten Brustwarzen, als ob sie eine Radiostation finden wollte, und Dan musste schnell seinen Schwanz zurechtrücken, damit seine Lage in der Unterhose nicht mehr so unbequem war.

Booboo beobachtete sie hingerissen und rutschte dann bereitwillig beiseite, als sie sich neben ihn kniete. Sie wärmte noch mehr Öl in ihren Händen an und griff nach seinem halb erigierten Penis. Dan war allein vom Zuschauen bereits stahlhart geworden; aber Booboo war anscheinend ein Mann, der größerer Überredungskünste bedurfte. Er wurde zwar sichtlich steifer, war aber noch lange nicht so weit, eine volle Erektion zu haben.

Sie fing geschickt an, seinen Schwanz zu bearbeiten; sie drückte und knetete ihn und ließ dabei ihre Brüste auf und ab hüpfen, sodass sich Dan fast verspritzt hätte.

Die falsche Krankenschwester kniete nun so, dass sie etwas von Dan abgewandt war. Je weiter sie sich nach unten beugte, desto höher rutschte jedoch ihr Rock. Er konnte deutlich sehen, dass sie kein Höschen trug. Die üppigen Hinterbacken schimmerten golden und wurden zwischen den Beinen, wo sich ihre Schamhaare zeigten, immer dunkler.

Nach einer halben Ewigkeit schaffte es Booboo schließlich, seinen Schwanz völlig aufzurichten, und Krankenschwesterchen lobte ihn ermunternd, während sie die Bemühungen noch verstärkte.

Was Dan betraf, so war er sich schon jetzt sicher, dass sie das Geld wert war, das sie ihren Mann wohl kosten mochte.

Endlich gab Booboo ein schwaches Stöhnen von sich. Sein Glied zuckte, und Krankenschwesterchen beugte sich rasch nach unten, damit er zwischen ihren Brüsten abspritzte. Sie rieb den Samen in ihr sowieso schon glänzendes Dekolleté und hatte keine Ahnung, dass sie damit drei Männern – und nicht nur einem – eine gewaltige Hitze in den Schwanz gejagt hatte.

Booboo schloss die Augen und fing sogleich zufrieden zu schnarchen an. Die Frau lächelte, machte die Nachttischlampe aus und verschwand im Badezimmer.

Erst jetzt merkte Dan, dass ihm von der seltsamen Stellung, in der er regungslos durch das Loch gestarrt hatte, der Rücken schmerzte. Marvin legte einen Stapel Handtücher vor die winzigen Öffnungen in der Wand und schaltete dann das Licht wieder ein.

»Gut, was?«, meinte er heiser.

»Verdammt gut«, stimmte Dan zu.

»Sie hatten Glück. So scharf sind die beiden nicht immer. Ich hätte jedenfalls nichts dagegen, mich von ihr einölen zu lassen.«

»Sie müssen ganz schön viel Zeit hier verbringen.«

»Wenn es was zum Sehen gibt, dann schon.«

Dan erinnerte sich plötzlich daran, warum er Marvin überhaupt gesucht hatte. Jetzt konnte er dringend eine Runde Schwimmen vertragen, um sich abzukühlen.

»Ich habe vorhin gelesen, dass es im Keller ein Schwimmbecken gibt. Wissen Sie, wo ich eine Badehose herbekomme?«

»Fragen Sie am Empfang. Dort haben sie gewöhnlich welche.«

Sein Blut pochte noch immer im ganzen Körper, als Dan zur Rezeption und danach in den Keller ging. Dort fand er einen kleinen, aber gut geheizten Pool mit einer Sauna am einen und einem Jacuzzibecken am anderen Ende vor.

Er zog sich in einer der Umkleidekabinen die Badehose über und sprang ins Wasser. Es fühlte sich herrlich an, mehrere Längen zu schwimmen. Das warme Wasser schien seine Haut zu liebkosen, und er spürte, wie er wieder zu Kräften kam. Seine Erektion ließ auch nach, obwohl er sich weiterhin verdammt scharf fühlte. Wenn er schon eine weitere Nacht hier verbringen musste, dann wollte er diesmal dafür sorgen, auch weibliche Gesellschaft zu haben.

Zoe, Tess, Chloe – es war ihm ganz gleichgültig, welche, solange nur eine von ihnen zur Verfügung stand.

Er stieg aus dem Becken und kehrte in seine Kabine zurück. Als er hörte, wie jemand die Stufen in den Keller herunterkam, war er froh, dass er den Pool noch allein für sich gehabt hatte.

Wie verblüfft war er allerdings, als plötzlich seine Kabinentür geöffnet wurde und Caroline zu ihm hereinschlüpfte. Die Nähe ihres schlanken Körpers, ihr blumiges Parfüm und die Erregung von zuvor zeigten sofort wieder eine deutliche Wirkung bei Dan. Er nahm das Handtuch und hielt es vor seinen steifen Schwanz.

Nervös trat er einen Schritt zurück.

»Was tust du denn hier?«, zischte er das Mädchen an. Er fürchtete sich davor, jeden Augenblick das Klopfen des Stocks vor der Kabinentür zu vernehmen.

Da er mit dem Rücken bereits an der Wand stand, konnte er Caroline nicht noch weiter ausweichen. Sie schlang die Arme um seinen Hals und drängte ihren bezaubernden Körper an ihn.

»Freust du dich denn gar nicht, mich zu sehen?«, fragte sie.

Er befreite sich aus ihrer Umarmung und schob sie von sich fort.

»Nicht, seitdem ich gehört habe, wie deine Großmutter sagte, du müsstest noch zwei Jahre in die Schule gehen«, fuhr er sie an. »Du hast behauptet, du wärest achtzehn. Aber da hast du mich angelogen. Ich könnte deinetwegen in große Schwierigkeiten geraten.«

Sie zog eine süße Schnute und sah ihn aus ihren grauen Augen verführerisch an.

»Wenn ich dir die Wahrheit gesagt hätte, dann hättest du mich für ein Kind gehalten.«

»Du *bist* auch noch fast ein Kind!«

»Nein, das stimmt nicht. Ich bin eine Frau.«

Um es ihm zu beweisen, öffnete sie die Knöpfe ihrer roten Bluse.

Hastig fasste er nach ihrem Handgelenk, um sie davon abzuhalten. »Hör mir zu«, sagte er verzweifelt. »Du bist sehr sexy, und heute Vormittag – das war fantastisch. Aber ganz egal, wie hinreißend du auch sein magst – ich kann es mir nicht leisten, dafür verhaftet zu werden. Wenn deine Großmutter auch nur wüsste, dass ich dich geküsst habe, würde sie bestimmt nicht eher ruhen, bis sie mich hinter Schloss und Riegel gebracht hätte.«

»Ich bin sechzehn. Das ist zwar noch nicht achtzehn, aber es bedeutet, dass ich von Gesetzes wegen alt genug bin, um Sex zu haben.«

Sechzehn? Konnte er ihr diesmal trauen? Sie hatte ihn schon einmal belogen. Sechzehn war nicht toll, aber wesentlich besser als fünfzehn. Auch wenn er wusste, dass er mit dem Feuer spielte.

»Du bist trotzdem zu jung für mich.«

»Heute Vormittag war ich das aber noch nicht.«

Sein Schwanz pochte vor Lust, als er sie so vor sich sah. Er hatte das Handtuch losgelassen, und Caroline schaute auf sein steifes Glied. Dann blickte sie ihn triumphierend an.

»Du willst mich also sehr wohl. Bitte, nimm mich. Ich muss ganz einfach wieder zum Höhepunkt kommen! Noch nie habe ich etwas so Wunderbares erlebt.«

Ihre schlanken Finger näherten sich seinem Schwanz und berührten ihn behutsam. Er schlug erwartungsvoll gegen ihre Hand, und sie drückte ihn daraufhin fester. Obwohl Dan ihre Nähe, die dampfende Atmosphäre des Bades und das beinahe überwältigende Bedürfnis, sie bis zur Besinnungslosigkeit zu ficken, fast zum Wahnsinn trieben, hielt er noch immer an sich.

Er hatte nie einer Versuchung widerstanden – ganz gleich, wie und wann sie sich ihm präsentieren mochte. Doch diesmal war es etwas anderes. Er erinnerte sich an ihre süße kleine Möse, die ihn an Blütenblätter denken ließ, und sehnte sich danach, seinen pulsierenden Schwanz bis zum Anschlag tief hineingleiten zu lassen.

Wenn er angezogen gewesen wäre, hätte er es vielleicht geschafft, sie stehen zu lassen. Doch er war splitternackt und befand sich in einer engen Kabine mit einem jungen Mädchen, das sexy genug war, einen Mönch sein Keuschheitsgelübde vergessen zu lassen.

Als sie die restlichen Knöpfe ihrer Bluse aufgemacht hatte und ihre rosafarbenen, hart gewordenen Brustspitzen enthüllte, stöhnte Dan leise. Er bemühte sich darum, das Bild ihrer Großmutter vor seinem inneren Auge auftauchen zu lassen, wie sie ihm, nur mit fürchterlicher Altfrauenunterwäsche bekleidet, mit dem Stock drohte.

Caroline schlüpfte aus ihrem Höschen und zog den Rock bis zur Taille hoch.

»Mach es mir noch mal – genau wie heute Vormittag«, bat sie ihn. Während er im Geiste noch immer darum kämpfte, ihr nicht zu erliegen, befand sich seine Hand bereits zwischen ihren Beinen und streichelte voller Gier die zarte Knospe.

Caroline lehnte sich gegen die Kabinenwand, spreizte die Beine, so weit sie konnte, und drückte ihm auffordernd ihr Becken entgegen. In der kleinen Garderobe war es so heiß, dass Dan schon bald der Schweiß herunterlief, während er ihren Körper und ihr Geschlecht voll Leidenschaft erforschte.

Es dauerte nicht lange, bis sie mit einem leisen Ausruf des Erstaunens kam; ihre Unterlippe zitterte. Er sank auf die Knie und begann, sie mit der Zunge zu bearbeiten, die er tief in sie stieß, um ihre samtenen Innenwände zu lecken. Sie krallte die Finger in seine Haare und bebte, während die Erregung sie von neuem ergriff.

Caroline schmeckte und roch frisch und süß. Wenn sie sich in keiner so gefährlichen Situation befunden hätten, wäre Dan gern bereit gewesen, sich länger Zeit zu lassen. Doch jetzt bemühte er sich darum, sie mithilfe seiner langjährigen Erfahrungen auf diesem Gebiet so schnell wie möglich zum nächsten Höhepunkt zu bringen.

Diesmal kam sie noch heftiger. Sie keuchte mit geröteten Wangen und tropfte ein bisschen Saft in Dans offenen Mund.

Nun konnte er nicht länger an sich halten.

Er hob sie an der Taille hoch, und während er sie mit dem Rücken gegen die Wand presste, ließ er sie langsam auf seinen stahlharten Schwanz niedersinken. Sie schlang die Beine um ihn, und er spürte, wie sich die engen Wände ihres Liebeskanals wie eine samtweiche Faust um seinen Penis legten.

Es war wirklich herrlich, sie zu ficken. Sie ergab sich mit all ihrer neu entdeckten Sinnlichkeit jedem seiner Stöße. Auch um Dan war es schon bald geschehen, und als er kam, war es ein so ungezügelter Orgasmus, dass ihm die Beine zitterten. Als er nicht länger stehen konnte, ließ er sich auf die Bank in der Kabine sinken – seinen Schwanz noch immer tief in ihrer triefenden Möse vergraben.

»Ich habe noch nie etwas Derartiges empfunden«, flüsterte sie nach einer Weile. »Was würde nur meine Großmutter dazu sagen?«

Dans bereits nachlassende Erektion fiel so schnell in sich zusammen, dass er sich Sekunden später von ihr löste. Sie stand bereitwillig auf und setzte sich wie verzaubert auf die Bank neben ihn.

Dan zog hastig seine Kleidung an; er war wie mit einem Katapult in die Wirklichkeit zurückgeschnellt worden.

»Was *Après-Sex*-Gespräche betrifft, gehört das wohl zu den schlimmsten, die ich bisher erlebt habe«, knurrte er. »Das nächste Mal solltest du vielleicht etwas Konventionelleres wählen – zum Beispiel: ›Das war fantastisch. Du bist einfach der Beste.‹«

»Okay«, sagte Caroline freundlich, aber ungerührt. »Wo sollen wir uns das nächste Mal treffen? Soll ich in dein Zimmer kommen, sobald meine Großmutter eingeschlafen ist?«

Die Vorstellung, Caroline mitten in der Nacht in seinem Zimmer zu haben, wahrscheinlich gefolgt von einer von Schlaflosigkeit geplagten Oma, war einfach zu schrecklich, um länger darüber nachzudenken.

Es war an der Zeit, ihr die Illusionen zu nehmen.

Er hielt mitten im Zuknöpfen seiner Hose inne und sagte: »Es war fantastisch, du bist fantastisch – aber das Ganze war ein großer Fehler. Ich hätte dich niemals anfassen sollen, auch wenn du so verdammt verführerisch bist. Vergiss, dass jemals etwas zwischen uns passiert ist, und erzähl bitte niemandem davon. Es bleibt unser kleines Geheimnis.«

»Wie kannst du so etwas sagen nach dem, was wir gerade gemacht haben?«, fragte sie fassungslos.

»Es ist für mich genauso schwer wie für dich«, log er. »Aber dein Leben fängt gerade erst richtig an, und ich bin schon mitten drin. Betrachte es einfach als eine Erfahrung. Wenn wir uns im Hotel sehen sollten, sprich nicht mit mir. Schau mich am besten gar nicht an.«

Ein trotziger Ausdruck flog über ihr Gesicht. Warum hatte er sich nicht beherrscht? Er legte die Arme um sie und küsste sie flüchtig auf den kirschroten Mund.

»Ich werde dich und die Augenblicke, die wir miteinander geteilt haben, niemals vergessen«, schwindelte er ungeschickt. »Aber du bist alt genug, um zu verstehen, dass es einfach nicht sein kann. Also vergiss es. Wundert sich deine Großmutter eigentlich nicht längst, wo du steckst? Wo ist sie überhaupt?«

»In der Sauna.«

»*Was?*«

Dan war eben damit beschäftigt, sich den linken Socken anzuziehen. Vor Schreck verlor er das Gleichgewicht und fiel mit einem Plumpsen auf die Bank. Warum hatte sie ihm denn nichts davon gesagt, dass die alte Schachtel nur wenige Meter von ihnen entfernt war?

»Die Sauna hilft gegen ihre Arthritis«, erklärte Caroline sachlich. »Ich kam herunter, um nach ihr zu sehen, als ich plötzlich dich entdeckte, wie du gerade aus dem Becken stiegst.«

Die Vorstellung, dass die alte Frau sie womöglich gehört haben könnte und nachgesehen hätte, was sich da wieder tat, ließ Dan erschaudern. Sie hatte sich bereits genug empört, als sie ihn beim Vögeln mit Zoe erwischt hatte. Nicht auszumalen, wie sie reagiert hätte, wenn sie ihn mit dem Schwanz bis zum Anschlag in ihrer Enkelin vorgefunden hätte!

Je schneller er eine Fliege machte, umso besser.

Er zog sich fertig an, gab Caroline noch einen Kuss und entschwand.

Auf dem Weg zurück zu seinem Zimmer kam er an Tess' und Richards Raum vorbei. Die Tür war nur angelehnt. Als er leise klopfte, rief Tess: »Herein!«

Sie saß in einem cremefarbenen Morgenmantel aus Satin vor dem Toilettentisch und feilte ihre Nägel. Als sie sah, wer hereinkam, schaute sie plötzlich überrascht und unruhig drein.

»Ich … ich hatte den Zimmerservice erwartet.«

»Nun, ich bin in deinem Zimmer und stehe dir jederzeit zu Diensten«, erwiderte er galant. »Wo ist Richard?«

»Er spielt Billard mit Matt.«

Jemand klopfte an die Tür, und ein Kellner brachte eine Flasche Weißwein in einem Kübel mit Eis. Tess unterschrieb die Rechnung und wandte dann wieder dem Feilen ihrer Nägel zu.

Dan trat hinter sie, und ihr Blick traf sich für einen Moment im Spiegel. Er hob ihre blonden Haare hoch, die ihr über den Rücken fielen, und küsste sie dann auf den Nacken. Als sie zusammenzuckte, zeigte er sich überrascht.

»Was ist los?«, fragte er, da er eine solche Reaktion nicht von ihr gewöhnt war.

»Was los ist? Ich halte mich inzwischen für wahnsinnig, dir erlaubt zu haben, mich wieder zu ficken. Wenn ich gewusst hätte, dass wir hier alle zusammen in diesem Hotel festsitzen, hätte ich mich niemals darauf eingelassen. Eine letzte Affäre als allein stehende Frau ist eine Sache. Aber als verheiratete Frau weiter in der Gegend herumzuvögeln ist etwas ganz anderes.«

»Du scheinst deine Hochzeitsnacht vergessen zu haben«, entgegnete Dan spöttisch. »Da warst du schon nicht mehr allein stehend, und ich kann mich nicht erinnern, irgendwelche Einwände gehört zu haben.«

»Die gab es auch nicht. Aber ich war müde, sentimental und blau. Außerdem hatte ich mich maßlos über Richard geärgert, weil er so viel getrunken hatte. Es war ja nichts mehr mit ihm anzufangen.«

Dan begann ihre Schultern zu massieren. Er wendete dabei eine Methode an, die er von einer türkischen Masseuse gelernt hatte, mit der er eine kurze, aber befriedigende Affäre gehabt hatte. Tess spannte sich zuerst an, genoss es dann aber gegen ihren Willen doch.

Schweigend fuhr er fort, sie zu massieren, bis ihr Widerstand allmählich nachließ. Sie schien wieder völlig empfänglich zu sein.

Dan glitt mit der Hand in ihren Satinmantel und streichelte ihre nackte Haut, während er ihr Gesicht im Spiegel beobachtete. Langsam wanderte er über ihre Schultern zu ihren weichen Brüsten, wo er mit den Fingerspitzen über eine der Brustwarzen strich, die sogleich hart wurde.

Er zog die Robe beiseite, um die perfekten Halbkugeln zu entblößen. Dann legte er die Hände darauf, während Tess ihre Augen schloss und sich gegen ihn lehnte, wobei sie die Brustspitzen auffordernd an seinen Handflächen rieb.

Er beugte sich über sie und glitt mit einer Hand zwischen ihre Schenkel. Selbstvergessen öffnete sie die Beine, sodass er den kleinen harten Knopf ihrer Klitoris finden und ihn zum Pulsieren bringen konnte.

Sie drehte sich auf dem Hocker um, öffnete kurzerhand seine Hose und zog sie zusammen mit seinen Shorts bis zu den Knien hinunter. Dan entledigte sich eilig seiner Schuhe und Socken, um sich dann ganz ausziehen zu können und Tess zum Bett zu führen.

Er legte seine Brille auf das Nachttischchen und vergrub den Kopf zwischen ihren Schenkeln. Verführerisch züngelte er am Eingang zu ihrer Möse. Plötzlich erstarrten beide vor Schreck, als die Klinke nach unten gedrückt wurde und sie Richards Stimme sagen hörten: »Sie bekommen schon noch genügend Gelegenheit, es ein anderes Mal zurückzugewinnen. Keine Sorge!«

Für einen Moment schlossen sich Tess' Beine wie von selbst um Dans Hals. Dann sprang sie auf und band ihre Robe zu.

»*Schnell!*«, zischte sie.

Ungeschickt rollte er zur Seite, griff nach seiner Brille und stand auf. Er hörte, wie Matt etwas sagte, während er ins Badezimmer eilte. Tess riss ihn zurück und schubste ihn in Richtung Schrank. Doch das Innere war voller Taschen und Koffer, sodass es keinen Platz zum Verstecken gab. In letzter Verzweiflung robbte er unters Bett.

Tess warf ihm seine Kleidung hinterher und flüsterte eindringlich: »Rühr dich nicht, bis ich es dir sage. Selbst wenn du die ganze Nacht hier bleiben musst!«

Der staubige Geruch unter dem Bett zeigte deutlich, dass es mit der Sauberkeit im Hotel nicht so genau genommen wurde, wie er bisher angenommen hatte. Dan konzentrierte sich darauf, nicht zu stark einzuatmen, um nicht plötzlich niesen zu müssen.

Ein paar Sekunden später betrat Richard das Zimmer. Er verkündete fröhlich: »Ich habe Matt gerade zehn Pfund abgenommen.«

Tess' Stimme kam aus dem Badezimmer. »Wirklich? Das ist ja toll.« Dan hörte das Rascheln des Satins, als sie ins Schlafzimmer zurückkehrte, und ein leises Plätschern, als Richard den Wein einschenkte.

»Du siehst sehr sexy aus, Liebling. Irgendwie hast du einen ›Fick mich‹-Ausdruck im Gesicht. Komm doch mal her zu mir!«

Es gab nicht viel Platz zwischen Dans Kopf und dem Lattenrost, und als sich die beiden hinlegten, wurde es noch weniger. Die leisen Geräusche, die er hören konnte, ließen ihn innerlich aufstöhnen. Tess würde doch nicht auf die Idee kommen, mit Richard zu vögeln, während er sich im Zimmer befand?

Anscheinend doch, denn er hörte, wie Richard mit heiserer Stimme sagte: »Du bist ja schon triefend nass. Hast du an mich gedacht, während ich weg war?«

Dan unterdrückte ein höhnisches Schnauben. Das war wirklich großartig. Er hatte Tess scharf gemacht und jetzt zog ein anderer den Vorteil daraus. Kurz darauf begann sich das Bett über seinem Kopf auf und ab zu bewegen. Er hörte Richard stockend murmeln: »Ich kann einfach … nicht genug … von deiner saftigen … kleinen … Möse kriegen. Ich liebe es … sie auszufüllen und …«

Er fuhr auf ähnliche Weise so lange fort, bis die Bewegungen auf dem Bett derart heftig wurden, dass sie es ihm offensichtlich nicht mehr gestatteten, weiter zu sprechen. Dan musste zugeben, dass Richard eine ziemliche Ausdauer besaß – er war eine ganze Weile dabei. Die letzten Minuten wurden immer unangenehmer. Seine Stöße waren nun so kräftig, dass Dans Kopf jedes Mal schmerzhaft auf den Teppichboden gedrückt wurde.

Mit einem stillen Seufzer der Erleichterung hörte er endlich ein lautes Stöhnen der Befriedigung. Er hoffte inbrünstig, dass Tess nun einen Grund finden würde, um ihren Mann für einen Moment aus dem Zimmer zu schicken.

Doch er wurde enttäuscht.

Die beiden lagen eine Zeit lang im Bett und tranken den Wein. Dann fing Tess wieder leise zu stöhnen an, und zu Dans Entsetzen wurde ihm klar, dass Richard zum zweiten Mal bereit war. Inzwischen war der enge Platz unter dem Bett unerträglich geworden, und in seiner linken Wade machte sich ein Krampf bemerkbar.

Zwanzig Minuten später schlug der Lattenrost wieder rhythmisch gegen seinen Kopf. Dan überlegte sich ernsthaft, ob er einfach herauskriechen und es Tess überlassen sollte, die Situation ihrem Mann plausibel zu machen. Sie würde schon wissen, wie sie den Kerl ohne Hose unter ihrem Bett erklären konnte.

Wenn er in der Lage gewesen wäre, sofort das Hotel zu verlassen, hätte ihn wahrscheinlich nichts mehr gehalten. Aber er war sich nicht sicher, ob Richard das Ganze auf die leichte Schulter nähme; vielleicht stürzte er sich gar auf ihn und schlug ihn zusammen. Die nächsten Tage damit zu verbringen, sowohl Tess' Gatten als auch Caroline und ihrer Großmutter aus dem Weg zu gehen, waren nicht gerade rosige Aussichten.

Deshalb blieb er weiterhin liegen. Als Richard den nächsten geräuschvollen Höhepunkt erreicht und sich wieder neben Tess gelegt hatte, hielt Dan den Atem an. War es nun endlich so weit?

»Warum gehst du nicht schon ins Bad voraus und stellst die Dusche an?«, hörte er Tess fragen. »Ich komme dann gleich nach.« Das Bett wackelte, als Richard aufstand. Kurz darauf war das Plätschern des Wassers zu vernehmen. Dan rollte sich ächzend und mit vor Schmerz verzerrtem Gesicht unter dem Bett hervor.

»Verschwinde sofort wieder«, zischte Tess ihn wütend an. »Warte, bis ich bei ihm bin!«

Aber Dan hatte genug. Er nahm sich gerade noch die Zeit, seine Shorts anzuziehen; dann packte er seine restlichen Kleidungsstücke und stürzte zur Tür.

Auf dem Korridor wurde der Krampf in seiner Wade so schmerzhaft, dass er stehen blieb, um sein Bein zu massieren. Fluchend hüpfte er hin und her und bemühte sich darum, nicht das Gleichgewicht zu verlieren. Hoffentlich würde der Schmerz bald nachlassen, damit er seine Hose anziehen und in sein Zimmer zurückkehren konnte. Er brauchte jetzt dringend einen Drink.

Ein lauter Ausruf hinter ihm ließ ihn zusammenzucken. Er wirbelte herum und entdeckte Carolines Großmutter, die zusammen mit einer anderen älteren Dame auf ihn zukam. Sie zitterte vor Zorn.

»Sie widerlicher, primitiver …«, fing sie an.

Dan stürzte hinkend davon.

14. Kapitel

DAMALS

Nach einem geruhsamen Nachmittag am Strand in Griechenland entschlossen sich die fünf am frühen Abend, ins Dorf zu gehen. Sie wollten dort ein Restaurant suchen, wo sie zu Abend essen konnten.

Matt war ein Weilchen in Chloes Zimmer verschwunden, sodass Zoe den kleinen Raum benutzen konnte, um sich dort umzuziehen. Auch Dan und Tess hatten sich am frühen Abend kurzfristig zurückgezogen.

Der Weg zum Dorf schlängelte sich durch einen Pinienwald direkt am Strand entlang. Dann stieg er an und führte ein Stück ins Landesinnere, um die plötzlich steil abfallende Felsenküste zu umgehen.

Nach einigen hundert Metern traf der Pfad wieder auf den Strand und führte schließlich in das Fischerdorf. Dort gab es mehrere kleine Bars, die auch Speisen anboten; sie wählten ein Lokal mit orangefarbenen Plastikstühlen, das sich direkt am Meer befand. Chloe bestellte sogleich bei einem bewundernden Kellner die teuerste Flasche Wein auf der Speisekarte.

»Warum tut es nicht auch Retsina oder Demestica?«, wollte Dan wissen.

»Weil ich augenblicklich meinen Schmuck nicht reinigen lassen möchte«, entgegnete Chloe, die in ihrem smaragdgrünen Top mit Spaghettiträgern und einer eng sitzenden weißen Jeans wieder einmal atemberaubend aussah.

»Ich hoffe, dass du von uns nicht erwartest, dafür zu zahlen«, knurrte er und warf einen heimlichen Blick auf ihre Brustspitzen, die sich deutlich unter dem dünnen Stoff abzeichneten. Matt drückte dem Kellner, sobald er die Flasche geöffnet hatte, rasch einige zerknitterte Drachmenscheine in die Hand.

»Ich zahle schon. Du trinkst diesen Wein, Chloe, und wir anderen teilen uns etwas anderes. Was sollen wir nehmen, Dan?«

Verärgert bestellte Dan eine Flasche Demestica. Warum konnte Matt dieser verwöhnten Zicke nicht einmal klarmachen, wo es lang ging? Hatte sie jemals schon ihre Getränke selbst bezahlt?

Die Gruppe zog schon bald die Aufmerksamkeit der Männer auf sich. Auch der Besitzer des Lokals kam aus der Küche geeilt, um sie zu bedienen und bei dieser Gelegenheit lüsterne Blicke auf die drei Frauen zu werfen.

Dan fühlte sich einfach super. Er saß da und hatte einen Arm um Zoe und einen um Tess gelegt. Beide sahen hinreißend sexy aus. Er hoffte, es war allen Kerlen im Ort klar, dass die beiden ihm gehörten.

Tess trug ihr langes blondes Haar, das über ihre spitzen Brüste fiel, an diesem Abend offen. Sie hatte ein einfaches weißes T-Shirt und eine ausgewaschene Jeans an, die ihre schlanke Figur noch betonte.

Zoe sah in ihrem safrangelben T-Shirt-Kleid wie immer recht rundlich aus. Ein Ledergürtel betonte aber ihre schlanke Taille. Sie strahlte vor Glück, mit ihren Freunden in Ferien sein zu dürfen, und warf von Zeit zu Zeit immer wieder einen anhimmelnden Blick auf Dan, was Chloe innerlich zum Kochen brachte.

Das Essen war einfach, gut und vor allem billig.

»Das kostet noch weniger als beim Inder in Rusholme«, bemerkte Tess und warf die letzten Reste ihres Kebabs einem streunenden Hund zu.

»Hör doch um Himmels willen auf, den Hund auch noch zu ermutigen, bei uns zu betteln. So werden wir ihn nie mehr los«, beschwerte sich Chloe. »Wahrscheinlich hat er sowieso die Tollwut.« Ohne sich von ihr abbringen zu lassen, streichelte Tess dem Tier über die schmutzigen Ohren.

Nach dem Essen gingen sie zu einer anderen Bar, um dort noch etwas zu trinken. Da nach Sonnenuntergang ein kühler Wind aufkam, setzten sie sich diesmal ins Innere des Lokals. Dort hielten sich bereits ein paar Touristen und einige Dorfbewohner auf. Gegen zehn Uhr abends entschlossen sich die Kellner, ihren Gästen eine griechische Tanzeinlage zu bieten.

»Ich wette, dass sie sich nicht so ins Zeug legten, wenn unsere Mädchen nicht da wären«, flüsterte Dan Matt ins Ohr. »Diese geilen Böcke!«

Kurz darauf zeigte sich bereits, dass er Recht hatte. Die Kellner luden die Anwesenden ein mitzutanzen und stürzten sich auf Tess, Zoe und Chloe, um sie auf die Tanzfläche zu ziehen. Alle waren ausgelassen und fröhlich; nur Dan gefiel die Stimmung ganz und gar nicht.

»Hab ich's nicht gesagt?«, knurrte er. Matt stand auf, um ebenfalls mitzutanzen, aber Dan kam sich zu cool vor, um sich auf so ein folkloristisches Getue einzulassen.

Vor allem ein Kellner behagte ihm überhaupt nicht. Der Mann warf Tess immer wieder auffordernde Blicke zu, die sie auch erwiderte – was Dan noch viel weniger gefiel. Chloe konnte von ihm aus jeden Mann über sechzehn und jeden unter sechzig auf der Insel ausprobieren. Aber bei Tess und Zoe war das etwas völlig anderes.

Als Matt an den Tisch zurückkehrte, um zur Erfrischung einen Schluck zu trinken, meinte Dan: »Es wird allmählich etwas laut, finde ich. Wir sollten jetzt gehen.«

»Gut, in einer Weile«, sagte Matt gelassen und reihte sich wieder unter die Tänzer. Dan brodelte vor Wut. Er wäre am liebsten allein zur Villa zurückgegangen, hatte aber keinen Schlüssel. War es den anderen denn völlig gleichgültig, wie lächerlich ihre Tanzversuche aussahen?

Es hatte ganz den Anschein.

Erst wesentlich später hatten die vier genug. Sie gingen alle langsam in völliger Dunkelheit den Weg zurück zum Haus. Matt hatte zwar eine Taschenlampe mitgebracht, deren Licht aber nur schwach leuchtete.

Nach der Rückkehr in die Villa herrschte für einen Augenblick eine seltsame Unentschlossenheit. Dann nahm Chloe Matt an der Hand und führte ihn nach oben.

»Ich schlafe heute allein«, schlug Zoe sogleich vor.

»Nein, *ich* schlafe allein«, sagte Tess.

»Warum können wir nicht wie gestern Nacht alle zusammen in einem Bett schlafen?«, fragte Dan. Er fand die Vorstellung, eine der beiden zu ficken, während die andere im selben Bett lag, verdammt aufregend. Aber Zoe war das höchst unangenehm. Wenn sie gewusst hätte, dass sie ihre Nächte mit Dan *und* Tess verbringen musste, hätte sie bestimmt nicht so begeistert zugesagt. In Manchester war es viel besser; dort hatte jeder sein eigenes Zimmer und konnte tun und lassen, was er wollte. Ohne sich auf weitere Diskussionen einzulassen, eilte sie nach oben und schloss die Tür der kleinen Kammer hinter sich.

Einige Stunden später wachte sie auf. Sie musste dringend auf die Toilette. Schlaftrunken wankte sie ins Badezimmer und machte dort das Licht an. Zu ihrer Überraschung entdeckte sie Matt, der auf dem Boden lag. Er setzte sich mit einem Ruck auf und sah sie verwirrt an.

»Tut mir Leid«, sagte sie. »Ich wusste nicht, dass du hier bist. Warum eigentlich?«

»Chloe sagt, dass ich schnarche, und hat mich hinausgeworfen«, erklärte er missmutig. »Der Fliesenboden unten ist zu kalt, und so ist mir nur das Badezimmer geblieben.«

»Ach, Matt, du kannst doch nicht hier schlafen«, sagte

Zoe mitfühlend. »Komm mit in mein Bett – wir teilen es.«

Matt stand wortlos auf und ging voran. Sie ging rasch auf die Toilette und kroch dann vorsichtig neben ihn ins Bett.

»Tut mir Leid, wenn ich schnarche«, murmelte er und war schon eingeschlafen.

Als sie mehrere Stunden später wieder zu sich kam, fühlte sich Zoe sehr geil. Das Zimmer lag in völliger Dunkelheit, und etwas Hartes stieß gegen ihre Hüfte. Sie fasste danach und hatte einen erigierten Schwanz in der Hand.

»Dan«, flüsterte sie leise, drückte ihn und rieb leicht mit dem Daumen über die Eichel. Behutsam kletterte sie auf ihn und benutzte sein steifes Glied, um ihre Klitoris zu erregen. Die Spitze seines Schwanzes glitt mühelos auf der winzigen Knospe hin und her und ließ Zoes Möse feucht und weit werden.

So sanft sie konnte – damit sie ihn noch nicht weckte – führte Zoe seinen Penis zum Eingang ihres Liebeskanals und senkte sich dann auf ihn. Er stöhnte, und sie wusste, dass er nun allmählich zu sich kam. Dan liebte es, bereits beim Aufwachen zu bumsen; seine morgendlichen Erektionen waren immer stahlhart.

Seine Hände wanderten zu ihrer Taille, während sein Schwanz gierig in ihre feuchte Möse stieß.

Erst da erinnerte sie sich.

Sie lag gar nicht mit Dan im Bett.

Sondern mit Matt.

Sie erstarrte. Aus der Dunkelheit kam Matts verwirrt klingende Stimme: »Zoe?«

Sein Schaft bewegte sich in ihr und erregte sie so sehr, dass es jetzt kein Zurück mehr gab.

»Matt, ich ...« Sie brach ab, als eine heiße Woge der Lust über sie hereinbrach.

In der alles verhüllenden Dunkelheit trieben sie es miteinander, ohne dass einer ein Wort gesagt hätte. Zoe war noch nicht mit vielen Männern im Bett gewesen und verdankte die meisten erotischen Erfahrungen Dan. Mit Matt war es ganz anders – viel langsamer und zärtlicher. Sie erforschten einander und versuchten herauszufinden, was der andere gern mochte.

Endlich lagen sie umschlungen Seite an Seite.

»Vielleicht sollten wir den anderen nichts davon erzählen«, murmelte Zoe nach einer Weile und wickelte sich eine Locke seines Brusthaars um den Finger.

Sie wusste eigentlich nicht, warum sie das vorschlug. Beide befanden sich in keiner eindeutigen Zweierbeziehung. Da sowohl Dan als auch Chloe mit jedem schliefen, mit dem sie wollten, gab es keinen Grund, wieso Zoe und Matt das nicht auch tun sollten.

Aber irgendwie schien es klüger zu sein, diese Nacht für sich zu behalten.

»Einverstanden«, sagte Matt freundlich.

Sie verbrachten den folgenden Tag alle gemeinsam am Strand. Nach dem Mittagessen führte Dan Zoe nach oben, bat sie, sich mit ausgestreckten Armen und Beinen aufs Bett zu legen, und platzierte ein Kissen unter ihre Hüften. Dann fesselte er ihre Hände und Füße an die Bettpfosten.

»Dan, bitte nicht so«, bat Zoe. Er hatte es ihr schon einmal auf diese Weise besorgt, und es hatte ihr überhaupt nicht gefallen. Sie hatte sich ihm zu sehr ausgeliefert gefühlt.

Aber Dan achtete nicht auf ihre Proteste, sondern fing an, sich ihrem Körper zu widmen. Er erregte sie bis kurz vor dem Orgasmus und hielt dann inne, sodass sie vor Frust laut stöhnte. Das machte er dreimal. Schließlich begann sie zu betteln. »Bitte, lass mich endlich kommen.«

Sie spürte, wie die Welle der Erregung langsam wieder abflaute und sie in Gefahr stand, unzufrieden zurückzubleiben. Dan strich mit der Hand über ihren Bauch, spielte mit ihrem feuchten Schamhaar und reizte ihre harten Brustspitzen mit dem Daumen.

»Gut, aber du musst mir etwas versprechen«, sagte er leise. Mit der Fingerspitze berührte er ihre geschwollene Klitoris, sodass Zoe zu zucken anfing. Sie riss verzweifelt an den Fesseln, während die Lust sie wie ein Pfeil durchschoss.

»Was?«, keuchte sie.

»Dass wir einen flotten Dreier mit Tess veranstalten. Alle im gleichen Bett. Die ganze Nacht.«

»Nein, das kann ich nicht«, ächzte sie mit Tränen in den Augen und schrie dann verzweifelt auf, als er wieder über ihre Klitoris strich. Sie versuchte erneut, sich loszureißen, schaffte es aber bloß, die Fesseln noch enger zu ziehen.

Dan quälte weitere zehn Minuten lang ihre geschwollene Klitoris, ehe sie zustimmte. Zu diesem Zeitpunkt hätte sie sich mit allem einverstanden erklärt.

Sobald sie ihr Versprechen gegeben hatte, beugte Dan den Kopf herab, nahm ihre pulsierende Knospe in den Mund und begann mit der Zungenspitze darüber zu streichen.

Die darauf folgenden Höhepunkte ließen Zoe so schamlos zittern und zucken, dass sie am ganzen Körper in Schweiß ausbrach. Eine Welle der Lust folgte der nächsten und gab ihr das Gefühl, nur noch aus erregten Nervenenden zu bestehen.

Erst jetzt machte er die Fesseln los, drehte sie auf den Bauch und begann wie ein Wilder von hinten in sie zu pumpen – bis sie noch einmal kam. Nach dieser letzten Ekstase hielt er sie in den Armen, küsste sie und murmelte: »Es wird dir bestimmt gefallen.«

Zoe bezweifelte das irgendwie.

Chloe machte einen Spaziergang an der Küste entlang zur nächsten Badebucht. Dort war weit und breit kein Mensch zu sehen. Sie zog sich aus und legte sich nackt auf ihr Handtuch zwischen die Felsen. Die Sonne brannte auf ihren sinnlichen Körper und schenkte ihr ein Gefühl wohliger Trägheit.

Sie döste ein und überließ sich einer ihrer bevorzugten erotischen Fantasien.

Bis auf eine Maske, ein Paar schwarzer Spitzenstrümpfe und hochhackiger Stiefel war sie völlig nackt. Sie lag auf einem runden Bett, das sich sehr langsam drehte und um das eine unendlich lange Schlange von Männern stand, die alle jung und gut gebaut waren und eine riesige Erektion hatten.

Der Erste trat ans Bett. Sein Schwanz erhob sich gewaltig zwischen seinen Beinen, und er begann sie zu ficken. Er stieß in sie, bis er sich völlig verausgabt und verspritzt hatte. Dann stand er wankend auf, und der Zweite nahm seinen Platz ein.

Chloe war völlig in ihre Träumerei versunken. Sie malte sich aus, wie jeder Mann sie in einer anderen Position vögelte. Neben ihr auf dem runden Bett lag eine kleine Peitsche, die sie benutzte, wenn der Kerl, der sie gerade bearbeitete, nachließ oder sie nicht befriedigte.

Im gleißenden Licht der griechischen Sonne wurde sie immer erregter. Ihre Möse war inzwischen so nass, dass ihr der Saft die Schenkel hinunterlief.

Ihre Hand wanderte zwischen ihre Beine, und sie fing an, sich abzutasten. Sie streichelte sich zwischen den klebrig feuchten Falten ihrer Schamlippen und tauchte dann mit den Fingern in ihren nassen Liebeskanal, bis ihre Hand ebenfalls triefte.

Ein Schatten fiel auf sie, sodass sie die Augen öffnete. Sie zuckte überrascht zusammen, als sie einen stark behaarten, breitschultrigen Mann über ihr stehen sah, der sie lüstern angrinste. Chloe stützte sich mit einem Ellbogen auf und legte sich eine Hand an die Stirn, um sich gegen das Sonnenlicht zu schützen.

Was sie sah, gefiel ihr gut.

Noch besser sagte ihr der Mann allerdings zu, als ihr Blick auf seine Lendengegend fiel und sie die riesige Ausbuchtung entdeckte, die sich unter seiner Baumwollhose abzeichnete. Mit einer sinnlichen Bewegung deutete sie ihm an, was sie wollte. Das Grinsen des Mannes wurde noch breiter, während er seine Hose öffnete und ein riesiger roter Phallus vorwitzig heraussprang.

Chloe leckte sich die Lippen, legte sich zurück und winkte ihn gebieterisch zu sich.

Die anderen waren kaum überrascht, als sie später am Nachmittag mit dem Griechen auftauchte.

»Ari will uns alle zum Essen einladen«, erklärte Chloe gelassen. »Er behauptet, sehr reich zu sein. Ich dusche mich jetzt und ziehe mich dann um.« Sie schwebte nach oben und ließ ihre vier Mitbewohner offenen Mundes mit Ari zurück. Nach einer Weile erinnerte sich Matt seiner Manieren und bot dem Mann einen Drink an.

Zwei Stunden später drückten sich alle in den amerikanischen Schlitten des Griechen und machten sich vor Angst fast in die Hose, während er mit höchster Geschwindigkeit die engen, holprigen Straßen entlangsauste. Eine Hand hatte er dabei auf Chloes nacktes gebräuntes Knie gelegt. Weder Matt noch Dan hatten eigentlich Lust gehabt mitzukommen; aber diesmal hatte sich Tess durchgesetzt und darauf bestanden, dass sie die Einladung annahmen.

»Er wird uns das echte Griechenland zeigen können – nicht bloß die Touristenattraktionen«, hatte sie gesagt. Als Zoe verkündet hatte, dass sie auch mitkommen wolle, war Matt und Dan nichts anderes übrig geblieben, als ebenfalls zuzusagen. Andernfalls hätten sie den Abend zu zweit verbracht. Matt war besonders verärgert. Er hatte nämlich gehofft, zumindest während der Ferien Chloe einmal für sich allein haben zu können.

Ari führte sie in ein teuer aussehendes Restaurant, das hoch oben in den Hügeln lag. Sie waren ganz offenbar die einzigen Touristen weit und breit. Die anderen Gäste waren alle Griechen und entweder mittleren Alters oder bereits im Ruhestand.

Chloe schaute sich zufrieden um, wobei sie die bewundernden Blicke der männlichen Besucher wie immer nicht zu beachten schien.

»Das ist doch schon viel besser«, sagte sie triumphierend. Der Oberkellner führte die Gruppe zu einem Tisch, der bereits mit Silberbesteck und Kristallgläsern gedeckt war. Die anderen vier fühlten sich weniger wohl in ihrer Haut, vor allem da ihre Freizeitklamotten nicht gerade zu dem eleganten Lokal passten. Aber Ari war ein großzügiger Gastgeber, der damit zufrieden zu sein schien, schweigend dazusitzen und Chloe zu beobachten. Von Zeit zu Zeit knurrte er die Kellner herrisch an.

Die Speisekarten waren auf Griechisch. Alle starrten verständnislos darauf, bis Ari der Bedienung ein paar Worte sagte und sie ihnen wieder abgenommen wurden. Kurz darauf wurde ein wahres Festbankett vor ihnen ausgebreitet, von dem sich alle bedienen konnten.

»Das ist wirklich großartig«, begeisterte sich Tess, die gerade eine Fischspezialität genoss. »Meinst du nicht auch, Zoe?«

»Ja, köstlich«, stimmte diese zu, konnte sich aber nicht wirklich freuen. Sie musste die ganze Zeit an das Versprechen denken, das sie Dan gegeben hatte.

Würde Tess sich dazu bereit erklären? Und wenn ja – tat sie es aus freiem Willen oder weil Dan auch sie dazu gezwungen hatte?

Sie hatte nichts dagegen, dass er mit Tess schlief. Aber sie wollte nicht dabei zuschauen – ebenso wenig wie sie selbst von Tess dabei beobachtet werden wollte. Sie konnte natürlich vorgeben, sich krank zu fühlen, aber das würde das Ganze nur eine Nacht hinausschieben. Schließlich mochte sie nicht den gesamten Urlaub über die Kranke spielen.

Zoe stürzte nervös ein Glas Wein nach dem anderen hinunter. Wenn sie sich betrank, würde sie vielleicht nicht so viel mitbekommen.

Später am Abend fuhr Ari sie zu ihrer Villa zurück, um dann mit Chloe auf dem Beifahrersitz wieder abzubrausen. Matt sah miesepetrig drein und verkündete, gleich ins Bett gehen zu wollen.

Sobald er das Zimmer verlassen hatte, nahm Dan die Mädchen an der Hand und führte sie in ihr Schlafzimmer.

»Ich schlafe heute Nacht allein«, bot Tess an.

»Heute schläft niemand allein«, erklärte Dan. »Heute Nacht gehen wir zu dritt ins Bett, und alles ist erlaubt.«

Tess warf Zoe einen kurzen Blick zu.

»Wie gefällt dir der Vorschlag?«, fragte sie.

»G … gut«, erwiderte Zoe bekümmert.

»Zoe findet die Idee wirklich scharf«, behauptete Dan, dessen Augen in lüsterner Vorfreude funkelten. »Sie traut sich nur nicht, es zuzugeben.«

Tess ließ sich aufs Bett fallen und lächelte Dan aufreizend an.

»Es ist also alles erlaubt?«, fragte sie und strich sich verführerisch über den Schenkel.

»Wirklich alles«, versicherte er ihr. »Wenn du und Zoe es miteinander treiben wollt, soll mir das recht sein. Ich schaue euch dann zu.«

Langsam knöpfte Tess die Perlmuttknopfreihe an ihrem ärmellosen hyazinthblauen T-Shirt auf. Darunter trug sie keinen BH, und ihre spitzen Brüste sahen im Gegensatz zu ihrem übrigen gebräunten Körper auffallend weiß aus.

»Warum ziehst du dich nicht aus und kommst ins Bett, Zoe?«, schlug sie vor. »Ich hole währenddessen Matt.«

»Er ist nicht eingeladen«, sagte Dan schnell. »Es sollen nur wir drei sein.«

»Du hast behauptet, dass alles erlaubt ist«, erinnerte sie ihn. »Und ich fände es viel vergnüglicher für uns Frauen, wenn wir noch einen weiteren Mann hätten. Du nicht auch, Zoe?«

Ohne Dan anzuschauen, nickte sie schüchtern.

Wenn sie zu viert waren, konnte sie es entweder mit Matt oder Dan treiben und müsste den anderen beiden nicht zuschauen. Das wäre viel besser.

Tess achtete nicht auf Dans lautstarken Protest, sondern verließ entschlossen das Zimmer. Sie hörten sie rufen: »Matt! Komm doch und leiste uns Gesellschaft.«

15. Kapitel

Chloe – auf Händen und Knien – feuerte Bernard hitzig an. Sie trug ein enges Ledermieder, das ihre üppigen Brüste, ihren Hintern und ihren Venushügel entblößt dem erregten Betrachter präsentierte.

Das Mieder besaß vier lederne Strapse. Chloe hatte daran schwarze Netzstrümpfe befestigt, sodass ihre cremeweißen Pobacken von Mieder und Strümpfen schwarz umrahmt waren.

Außerdem trug sie einen einzigen Nappalederhandschuh, der ihr bis über den Ellbogen reichte. Bernard hielt dessen Zwilling in der Hand und gab Chloe damit am ganzen Körper ordentliche Klapse. Der Handschuh war so weich, dass er nur andeutungsweise wehtat. Aber Chloe genoss die Empfindungen, die mit jedem Schlag bei ihr ausgelöst wurden. Sie zuckte lustvoll zusammen und drückte den Rücken durch, sodass sich ihr Po Bernard noch besser präsentierte.

Die Klapse hinterließen zwar nur eine leichte Rötung, doch allmählich wurde ihr Körper von einer leuchtend rosa Farbe überzogen.

Nach einer Weile standen ihm Schweißperlen auf der Stirn. Heiser sagte er: »Gut, jetzt kommt die andere Seite an die Reihe.«

Chloe strich sich das ebenholzschwarze Haar aus dem Gesicht und drehte sich geschmeidig um, sodass ihr Körper einem gespannten Bogen glich. Sie stützte sich mit den Knien und Händen ab, und ihre Brüste zeigten keck nach oben.

Das enge Mieder presste den üppigen Busen so stark heraus, dass er noch größer als sonst wirkte. Bei seinem Anblick lief Bernard das Wasser im Mund zusammen, und er spürte, wie sein Schwanz so heftig zu pochen anfing, dass er fürchtete, jeden Augenblick abzuspritzen.

Unten zeigte sich der seidige Pelz ihres Venushügels, der von zwei Lederstrapsen provokant umrahmt war.

»Fang mit meinen Brüsten an«, befahl Chloe keuchend vor Lust.

Bernard schwang den Handschuh und beobachtete zufrieden, wie er so auf ihre Halbkugel niedersauste, als ob er sie zu greifen schien. Während er immer wieder zuschlug, zogen sich ihre aprikotfarbenen Brustspitzen zusammen und reckten sich ihm auffordernd entgegen. Er zielte auf den kleinen Leberfleck, der sich über ihrer linken Brustwarze befand, und widmete sich dann der gleichen Stelle auf ihrer rechten Brust.

Schließlich wanderte er das Mieder entlang weiter nach unten. Wie sehr genoss er das Geräusch, das durch Leder auf Leder erzeugt wurde! Bei Chloes Venushügel hielt er kurz inne und leckte sich die trockenen Lippen. Dann schlug er sehr sanft mitten auf ihr Geschlecht.

»Härter!«, wies sie ihn an.

Er schlug sie weiter und traf manchmal ihr Schamhaar und manchmal die herrlich weiße Haut ihrer nackten Schenkel, die sich zwischen ihren Netzstrümpfen und dem unteren Rand des Mieders offenbarte.

Mit einer verführerisch langsamen Bewegung öffnete Chloe die Beine. Bernard hielt mit dem Schlagen inne. Er starrte verzückt auf die einer Muschel nicht unähnlichen Falten des geschwollenen roten Fleisches, das von Chloes Säften überzogen war.

Ihre Klitoris, die noch röter als die Schamlippen war, hob sich deutlich ab.

»Schlag mich dort«, lud sie ihn mit heiserer Stimme

ein. Der Handschuh landete mitten auf ihrer Vulva. Schon bald konnte Bernard feststellen, dass jede Berührung des weichen Leders auf ihrer Möse Chloe fast zum Wahnsinn trieb. Sie begann zu ächzen.

Jeder genau ausgeführte Schlag regte ihre Nervenenden so heftig an, dass sie das Gefühl hatte, innerlich zu schmelzen. Ihre Klitoris begann zu pochen, und die Säfte flossen derart reichlich, dass der Handschuh allmählich feucht wurde. Er landete jedes Mal mit einem Klatschen auf ihrem Geschlecht, was Chloe zu noch lauterem Stöhnen veranlasste.

Als sie es schließlich nicht länger aushielt, sank sie auf die Knie und spreizte ihre Beine noch weiter.

»Erlöse mich«, keuchte sie. »Nimm dazu aber den Handschuh.«

Bernard legte das feuchte Leder über ihre Klitoris und begann sie dort zu streicheln. Chloes Lustschreie wurden immer stärker, je härter er rieb. Ihr letzter Schrei war geradezu ohrenbetäubend, und sie schloss die Schenkel um Bernards Hand, als ihr Körper zu einem ausgedehnten Höhepunkt kam.

Nachdem sie schließlich zu zucken aufgehört hatte, schenkte sie Bernard ein sinnliches Lächeln und zog sich den feuchten Handschuh über die Rechte.

Bernard ließ sich erschöpft und dennoch erregt auf einem Sessel nieder. Chloe beugte sich von hinten über ihn, sodass sich ihre herrlichen Brüste in der Nähe seines Mundes befanden, und umschloss seinen Schwanz.

Sie strich mit den Fingern darüber, reizte die Spitze und fuhr dann einmal um ihn herum, ehe sie ihn der Länge nach bis zu den Eiern streichelte.

Bernard nahm eine ihrer geschwollenen Brustspitzen zwischen die Lippen und saugte daran. Als Chloe ihre Bewegungen verstärkte, fingen ihre Brüste an, aufreizend auf und ab zu hüpfen.

Ihre Hand, die noch immer im Lederhandschuh steckte, schloss sich um seinen pulsierenden Schwanz und geilte ihn gekonnt auf. Das Gefühl des warmen Leders, das von Chloes Säften getränkt war, brachte Bernard schon bald zu einer solchen Ejakulation, dass er ihr ganzes Gesicht, ihre Haare und ihre Brüste voll spritzte.

Er lehnte sich geschwächt im Sessel zurück, während Chloe sich vor ihm aufstellte. Der Anblick einer der erotischsten und bekanntesten Schauspielerinnen des Landes, die über und über mit seinem Samen bedeckt war, gehörte vermutlich zu den großartigsten Augenblicken in Bernards ziemlich ereignisreichem Leben.

Chloe betrachtete ihn nachdenklich, während sie die schimmernde Flüssigkeit in ihre Haut einrieb.

»Du bist viel zu früh gekommen«, tadelte sie. »Und dafür musst du bestraft werden. Anscheinend brauchst du noch ein paar Stunden in Selbstbeherrschung. Los, leg dich auf das Bett.«

Keuchend und mit lüsternem Blick tat Bernard, wie ihm geheißen worden war.

Matt saß bequem auf dem Bett, hatte ein paar Kopfkissen hinter seinen Rücken gestopft und schaute sich genüsslich die Tagesschau an. Er wunderte sich zum wiederholten Mal, wie gut es ihm doch ging. Die kalte Ablehnung, die ihm seit geraumer Zeit von seiner Frau entgegengebracht worden war, hatte ihn anscheinend mehr mitgenommen, als ihm das bislang klar gewesen war.

Nachdem er nun wusste, dass ihre Ehe gescheitert war, spürte er, wie eine schwere Last von seinen Schultern genommen wurde. Die Zukunft schien ihm plötzlich unendlich viele Möglichkeiten zu bieten.

Wahrscheinlich würde er das Haus verkaufen, denn für eine Person war es viel zu groß. Er hatte sich sowieso nie wohl darin gefühlt. Jedes Mal, wenn er sich auf eines der pastellfarbenen Seidensofas gesetzt hatte, hatte er befürchtet, die makellose Oberfläche zu beschmutzen. Seine Stiefel hatten Flecken auf den teuren, hellen Teppichböden hinterlassen, und er war ständig gegen zarte, zerbrechlich wirkende Tische gelaufen, um irgendeinen Kunstgegenstand, den seine Frau erworben hatte, hinunterzuwerfen.

Er wollte sich irgendwo ganz zentral ein Apartment nehmen und seine Zeit so verbringen, wie ihm das gefiel. Die nächsten Wochen würde er sich ausschließlich von Fast Food ernähren und endlich wieder Bier direkt aus der Flasche trinken. Er hatte es stets in der Küche in ein Glas gießen müssen, da der Anblick einer Flasche seine Frau die Wände hochjagte.

Er seufzte erleichtert.

Nun musste er seine Klamotten nicht mehr sofort aufhängen, sobald er sie auszog. Er musste keine Oper mehr besuchen und sich nicht durch eine dieser entsetzlich langweiligen Dinnerparties quälen, die seine Frau entweder selbst gegeben oder zu denen sie ihn mitgeschleppt hatte. Stattdessen konnte er sich – wann immer er wollte – vor den Fernseher fläzen und sich entspannen.

Er war wieder ein freier Mann.

Zoe und Ray erholten sich gerade in ihrem Zimmer von einer weiteren Runde vergnüglicher Intimitäten. Die Lehrerin hatte sich geweigert, irgendwohin zu gehen, nachdem sie von der alten Dame so schrecklich in aller Öffentlichkeit beschimpft worden war.

Ray hatte den ganzen Tag damit verbracht, sie auf die Weise zu trösten, wie nur er das vermochte. Zumindest zeitweise hatte Zoe die schreckliche Szene vergessen und befand sich nun in einem Zustand der Befriedigung.

Sie kuschelte sich an ihn und spielte versunken mit seinem Brusthaar.

»Ray«, murmelte sie nach einer Weile.

»Hm?«

»Hast du auch einen normalen Job?«

»Du meinst außer meiner abendlichen Beschäftigung?« Er grinste sie entwaffnend an.

»Ja.«

»Ja, den habe ich.«

»Was tust du?«

»Ich bin selbstständiger Finanzberater.«

Zoe setzte sich vor Überraschung auf und starrte ihn an.

»Soll das heißen, du verkaufst Lebensversicherungen und solche Sachen?«

»Ja, genau.«

Ihr klappte der Mund nach unten. »Machst du dich über mich lustig?«

Ray lachte leise. »Es ist eine ideale Berufskombination. Du glaubst gar nicht, wie viele Frauen mehr wollen als nur eine Versicherung. Außerdem ist es die perfekte Tarnung, um verheiratete Damen zu Hause aufzusuchen.«

Zoe war fasziniert. »Versuchst du, Versicherungen an Frauen zu verkaufen, denen du vorher deine sexuellen Dienste angeboten hast? Oder funktioniert es nur anders herum?«

Ray sah plötzlich ein wenig beleidigt aus. »Das wäre dann doch etwas stark, findest du nicht? Ganz abgesehen davon, dass es die ganze Stimmung verderben würde. Wenn ich mich einer Frau gewidmet habe, möchte ich, dass sie auch danach noch für eine Weile glücklich und befriedigt durchs Leben schwebt. Sie zu fragen, ob sie vielleicht an einer Lebensversicherung interessiert wäre, würde einen ziemlichen Stimmungskiller bedeuten.«

»Fragen dich die Frauen auch manchmal nach ungewöhnlichen Dingen?«

»Ja, des Öfteren.«

»Gibt es irgendetwas, was du nicht tust?«

»Bisher noch nicht. Aber wenn mich eine Frau bitten würde, sie brutal zu schlagen oder ihr Gewalt anzutun, würde ich ablehnen. Ich habe nichts dagegen, ihr ein paar sanfte Klapse zu verpassen und sie vielleicht zu fesseln, aber nichts Heftigeres als das.«

»Was war denn das Seltsamste, was du bisher gemacht hast?«

Ray wanderte mit der Fingerspitze nachdenklich über Zoes linke Brust, dann zu ihrem runden Bauch und bis zu den üppigen Schenkeln hinab.

»Eine Frau wollte, dass ich die Kleider ihres Mannes anziehe, sein Aftershave verwende und einem genauen Skript folge, das sie mir in die Hand drückte, als ich hereinkam.«

»Und was stand in dem Skript?«, bohrte Zoe neugierig nach.

»Sie hatte uns ein Essen gekocht, zu dem wir uns zusammen hinsetzten. Während des Essens musste ich sie bitten, ein Kleidungsstück nach dem anderen auszuziehen und ihren Körper gebührend zu bewundern. Ich sollte sie lüstern ansehen und nach einer Weile sagen, dass ich keinen Bissen mehr herunterbrächte, wenn sie mir so sexy gegenüber säße. Dann musste ich sie auf den Tisch drücken und leidenschaftlich lieben.«

»Das wollte sie von ihrem Mann und hat es nicht bekommen, oder?«

»Genau. Er hat wahrscheinlich eine andere nebenbei gehabt. Die Frau war wirklich sexy – nicht besonders hübsch, aber sie hatte einen schönen Körper und tolle Beine. Sie war ein wahrhaftiger Vulkan, wenn es um die Liebe ging.«

»Das sind doch bestimmt alle Frauen, wenn du dich um sie kümmerst, nicht wahr?«, fragte Zoe neckend.

»Es passiert selten, dass eine kalt bleibt«, gab er fröhlich zu. »Ich biete gern etwas für ihr Geld. Natürlich gibt es auch Frauen, die glücklich verheiratet sind und ein ausgefülltes Liebesleben mit ihrem Mann genießen. Aber hier und da wollen sie etwas, worauf ihr Mann nicht so scharf ist, oder sie schämen sich, ihn direkt zu fragen. Das dürfen sie dann bei mir. Sie wissen, dass sie mich um alles bitten können – ganz gleich wie verrucht es auch sein mag. Ich erfülle jeden Wunsch *und* genieße es auch noch.«

Zoe schmiegte sich noch enger an ihn.

»Gab es ein bestimmtes Mal, das du besonders aufregend fandest?«

»Jedes Mal ist es aufregend – was mich betrifft.«

»Es muss doch ein Erlebnis geben, an das du dich besonders gern erinnerst.«

Ray fuhr mit den Fingern durch ihr feuchtes Schamhaar. »Hm, ja, da gab es schon ein Erlebnis …«

»Und?«, fragte sie ermunternd.

»Eine Frau, der ich bereits bei zwei anderen Gelegenheiten zu Diensten gewesen war, bat mich, gemeinsam mit ihrer Freundin ins Bett zu steigen. Sie hieß Ann und arbeitete für eine Computerfirma. Sie war oft auf Geschäftsreise in Manchester, wo ich sie immer in der Bar ihres Hotels traf.

Diesmal war sie mit einer anderen Frau unterwegs, und die beiden hatten wohl Lust, etwas Außergewöhnliches zu erleben. Wir aßen gemeinsam zu Abend, während mich ihre Freundin Sadie unter die Lupe nahm. Sie wollte wissen, ob die Chemie zwischen uns stimmte. Du kannst mir glauben, dass ich es stark hoffte. Ann war bereits ziemlich scharf, aber Sadie strahlte einen Sexappeal aus, der einem Mann sagte, dass sie für alles Schmutzige bereit war. So etwas verdreht jedem den Kopf, und ich hatte bereits einen Steifen in der Hose, ehe irgendetwas passierte.

Sie hatte dunkle, seidig schimmernde Haare und mandelförmige Augen. Wie sie mich so von der Seite begutachtete, gab mir das Gefühl, dass sie sich überlegte, wie groß wohl mein Schwanz war. Selbst in dem strengen Geschäftskostüm, das sie trug, konnte man ihre atemberaubende Figur gut erkennen. Gegen Ende des Abendessens blickten sie und Ann sich an und dann nickte Sadie. Da wusste ich, dass ich mit von der Partie war.«

»Hast du von ihnen den doppelten Preis verlangt?«, wollte Zoe neugierig wissen.

»Nein. Sobald mich Ann fragte, ob ich sie beide nehmen würde, schien nur noch mein Schwanz zu bestimmen, was ich tat. Unter solchen Umständen ist es schwer, ein hart gesottener Geschäftsmann zu bleiben. Manchmal kann ich einfach nicht glauben, wie viel Glück ich habe. Wir gingen in Anns Zimmer hoch, und die beiden Frauen verschwanden im Badezimmer, um sich umzuziehen. Als sie wieder erschienen, hätte ich mich beinahe auf der Stelle ergossen. Statt der kühlen Geschäftsfrauen, mit denen ich zu Abend gegessen hatte, standen nun zwei Nutten vor mir.

Ann, die rote Haare und endlos lange, schlanke Beine hatte, trug einen schwarzen Ledermini mit dazu passendem BH, in den Löcher geschnitten waren, um die Brustspitzen zu zeigen. Ansonsten trug sie hochhackige Schuhe und schwarze Seidenstrümpfe, die von Strapsen gehalten wurden. Sie sah einfach fantastisch aus.

Sadie steckte in einem roten Spitzenbody, der so eng war, dass er aus allen Nähten zu platzen schien. Sie hatte dazu passende Strapse und weiße Seidenstrümpfe an. Ich konnte ihre herrlich üppigen Brüste und den dunklen Fleck ihres Venushügels durch den durchbrochenen Stoff gut erkennen. Es war ein ziemlich aufregender Anblick – das kann ich dir sagen.«

»Das sehe ich«, bemerkte Zoe lächelnd, als sich sein

Schwanz regte und wieder steifer wurde. »Und das nach der ganzen heutigen Anstrengung …«

»Ann legte ihre Arme um Sadie und küsste sie auf den Mund. Ich wollte zu ihnen treten, aber Ann bat mich auf einem Stuhl neben dem Bett Platz zu nehmen«, fuhr Ray fort. »Ich setzte mich und schaute den beiden zu. Sie sahen beide herrlich aus. Als sie sich auf das Bett gelegt hatten, nahm Sadie Anns korallenfarbene Brustspitze in den Mund und begann daran zu lecken. Ich konnte die andere Brustwarze durch das Loch gut erkennen, und während Sadie an dem Zwilling saugte, wurde sie noch härter. Es fiel mir sehr schwer, ruhig sitzen zu bleiben.

Anne schob nun Sadies Spitzenbody über ihren Hintern hoch. Was für ein Anblick! Sie hatte einen großen, prallen Po, der in einer winzigen Taille mündete. Ich liebe es, meine Hände auf ein wirklich reifes Paar Hinterbacken zu legen. Deine sind übrigens fantastisch«, fügte er hinzu und glitt mit der Hand hinter Zoe, um die feste Halbkugel ihrer linken Pobacke zu drücken.

»Sie fing an, Sadies Hintern zu streicheln, und kratzte mit ihren langen Nägeln aufreizend darüber. Sadie leckte und saugte währenddessen weiterhin an der Brust ihrer Freundin. Zuerst befand sich Sadie oben, doch dann wechselten sie die Plätze. Ann trug unter dem Lederrock kein Höschen und fing nun an, ihren Venushügel an Sadie zu reiben, während diese mit der Hand nach oben zu Anns Brust wanderte, um sie zu liebkosen.

Sie achteten überhaupt nicht auf mich und schienen sich ausgesprochen zu vergnügen. Beide keuchten und stöhnten, während Ann sich immer härter an Sadies Venushügel rieb. Plötzlich drückte sie den Rücken durch, zuckte und kam zum ersten Mal.

Wie du dir vorstellen kannst, hätte ich mich am liebsten mitten ins Geschehen gestürzt. Aber die Tatsache, dass ich ihnen zusah und dabei immer schärfer wurde, geilte sie noch mehr auf. Nachdem Ann ihren Höhepunkt gehabt hatte, schob sie Sadies Beine auseinander und kniete sich dazwischen. Ihr kurzer Lederrock rutschte ihr fast bis zur Taille hoch, sodass ich ihren kleinen Hintern deutlich sehen konnte. Sie streckte ihn mir entgegen, während sie sich der Möse ihrer Freundin widmete.

Ich hatte noch nie zuvor gesehen, wie es eine Frau einer anderen besorgt. Es brachte mich vor Lust fast zum Wahnsinn. Sie leckte wie ein Kätzchen, das seine Milch trinkt, und machte dabei leise Schleckgeräusche. Einladend öffnete sie die Beine, sodass ich die Falten ihres Liebeskanals sehen konnte, der triefend nass war. Ich vermochte kaum zu atmen. Mein Hals schien sich zu verengen, und ich hatte beinahe den Eindruck, jeden Augenblick in Ohnmacht fallen zu müssen.

Plötzlich drehte sich Ann zu mir um. Ihr Gesicht war von Sadies Säften ganz nass, als sie zu mir sagte: ›Jetzt komm.‹ Ich riss mir die Hose und die Shorts vom Leib und stellte mich hinter sie aufs Bett. Gewöhnlich bin ich stolz darauf, mich lange beherrschen zu können; aber diesmal vermochte ich nicht mehr an mich zu halten.

Ich packte Ann an den Hüften, stieß meinen Schwanz sofort in ihre heiße, gierige Möse und fickte sie so heftig, als ob ich seit Monaten keine Frau mehr gehabt hätte. Ich roch das Leder ihres Rocks, ihr Parfüm und den Duft der zwei sexuell erregten Frauen und konnte es kaum aushalten. Gerade noch schaffte ich es, meine Hände auf die zwei geschwollenen Brustspitzen zu drücken, die sich durch die Löcher in ihrem BH pressten, und hielt sie dann so fest, als ob ich sie nie mehr loslassen wollte.

Zu meiner Schande muss ich gestehen, dass ich nicht lange durchgehalten habe. Ich kam innerhalb weniger Minuten, und während ich in sie spritzte, dachte ich mir, dass ich ihnen lieber ihr Geld zurückgeben sollte. Dann zog ich mich aus Ann zurück, und Sadie rollte sich auf die

Seite. Sie streckte mir ihren großen Hintern entgegen, und ich war schon bald wieder bereit. Ich nahm sie von hinten, während Ann ihr gegenüber lag und mit ihren Brüsten spielte.

Nach einer Weile verlor ich jeden Sinn für Zeit. Eine halbe Ewigkeit wechselten wir immer wieder die Stellungen, und ich erinnere mich heute nur noch daran, dass ich beide auf jede Art und Weise gehabt habe, die es nur gibt. Das Ganze dauerte bis zum nächsten Morgen. Manchmal gönnte ich mir eine Pause, und die beiden machten ohne mich weiter. Ich konnte kaum glauben, wie schnell mein Schwanz immer wieder steif wurde.«

Rays Hand, mit der er sanft über Zoes Venushügel gestrichen hatte, glitt nun zwischen ihre äußeren Schamlippen und fand sogleich die geschwollene Knospe ihrer Klitoris. Sie keuchte leise, und zum unzähligsten Male stiegen neue Säfte in ihr auf.

»O Ray«, hauchte sie. »Das ist das Aufregendste, was ich jemals gehört haben. Nimm mich wieder.«

16. Kapitel

Sobald Ray am frühen Abend auf sein Zimmer gegangen war, ließ sich Zoe ein Bad ein und goss das Duftöl des Hotels ins Wasser. Ehe sie in die Wanne stieg, untersuchte sie ihre geschwollene Möse mit dem Handspiegel, als es plötzlich aufdringlich laut an der Tür klopfte. Es war Chloe.

»Kommst du heute Abend ins Restaurant?«, fragte sie, ohne mit so etwas Unnötigem wie einer Begrüßung Zeit zu verlieren. Sie rauschte an Zoe vorbei und ließ sich schwungvoll in den einzigen Sessel fallen.

Diesmal trug sie ein eng anliegendes schwarzes Kleid mit tiefem Ausschnitt. Um ihre schmale Taille war ein breiter Ledergürtel gelegt. Ihr milchweißes Dekolleté zog das Auge eines jeden Betrachters so stark in Bann, dass Zoe sich Mühe geben musste, nicht darauf zu starren.

»Ich … ich glaube nicht. Ich wollte gerade ein Bad nehmen«, stotterte sie.

Ray hatte nichts darüber gesagt, ob sie ihn heute noch einmal sehen würde. Als er gegangen war, hatte sich Zoe an die Angst einflößende alte Frau erinnert und sich entschlossen, auf ihrem Zimmer zu essen. Sie wollte lieber allein sein, als noch einmal vor aller Augen in eine derart peinliche Lage versetzt zu werden.

»Ich dachte mir, dass du vielleicht nichts mehr zum Anziehen hast«, fuhr Chloe unbeirrt fort, als ob ihre frühere Mitbewohnerin gar nicht geantwortet hätte. »Deshalb habe ich Tess gebeten, dir etwas zu leihen. Sie erwartet dich in einer halben Stunde oder so. Dann kannst du ihre Garderobe durchsehen.«

Es stimmte, dass Zoe nur das Sweatshirt und die Jeans, mit denen sie gekommen war, sowie das korallenrote Kostüm, die schwarze Seidenbluse und einen cremefarbenen Pulli dabei hatte.

Chloes Aufmerksamkeit überraschte sie. Doch die Schauspielerin hatte natürlich gute Gründe, Ray weiterhin für Zoe zu begeistern.

»Ich komme auch mit«, sagte sie, da sie unbedingt sicherstellen wollte, dass Zoe etwas auffallend Erotisches auswählte.

Zoe blickte sie missmutig an, doch Chloe schien derart entschlossen zu sein, dass sie es nicht wagte, ihr zu widersprechen. Sie konnte sich später immer noch eine Ausrede einfallen lassen, warum sie nicht hinuntergehen wollte.

»Dann nehme ich jetzt mein Bad«, sagte sie verschüchtert. Sobald sie verschwunden war, hob Chloe den Telefonhörer ab. Es war an der Zeit, den Regisseur anzurufen. Vielleicht hatte er sie bereits in ihrer Londoner Wohnung zu erreichen versucht, und obgleich sie eine Weile Abstand von ihm halten wollte, sollte er doch nicht annehmen, dass sie seine Anrufe einfach ignorierte. Schließlich war er ein wichtiger Mittelsmann für gut bezahlte Arbeit.

Er war zu Hause.

»Hallo, Schätzchen«, begrüßte sie ihn.

»Chloe! Toll – wann bist du zurückgekehrt?«

»Ich bin noch nicht zurück«, erwiderte sie mit rauer Stimme. »Ich bin in Yorkshire eingeschneit.«

»Wie beschissen! Können sie dich nicht ausbuddeln?«

»Nein, scheint nicht zu gehen, Schätzchen. Wahrscheinlich machen sie sich erst wegen der Schneepflüge Gedanken, wenn die Hälfte der Bevölkerung zwei Wochen lang abgeschnitten ist. Egal – was gibt's Neues?«

»Ich habe das Angebot bekommen, *Anna Karenina* zu drehen. Es ist eine ziemliche Weile hin und her gegangen, aber jetzt steht es mehr oder weniger fest. Ich will den

Film unbedingt machen, aber das heißt auch, dass ich drei andere Projekte, zu denen ich mich bereits halb verpflichtet habe, irgendwie wieder los werden muss. Das Shooting wird in Vermont oder so stattfinden. Ich werde also ziemlich lang nicht im Lande sein.«

Chloes Herz klopfte schneller. Die Rolle der Anna Karenina hatte ihr schon immer vorgeschwebt – unter anderem auch, weil sie fantastisch in den Kleidern und Pelzmänteln dieser Ära aussehen würde. Welch ein glücklicher Zufall! Jetzt musste sie aber vorsichtig sein und durfte sich nicht verraten.

»Klingt nicht schlecht«, sagte sie kühl. »Wer soll den Wronskij spielen?« Der Regisseur nannte zwei Stars der amerikanischen Filmszene. Chloe fiel es schwer, ein höhnisches Lachen zu unterdrücken. Wenn amerikanisches Geld hinter dem Projekt steckte, dann musste ein weltbekannter Schauspieler die männliche Hauptrolle übernehmen – ganz gleich, ob er dafür geeignet war. Ihr wären auf Anhieb drei englische Schauspieler eingefallen, denen die Rolle wie auf den Leib geschrieben war – aber sie waren in Amerika keine Garanten für volle Kinokassen.

Die weibliche Hauptdarstellerin war etwas anderes. Englische Schauspielerinnen waren in Hollywood beliebt, solange sie schön und glamourös genug waren. Es würde dennoch schwierig sein, die Rolle zu bekommen; aber mit dem Regisseur ins Bett zu gehen würde bestimmt nicht schaden. Und wenn sie ihn dazu bringen könnte, ihr den Produzenten und die Finanzleute vorzustellen, hätte sie bereits so gut wie gewonnen. Chloe glaubte felsenfest an ihren überzeugenden Charme.

»Und wer soll die Anna spielen?« Ihre Stimme klang beinahe desinteressiert.

»Man hat mehrere Namen genannt, aber das Casting fängt erst im Frühling an.«

Es blieb ihr also genug Zeit, ihn zu bearbeiten. Chloe

wusste, dass es falsch gewesen wäre, sich sofort selbst für die Rolle vorzuschlagen. *Er* musste es ihr nahelegen. Für den Moment wollte sie sich nur Mühe geben, am Ball zu bleiben.

Sie senkte die Stimme zu einem heiseren Schnurren. »Ich wünschte, du wärst mit mir nach Yorkshire gekommen. Wir hätten bestimmt viele Ideen gehabt, wie wir uns die Zeit vertreiben können. Ich wünschte, du wärst jetzt hier, und ich hätte deinen Schwanz in meinem Mund.«

»Das wünschte ich auch«, erwiderte er sofort.

»Ich würde ihn ganz langsam hineingleiten lassen … Mit der Zunge über die Spitze fahren … sie dann um deinen riesigen, pulsierenden Schaft winden … um ihn schließlich … nach und nach … ganz in meinem Mund verschwinden zu lassen … Bis zur Wurzel … würde ich ihn … mit meinem heißen, feuchten Mund … lecken und schlecken.«

Vom anderen Ende der Leitung war nur noch ein keuchendes Atmen zu vernehmen. Sie hatte offenbar seine ungeteilte Aufmerksamkeit.

»Ich würde ihn rein und raus gleiten lassen … Rein und raus … Rein und raus … immer schneller … bis du fast so weit bist … Du willst kommen … Aber ich höre plötzlich auf … knie mich auf alle viere … öffne meine Beine …«

Chloe hörte ein Klicken und drehte sich um.

Dan war gerade ins Zimmer getreten.

Er grinste sie ironisch an und warf sich dann aufs Bett. Anscheinend hatte er keineswegs vor, sich dezent zurückzuziehen.

Ohne eine Pause zu machen, fuhr Chloe ungerührt fort: »Du kniest dich hinter mich … packst mich an den Hüften … und stößt dann deinen gewaltigen … stahlharten Schwanz tief in mich … Du füllst mich völlig aus … und lässt mich kommen … immer und immer wieder …

drückst meine Titten … spürst, wie mein Saft tropft … nur für dich …«

Vom Bett her war ein abfälliges Schnauben zu hören. Dennoch merkte Dan, wie ein Steifer in seiner Hose wuchs. Er malte sich aus, wie er Chloe packte, sie über den Stuhl legte und es ihr so toll besorgte, dass sie es ihr Leben lang nicht vergessen würde.

Wahrscheinlich hätte sie sogar mitgemacht. Er hätte sogar darauf wetten können, dass sie währenddessen fortfahren würde, am Telefon schmutziges Zeug zu reden, wobei ihre echten Lustseufzer das Ganze nur noch realistischer erscheinen ließen.

Chloe fuhr auf dieselbe Weise noch fünf Minuten lang fort und legte dann mit hochmütiger Miene den Hörer auf.

»Betrittst du immer das Zimmer eines anderen, ohne vorher anzuklopfen?«, wollte sie wissen. Sie schien überhaupt nicht peinlich berührt zu sein.

»Wer ist der Glückliche?«, entgegnete Dan. »Oder sollte ich besser *die Glücklichen* sagen? Verdienst du dir ein paar Kröten mit Telefonsex, wenn es mit der Schauspielerei gerade nicht so recht klappt?«

In diesem Augenblick trat Zoe aus dem Badezimmer. Sie sah mit ihren feuchten Locken, die sich um ihr Gesicht legten, und den vom Bad geröteten Wangen entzückend aus.

»Chloe hat gerade dein Telefon benutzt, um einen obszönen Anruf zu machen«, informierte sie Dan. »Wahrscheinlich hat sie einen Mann in Australien angerufen. Warum hast du eigentlich nicht dein eigenes Telefon benutzt? Wahrscheinlich ist das eine überflüssige Frage … Bei Zoe ist es auf jeden Fall umsonst.«

»Das ist schon in Ordnung«, murmelte Zoe, die es überraschte, plötzlich auch noch Dan in ihrem Zimmer vorzufinden.

»Zieh dich gar nicht erst an. Du wirst vermutlich einige Klamotten bei Tess anprobieren«, sagte Chloe und erhob sich. »Komm, gehen wir.«

»Wohin?«, erkundigte sich Dan neugierig.

»Tess will mir etwas zum Anziehen leihen«, erklärte Zoe, nachdem klar war, dass sich die Schauspielerin nicht dazu herabließ, ihm zu antworten.

Er folgte ihnen den Gang entlang zu Tess' und Richards Zimmer. Richard begrüßte sie alle fröhlich und öffnete sofort die Minibar. Tess freute sich, die beiden Frauen zu sehen, war aber ziemlich verstimmt, Dan in ihrem Zimmer zu haben.

Er hatte zwei Stunden und doppelt so viele Drinks gebraucht, um sich von seinem Aufenthalt unter Tess' Bett zu erholen. In halbnacktem Zustand dem alten Schlachtross über den Weg zu laufen und von ihr attackiert zu werden, hatte ihm nicht gerade zur Besserung seiner Laune verholfen.

Dan war zwar davongelaufen, anstatt sich ihre Schimpftirade anzuhören, aber das war nicht weniger unangenehm gewesen. Noch unerfreulicher wurde es allerdings, als der Manager ihn kurz darauf in seinem Zimmer anrief und ihn diskret informierte, dass sich die alte Dame bei ihm über den Schriftsteller beschwert habe.

Schade, dass sie vor Schreck nicht gleich einen Schlaganfall gehabt hatte und nun ans Bett gefesselt war! Vielleicht hätte er einfach seine Shorts fallen lassen und ihr einen wirklichen Schock verpassen sollen. Er hoffte bloß, dass er ihr und der jungen Caroline von nun an erfolgreich aus dem Weg gehen konnte.

»Ich wollte euch eigentlich einladen«, teilte er seinen Freunden mit, als Richard etwas zu trinken reichte. »Habt ihr Lust, heute Abend meine Gäste zu sein? Ich habe einen privaten Speisesaal reservieren lassen und dachte mir, wir könnten eine kleine Party veranstalten. Es sieht ganz so aus, als ob das unser letzter Abend hier wird, denn der Manager hat mir versichert, dass die Straßen morgen geräumt werden.«

»Eine tolle Idee!«, sagte Richard begeistert. »Ist das nicht schön, Liebling?«, fragte er Tess, die damit beschäftigt war, Zoe ein paar Kleidungsstücke herauszusuchen.

»Sehr schön«, erwiderte sie mit säuerlicher Miene und überlegte sich, wie sie einem weiteren Abend mit Dan entkommen konnte. Sie nahm sich vor, Richard für die Zukunft einzubläuen, niemals Einladungen zu akzeptieren, ohne es vorher mit ihr abzusprechen.

Dan trat zu Zoe. »Wir hatten noch kaum Gelegenheit, miteinander zu reden, seitdem wir hier sind«, meinte er. »Bitte sag auch zu.«

Die Möglichkeit, den Abend in einem privaten Speisesaal zu verbringen, wo sie nicht Gefahr lief, die alte Dame zu treffen, ließ Zoe vergessen, dass sie Dan eigentlich hatte aus dem Weg gehen wollen. Schließlich war die Alternative, den Abend wieder allein in ihrem Zimmer zu verbringen.

»Danke, ich komme gern«, murmelte sie.

»Und was ist mit dir, Chloe?« Die Einladung an die Schauspielerin wurde in einem wesentlich kühleren Tonfall vorgebracht. Aber Dan hatte noch immer nicht die Hoffnung aufgegeben, sie doch irgendwann zu vögeln; deshalb erschien es ihm am besten, sie auch mit einzubeziehen.

Chloe ließ sich kurz die Vor- und Nachteile durch den Kopf gehen. Ein kostenloses Abendessen war nie zu verachten, vor allem nicht bei den Preisen, die hier verlangt wurden. Aber das war nicht das Ausschlaggebende – es gab immer jemanden, der sie zum Essen einlud. Sie wollte vor allem verhindern, dass die so leicht zu beeinflussende Zoe wieder in Dans Klauen geriet.

»Kann ich zwei Freunde mitbringen?«, fragte sie leichthin.

»Nein, das kannst du verdammt noch mal nicht«, fuhr Dan sie an. Er wusste genau, an wen sie gedacht hatte.

Chloe zuckte mit den Achseln und nahm ein Glas Champagner entgegen, das Richard ihr reichte. Sobald sie gegessen hatten, konnte sie ja gehen und Zoe mitnehmen. Wenn es sich einrichten ließ, wollte sie alles dafür tun, dass Dan mit einer astronomischen Rechnung und einem leeren Bett den Abend beschloss.

Das Essen wurde in einem luxuriös ausgestatteten Privatraum eingenommen, der zu einer der Lounges führte. Er war mit antiken Möbeln ausgestattet, zu denen auch ein großer Eichentisch in der Mitte und mehrere Sessel und Sofas an den Wänden gehörten.

Wein floss reichlich, und es lag eine Stimmung in der Luft, als ob der letzte Tag des Semesters angebrochen wäre. Alle waren sich bewusst, dass ihr unfreiwilliger Aufenthalt bald zu einem Ende kam.

Richard saß neben Chloe und verbrachte den größten Teil des Essens damit, ihr in den Ausschnitt zu starren. Wie gewöhnlich genoss die Schauspielerin die männliche Bewunderung und flirtete schamlos mit ihm. Tess achtete nicht darauf und konzentrierte sich das ganze Essen über auf Matt. Dan versuchte währenddessen, sich wieder mit Zoe zu vertragen, aber aus irgendeinem Grund war er nicht so erfolgreich, wie er das angenommen hatte.

Zoe hatte sich von Tess ein fuchsienfarbenes Seidenkleid ausgeliehen. Es war tief ausgeschnitten, ärmellos und – da Tess kleinere Brüste hatte – um den Busen herum so eng, dass Zoe befürchtete, es zum Platzen zu bringen. Ihre Brustspitzen zeichneten sich deutlich unter dem dünnen Kleid ab, und es gefiel ihr ganz und gar nicht, wie Dan unablässig darauf starrte.

Zu ihrer eigenen Überraschung verglich sie ihn mit Ray – und irgendwie verlor Dan durch den Vergleich gewaltig. Ray war zehn Jahre jünger, hatte volles Haar und einen schlanken, durchtrainierten Körper. Dan war zweifelsohne noch immer attraktiv, aber sein Haar wurde dünner und um die Taille herum hatte er sichtbar zugenommen. Ray schien außerdem stets an allem interessiert zu sein, was sie sagte, während Dan die meiste Zeit über selbst redete und ihr kaum die Gelegenheit bot, etwas einzuwerfen.

Ray hatte den Scheck, den sie ihm gegeben hatte, inzwischen zerrissen. Es sei ihm nicht mehr möglich, Geld von ihr zu verlangen, nachdem er sie nun besser kennen gelernt habe, hatte er ihr erklärt. Wenigstens musste sich Zoe jetzt nicht mehr vor Harold rechtfertigen, was sie mit den hundert Pfund gemacht hatte. Als sie gerade mit Ray im Bett gewesen war, hatte ihr Mann angerufen und war geradezu hysterisch geworden, als sie ihm erklärt hatte, dass sie auch heute noch nicht zurückkommen würde.

Es war ihr sehr peinlich gewesen, mit Harold zu telefonieren, während Ray ihre linke Schenkelinnenseite geleckt hatte. Als er schließlich ihre Vulva erreicht hatte, hatte sie das Interesse verloren, das Telefonat mit ihrem Mann fortzusetzen, und nach einem knappen Abschied aufgelegt. Dann hatte Ray seine Zunge tief in ihre …

»Zoe!«

Sie kehrte mit einem Schlag in die Gegenwart zurück. Dan hatte schon eine ganze Weile versucht, sie zum Zuhören zu veranlassen.

»Entschuldige … Was hast du gesagt?«, murmelte sie geistesabwesend.

»Hast du überhaupt ein Wort von dem mitbekommen, was ich erzählt habe?«, wollte er verärgert wissen. Zoe wurde rot. »Ich habe die ganzen Tage über versucht, ein paar Stunden mit dir zu verbringen«, fuhr er aufgebracht fort. »Aber du bist mir ständig aus dem Weg gegangen. Was, zum Teufel, ist eigentlich los?«

Zoe blickte auf ihren Teller und antwortete nicht.

»Wer ist der Kerl, mit dem du dich die ganze Zeit herumtreibst? Vermutlich jemand, den du hier aufgegabelt hast. Ich dachte, du würdest dich freuen, mich nach all den Jahren endlich wieder zu sehen; aber anscheinend habe ich mich geirrt.«

»Ich *hatte* mich gefreut, dich wieder zu sehen«, erwiderte sie leise.

»Und?«

»Du warst mit Tess beschäftigt.«

Dan schnalzte selbstzufrieden mit der Zunge. Zoe war also eifersüchtig – das war alles. Er nahm ihre Hand und sagte mit verschwörerischer Stimme: »Liebling, du weißt doch, dass ich immer genug für euch beide hatte. Daran hat sich nichts geändert.«

Zoe blieb die Antwort erspart, denn in diesem Moment mischte sich Chloe ein. Sie hatte dem Gespräch gelauscht und konnte sich nun nicht mehr zurückhalten. »Du bist nicht mehr interessant für Zoe, Dan. Warum kannst du das nicht einfach akzeptieren und hörst auf, sie zu belästigen?«

»Ich habe mich mit Zoe unterhalten und nicht mit dir«, entgegnete er wütend.

»Und ich sage dir, dass du deine Zeit verschwendest. Zoe hat einen Mann gefunden, der es wirklich versteht, den Körper einer Frau wie ein Instrument zu spielen.«

»Das hat sie dir anvertraut?«, fragte er höhnisch. »Tut mir Leid, Chloe, aber das glaube ich nicht.«

»Sie musste es mir gar nicht anvertrauen. Ich habe zugeschaut.«

Chloe nahm eine Stange Sellerie vom Käseteller und biss demonstrativ laut hinein, während sie Dan herausfordernd ansah.

»Wo warst du? Im Schrank?«

»Wir waren alle auf dem Bett.«

Ein Schweigen, das zum Schneiden dick war, legte sich plötzlich auf die Runde.

Richard fiel die Kinnlade herunter, während Tess belustigt und Matt ausdruckslos dreinblickte.

»Soll das heißen, ihr ... ihr habt eine *Orgie* gefeiert?«, platzte Richard heraus, dessen Puls sofort schneller zu schlagen begann.

»Eine Orgie – was für ein altmodischer Ausdruck«, meinte Chloe gelassen. »Ich glaube kaum, dass vier Leute bereits eine Orgie ausmachen – es sei denn, du hast bisher ein sehr behütetes Leben geführt.«

»Das habe ich«, krächzte Richard. »Hättet ihr uns denn nicht dazu einladen können?«

»Wenn ich gewusst hätte, dass ihr kommen wolltet, hätte ich euch natürlich eingeladen«, entgegnete Chloe liebenswürdig und setzte sich so hin, dass ihr Dekolleté noch besser zur Wirkung kam.

Richard sah wie ein Mann aus, den plötzlich ein Fieberanfall schüttelte.

»Vielleicht ... Vielleicht könnten wir heute Abend eine Orgie veranstalten«, stotterte er hoffnungsvoll.

»Von mir aus«, erwiderte Chloe heiser und zog sich dann aufreizend langsam das Kleid von den Schultern bis zu ihrer Taille herunter. Ihre vollen, nackten Brüste präsentierten sich stolz den verblüfften Zuschauern.

Jeder starrte fasziniert darauf. Im Raum herrschte auf einmal eine knisternd erotische Atmosphäre.

»Jetzt geht's aber los«, sagte Dan. Der Abend entwickelte sich völlig unerwartet zu etwas sehr Vielversprechendem. Bei einer Orgie würde es ihm bestimmt gelingen, Zoe *und* Chloe zu vögeln.

Er stand auf und verließ den Raum. Draußen hörte man ihn mit jemandem sprechen; dann kehrte er kurz darauf mit dem Schlüssel zum Speisesaal zurück. Mit einem bedeutungsvollen Blick sperrte er ab.

»Wir wollen schließlich nicht, dass uns jemand überrascht«, verkündete er. »Vor allem nicht die alte Schachtel, die dich heute Morgen belästigt hat, Zoe. Sie sitzt nämlich hier draußen in der Lounge.«

Das stimmte zwar nicht, aber Dan vermutete, dass Zoe fliehen wollte und es nun nicht mehr wagen würde, an der Frau vorbei in ihr Zimmer zu eilen.

»Ich habe dem Kellner etwas Geld zugesteckt, damit er uns eine Weile in Ruhe lässt«, fügte er noch hinzu.

Chloe hob eine Hand und teilte den anderen hoheitsvoll mit: »Ich finde, wir sollten erst einmal ein paar Grundregeln festlegen. Jeder, der gehen will, sollte das gleich tun. Danach gibt es kein Zurück mehr.«

Niemand rührte sich.

Zoe drängte es, die Runde zu verlassen, aber die Vorstellung, ein weiteres Mal an der schrecklichen alten Dame vorbei zu müssen, entsetzte sie so sehr, dass sie lieber Sex mit jedem hier im Raum hätte, als sich dieser Tortur auszusetzen.

Chloe nahm einen Füllfederhalter aus ihrer Tasche und riss ein Blatt Papier aus ihrem kleinen Notizbuch. Sie teilte es in sechs Fetzchen, auf die sie die Namen der Anwesenden schrieb.

»Wir losen aus, wer in die erste Runde kommt«, sagte sie. Dan wollte protestieren, denn es gefiel ihm gar nicht, dass Chloe schon wieder alles an sich riss. Aber er hielt sich zurück. Schließlich war es völlig egal, in welcher Reihenfolge er die Frauen vögeln würde.

Chloe ließ die Papierstückchen in eine chinesische Vase fallen und zog dann drei heraus, die sie den anderen reichte.

»Es sieht ganz so aus, als ob Richard, Matt und ich zuerst dran sind«, verkündete sie und warf einen hinterhältigen Blick auf Dan. »Die anderen drei können zuschauen, und wenn wir fertig sind, lose ich wieder aus.«

Sie stand auf, löste mit einer unglaublich erotischen Bewegung ihren Gürtel und ließ das Kleid auf den Boden gleiten. Nun stand sie nur noch in ihren schwarzen Seidenstrümpfen, hochhackigen Pumps, schwarzen Satinstrapsen und einem dazu passenden Slip da. Sie sah fantastisch aus. Ihr schwarzes Haar fiel ihr über die milchweißen Schultern, und ihre unglaublich langen Beine schimmerten verführerisch in den durchsichtigen Strümpfen.

Sie setzte sich auf den Esstisch und lehnte den Oberkörper zurück. Dann zog sie die Knie an und stützte sich mit den Füßen am Rand ab.

Gebieterisch winkte sie Matt heran und befahl ihm, sich hinter ihren Kopf zu stellen. Dann öffnete sie seinen Hosenschlitz und holte seinen Schwanz heraus, der bereits vor Erregung rot und geschwollen war. Man sah sofort, dass sich Matt kaum mehr zurückzuhalten vermochte.

»Du fickst mir in den Mund, während Richard sich um meine Möse kümmert«, sagte sie in einem vulgären Ton, den beide Männer höchst erregend fanden. »Wenn ich euch befehle, die Plätze zu wechseln, tut ihr das ohne Widerrede. Einverstanden?«

Die beiden nickten. Richard, der kein einziges Mal zu Tess hingeschaut hatte, seitdem der Vorschlag gemacht worden war, wirkte ganz so, als ob er sich jeden Augenblick in seine Hose ergießen würde. Mühsam zog er sie aus und stellte sich mit dem steifen Schwanz in seiner Hand vor Chloes Beine.

Tess war nicht gerade begeistert, dass ihr frisch gebackener Ehemann so begierig darauf war, Chloe zu vögeln. Aber sie verstand es durchaus. Außerdem war sie eine Frau mit einem Sinn für Gerechtigkeit; sie hatte schließlich in den letzten Tagen oft genug mit dem Glied eines anderen Mannes engen Kontakt aufgenommen. Allem Anschein nach sollte diese Verbindung noch ein weiteres Mal intensiviert werden.

Sie goss sich noch etwas zu trinken ein und ging zu einem der kleinen Sofas, um es sich dort bequem zu machen.

Es war recht seltsam. Eigentlich hatte sie gedacht, dass sie das wilde Sexleben von ehedem nun hinter sich lassen und den geradlinigen Weg einer treuen Ehefrau einschlagen würde. Doch ausgerechnet jetzt fand sie sich in einem so aufgeheizten Szenario wieder, wie sie das schon lange nicht mehr erlebt hatte.

Es erregte sie, wenn sie sich vorstellte, gleich Richard zuzusehen, wie er Chloe fickte. Die Einzige im Zimmer, die vor Lust nicht gerade keuchte, war Zoe. Doch auch sie erbebte, als sie beobachtete, wie Richard langsam Chloes Slip über die Hüften zog, das feuchte Höschen küsste und es dann auf den Boden fallen ließ.

Er spreizte ihre Beine und strich mit der Hand über ihren Venushügel. Dann fuhr er mit den Fingern in die klebrige Feuchtigkeit, die ihre Schamlippen bereits bedeckte. Alle konnten Chloes Klitoris sehen, die dunkelrosa und geschwollen zwischen ihren inneren Lippen hervortrat. Richard strich sanft darüber, während Matt seinen Schwanz in Chloes Mund gleiten ließ.

Nach nur dreißig Sekunden kam Chloe bereits zum ersten Mal. Die Heftigkeit ihres Orgasmus überraschte Richard so, dass er einen kleinen Satz zurück machte. Chloe schlang ihre Beine um seine Taille, zog ihn an sich, und mit dem Ausdruck völliger Ekstase fuhr er mit seinem pulsierenden Penis wieder in ihre Möse.

Es war ein äußerst lasziver, aufputschender Anblick, den die beiden Männer boten, wie sie im gleichen Rhythmus von zwei Seiten in Chloe hineinpumpten. Sie zuckte hemmungslos auf dem polierten Esstisch, während die beiden alles liebkosten, was sie an ihrem Körper erreichen konnten. Schließlich wurde es für die Zuschauer immer schwieriger festzustellen, wer was berührte.

Tess winkte Zoe heran, die nervös hinter einem Stuhl stand. Sie goss ihrer Freundin mehr Wein ein.

»Wie in den guten alten Zeiten, nicht wahr?«, fragte sie leichthin, doch ihre Stimme klang vor Erregung ganz rau. Zoe setzte sich auf die Armlehne des Sofas und nahm einen großen Schluck.

»Harold würde es nicht fassen, wenn ich ihm davon erzählte«, murmelte sie benebelt und dachte zum x-ten Mal daran, dass es gut gewesen war, ohne ihren kleinkarierten Ehemann gekommen zu sein.

Dan warf sich auf das Sofa zwischen die beiden Frauen und zog Tess' Beine über seinen Schoß. Sie spürte, wie seine Hand ihren Rock hochwanderte, und öffnete die Schenkel, um ihm entgegenzukommen. Mit der anderen Hand zog er Zoe neben sich und begann sogleich derb mit ihren Brüsten zu spielen.

Alle drei beobachteten gespannt, was sich auf dem Tisch vor ihnen abspielte. Die animalische Sexualität raubte ihnen schier den Atem.

»Gut, dass Chloe einen Schwanz in ihrem Mund hat«, bemerkte Dan. »Sonst würden sich die Angestellten des Hotels bestimmt fragen, ob hier jemand ermordet wird.«

Dennoch waren die Lustschreie der Schauspielerin deutlich zu hören.

Plötzlich ließ Chloe Matts Schwanz aus dem Mund gleiten und ächzte: »Wechseln!«

Richard folgte ihrem Befehl nur sehr widerstrebend, und Tess wusste, weshalb – er stand kurz vor dem Höhepunkt. Auch Chloe hatte das wahrscheinlich bemerkt und wollte ihn nicht so schnell davonkommen lassen.

Die beiden Männer wechselten die Plätze. Matt zog

Chloes triefende Schamlippen auseinander, ehe er seinen speichelnassen Schwanz tief in ihre heiße Höhle stieß und heftig zu pumpen begann.

Dan hatte inzwischen drei Finger in Tess' Liebeskanal und bewegte sie so geschickt, dass sie zu zucken anfing und sich keuchend auf seine Hand setzte. Währenddessen öffnete er die Knöpfe an Zoes Kleid, sodass ihre üppigen Brüste ihm entgegen kamen. Er drückte und massierte sie, bis ihre großen Brustwarzen wie zwei Kugeln hervorstanden.

Obgleich sie noch immer nervös war, fühlte auch Zoe sich schon bald sehr erregt. Sie protestierte nicht, als Dan seine Hand aus Tess zurückzog, um ihr fuchsienfarbenes Kleid bis zur Taille hochzuschieben und ihr das Höschen auszuziehen. Zoe lehnte sich auf dem Sofa zurück und genoss es, als Dan geschickt begann, ihre Klitoris zu reizen.

Mit der anderen Hand bearbeitete er Tess' Klitoris und brachte sie zum Keuchen, während sie sich beim Anblick und den Geräuschen der hemmungslosen Sexorgie immer mehr aufgeilte. Nun gab es kein Zurück mehr. Der elegante, gediegen wirkende Raum hatte einen solchen Exzess wahrscheinlich nicht mehr erlebt, seitdem er einem Gutsbesitzer aus dem achtzehnten Jahrhundert gehört hatte, der hier vielleicht seinen sexuellen Perversionen nachgegangen war.

Sobald er die beiden Frauen kurz hintereinander zum Höhepunkt gebracht hatte, war Dan selbst so weit, nun gehörig in Aktion zu treten.

Von fern hörte er Chloe ›Wechseln!‹ rufen, während er eine benommene Zoe dazu brachte, sich über die Sofalehne zu beugen und ihm ihre reifen Hinterbacken aufreizend zu präsentieren.

Er sah sofort, dass jemand daran geknabbert und gesaugt hatte. Ihr glattes, weißes Fleisch wies mindestens ein Dutzend leichte Blutergüsse auf. Er spürte, wie sein stahlharter Schwanz mit einer Mischung aus eifersüchtiger Wut und tierischer Lust zuckte.

Er beugte sich nach unten und biss Zoe so fest, dass sie vor Schmerz zusammenzuckte. Dann begann er wie ein Wahnsinniger zu saugen. Wenn irgendjemand sein Zeichen auf Zoe hinterließ, dann musste er das sein. Er würde ihr einen Bluterguss verpassen, den sie vierzehn Tage nicht mehr los werden würde. Sollte sie das doch mal ihrem zweifach betrogenen Ehemann erklären!

Als ihre Pobacken sechs weitere knallrote Kreise aufwiesen, teilte er sie mit den Händen und beugte sich nach unten, um den Spalt entlangzulecken.

Schließlich hatte er mit seiner forschenden Zunge das Dickicht ihres Pelzchens entdeckt. Da es vor Säften nur so troff, stellte Dan zu seiner Befriedigung fest, dass Zoe es anscheinend noch genauso erregend wie früher fand, in den Hintern gebissen zu werden. Sein Schwanz pochte nun so heftig, dass er jeden Augenblick vor Lust zu explodieren glaubte.

Ohne Vorwarnung stieß er seinen Schwanz in sie. Er spürte, wie ihr innerer Muskel zusammenzuckte, und fuhr dann fort, so ungestüm und rücksichtslos in sie zu fahren, dass sie nach vorn geschleudert wurde und mit ihrem Kopf beinahe in den Sofakissen landete.

Er fickte sie gnadenlos – schließlich hatte sie ihn drei Tage lang warten lassen –, bis er mehr oder weniger mit jedem Stoß von ihren Pobacken abfederte.

Sein Mund verzog sich zu einem irren Grinsen, als er sich vorstellte, was die Hotelgäste auf der anderen Seite der Tür wohl sagen würden, wenn sie wüssten, was in diesem Speisesaal gerade vor sich ging.

Tess lag noch immer bequem auf dem Sofa, hatte nun jedoch zu masturbieren angefangen. Richard befand sich wieder zwischen Chloes Beinen und pumpte wie ein Besessener in sie, während Matt seinen Schwanz in ihrem Mund hatte und ihre Brüste mit seinen großen Händen bedeckte. Zoe lag über der Sofalehne und wurde so heftig von hinten bearbeitet, wie sie es seit Jahren nicht mehr erlebt hatte.

Sie kam zum zweiten Mal, und ihr ganzer Körper zuckte und bebte hemmungslos. Ihre Möse klammerte sich an Dans Schwanz, sodass auch er sich nicht länger zurückhalten konnte und wie eine Fontäne seinen heißen Samen in sie spritzte.

In diesem Moment ertönte ein lautes, durchdringendes Läuten. Alle erstarrten, denn plötzlich hämmerte jemand gegen die verschlossene Tür und rief: »*Feuer!*«

17. Kapitel

Einige Sekunden lang verharrten alle wie auf einem Gemälde voller Obszönitäten. Niemand wagte sich zu bewegen. Tess war die Erste, die wieder zu sich kam. Sie sprang auf und zog ihren Rock nach unten. Nun begann jeder, sich wieder seiner Kleidung zu bemächtigen, während das Klopfen an die Tür noch vehementer wurde.

Dan machte seine Hose zu und stolperte auf die Tür zu. »Ist ja recht! Wir hören Sie schon!« Er warf einen Blick über die Schulter und sah, dass alle außer Chloe wieder mehr oder weniger zivilisiert aussahen. Rasch schloss er die Tür auf.

Der Manager stand davor und hob gerade die Faust, um noch einmal dagegen zu hämmern. Sein Blick wanderte durch den Saal, und seine Augen traten fast aus den Höhlen, als er Chloes nackte Brüste sah. Für einen Moment schien er ganz vergessen zu haben, warum er eigentlich da war. Dann schluckte er und konzentrierte sich.

»Ein Feuer ist ausgebrochen! Alle hinaus auf den Parkplatz!«, rief er. An der Tür lief eine Menschenmenge vorbei; einige trugen bereits ihr Nachtgewand. In diesem Moment humpelte auch Carolines Großmutter mit ihrer Enkelin vorüber. Ein Kellner eilte zu der alten Dame und bot ihr seinen Arm an. Sie blieb stehen und lehnte sich dann auf ihren Stock.

»Junger Mann, wenn ich Ihre Hilfe brauche, werde ich Sie darum bitten«, fuhr sie ihn hochmütig an.

Sie erblickte Dan, der unter der Tür zu dem privaten

Speisesaal stand. Ihre Augen wanderten durch den Raum, wo fünf Leute gerade damit beschäftigt waren, ihre Kleider zu ordnen. In Chloes Fall ging es sogar so weit, dass sie sich ihr enges Kleid noch anziehen musste und man deutlich ihre feucht schimmernden Schenkel sehen konnte.

Die alte Dame riss vor Entsetzen den Mund auf. Sie sah ganz so aus, als ob sie jeden Augenblick einen Herzinfarkt erleiden würde. Dann schien sie sich ihrer Enkelin zu erinnern, die ebenfalls neugierig in den Raum lugte. Sie packte das Mädchen schroff am Arm und zog es eilig mit sich fort.

Die sechs Freunde kamen nun zögernd heraus. Alle wirkten noch immer benommen, als sie sich den letzten Gästen anschlossen, die das Hotel verließen.

Die Nacht war so kalt, dass innerhalb weniger Augenblicke niemand mehr sprechen konnte, ohne dabei mit den Zähnen zu klappern. Matt vermutete, dass einige der älteren Gäste bestimmt den Tod finden würden, wenn sie länger als zwanzig Minuten im Freien verbringen mussten. Nur Chloe war auf die ausgezeichnete Idee gekommen, beim Hinausgehen kurz die Garderobe aufzusuchen und sich dort den Wintermantel eines Mannes zu schnappen, in den sie sich nun schmiegte.

»Das könnte Schlimmes bedeuten«, sagte Richard zu Dan, der gerade in seine Hände blies, um sie zu wärmen. »Die Feuerwehr wird nicht durchkommen. Wir können also nur hoffen, dass die Angestellten wissen, was sie tun. Sonst frieren wir uns hier noch zu Tode.«

Das Feuer hatte anscheinend von der Küche seinen Ausgang genommen und war momentan noch nicht weit ausgebreitet. Dennoch drohte die Gefahr, dass es jeden Augenblick auf das übrige Hotel übergreifen konnte. Vom Parkplatz aus konnte man ein paar Angestellte sehen, die mit Feuerlöschern hantierten.

Diejenigen, die ihre Autoschlüssel bei sich hatten, flüchteten sich in ihre Wagen. Einige der älteren Gäste wurden eingeladen, sich zu den Autobesitzern zu gesellen, und kurz darauf erschien schon die Rezeptionistin mit einem Stapel Wolldecken, die sie unter den Anwesenden verteilte.

Plötzlich tauchte Ray neben Zoe auf und legte ihr seine Decke um die Schultern. »Ich habe dich den ganzen Abend über gesucht«, begrüßte er sie. »Geht es dir gut?«

»J… ja«, stotterte sie.

Carolines Großmutter nahm gnädig die Einladung an, sich am anderen Ende des Parkplatzes in einen großen Jaguar zu setzen. Wenige Augenblicke später erschien Caroline im Schutz der Dunkelheit auf einmal neben Dan und glitt unter die Decke, die er um sich gelegt hatte.

»Was hast du mit diesen Leuten angestellt?«, wollte sie wissen und drückte ihren duftenden Körper aufreizend gegen ihn. »Du hast eine Party gegeben, nicht wahr?«, fuhr sie fort. »Und mich hast du nicht einmal dazu eingeladen.«

»Verdammt noch mal! Willst du etwa, dass deine Großmutter von uns erfährt?«, zischte er sie an und sah sich unruhig um.

»Sie ist dort drüben in einem Auto. Sie kann uns nicht sehen«, versicherte ihm Caroline. »Warum hatte diese Schauspielerin nichts an? Was war da los?«

»Was, zum Teufel, glaubst du, was los war?«, knurrte er.

»War es eine heiße Sexorgie, wovon man in der Boulevardpresse öfter liest?«, drängte sie. »Ich wollte schon immer mal bei so etwas mitmachen.«

Unter der Decke öffnete sie geschickt seinen Hosenschlitz und glitt mit ihrer eisigen Hand hinein. Dan stieß einen unterdrückten Schrei aus. Doch trotz der Kälte und des Schocks rührte sich sein Schwanz sogleich erwartungsvoll.

»Du hättest mich einladen sollen«, fuhr sie fort. »Das war nicht nett von dir.« Ihre Hand schloss sich um seinen Penis, und sie führte Dan in die Nähe eines verschneiten Baumes am Rand des Parkplatzes. Ihm blieb nichts anderes übrig, als ihr zu folgen.

»Caroline, was zum Teufel ...« Er packte sie am Handgelenk, um sich aus ihrem harten Griff zu befreien; aber ihre Hand drückte daraufhin nur noch schmerzhafter zu. Trotz des Schrecks war sein Schwanz inzwischen völlig steif.

Sie führte ihn wie einen Elefanten an seinem Rüssel hinter einen Baum und beugte sich dann nach unten. Für einen Moment war sie mit ihrer Kleidung beschäftigt.

»Mach es mir«, befahl sie ihm, nahm seine Hand und führte sie zu ihrem Geschlecht. Unter dem Wintermantel trug sie bloß ihr Nachthemd, das sie bis zur Taille hochgezogen hatte.

»Du musst wahnsinnig sein«, ächzte er und warf einen nervösen Blick über die Schulter. Er hoffte, dass niemandem aufgefallen war, wie sie sich verdrückt hatten. Caroline drängte ihn ungeduldig gegen den Baum.

»Besorg es mir noch mal«, flüsterte sie. »Ich habe mich noch nie so fantastisch gefühlt. Es will mir nicht aus dem Kopf. Ich habe versucht, es mir selbst zu machen, aber es fühlt sich einfach nicht so schön an.«

Sie zog wieder seine Hand zwischen ihre Beine, und mit seinen eiskalten Fingern spürte er die warme, klebrige Feuchtigkeit ihrer süßen kleinen Möse. Hastig riss er sich los.

»Nein!«, knurrte er. »Ich habe es dir doch schon gesagt. Es hätte nie passieren sollen und wird auch nicht mehr passieren. Lass mich zum Teufel noch mal in Ruhe!«

»Wenn du es mir nicht machst, dann schreie ich so

laut, dass alle auf uns aufmerksam werden. Ich werde ihnen sagen, dass du mich unter falschem Vorwand hierher gelockt und mich dann sexuell belästigt hast.« Ihre Stimme klang plötzlich eiskalt und zum Äußersten entschlossen.

»Meine Großmutter war früher Richterin, und mein Pate ist Polizeiinspektor«, fuhr sie drohend fort. »Ich vermute, dass Oma problemlos den Manager davon überzeugen wird, dass er dich bis morgen in die Vorratskammer einsperren soll.«

Dan verschwamm plötzlich alles vor Augen. Er fühlte sich geradezu krank. Warum war er nur so dumm gewesen, sich auf dieses ganze Chaos einzulassen? Schweiß stand ihm auf der Stirn, als er nach ihrer Klitoris suchte und sie zu streicheln begann. Caroline spreizte die Beine, so weit es ging, und er brachte sie in der arktischen Kälte und nur wenige Meter von den übrigen Gästen des Hotels entfernt zum Höhepunkt.

Die Kälte ließ ihn weniger geschmeidig sein als sonst. Es schien eine halbe Ewigkeit zu dauern, bis sie endlich ein leises Stöhnen von sich gab und ihr schlanker Körper heftig zuckte.

»Noch einmal«, befahl sie ihm, sobald sie wieder sprechen konnte. Als er den Mund aufmachte, um sich ihr zu widersetzen, hörte er, wie sie tief Luft holte, als ob sie tatsächlich losschreien wollte. Hastig schob er seine Hand von neuem in das pulsierende Dreieck zwischen ihren Schenkeln.

Er warf einen Blick über ihre Schulter und sah durch die Schnee bedeckten Zweige, dass das Feuer beinahe gelöscht war. Daraufhin verdoppelte er seine Anstrengungen und wurde schon bald belohnt, als sie zum zweiten Mal einen Orgasmus hatte.

»Jetzt fick mich«, befahl sie.

Es war ein Albtraum, der niemals enden würde. Jeden

Augenblick konnte jemand zu ihnen treten und Dan mitten im Akt erwischen. Aber die Alternative war noch viel schlimmer.

Vor Angst und widerstrebender Fleischeslust ganz fiebrig, schob Dan Caroline gegen den Baum und drang in sie ein. Die Weichheit ihres Körpers und der enge Liebeskanal ihrer samtigen Möse ließen ihn vor zorniger Lust zittern, sodass er sich nun tatsächlich ganz aufs Vögeln konzentrierte.

Er merkte weder die Kälte noch die Gefahr. Für ihn existierte nur mehr das fordernde Mädchen, das ihm seine Hüften entgegen drängte, um jeden seiner Stöße aufzufangen. Sie bewegten sich stumm im selben Rhythmus unter der Wolldecke, bis Dan sich schließlich nicht mehr beherrschen konnte und sich ergoss. Caroline stöhnte ekstatisch.

Sobald er gekommen war, zog sich Dan aus ihr zurück, schloss die Hose und sah, wie gerade alle wieder ins Hotel gingen. Er zog dem Mädchen das Nachthemd über die Beine und überließ ihr die Decke.

»Die Leute gehen hinein«, zischte er ihr zu, wobei er nun wieder vor Kälte mit den Zähnen klapperte. »Du solltest lieber deine Großmutter suchen.« Sie stellte sich auf die Zehenspitzen, küsste ihn lächelnd auf den Mund und rannte mit einem letzten bewundernden Blick in die Dunkelheit hinaus.

Er wartete eine Weile, bis sie mit ihrer Großmutter im Hotel verschwunden war, und stolperte dann mit steifen Beinen zum Hintereingang.

Hoffentlich waren die Straßen morgen tatsächlich geräumt. Er musste so schnell wie möglich von hier verschwinden.

Die offenen Kaminfeuer in den verschiedenen Hotellounges loderten fröhlich, und viele der Gäste standen davor und nippten an einer heißen Schokolade, einem Brandy oder einem Whisky. Einige waren bereits nach oben gegangen, um sich in ihrem Bett oder mit einem heißen Bad aufzuwärmen.

Chloe trug noch immer den geliehenen Mantel und saß wie hingegossen auf einem der kleinen Sofas, während Matt im Feuer herumstocherte, um es wieder aufflackern zu lassen.

Zoe und Ray zu sehen, wie sie gemeinsam nach oben gingen, hatte Chloes Stimmung beträchtlich gehoben. Da für eine Weile ihr eigenes Vergnügen vorrangig gewesen war, hatte sie gar nicht darauf geachtet, ob sich Zoe wieder in Dans Klauen befand. Doch die Lust, die sie verspürt hatte, als sie gleichzeitig von Matt und von Richard gevögelt wurde, war einfach zu überwältigend gewesen, um an etwas anderes zu denken.

Natürlich hatte Dan den Moment für sich zu nutzen gewusst und die dumme, kleine Zoe wieder einmal gut durchgefickt. Aber es schien letztendlich nichts ausgemacht zu haben. Sie war mit Ray verschwunden, während Dan jetzt auffallend einsam an der Bar stand und sich einen Drink bestellte.

Chloe trank ihren Cognac aus, ließ den Mantel von den Schultern gleiten und stand auf.

»Gehen wir in meine Suite«, lud sie Matt ein. An ihren Augen war deutlich ihre sexuelle Lust abzulesen. Sobald sie oben waren, bat sie ihn, Kaffee und eine Flasche Brandy zu bestellen.

»Es geht bestimmt schneller, wenn ich es selbst hole«, meinte Matt. »Unten befindet sich alles noch im Chaos. Es könnte ewig dauern.«

»Ich habe es nicht eilig«, erwiderte sie gelassen. »Ich möchte mich sowieso zuerst unter eine heiße Dusche stellen.«

Als sie zwanzig Minuten später wieder erschien, trug

sie einen bunten Kimono, der so locker zusammengebunden war, dass ein großer Teil ihrer Brüste zu sehen war.

»Wo waren wir stehen geblieben?«, murmelte sie, ging durchs Zimmer und setzte sich auf die Armlehne des Sessels, in dem Matt sich niedergelassen hatte. Sie öffnete seine Hose, holte sein Glied heraus und spazierte sogleich mit ihren Fingern daran auf und ab.

Sobald es steif war, hob sie den Kimono, legte seinen Schwanz an den Eingang ihres Liebeskanals und ließ sich dann gemächlich auf ihm nieder. Von seinem stahlharten Penis durchbohrt, setzte sie sich dann seitlich auf seine Knie.

In diesem Augenblick klopfte es an die Tür.

»Scheiße! Das muss der Kellner sein!«, keuchte Matt und versuchte, sich von ihr loszumachen.

»Herein!«, rief Chloe seelenruhig und hielt dabei Matt fest, sodass es ihm unmöglich war, von ihr wegzukommen und aufzustehen.

Marvin, der Zimmerjunge, dessen sexuelle Dienste sie schon einmal in Anspruch genommen hatte, betrat mit einem Tablett in der Hand die Suite. Verblüfft blieb er stehen, als er die beiden sah.

»Stellen Sie es bitte auf den Tisch«, sagte die Schauspielerin und sah ihn belustigt an. »Matt, kannst du die Rechnung unterschreiben?«

Matt sah nicht auf, während er den Beleg schnell unterzeichnete, den Marvin ihm reichte. Er war wütend auf Chloe, dass sie ihn in eine so peinliche Lage brachte. Obgleich ihr Kimono ihre Beine verhüllte, war er sich sicher, dass der Kellner bestimmt erriet, was sie beide gerade trieben.

Als Marvin sich zurückziehen wollte, sah ihn Chloe aufreizend an. Mit der Zungenspitze fuhr sie sich über die Lippen und rutschte etwas auf Matts Beinen hin und her, sodass sein Schwanz noch tiefer in sie fuhr. Ihr Kimono öffnete sich, und nun wusste Marvin zweifelsfrei, was hier vor sich ging. Er lief rot an und verließ dann in Windeseile die Suite.

»Das hast du absichtlich getan«, beschuldigte Matt die Schauspielerin.

»Armer Matt. War es dir peinlich?«

Mit einer geschmeidigen Bewegung drehte sich Chloe um, sodass sie ihm nun direkt gegenüber saß. Dann ließ sie den Kimono von ihren Schultern gleiten und zeigte ihre prallen Brüste, deren Spitzen wie reife Beeren hervorsprangen.

»Du bist so leicht zu schockieren. Ich wette, Dan hätte nicht einmal mit der Wimper gezuckt.« Sie erhob sich, bis nur noch seine Eichel in ihr war, und ließ sich dann genussvoll wieder auf ihn sinken.

Nach einem langen heißen Bad und mehreren Brandys ging Dan ins Bett und genoss die Wärme der Heizdecke. Er machte das Licht aus und dachte darüber nach, wie erleichtert er sich fühlen würde, wenn er morgen Abend wieder in seine eigene Wohnung treten konnte. Zumindest hatte er es noch geschafft, Zoe zu bumsen. Dennoch konnte er kaum glauben, wie undankbar die dumme Kuh war. Einfach mit ihrem neuen Lover zu verschwinden! Hatte ihr das erste Vögeln seit fünfzehn Jahren mit ihm, ihrem erklärten Liebling, denn gar nichts bedeutet? Warum hämmerte sie jetzt nicht an seine Tür, um eine Wiederholung zu erbitten?

Morgen früh wollte er so schnell wie möglich los. Chloe würde er immer noch anbieten, sie mitzunehmen. Die geizige Zicke nahm höchstwahrscheinlich lieber sein Angebot an, als das Ticket für den Zug zu zahlen. Während der Fahrt wollte er es ein letztes Mal bei ihr versuchen. Vielleicht hatte er ja Glück. Doch während er einschlief, ahnte Dan bereits, dass dies nicht der Fall sein würde.

Er wurde durch ein aufdringliches Klopfen an der Tür geweckt. Zuerst versuchte er, nicht darauf zu reagieren, doch dann wurde es immer lauter.

»Lassen Sie mich zufrieden!«, rief er schlaftrunken. Das Klopfen hörte aber nicht auf, bis ihm der Gedanke kam, dass es sich nur um Zoe handeln konnte, die doch noch zur Besinnung gekommen war.

»Einen Moment!«, rief er, knipste die Nachttischlampe an, rollte aus dem Bett und stolperte zur Tür. Im Flur stand Caroline und sah in ihrem langen weißen Morgenmantel, den sie über einem Nachthemd trug, wie ein Engel aus. Dan versuchte die Tür schnell wieder zuzuschlagen, aber das Mädchen war schneller. Sie schoss ins Zimmer, ehe er etwas dagegen unternehmen konnte.

»Was, zum Teufel, tust du hier?«, stöhnte er. »Kriegst du es denn nicht in deinen verdammten Schädel, dass es einfach nicht geht?«

Caroline schaute ihn trotzig an.

»Ich habe einen Plan«, verkündete sie, zog den Morgenmantel aus und glitt ins Bett.

»Verschwinde von hier!« Er bemerkte die Panik in seiner Stimme und hatte fast das Gefühl, nicht er selbst zu sein. Wie konnte ein Mann mit einer so großen Erfahrung in puncto Sex und Frauen von einem sechzehnjährigen Mädchen derart in Angst und Schrecken versetzt werden?

Sie verschränkte die Arme unter dem Kopf und lag völlig entspannt da.

»Wenn du morgen nach London fährst, nimmst du mich einfach mit. Wir heiraten dann, sobald du alle Formalitäten geregelt hast.«

Wie unter Schock ließ sich Dan in einen Sessel fallen.

»Ich habe keine Lust mehr auf die Schule und will auch nicht immer wie ein Kind behandelt werden«, fuhr sie gnadenlos fort. »Wenn ich mit dir verheiratet bin, kann mich niemand mehr dazu zwingen. Kommst du jetzt ins Bett? Ich will, dass du mich wieder zum Orgasmus bringst.«

18. Kapitel

DAMALS

Während des Sommersemesters war es in Manchester ungewöhnlich heiß. Allen standen die letzten Prüfungen bevor, und Dan wurde sich plötzlich auf unangenehme Weise bewusst, dass er mehr Zeit in den unterschiedlichsten Betten und im Debattierklub verbracht hatte als mit seinem eigentlichen Studium. Widerstrebend setzte er sich hin und begann nun ernsthaft zu lernen.

Tess war stets eine sehr disziplinierte Studentin gewesen, sodass sie jetzt nur noch auf ihr bereits vorhandenes Wissen aufbauen musste. Zoe, die geistig nicht so rege wie die anderen war, schuftete wie eine Blöde; aber ihre Konzentration ließ sie immer wieder im Stich. Das heiße Wetter tat sein Übriges, um ihr das Gefühl zu geben, einen Kopf voller Watte zu haben.

Chloe machte sich überhaupt keine Sorgen. Sie verließ sich auf ihr zweifelsohne vorhandenes schauspielerisches Talent und ihre erotische Ausstrahlung. Verschiedene Dozenten waren ihr tief verbunden und würden ihr bestimmt durchs Examen helfen.

Doch die Büffelei hatte das ganze Haus ergriffen. Nach den gemeinsamen Ferien in Griechenland hatten sich die sexuellen Regeln, die dort geherrscht hatten, etwas verändert.

Gegen Ende des Urlaubs hatten sich alle am Strand mehr oder weniger nackt gezeigt. Sie hatten sich nur etwas angezogen, um ins Dorf zu gehen und dort einzukaufen. Nachdem Chloe Aris luxuriöse Villa und seinen aufwändigen Lebensstil für sich entdeckt hatte, war sie kaum mehr zu sehen gewesen. Ein- oder zweimal am Tag war sie noch ins Haus zurückgekehrt, um ihre Kleidung zu wechseln oder manchmal auch Matt für ein paar Stunden mit nach oben zu nehmen.

Das Sexleben, das die vier miteinander geteilt hatten, war immer verwegener geworden. Dan hatte es anfangs zwar gar nicht gefallen, dass auch Matt mit von der Partie gewesen war; aber es war ihm doch lieber gewesen, als die ganze Zeit die Zicke Chloe um sich zu haben.

Als sie nach England zurückgekehrt waren, hielten sich alle plötzlich wieder zurück. Die Hitze, das Licht und die Hemmungslosigkeit ihrer Tage in Griechenland schienen einfach nicht zu ihrem düsteren Haus zu passen.

Doch dann wurde es auch in Manchester unerträglich heiß, und die vier legten sich auf Decken in das hohe Gras ihres Hintergartens, und alles begann von neuem.

Eines Nachmittags lag Matt mit dem Kopf auf Zoes weich gerundetem Bauch, während sie an einem Baumstamm lehnte und ihm durchs Haar strich. Neben ihnen saß Dan und spielte mit Tess' nacktem Hintern. Sie lag auf einer Decke und lernte. Das Einzige, was sie trug, war ein mintgrünes, ärmelloses Oberteil.

»Hör lieber auf damit. Du machst mich noch ganz geil«, beschwerte sie sich. »Ich kann mich gar nicht konzentrieren.«

Er glitt mit dem Finger zwischen ihre äußeren Schamlippen und begann ihre Klitoris zu stimulieren. Sie zuckte mit dem Hintern, als ob sie Dans Hand abschütteln wollte, öffnete aber gleichzeitig einladend die Beine. Er fuhr mit zwei Fingern tief in ihre Möse und kreiste in ihr. Tess sah zwar immer noch so aus, als ob sie läse, blätterte aber kein einziges Mal mehr um.

Dan teilte mit beiden Händen ihre Pobacken und betrachtete interessiert die Falten ihres Liebeskanals.

»Du hast eine wunderschöne Möse, Tess«, sagte er. »Meinst du nicht auch, Matt?«

Matt drehte den Kopf, um sich die rosa leuchtende Vagina anzuschauen. Sie schimmerte bereits feucht, als ob sie gerade frisch eingeölt worden wäre.

»Wunderschön«, stimmte er begeistert zu.

»Aber auch Zoe besitzt eine fantastische Möse«, erklärte Dan.

»Da hast du verdammt Recht«, meinte Matt. Er streckte eine Hand aus, um Zoes üppige Brüste zu liebkosen. Sie trug ihr safrangelbes T-Shirt-Kleid, ohne etwas darunter anzuhaben. Durch den dünnen Stoff waren ihre großen braunen Brustspitzen und der dunkle Fleck ihres Venushügels gut zu erkennen.

»Zeig sie uns«, befahl Dan. »Zeig uns deine Möse.« Zoe errötete und rührte sich nicht. Obgleich sexuell so viel zwischen den vier Freunden geschehen war, fühlte sie sich noch immer nicht ganz frei. Dan gefiel das, und er brachte sie immer wieder dazu, sich beschämt abzuwenden oder rot zu werden.

»Beweg mal deine Birne zur Seite, Matt«, wies er ihn an. »Sodass Zoe ihren Rock hochschieben und für uns die Beine öffnen kann.«

Matt rollte sich gehorsam auf die Seite und stützte sich mit den Ellbogen ab. Dan ließ Tess' Pobacken los und fuhr mit der Erkundung ihrer Möse fort, sodass sie schon bald zu zucken begann und seine Hand immer weiter in sich aufnahm.

Ohne jemand anzusehen, zog Zoe langsam ihr Kleid hoch. Zuerst sah man nur ein paar Schamhaare, doch dann enthüllte sie das ganze seidige Dreieck, das ihre Vulva bedeckte.

Sie zog die Knie an und spreizte die Beine, um sich den Freunden zu präsentieren.

»Rühr dich nicht vom Fleck«, keuchte Dan und holte

seinen Schwanz heraus. Er legte sich auf Tess' schlanken Körper und schob sich Zentimeter um Zentimeter in sie. »Und jetzt berühre dich«, sagte er.

Zoes Hand wanderte gehorsam zu ihrer Möse, während Matt ihre vollen Brüste entblößte.

In diesem Moment wurde die Tür zum Garten geöffnet, und Chloe erschien. Einer der Männer, die Dans Worten zufolge auf Chloes aktueller Vögelliste standen, befand sich gleich hinter ihr.

Die Schauspielerin zuckte mit keiner Wimper, als sie ihre Mitbewohner in dieser obszönen Situation vorfand. Sie sagte nur wütend: »Ich habe eine Flasche Muscadet im Kühlschrank gelassen. Wo ist sie?«

Der Mann hinter ihr sah ganz so aus, als würden seine Augen jeden Moment aus den Höhlen fallen.

Ohne mit dem Pumpen aufzuhören, erwiderte Dan: »Ach, war das dein Wein? Tut mir Leid, Chloe. Ich dachte, dass ich ihn aus Griechenland mitgebracht hätte. Meiner muss dann noch im Kühlschrank sein. Bedien dich.«

Chloe schritt die Stufen in den Garten hinab und trat – die Hände in die Hüften gestützt – auf Dan zu.

»Wenn ich auf diesen Fusel scharf gewesen wäre, hätte ich ihn mir mitgebracht. Jetzt steh sofort auf und hol mir einen trinkbaren Wein aus dem Laden.«

Chloes Begleiter, der für eine wichtige Fernsehproduktionsfirma arbeitete, räusperte sich geräuschvoll und sagte dann mit belegter Stimme: »Warum trinken wir nicht den Sekt, den ich für heute Abend besorgt habe?« Er eilte in die Küche zurück und brachte kurz darauf eine Flasche nach draußen.

»Darum geht es doch gar nicht ...«

Tess hob den Kopf lang genug, um einzuwerfen: »Es ist doch viel zu heiß, um sich zu streiten. Trinkt jetzt den Sekt, und ich werde Dan schon dazu bringen, dir später einen Muscadet zu besorgen.«

Chloe ließ sich ein paar Meter von ihnen entfernt im Gras nieder und schien vorzuhaben, eine Weile zu bleiben, um den vier Freunden zuzusehen. Sie fuhren alle fort, als ob nichts geschehen wäre. Bloß Zoe sah etwas beschämt aus. Ihre Wangen waren leuchtend rot, und sie wagte nicht, jemandem in die Augen zu blicken.

»Dann beeil dich schon!«, rief Chloe ungeduldig über die Schulter. Der Mann vom Fernsehen ging ins Haus und öffnete den Sekt. Als er ihr ein Glas davon brachte, nahm sie einen großen Schluck, zog sich das T-Shirt über den Kopf und befahl: »Los, zieh schon deine Hose aus. Worauf wartest du noch?«

Widerstrebend sah er sie an. Es schien ihm zwar zu gefallen, den anderen zuzuschauen, doch nach einer Weile wurde es auch für ihn zu viel. Er zog Chloe hinter den Baum, sodass sie nur noch teilweise zu sehen waren, und riss sich die Hose vom Leib.

Am letzten Abend des Semesters gaben die Freunde eine große Party. Das fröhliche Fest dauerte bis zum nächsten Morgen um neun Uhr.

Kurz vor Tagesanbruch begab sich eine Gruppe von Partygästen die Straße hinunter zum Hochhaus von Owen's Park – einem Studentenwohnheim –, um von dort oben den Sonnenaufgang zu beobachten.

Mein letzter Sonnenaufgang als Studentin, dachte Zoe betrunken. Den ganzen Tag über hatte sie gegen die Tränen angekämpft, die ihr immer wieder in die Augen stiegen. Sie wusste, dass sich am nächsten Morgen die Wege der Freunde trennen würden, und sie hielt es für unwahrscheinlich, dass sie ihren geliebten Dan jemals wieder sehen würde.

Er wollte genauso wie Chloe nach London ziehen, während Zoe in Manchester blieb, um dort Lehrerin zu werden. Tess ging nach Leeds, und sie hatte bereits mit ihr vereinbart, in regelmäßigem Kontakt zu bleiben. Dan jedoch hatte nichts dergleichen verlauten lassen.

Sie konnte den Gedanken kaum ertragen, ihn nun für immer zu verlieren.

Verzweifelt klammerte sie sich an seine Hand, als sie zum Haus zurückkehrten. Nur widerstrebend ließ sie ihn los, da sie dringend auf die Toilette musste. Als sie zurückkehrte, war er verschwunden. In Panik suchte Zoe jedes der vollen Zimmer durch, wobei sie auch die Leute in Augenschein nahm, die aufeinander in den Ecken herum lagen und wild miteinander vögelten. Da ihr nur noch wenige Stunden blieben, in denen sie mit Dan zusammen sein konnte, wollte sie keinen Moment verlieren.

Schließlich fand sie Dan in Chloes Zimmer. Er war gerade dabei, eifrig das Mädchen zu vögeln, das nun seine Stellung als Redakteur der Studentenzeitung übernehmen sollte.

Sie hieß Tracey, hatte einen roten Lockenschopf, riesige Brüste und einen wissenden Blick.

»Entschuldigung«, stotterte Zoe und wollte sich mit Tränen in den Augen zurückziehen.

»Komm doch und mach mit«, lud Dan sie ein, der mit seinen Bemühungen für einen Moment inne hielt.

»Ja, gute Idee«, drängte auch Tracey, die so das Gerücht bestätigte, zweigepolt zu sein.

Zoe war zu betrunken, um abzulehnen. Sie stolperte zum Bett und ließ sich neben den beiden fallen. Noch nie hatte sie so riesige Brüste gesehen. Ihre eigenen waren schon ziemlich groß, aber Traceys erinnerten an zwei gewaltige Elfenbeinkugeln mit braunen Brustspitzen.

Das Mädchen bemerkte, dass Zoe sie betrachtete.

Sie nahm ihre Hand und legte sie auf eine ihrer schweren Brüste.

»Berühr mich«, bat sie.

Vom Alkohol benebelt, streichelte Zoe die weichen Kugeln und spürte, wie ihr ein Schauder den Arm hochlief, als sie über die zusammengezogenen Brustwarzen strich. Entschlossen küsste und liebkoste sie die prallen Bälle, saugte und knabberte daran, während Dan fortfuhr, rhythmisch in Tracey zu stoßen.

Dann vögelte er Zoe von hinten. Sie lehnte sich über einen Sessel, während Tracey davor am Boden saß und mit Zoes wippenden Brüsten spielte. Schließlich lagen sie alle aufeinander auf Chloes Bett. Dan bespritzte sie ausgelassen mit einer Flasche Bier, und sie leckten sich gegenseitig wieder sauber.

Als Zoe am nächsten Morgen erwachte, hämmerte es schmerzhaft in ihrem Kopf. Alle Glieder taten ihr weh. Traurig und der Verzweiflung nahe verabschiedete sie sich von ihren vier Mitbewohnern.

Wenn Dan auch nur andeutungsweise gesagt hätte, dass sie ihre Lehrerausbildung vergessen und mit ihm kommen sollte, hätte sie keinen Augenblick gezögert. Aber er schlug ihr nicht einmal vor, ihn zu besuchen.

Als sie ihren gesamten Mut zusammennahm und selbst die Sprache darauf brachte, blieb seine Anwort vage. »Ich werde wahrscheinlich die nächsten Monate damit beschäftigt sein, mir ein neues Leben aufzubauen. Warum schreibst du mir nicht?«

Das tat sie auch – fünfzehn Jahre lang.

19. Kapitel

Am nächsten Morgen war Dan nur noch ein Schatten seines früheren Selbst.

Er hatte die Nacht damit verbracht, die nimmersatte Caroline zu befriedigen. Seine Nerven waren zum Zerreißen gespannt, da er ständig Angst haben musste, dass sie ihre Drohung wahr machen und behaupten würde, er hätte sie sexuell missbraucht. Als die Sonne aufging, war er körperlich und seelisch fix und fertig.

In weiser Voraussicht hatte er vorgeschlagen, sie zuletzt unter der Dusche zu lieben, wo er dann längere Zeit ihre Möse mit Wasser bearbeitete. Er hoffte inbrünstig, dass ihre Vulva dadurch von seinen Säften gereinigt wurde. Zumindest gäbe es so keine körperlichen Beweise mehr, die ihre Anschuldigungen belegen könnten.

Um vier Uhr morgens fiel sie endlich in einen tiefen, zufriedenen Schlaf. Auch Dan döste erschöpft ein, obwohl sein Verstand nicht zur Ruhe kam. Wie sollte er diese Klette nur je wieder los werden?

Sein Wecker klingelte um sechs. Er hatte ihn auf Carolines Vorschlag hin gestellt, damit sie unbemerkt in ihr Zimmer zurückschlüpfen konnte, ehe ihre Großmutter aufwachte. Dan stöhnte und rollte sich zur Seite, um das Mädchen wach zu rütteln.

»Caroline! Wach auf!« Sie setzte sich mit einem Ruck aufrecht hin, und er konnte ihre hübschen Brustspitzen sehen. Sie waren infolge der beträchtlichen Aufmerksamkeit, die ihnen gezollt worden war, stark geschwollen und noch immer zusammengezogen. Sie gähnte, rieb sich die Augen und griff sofort mit ihrer Besitz heischenden Hand unter die Decke. Dan rutschte hastig beiseite.

»Vergiss es. Das alte Mädchen wird jeden Augenblick zu sich kommen, und dann solltest du lieber in deinem eigenen Bett liegen. Sonst fliegt doch alles auf.«

Dan war inzwischen zu dem Entschluss gekommen, so zu tun, als ob er bei ihrem irrsinnigen Vorhaben mitmachte. Irgendwann böte sich ihm dann schon die Möglichkeit abzuhauen.

Lustlos zog Caroline ihr jungfräulich wirkendes weißes Nachthemd und den Morgenmantel an. »Ich warte um zehn am Ende der Hotelauffahrt auf dich – wie wir das besprochen haben.«

Als Dan sie gefragt hatte, wie sie sich vorstelle, unter den Adleraugen ihrer Großmutter heimlich einen Koffer zu packen, hatte ihn Carolines fröhliche Antwort von neuem erschüttert. Sie wollte gar nichts mitnehmen, da ihrer Ansicht nach ihre bisherige Kleidung viel zu schulmädchenhaft war und er ihr doch eine völlig neue Garderobe kaufen könnte, wenn sie erst in London wären.

Nun gab sie ihm einen herzhaften Kuss und eilte aus dem Zimmer. Wenn er doch nur sofort hätte packen und abfahren können! Aber der Hotelmanager hatte ihnen am Vorabend mitgeteilt, dass die Schneepflüge erst gegen neun Uhr bei ihnen wären. Dan drehte sich also auf die andere Seite und holte seinen bitter nötigen Schlaf nach.

Als Marvin ihm gegen halb neun das Frühstück aufs Zimmer brachte, schien der Kellner irgendetwas auf dem Herzen zu haben. Er wollte ganz offensichtlich nicht sofort gehen, denn er zupfte an den Vorhängen herum und plauderte Belangloses.

Endlich rückte er mit seinem Anliegen heraus. »Diese Schauspielerin – ist das eine Freundin von Ihnen?«

»Chloe?«

»Ja, genau die.«

»Kann man nicht sagen. Wir waren zusammen auf der Uni, aber im Grunde können wir einander nicht ausstehen.«

»Das hatte ich mir fast gedacht. Ich habe etwas, das Sie interessieren dürfte.« Dan hielt mit dem Kauen seines Toasts inne. Das klang vielversprechend.

»Was ist es denn?«

»Treffen Sie mich in einer Viertelstunde im Konferenzzimmer links von der Haupttreppe.«

Als Dan dort eintraf, schob Marvin gerade eine Kassette in den Videorecorder, der dort stand.

»Schauen Sie sich das mal an.« Er spulte ein paar Minuten nach vorn und drückte dann ›Play‹. Dan war sofort klar, dass es sich um einen Pornofilm handelte. Aber zur Abwechslung erregte ihn der Anblick all der zuckenden Körper auf dem Bildschirm überhaupt nicht.

Er schaute desinteressiert eine Weile zu und sagte dann: »Das ist doch nur ein Bumsfilm. Was ist daran so besonders?«

»Erkennen Sie jemand?«

Dan sah genauer hin, und plötzlich begann sein Herz aufgeregt zu schlagen.

Chloe! Das konnte doch nicht wahr sein – oder etwa doch?

Die Frau im Film sah ihr zunächst überhaupt nicht ähnlich. Sie hatte kurze rote Haare und braune Augen – aber ihr Körper besaß dieselben atemberaubenden Kurven.

»Wieso meinen Sie, dass es Chloe ist?«, fragte er. Marvin zeigte auf die linke Brust der Schauspielerin.

»Sehen Sie diesen Leberfleck? Sie hat einen an derselben Stelle.«

Es war also tatsächlich Chloe gewesen, von der Marvin gesprochen hatte, als er von dem weiblichen Gast mit den speziellen Wünschen erzählt hatte.

Dan hatte diesen Leberfleck schon vor vielen Jahren wahrgenommen und ihn auch am vorherigen Abend wieder gesehen, als Chloe am Tisch ihre Brüste entblößt hatte. Er kniff die Augen zusammen. Sie hatte eine gute Maske. Mit der Perücke und den dunklen Kontaktlinsen war sie eigentlich kaum zu erkennen.

Ihr Gesicht kam ganz nahe, als sie ihre Lippen öffnete und einen monströsen Schwanz in den Mund nahm. Dann sah er den kleinen Höcker auf ihrer Nase, von dem sie behauptet hatte, er sei nie operativ entfernt worden.

Es musste wirklich Chloe sein.

»Warum zeigen Sie mir das?«, fragte Dan neugierig.

»Weil Sie den Film dazu benutzen können, um sie in größere Peinlichkeiten zu bringen, als ich das könnte.«

»Was haben Sie gegen Chloe?«

»Sie ist eine echte Zicke, die endlich zurechtgestutzt werden muss. Sie hat die ganze Zeit über alle im Hotel herumgescheucht und sich wie eine eingebildete Prinzessin benommen«, erklärte Marvin, der sich noch immer darüber ärgerte, wie sie sich letzte Nacht verhalten hatte.

»Kann ich den Film behalten?«

»Er steht zum Verkauf, wenn Sie das meinen.«

»Wie viel?«

»Fünfzig Mäuse.«

Ziemlich billig, dachte Dan und holte sein Portemonnaie heraus. Er gab Marvin das Geld, nahm das Video und verließ den Saal.

Er suchte Chloe auf, als sie gerade ungeduldig ihre ganze Garderobe in die teuren Koffer warf, die offen in der Suite herumlagen.

»Was willst du?«, fragte sie brüsk.

»Ich wollte nur fragen, ob du nach London mitgenommen werden willst. Ich fahre, sobald die Schneepflüge den Parkplatz geräumt haben.«

»Matt kann mich mitnehmen.«

»Matt fährt aber über Birmingham, um dort jemanden zu besuchen. Hat er das nicht erwähnt?«

Chloes Miene zeigte deutlich, dass sie ihn noch gar nicht gefragt hatte. Sie war einfach davon ausgegangen, dass er sie mitnähme.

»Also gut, dann fahre ich eben mit dir«, sagte sie ohne ein Anzeichen der Dankbarkeit. »Ich habe beim Empfang angerufen, um jemanden zu bestellen, der meine Koffer packt. Aber sie waren so unverschämt zu behaupten, dass sie zu wenig Personal dafür hätten.«

»Warum bittest du nicht Zoe, dir zu helfen?«

»Sie ist nicht in ihrem Zimmer, und ich weiß nicht, in welchem Zimmer dieser *sehr* attraktive Mann wohnt, den sie sich angelacht hat.« Chloes blaue Augen funkelten triumphierend, während sie einen schnellen Seitenblick auf Dan warf.

Mit dem Video in seinem Besitz hatte er es nicht mehr nötig, sich von ihr reizen zu lassen. »Wir sehen uns in fünfzehn Minuten unten an der Rezeption.«

Er lud sein Gepäck ins Auto, beglich die Rechnung und suchte dann nach Tess und Richard, um sich von ihnen zu verabschieden. Gerade als er das Foyer betrat, hörte er ein lautes Jubelgeschrei. Vor dem Fenster war ein Pflug erschienen, der riesige Mengen Schnee beiseite schob, während er die Auffahrt hochfuhr.

»Denk dran – du musst uns diesen Sommer unbedingt besuchen«, wiederholte Richard seine frühere Einladung.

»Ich bin mir sicher, dass Dan viel zu viel zu tun hat, um sich für uns Zeit nehmen zu können«, meinte Tess mit liebenswürdiger Stimme. »Aber vielleicht suche ich ihn das nächste Mal auf, wenn ich in London bin.«

»Jederzeit. Das gilt natürlich auch für dich, Richard.

Und ich würde meinerseits sehr gern im Sommer kommen«, erwiderte Dan und lächelte Tess mit undurchdringlicher Miene zu. Er gab ihr einen Kuss auf die Wange und schaffte es irgendwie, dabei rasch über ihre Brust zu streifen.

Danach verabschiedete er sich von Matt und vereinbarte, sich mit ihm in zwei Wochen auf einen Drink in London zu treffen. Schließlich versuchte er noch, Zoe zu finden, hatte aber kein Glück.

Es war ihm auch ziemlich gleichgültig. Die dumme Kuh war selbst schuld daran, wenn sie sich nie mehr sehen würden.

Endlich hatte er Chloe und ihr Gepäck in seinem Auto verstaut und fuhr mit einem Gefühl großer Erleichterung und erregter Vorfreude los.

Als er das Tor erreichte, sprang eine schmale Gestalt zwischen den Büschen hervor. Ohne in ihre Richtung zu schauen, drückte er aufs Gaspedal und schoss an ihr vorbei. Wenn die Polizei an seiner Tür in London klingeln sollte, würde er einfach alles leugnen und sich einen guten Anwalt nehmen. Aber darüber wollte er sich erst später den Kopf zerbrechen, falls es tatsächlich so weit kam.

Die Fahrt zurück verlief recht schweigsam. Keiner der beiden gab sich Mühe, eine Unterhaltung in Gang zu bringen. Dan malte sich viel lieber genussvoll den Moment aus, in dem er zuzuschlagen gedachte.

Die Straßen waren katastrophal; gegen Mittag befanden sie sich erst in den Midlands. Chloe bestand darauf, dass Dan von der Autobahn abfuhr und sie so lange in der Gegend herumkutschierte, bis sie ein Lokal fanden, das ihr gut genug erschien. Er kam ihr liebenswürdig entgegen und bezahlte sogar für das Essen, während er innerlich vor boshafter Vorfreude beinahe platzte. Geduldig wartete er, bis sie den letzten Streckenabschnitt vor sich hatten, ehe er die Bombe hochgehen ließ.

»Welcher deiner Filme gefällt dir eigentlich am besten?«, fragte er leichthin.

Sie dachte ein Weilchen nach. »Ich glaube, *Shadows*«, sagte sie schließlich. »Er war jedenfalls der größte Kassenerfolg.«

»Wirklich? Weißt du, welchen ich am besten finde?«

»Welchen?«

»Denise bumst ganz Dagenham.«

Das musste er ihr zugestehen: Sie zuckte mit keiner Wimper, als sie entgegnete: »Noch nie davon gehört.«

»Ich gebe es zwar ungern zu, aber du bist wirklich eine tolle Schauspielerin. Du sahst so aus, als ob du jede Minute genießen würdest – vor allem bei der Orgie an der Tankstelle.«

»Wovon sprichst du eigentlich, Dan? Haben dir die Tage im Hotel aufs Gehirn geschlagen?«

»Sobald wir in London zurück sind, werde ich einem Freund von mir eine Kopie des Films geben. Er arbeitet für die Boulevardpresse. Deine Fans werden begeistert sein, wenn sie über deine Erfahrungen in der Pornofilmbranche lesen, als du noch völlig unbekannt warst. Ein anderer Bekannter arbeitet für einen Videoverleih. Raubkopien von diesem Film werden überall zu kaufen sein, sobald der Artikel erscheint. Die Leute werden sich bestimmt freuen, ihre Lady Macbeth mit einem riesigen Schwanz im Mund zu sehen.«

Für eine Weile herrschte eisiges Schweigen. Schließlich sagte Chloe: »Ich nehme an, dass du etwas von mir willst.«

»Da hast du verdammt Recht, Süße. Ich will dich auf den Knien und *meinen* Schwanz in deinem Mund – oder sonst überall, wo ich ihn haben will. Von jetzt an erwarte ich von dir, jederzeit zu meiner Verfügung zu stehen.«

Chloe zog sich nur den Pelzmantel enger um die Schultern. Ansonsten zeigte sie keine Reaktion.

»Also?«, wollte er mit rauer Stimme wissen.

»Mir bleibt wohl keine andere Wahl.«

Es war einer der befriedigendsten Augenblicke in Dans Leben, und er genoss ihn bis ins Letzte. Wenn er nicht so ausgelaugt gewesen wäre und nicht hätte befürchten müssen, dass er keinen hochbringen würde, dann hätte er ihr befohlen, sich noch während der Fahrt um seinen Schwanz zu kümmern. Doch leider musste er sich von den Exzessen in der Nacht zuvor erst einmal erholen.

Es überraschte ihn, dass sich Chloe so wenig wehrte. Er hatte eigentlich erwartet, dass sie alles leugnen würde. Plötzlich erschienen ihm die kommenden Wochen wieder voller Versprechungen. Was würde er nicht alles mit ihr anstellen!

Jede erniedrigende Position, die es gab – und einige, die er sich noch einfallen lassen wollte. Vulgäre Kostümierungen, Sado-Maso-Ausrüstungen, Gummi. Und bestimmt einen flotten Dreier. Er würde sie dazu zwingen, es mit einer anderen Frau zu machen – am besten mit einer Prostituierten –, während er als Zuschauer daneben saß. Vielleicht würde er auch ein oder zwei Freunde dazu einladen, sie zu nehmen, während er zusah.

Er konnte sich mit ihr in der Öffentlichkeit zeigen und so tun, als ob sie ein Paar wären. Die Klatschkolumnisten würden das bestimmt mögen. Und er würde sie dazu zwingen, für jedes Essen und jede Theaterkarte zu bezahlen. Er wäre der erste Mann, der ihre Rechnungen *nicht* übernehmen würde. Außerdem konnte er sie vor den Augen anderer demütigen – vor allem, wenn er einen Pressefotografen dabei hatte, um alles auf Film festzuhalten. Es würden die besten Wochen seines Lebens werden.

Und er würde sie so lange ficken, bis sie seine Sklavin wäre. Nie zuvor hätte es ihr jemand so fantastisch und so oft besorgt. Dan wollte warten, bis sich Chloe seinem Willen völlig unterwarf und ihn geradezu anflehte, sie durchzuwalken. Dann wollte er sie in größtmöglicher Öffentlichkeit fallen lassen.

Er ließ sie vier Tage lang schmoren. Schließlich rief er sie an und kündigte an, dass er noch am selben Abend zu ihr kommen und sie in einer weißen Spitzenschürze, schwarzen Strapsen und Netzstrümpfen vorfinden wolle.

Irgendwie nahm er an, dass sich Chloe nicht fügen würde. Doch als sie die Tür öffnete, sah sie wie die Zügellosigkeit in Person aus. Ihre Möse wurde kaum von der weißen Spitzenschürze bedeckt, und ihre Beine schienen in den Schlangenlederpumps endlos zu sein. Sie trug ihr ebenholzschwarzes Haar offen, sodass es sich verführerisch über ihre nackten Brüste legte.

Als sie sich umdrehte, um Dan ins Wohnzimmer zu führen, entdeckte er die festen Pobacken, über denen die weiße gestärkte Schürzenschleife hing. Er räusperte sich hörbar. Die schwarzen Satinstrapse hielten ihre Seidenstrümpfe etwa fünfzehn Zentimeter unter ihrem Hintern fest, sodass sich das einladende milchweiße Fleisch ihrer Schenkel überdeutlich abhob.

Dan tat etwas, was ihm seit über fünfzehn Jahren vorgeschwebt war: Er packte mit einer Hand ihren Hintern, während er mit der anderen grob nach ihren Brüsten fasste. Sie stand regungslos da, lächelte leicht und ließ ihn gewähren. Er fühlte sich wie ein siegreicher Feldherr. Nun besaß er völlige Macht über Chloe und konnte alles mit ihr anstellen. Das war wirklich das erregendste Aphrodisiakum, das er bisher kennen gelernt hatte.

Er drängte seine Hand von hinten in ihre Möse und vergrub sie in den samtigen Tiefen. Sie war feucht und pulsierte spürbar, als sich ihr innerer Muskel um seine Finger spannte.

»Du bist wirklich ein geiles Luder, was?«, krächzte er heiser. »Ständig läufig, wie? Erregt es dich, dass ich dich zu Dingen zwingen werde, von denen du wahrscheinlich noch nicht einmal gehört hast?«

»Was meinst du wohl?«, entgegnete sie mit rauer Stimme.

»Ich glaube, so ist es. Jetzt knie dich hin und blas mir einen.«

Dan nahm auf einem Sessel Platz, und Chloe ließ sich geschmeidig auf die Knie nieder. Sie machte seinen Hosenschlitz auf. Durch das Spitzengewebe ihrer lächerlich kleinen Schürze konnte er den dunklen Fleck ihres Venushügels sehen. Er unterdrückte ein Stöhnen der Lust, als sie ihre Lippen öffnete und seinen Penis mit einem gierigen Ausdruck auf ihrem schönen Gesicht in den Mund nahm.

Er hatte noch nie zuvor so kunstvoll einen geblasen bekommen. Sie ließ sein Glied bis zur Wurzel und den Eiern in ihren Mund schlüpfen, sodass ihm vor Lust beinahe schwindlig wurde. Schweiß trat ihm auf die Stirn. Allein die Art und Weise, wie sie über seinen pochenden Schaft züngelte, hätte genügt, um ihn zum Orgasmus zu bringen.

Es war der helle Wahnsinn und ging viel zu schnell. Wenn er sich nicht gleich zurückzog, würde er sich wie ein Geysir entladen – aber es gab noch so viel, was er vorher mit ihr machen wollte. Die Versuchung, sofort in ihren Mund zu spritzen, war gewaltig.

Doch er war entschlossen, sie die ganze Nacht am Ball zu halten. Deshalb hörte er auf, mit ihren Brüsten zu spielen, und krallte seine Finger in ihr Nackenhaar. »Knie dich auf alle viere, du Luder.«

Hatte sie ihn nicht gehört? Als er an ihrem Haar riss, um sich von ihr zu lösen, saugte sie nur noch stärker. Und plötzlich gab es kein Zurück mehr.

Eine halbe Ewigkeit schien zu vergehen, während er in ihren Mund spritzte. Danach fühlte er sich schwach und ausgelaugt. Chloe setzte sich auf und leckte genüsslich ihre roten Lippen.

»Hock dich mit gespreizten Beinen vor mich hin«, befahl ihr Dan, sobald er wieder sprechen konnte. Gehorsam setzte sie sich auf ihre Fersen. Er schnippte die frivole Schürze beiseite, um den Anblick ihrer Vulva zu genießen. Sie sah wie eine Seeanemone aus – tiefrot und mit einer deutlich abgehobenen Klitoris.

Er beugte sich nach vorn und dehnte sie mit seinen Händen. Ihr scharfer, salziger Geruch stieg ihm in die Nase, als er ihre Klitoris zwischen Daumen und Zeigefinger nahm und sie rieb. Chloes Miene spiegelte animalische Lust wider.

»Du geiles Luder. Du kannst es wahrscheinlich kaum erwarten, es endlich besorgt zu bekommen, was?«, fragte er rau. »Du willst wohl, dass ich dich so richtig durchficke. Na los, bitte mich schon darum. Sag mir, was du alles von mir willst.«

Dan hatte schon viele Frauen schmutzig reden gehört. Aber Chloe schoss wahrhaftig den Vogel ab. Er konnte kaum glauben, welche Obszönitäten zwischen ihren vollen Lippen hervorkamen, als sie das pikante Szenario ausmalte. Selbst der Anruf, den sie von Zoes Apparat aus getätigt hatte, schien ihm im Vergleich dazu ein Kinderliedchen gewesen zu sein. Sein Schwanz wurde sogleich wieder stahlhart.

Er stieß sie rücklings auf den Teppichboden und bereitete sich darauf vor, so lange in sie zu stoßen, bis sie sich ihm ganz unterwarf. Doch Chloe rollte geschickt zur Seite und schaffte es irgendwie, sich auf seine Schenkel zu setzen.

Mit der Hand um seinen Schwanz hockte sie sich über ihn und ließ sich langsam auf ihn herab. Dan starrte verzückt auf ihre herrlich prallen Brüste, die über ihrer schmalen Taille sanft auf und ab wippten.

Plötzlich setzte sie sich ganz hin, sodass sein Schwanz tief in ihr nasses Fleisch eintauchte. Dann begann sie ihn wie ein Pferd zu reiten, während sie weiterhin ihre lächerliche Schürze trug. Er riss sie ihr ungeduldig herunter und versuchte, Chloe abzuwerfen, sodass er auf ihr sitzen konnte.

Aber sie war wesentlich kräftiger, als er angenommen hatte – vor allem im Vergleich zu Tess' Zerbrechlichkeit, Zoes fülliger Weichheit und Carolines Zartgliedrigkeit. Tägliche Tanzstunden hatten Chloe fit und durchtrainiert werden lassen, sodass sie es problemlos schaffte, Dan einige Minuten unten zu halten. Schließlich gelang es ihm doch, sie zu überwältigen.

Sie rangen auf dem Teppich miteinander. Ihre Hüften prallten aufeinander, wobei Dan aggressiv und Chloe herausfordernd wirkte. Plötzlich kam sie. Ihr ganzer Körper wurde starr, und dann schrie sie so laut, dass Dan erschrocken zusammenfuhr.

»O ja!«, rief sie. »O ja! Fick mich, Dan! Fick mich!«

Die Worte klangen wie Musik in seinen Ohren.

Er nutzte ihre Reglosigkeit, um sie mit seinem ganzen Gewicht auf den Boden zu drücken. Ihre Hände hielt er über ihrem Kopf fest und fuhr schonungslos fort, sie zu stoßen.

Als er schließlich auf ihrem entspannten Körper zusammenbrach, flüsterte sie ihm zu seiner Überraschung ins Ohr: »Warst du immer so gut?«

»Du hättest die Möglichkeit gehabt, das schon vor fünfzehn Jahren herauszufinden«, erwiderte er.

»Ich dachte immer, du magst mich nicht.«

»Das stimmt auch. Ich mag dich noch immer nicht. Aber das bedeutet nicht, dass ich dich nicht ficken will«, sagte er grob.

Plötzlich wurde es ihm auf dem Wohnzimmerboden zu unbequem.

»Gehen wir nach oben«, sagte er und stand auf. »Aber gieß mir zuerst etwas zu trinken ein.«

Er ging vor Chloe die Treppe hoch. Ihr Schlafzimmer veranlasste ihn zu einem höhnischen Grinsen. Die Wände waren allesamt mit Postern und Fotos von ihr als Lady Macbeth und in anderen Rollen bedeckt.

Das Hauptmöbel des Zimmers war ein großes Bett mit einem blutroten Seidenüberwurf und schwarzen Kissen in allen Größen. Es roch nach Sex und ihrem exotischen Parfüm. Auf den Tischchen, Sesseln und Stühlen, die sich ebenfalls im Zimmer befanden, lagen überall Chloes Kleidungsstücke verstreut herum, während der ganze Schminktisch mit Kosmetiktuben und Döschen voll gestellt war.

Dan warf sich aufs Bett. Er fühlte sich unglaublich gut. Wie neidisch wohl seine Freunde dreinblicken würden, wenn er sich mit Chloe zeigte? Matt würde es die Sprache verschlagen. Vielleicht sollte er ihm von dem Pornofilm erzählen und ihm den Streifen sogar vorführen. Aber wahrscheinlich würde Matt die Tatsache, dass er Chloe erpresste, abstoßend finden. Er hatte schon immer in ihrem Bann gestanden.

Als sie mit einer Flasche Wein und zwei Gläsern in der Hand ins Zimmer trat, entschloss sich Dan, ihr als Nächstes zu erzählen, was er noch mit ihr vorhatte.

»Morgen Abend, Süße, machen wir etwas ganz Besonderes«, sagte er, nahm ein Glas entgegen und zwickte sie kurz in ihre linke Brustspitze. Sie legte sich lasziv neben ihn aufs Bett. »Wir fahren nach King's Cross und suchen uns eine Nutte. Dann bringen wir sie hierher, sodass du dich mit ihr vergnügen kannst, während ich zuschaue.«

Ein geiler Ausdruck zeigte sich auf Chloes Gesicht, als

er fortfuhr: »Ihr werdet es euch gegenseitig besorgen, und dann wird sie …«

Er erklärte ihr die ganze Situation, wie er sie sich vorstellte, bis Chloe zu keuchen begann und sich ihre Brüste lüstern hoben und senkten. Als sie mit einer Hand zwischen ihre Beine glitt, packte Dan sie am Handgelenk. »Nein, noch nicht. Erst wenn ich wieder so weit bin.«

Genüsslich trank er noch ein Glas Wein. »Übermorgen Abend geben wir dann eine Party – nur du, ich und zwei oder drei Freunde.«

Als er ihr erklärte, was er von ihr verlangte, schaute Chloe tatsächlich so aus, als würde sie kaum mehr an sich halten können.

Auch Dans Schwanz war inzwischen wieder zu neuen Schandtaten bereit. Also ließ er Chloe sich hinknien und fuhr dann heftig in sie. Mann, hatte sie einen fantastischen Arsch! Er knetete und massierte ihn und zur Abwechslung auch ihre Brüste, wobei er sich keine Mühe gab, sanft oder zärtlich mit ihr umzugehen.

Nach ein paar Minuten stöhnte Chloe plötzlich über ihre Schulter: »Fessle mich!« Er kam ihrem Wunsch gern nach und fasste nach einem der Gürtel, die auf dem Stuhl neben ihrem Bett lagen. Dann machte er ihre Handgelenke am Bettgestell fest.

Daraufhin ließ er sie die Beine heben und fesselte ihre Knöchel an dieselben Bettpfosten, sodass sie sich über ihrem Kopf befanden. Für eine Weile spielte er mit ihrer Möse, stopfte seine Finger grob in sie und rührte darin herum. Schließlich begann er ihre Klitoris so sehr zu reizen, dass Chloe wild zuckte und an ihren Fesseln riss. Während er mit den Fingern weiterhin in ihr war, knabberte er an ihrem üppigen Hintern und biss fest hinein, sodass er ihr mehrere Blutergüsse verpasste.

»Beiß nicht zu fest!«, keuchte sie. Aber Dan achtete

nicht darauf, sondern fuhr fort, ihren ganzen Hintern mit Knutschflecken zu übersäen.

Er genoss das Gefühl, sie unter seiner Fuchtel zu haben – mit gespreizten Beinen, gefesselt, ihre Pobacken auseinandergezogen, sodass er den kleinen faltigen Ring ihres Anus sehen konnte. Und darunter die rote Möse.

Er kniete sich hinter sie, und strich mit dem Schwanz in der Hand ihre glitschigen Schamlippen entlang. Dann fuhr er langsam ein paar Zentimeter in ihren Liebeskanal. Er spürte, wie ihn das weiche Fleisch umgab und sich ihr Muskel zusammenzog, um ihn weiter in sich zu locken.

Er rührte sich jedoch nicht mehr, sondern begann nur, ihre Brüste zu kneten. Mit der Handfläche spürte er ihre heißen Brustwarzen, die er drückte und massierte, bis Chloe wie eine Wahnsinnige stöhnte und an ihren Fesseln riss.

Sie blieb seine Gefangene, während er so heftig in sie stieß, wie er das noch nie getan hatte. Dabei bemühte er sich gar nicht um irgendwelche Raffinessen, die er gewöhnlich anwandte, um eine Frau zum Orgasmus zu bringen. Dennoch kam sie so laut und mehrmals hintereinander, dass er sich für einen Moment überlegte, ob er ihr nicht den Slip in den Mund stopfen sollte.

Als ihm diese Position zu langweilig wurde, löste er die Fesseln.

»Ich habe dir doch gesagt, du sollst mich nicht beißen!«, fuhr sie ihn an und betastete ihren Hintern. Als Antwort schlug er ihr auf die Pobacken und biss sie so heftig ins Bein, dass sie aufschrie.

Gegen drei Uhr morgens fielen sie in einen tiefen Schlaf. Als Dan mit einem schlappen Schwanz und geschwächten Gliedern eindöste, fühlte er sich zutiefst zufrieden.

Er hatte Chloe in mindestens einem halben Dutzend verschiedener Stellungen genommen und sie zu ein paar

Dingen veranlasst, die er bisher nur in seinen Fantasien ausgelebt hatte. Und das war erst der Anfang gewesen. Sie war seine Sexsklavin – so lange er es wollte.

Er würde sein Bestes tun, diese Situation so richtig auszukosten.

Als er ein paar Stunden später erwachte, fühlte er etwas Kaltes, Metallisches um sein Handgelenk. Verschlafen öffnete er die Augen und entdeckte Chloe, die gerade dabei war, ihn mit Handschellen am Bettgestell zu fesseln.

»Was … was ist denn los?«, fragte er verdutzt und überlegte sich, ob er schon wieder einen hochbringen würde.

Chloe strich sich das lange Haar aus dem Gesicht und blickte auf ihn herunter. Ihre Lippen verzogen sich zu einem triumphierenden Lächeln.

»Hoffentlich hast du keine dringenden Termine«, sagte sie. »Ich werde dich nämlich hier behalten, bis ich mir sicher bin, dass du niemandem von *Denise bumst ganz Dagenham* erzählst.«

20. Kapitel

Wohin willst du?«, wollte Harold wissen, als Zoe summend ihre Stiefel anzog. Es war Freitagabend. Als ihr Mann von der Arbeit nach Hause zurückgekehrt war, hatte er sie im Schlafzimmer entdeckt, wo Zoe – frisch gebadet und nach Parfüm duftend – sich gerade geschminkt hatte.

Er war nach unten gegangen, um sich vor den Fernseher zu setzen. Als sie kurz danach fertig zum Ausgehen im Flur stand, war er völlig überrascht. Seit ihrer Rückkehr aus Yorkshire hatte er sich fast ausschließlich beleidigt gezeigt. Sie wechselten kaum ein Wort, außer wenn Harold etwas an Zoe zu kritisieren hatte.

Doch diesmal war es Zoe eigentlich nicht weiter auf die Nerven gegangen. Sie war innerlich viel zu sehr mit den Höhepunkten ihrer verlängerten Reise beschäftigt gewesen. Diese Höhepunkte hatten alle mit Ray zu tun. Zu ihrer Überraschung hatte er ihr vorgeschlagen, sie doch am Freitagabend zu besuchen.

»Ich muss nämlich nicht arbeiten«, hatte Ray grinsend erklärt.

»Dann willst du deine Zeit doch bestimmt nicht schon wieder im Bett verbringen.«

»Doch, das will ich durchaus. Warum besuchst du mich nicht, und wir lassen uns etwas zu essen kommen? Oder gefällt es deinem Mann nicht, wenn du einfach ohne ihn ausgehst?«

Harold gefiel es ganz und gar nicht, als sich Zoe vom Schnüren ihrer Stiefel aufrichtete und vage meinte: »Oh –

habe ich es dir nicht gesagt? Ein paar von uns sind zu Gail zum Abendessen eingeladen.« Sie konnte noch immer sein Nörgeln und Schimpfen hören, als sie das Auto anließ und davonfuhr. Doch auf der Hauptstraße hatte sie ihren Mann bereits vergessen. Ray wohnte in Salford Quays, und sie freute sich darauf, sein Zuhause kennen zu lernen.

Das Wochenende in Yorkshire war ganz anders verlaufen, als sie es sich vorgestellt hatte.

Dan zum Beispiel hatte sich wirklich verändert. Er war selbstgefällig und ekelhaft geworden, und in gewisser Weise wünschte sie sich, dass sie ihn nie wieder gesehen hätte. Dann hätte sie ihn so im Gedächtnis behalten, wie er als Student gewesen war. Oder hatte er sich schon immer genauso selbstgefällig und ekelhaft verhalten, wie Chloe es behauptete?

Im Grunde war es gleichgültig. Sie nahm nicht an, dass sie ihn jemals wieder sehen würde, und hatte auch nicht vor, ihm noch weiterhin zu schreiben.

Sie hoffte, dass ihre neue Unterwäsche Ray gefiel. Während der Mittagspause war sie schnell in die Stadt gefahren und in Manchesters bestes Kaufhaus gegangen. Pfirsichfarbener Satin mit weißer Spitze. Die Wäsche hatte sie ein halbes Vermögen gekostet, aber sie fühlte sich ausgesprochen sexy darin.

Während sie über die Brücke fuhr und die Lichter sah, die sich im öligen Wasser des Kanals spiegelten, summte Zoe glücklich vor sich hin.

Tess rollte sich auf den Rücken und griff nach der Sonnenmilch. Ihre gewöhnlich blasse Haut hatte einen honigfarbenen Teint angenommen, und sie sah entspannt und zufrieden aus.

Der weiche, weiße Sand des mexikanischen Strands war so heiß, dass es fast wehtat, ihn zu berühren. Tess wühlte dennoch ihre Zehen hinein und genoss die Hitze, nachdem sie endlich der betäubenden Kälte Yorkshires entkommen war. Richard schnorchelte ein paar hundert Meter von ihr entfernt im Meer, und von Zeit zu Zeit konnte sie seine Füße sehen, die in Schwimmflossen steckten und das klare türkisfarbene Wasser aufwühlten.

Die Sonne brannte durch den weißen Sonnenschirm hindurch, unter dem sie lag, und wärmte sie bis ins Innerste. Sie befand sich in einem ständigen Zustand sexueller Bereitschaft, von der Richard nicht genug bekommen konnte.

Es war vermutlich ein Fehler gewesen, ihre alten Mitbewohner zu ihrer Hochzeit einzuladen. Alles war recht verwirrend abgelaufen, aber trotzdem waren es ausgesprochen erotische Tage gewesen. Sie hatte immer erwartet, dass ihre Flitterwochen von Sex und Sinnlichkeit durchzogen sein würden. Und nun hatte sie mehr davon bekommen, als sie es sich erhofft hatte.

Für eine kurze Zeitspanne war sie zu ihrer alten lasziven Lebensweise zurückgekehrt und hatte es auch richtig genossen. Doch sobald ihre Flitterwochen vorüber waren, würden sie und Richard ein wesentlich eingeengteres Leben führen müssen. Schließlich wollte er sich in der harten Welt der Politik nach oben arbeiten und konnte es sich nicht leisten, in die Schlagzeilen zu geraten.

Es war seltsam gewesen, Dan wieder zu sehen. Sie hatte ihn als Mensch noch nie wirklich geschätzt, auch wenn sie ständig scharf auf ihn gewesen war. Früher hatte sogar seine Arroganz einen erotischen Anreiz für sie dargestellt – vor allem wenn man wusste, wie gut er im Bett war. Vermutlich war es töricht von ihr gewesen, sich wieder von ihm vögeln zu lassen. Aber es hatte auch verdammt großen Spaß gemacht. Vielleicht würde sie ihn hier und da in London besuchen – vielleicht aber auch nicht.

Tess nahm ihre schwarze Sonnenbrille ab und stand anmutig auf. Sie rückte das Oberteil ihres jadegrünen Bikinis zurecht und lief über den heißen Sand zum Meer.

Kleine blaue Wellen hatten ihr Muster auf dem weißen Strand hinterlassen. Manchmal sah man eine kleine Muschel oder ein etwas größeres Schneckenhaus, die vom Wasser herangespült worden waren.

Tess winkte Richard zu, der nun auf dem Rücken lag und sich treiben ließ. Er sah sie nicht, und deshalb watete sie so weit hinaus, bis sie bis zur Taille von der Flut bedeckt war. Dann schwamm sie zu ihm.

Vielleicht konnten sie es noch unter Wasser treiben, ehe sie zum Mittagessen gingen.

Nach einer ziemlich unangenehmen Rückfahrt von Yorkshire traf Matt kurz nach Sonnenuntergang wieder in London ein. Sein Haus war – mit den besten Wünschen seiner Frau – fast völlig leer geräumt. Es war ihm relativ egal. Die meisten Möbel hatte er sowieso nicht gemocht.

Am nächsten Morgen bot er das Haus zum Verkauf an und besichtigte auch gleich zwei Wohnungen, die sich recht viel versprechend anließen. Die Immobilienmaklerin war eine hübsche, zierliche Brünette namens Pam, die vorzügliche Beine und ein anziehendes Lächeln hatte. Während er ihr in der einen Wohnung von Zimmer zu Zimmer folgte, betrachtete er aufmerksam ihre Beine und die sinnlichen Kurven ihres Hinterns, der von einem roten Wollrock bedeckt war. Ihr Körper interessierte Matt viel mehr als die Ausstattung des Apartments.

Es hatte ihn nicht sonderlich überrascht, dass Chloe abgefahren war, ohne sich von ihm zu verabschieden. Wie vermutlich jeder Mann hatte er es genossen, mit ihr ins Bett zu gehen. Aber er war sich stets bewusst gewesen, dass er für sie nur ein weiteres Exemplar der männlichen Spezies war, das sie zu bewundern und zu bedienen hatte – wenn es *ihr* gefiel.

»… die Teppiche und Vorhänge?«, fragte Pam.

»Wie bitte?«, meinte Matt, der seine Augen von ihren wohlgeformten Beinen abwandte und sie ansah. Pam wartete lächelnd auf eine Antwort.

»Wären Sie daran interessiert, die Teppiche und Vorhänge zu kaufen?«, wiederholte sie geduldig.

Er betrachtete die Einrichtung ohne großes Interesse und strich sich mit der Hand durch die dunklen Locken.

»Ja, wahrscheinlich.«

»Möchten Sie einen Termin vereinbaren, damit Sie sich gemeinsam mit Ihrer Frau die Wohnung ansehen können?«

»Wir leben getrennt.« Matt fühlte sich befreit, das endlich sagen zu können. Er fragte sich, ob diese Erleichterung von Dauer war oder ob er irgendwann wieder Sehnsucht nach seiner kühlen, schönen Frau verspüren würde. Eigentlich bezweifelte er es.

Pam führte ihn ins Schlafzimmer.

»Der Blick über den Platz ist das Schönste an der ganzen Wohnung«, sagte sie. »Und außerdem gibt es sehr viel Stauraum.« Sie führte ihn zu einem eingebauten Wandschrank, als sie plötzlich stolperte. Sie war mit dem Absatz am Teppich vor dem Bett hängen geblieben.

Matt trat einen Schritt nach vorn, um sie festzuhalten, und fiel dabei über denselben Teppich. Er kam sich etwas idiotisch vor, als er auf Pam landete, die bereits auf dem Bett lag. Er spürte ihre weichen, sinnlichen Kurven unter seinem wesentlich härteren, muskulösen Körper. Sie duftete nach einem verführerisch würzigen Parfüm und sah aus der Nähe noch hübscher aus.

»Entschuldigung«, sagte er und versuchte sich mit den Ellbogen abzustützen, um von ihr herunterzurollen. Es gelang ihm jedoch nicht, weil das Bett viel zu weich war.

»Macht nichts«, murmelte sie, schlang ihre Arme um seinen Hals und zog ihn an sich. Ihre Lippen trafen sich, und Matt hatte das Gefühl, in einem Meer warmer weiblicher Sexualität zu versinken, als sie ihre Zunge in seinen Mund gleiten ließ.

Seine Hand fand ihre Brust und hielt die kleine feste Halbkugel unter der dünnen Baumwollbluse umfangen. Er spürte die Hitze ihrer Haut, und seine Hand wanderte unter den Stoff, um die harte Brustspitze zu liebkosen.

Seine andere Hand strich über ihre Hüfte, bis sie zu den Schenkeln kam, die in Seidenstrümpfe gehüllt waren. Pam zog bereitwillig den roten Rock hoch, sodass Matt das nackte Fleisch zwischen ihren Strümpfen und dem weißen Spitzenhöschen streicheln konnte.

Sein Schwanz presste sich hart gegen ihren Venushügel, den sie ihm einladend entgegendrückte. Sie fuhr fort, ihn leidenschaftlich zu küssen, während sie das Hemd aus seinen Jeans zog. Mit den Fingerspitzen strich Matt über den zarten Stoff zwischen ihren Beinen und brachte sie so dazu, die Schenkel stöhnend zu öffnen.

Sie war gerade dabei, den Reißverschluss seiner Hose aufzumachen, als sie von einem Geräusch unterbrochen wurden. Die Wohnungstür fiel ins Schloss. Pam stieß einen unterdrückten Schrei aus und flüsterte: »Das muss die Besitzerin sein. Sie wollte noch kommen, ehe du wieder gehst.«

Matt sprang vom Bett und stopfte sich das Hemd in die Jeans. Auch Pam stand hastig auf, strich sich das Haar glatt und zog den Rock herunter.

Die Besitzerin stellte sich als eine sehr rundliche Frau mittleren Alters heraus, die darauf bestand, Matt noch einmal jedes der Zimmer zu zeigen, um ihm all die Vorteile der Wohnung vor Augen zu führen. Sein Blick traf immer wieder den von Pam, während er versuchte, die Führung so schnell wie möglich zu Ende zu bringen. Es dauerte jedoch noch fast eine Stunde, bis die beiden schließlich in dem eiskalten Wind vor dem Apartmentblock standen.

Matt nahm Pams Hand. »Ich möchte dich auf einen Drink einladen«, schlug er vor.

»Das geht nicht. Ich habe noch einen wichtigen Termin und bin schon spät dran.«

»Sie hat sich auch ganz schön viel Zeit genommen, nicht wahr? Wie wäre es mit einem Abendessen?«

»Abendessen wäre toll.« Sie gab ihm einen zärtlichen Kuss auf die Lippen. »Ruf mich am späten Nachmittag an.«

Matt pfiff fröhlich vor sich hin, als er ein Taxi zu seinem Tonstudio nahm.

Es war der Beginn eines Albtraums. Dan konnte einfach nicht glauben, dass Chloe wirklich vorhatte, ihn gefangen zu halten. Aber im Augenblick sah es ganz danach aus.

Sie hatte ihn den ganzen Vormittag über allein gelassen, während sie ausgegangen war. Als sie am Nachmittag ins Zimmer gekommen war, hatte sie sich den Rock in geschäftsmäßiger Manier nach oben gezogen und ihm gezeigt, dass sie kein Höschen trug. Ohne mit der Wimper zu zucken, hatte sie sich auf ihn gesetzt.

Er war empört gewesen und hatte alles versucht, seinen Schwanz dazu zu bringen, nicht steif zu werden. Chloe brauchte gar nicht zu glauben, dass sie ihn wie einen Hengst behandeln konnte, den sie bestieg, wenn sie gerade Lust dazu hatte. Aber sein Glied hatte seine eigenen Vorstellungen gehabt und sich sogleich erwartungsvoll gereckt.

Chloe hatte ihn geritten, während ihre nasse Vulva ihn fest umschlossen hatte. Sie hatte ihre Brüste liebkost, die noch immer von einem cremefarbenen Kaschmirpullover bedeckt gewesen waren. Einen BH hatte sie nicht getragen, und Dan hatte die dunklen Brustspitzen angestarrt, die fest wie Bernsteinkugeln gewesen waren. Trotz größter Anstrengung war es ihm nicht gelungen, seine Augen von ihr zu lösen, während sie mit sich gespielt hatte.

Gegen seinen Willen war er stahlhart geworden. Mit einem triumphierenden Glitzern in den Augen hatte sie seinen Schwanz noch tiefer in ihre heiße Grotte geführt und dann erst richtig losgelegt.

Begonnen hatte sie mit einem langsamen Galopp, um dann immer schneller zu werden. Sie hatte ihn mit den Schenkeln gedrückt und ihm mit ihren langen, leuchtend roten Fingernägeln die Brust zerkratzt.

Dan hatte vor Wut und Erregung die Zähne zusammengebissen. Hilflos, wie er an das Bett gefesselt war, hatte er nichts gegen Chloe zu unternehmen vermocht. Sie war zweimal gekommen, bevor er so weit gewesen war. Nach ihrem zweiten Orgasmus war sie geschmeidig von ihm heruntergeklettert und hatte sich mit ein paar Papiertaschentüchern sauber gewischt.

»Du verdammte Hure! Lässt du mich endlich gehen?«, hatte er sich empört. Doch Chloe hatte sich auf dem Absatz umgedreht und das Zimmer verlassen, ohne ihm zu antworten.

An diesem Nachmittag brachte sie ihn noch dreimal dazu, es ihr zu besorgen. Als er sie schließlich mit obszönen Namen beschimpfte, stopfte sie ihm energisch einen ihrer Seidenschals in den Mund.

Dan war noch nie zu Sex gezwungen worden – und es gefiel ihm ganz und gar nicht.

Am frühen Abend zog sich Chloe vor ihm aus, steckte ihr schimmernd schwarzes Haar hoch und nahm ein Bad. Danach blieb ihm kaum etwas anderes übrig, ihr zuzusehen, wie sie sich lang und umständlich eincremte und vor ihrem Schminktisch herrichtete. Ihre Satinrobe war nur lose zusammengeknüpft, sodass er ständig ihre Brüste sehen konnte.

Als sie sich auf dem Hocker zu ihm umdrehte und anfing, einen Strumpf über eines ihrer langen Beine zu ziehen, konnte er direkt in ihre Vulva sehen. Sie hielt inne, als sie bemerkte, dass er ihr zuschaute, und zog dann langsam die äußeren Schamlippen auseinander, um ihm einen besseren Einblick zu gewähren.

Das Unvermeidliche geschah: Sein Schwanz wurde steif und wartete nur darauf, wieder von Chloes Möse umgeben zu werden.

Chloe schwebte durchs Zimmer und sank neben ihm aufs Bett. Sie strich mit den Fingern leicht über sein begeistertes Glied.

Dann nahm sie Dan den Seidenschal vom Mund.

Er fing sofort an zu schimpfen. »Ich weiß nicht, was du eigentlich erreichen willst«, keifte er. »Du kannst mich hier nicht ewig festhalten, und sobald ich wieder draußen bin, werde ich dich verpfeifen. Stell dir nur vor, was die Boulevardpresse daraus machen wird. Nicht nur ist eine der bekanntesten Schauspielerinnen früher einmal ein Pornostar gewesen, sondern sie hat sich auch noch einen Sexsklaven gehalten. Ich kann mir schon die Schlagzeilen vorstellen: ›Schauspielerin hält Autor als Sexsklaven gefangen‹. Diese Neuigkeit sollte die Zeitungsauflagen beachtlich steigern. Wahrscheinlich werde ich mir dadurch eine goldene Nase verdienen.«

»Du redest zu viel«, sagte Chloe und ließ ihre Robe von den Schultern gleiten. Sie setzte sich auf Dans Gesicht. »Deine Zunge kannst du bestimmt für Besseres gebrauchen. Aber der Klang deiner eigenen Stimme hat dir ja schon immer gefallen, nicht wahr, Dan?«

Sein Gesicht war nun von der feuchten und unersättlichen Möse der Schauspielerin bedeckt. Dan war mehr oder weniger geknebelt.

»Du kannst jederzeit loslegen«, ermunterte ihn Chloe und setzte sich noch fester auf ihn. Er befürchtete, ersticken zu müssen, wenn er nicht das tat, was sie ihm befahl. Innerlich brodelnd, öffnete er den Mund, fuhr mit der Zunge in sie und begann sie zu lecken.

Es wurde noch schlimmer.

Sie benutzte ihn für mindestens eine weitere Stunde, ehe sie aufstand, um sich für den Abend anzuziehen.

»Du gehst doch nicht weg und lässt mich hier allein!«, schrie er, während sie sich in ein enges, silbernes Kleid zwängte.

In diesem Augenblick klingelte es an der Tür.

Chloe ging nach unten, um aufzumachen. Sobald er das Schnappen des Schlosses hörte, fing Dan an, laut um Hilfe zu rufen. Doch schon wenige Minuten später kehrte sie mit einem gewaltigen Kerl mit olivfarbenem Teint und schwarzen Locken zurück.

Nun war Dans Demütigung komplett. Er lag nackt da, seine Handgelenke waren noch immer ans Bett gefesselt, und als er den anderen Mann betrachtete, wusste er, dass von ihm keinerlei Hilfe zu erwarten war.

Chloe stand mit dem Rücken zu ihrem Besucher und lehnte sich gegen seine muskulöse Brust. Sie rieb ihren Hintern gegen seine Lenden und schlang ihm den Arm um den Hals, um seinen Kopf nach unten zu ziehen und ihn zu küssen.

Zwei riesige haarige Pranken legten sich auf ihre Brüste, und dann wanderte eine von ihnen zu ihrem Venushügel hinunter, der sich unter dem silbernen Kleid abhob.

»Das ist George«, stellte ihn Chloe vor, nachdem sie wieder zu Atem gekommen war. »George – Dan.«

»Tut mir Leid, dass ich Ihnen nicht die Hand geben kann«, sagte Dan sarkastisch.

George zog sein Jackett aus, packte Chloe an der Schulter und erregte sie rau. Er zog ihr Kleid von den Schultern, sodass ihre Brüste entblößt wurden. Dan brauchte ein Weilchen, ehe er begriff. Diese verdammte Zicke wollte dem tumben George erlauben, sie direkt vor Dans Augen zu ficken.

Er versuchte, nicht zuzuschauen. Aber die Geräusche, die von den beiden kamen, reichten aus, damit er seine Augen öffnete. Er hatte bereits genug Leute gesehen, die es vor seiner Nase getrieben hatten. Das war nichts Neues für ihn. Aber irgendwie trug es noch zu seiner Demütigung bei, dass sie vor ihm vögelten, während er gefesselt dalag und nichts tun konnte.

Es war ein rohes und heftiges Bumsen. Die beiden verhielten sich so, als ob sie allein wären. George zog sich aus und hob Chloe auf den Schminktisch, riss ihr Höschen herunter und pumpte so energisch in sie, dass verschiedene Fläschchen und Dosen auf den Boden fielen. Chloe, die ihre Beine um seine Taille geschlungen hielt und das Kleid bis zu den Hüften hochgezogen hatte, schrie vor Lust immer wieder laut auf, sodass es Dan kaum aushielt.

Als George diese Stellung langweilig wurde, legte er Chloe über die Stuhllehne und nahm sie von hinten. Er klatschte ihr ermunternd auf die Pobacken und die Schenkel, wo – wie Dan zu seiner Zufriedenheit feststellte – noch immer die Blutergüsse waren, die er ihr zugefügt hatte.

Sie beendeten die erste Runde neben ihm auf dem Bett. Inzwischen war sein Schwanz wieder steif geworden und schien sich sehr für das Geschehen zu interessieren.

Erst jetzt enthüllte Chloe ihren eigentlichen Plan. Dan erstarrte vor Entsetzen. Sie kletterte vom Bett und kehrte kurz darauf mit einer Kamera zurück. George rückte näher, schob Dan auf die Seite, legte die Arme um ihn und stieß seinen von Haaren umrahmten Schwanz gegen Dans Hinterbacken.

Für Sekunden wurde Dan von einem Blitzlichtgewitter geblendet. Chloe umkreiste das Bett und machte eine Aufnahme nach der anderen.

»Können wir ein paar ohne die Handschellen haben, George?«, fragte sie. »Wir wollen doch nicht, dass es so aussieht, als ob du dazu gezwungen worden wärst. Nicht wahr, Dan? Und bemühe dich, etwas lüsterner dreinzublicken.«

George machte Dans wundgeriebene Handgelenke los. »Wenn du auf dumme Gedanken kommen solltest, ziehe ich dir einen über«, knurrte er. Dan warf einen Blick auf seine muskulösen, tätowierten Arme und wagte nicht, sich zu rühren.

Wenn Chloe diese Fotos in Umlauf brachte, würde er als ein Schwuler dastehen. Dabei hatte er überhaupt nichts gegen Homosexuelle. Aber seine Karriere war großenteils deshalb so erfolgreich, weil er in seinen Büchern so tat, als ob er ausschließlich seine eigenen Erfahrungen wiedergäbe.

Diese Fotos würden nicht nur seinen Ruf als Frauenheld, sondern vor allem seine Verkaufszahlen ruinieren.

Die Aufnahmen schienen eine halbe Ewigkeit zu dauern. George rückte Dan in alle möglichen Stellungen und drückte dabei stets seinen haarigen Körper an ihn. Als es schließlich vorbei war und Dan wieder ans Bett gefesselt wurde, musste er von neuem zusehen, wie die beiden es miteinander trieben.

»Er sieht irgendwie verlassen aus. Findest du nicht, George, Schätzchen?«, fragte Chloe mit süßlicher Stimme und reichte ihrem gorillaähnlichen Lover einen Drink. Er leerte ihn auf einen Satz, wobei ihm die Hälfte über das Kinn lief, das er mit dem Handrücken trocken rieb.

Sie kniete sich zwischen Dans Beine und beugte sich so nach vorn, dass sie George ihren Hintern einladend entgegenstreckte. Ihre Schenkel waren gespreizt, als sie Dans Schwanz in den Mund nahm. Sie umkreiste ihn mit ihrer Zunge, saugte und knabberte daran und führte ihn immer weiter in ihre warme Mundhöhle.

George schlug ihr währenddessen ein paar Mal auf die Hinterbacken. Dann packte er sie an den Hüften und drang in sie ein. Dan konnte jeden seiner Stöße fühlen, da Chloes Mund seinen verräterischen, stahlharten Schwanz immer tiefer in sich aufnahm.

Er ergoss sich in ihren Mund, kurz bevor George in ihre Möse spritzte. Eine vulkanartige Eruption ließ das ganze Bett wackeln. Chloe verschluckte sich fast an seinem Samen, während sie laut zum Höhepunkt kam.

Danach zog sich George an und ging. Den Film nahm er mit. Chloe setzte sich auf den Bettrand und betrachtete Dan nachdenklich.

»Also gut, du verdammtes Miststück. Was willst du für die Negative?«, wollte er wissen.

»Die stehen nicht zum Verkauf. Sie sind meine Versicherung. Wenn je an die Öffentlichkeit dringt, dass ich in *Denise bumst ganz Dagenham* mitgewirkt habe, weiß ich zumindest, dass auch du mit mir untergehen wirst.«

»Ich bin nicht der Einzige, der diesen Film gesehen hat«, erwiderte er mit einem bösartigen Blitzen in den Augen. »Jeder könnte die Verbindung zu dir herstellen.«

»Aber bisher hat es noch niemand getan. Ich habe mir damals große Mühe gegeben, mein Aussehen fast völlig zu verändern. Und über die Jahre hinweg habe ich alle Kopien gekauft, an die ich herankommen konnte. Ich glaube nicht, dass noch viele im Umlauf sind. Wie bist du eigentlich an die deine geraten?«

»Der Zimmerkellner, der dich gevögelt hat, erkannte dich und hat sie mir verkauft. Ich vermute, dass sie sich eine ganze Weile in seiner Privatsammlung befand. Vielleicht hat er noch eine Kopie, und ich werde ihn nicht davon abhalten können, sie an die Boulevardpresse zu verkaufen.«

»Nun, da solltest du dir aber schnell etwas einfallen lassen«, schnurrte Chloe. »Denn wenn dieser Film irgendwann einmal auftauchen sollte, muss ich annehmen, dass du dafür verantwortlich bist. Dann werde ich Abzüge von den Fotos, die ich heute gemacht habe, an alle Leute schicken, die sich dafür interessieren könnten.«

Sie erhob sich geschmeidig und schritt gemächlich zum Spiegel, wo sie ihr Profil begutachtete.

»Du hattest Recht mit meiner Nase. Ich habe sie mir operieren lassen. Und rate mal, woher ich das Geld hatte.« Sie drehte sich um und sah Dan höhnisch an. »Es war jeden Penny wert. Verstehen wir uns jetzt? Ich glaube, wir wissen beide, dass es meinem Ruf nicht so sehr schaden würde, als Pornostar entlarvt zu werden. Aber es wäre verdammt nachteilig für dich, plötzlich als Schwuler dazustehen.«

»Du elendes Miststück«, presste Dan mühsam hervor. Er zitterte vor Zorn. »Lässt du mich jetzt endlich gehen? Das war es doch, was du wolltest.«

Chloe schwebte wieder zum Bett zurück.

»Nicht ganz. Ich glaube, ich werde dich hier noch bis zum Morgen festhalten. Ich sollte die Situation doch bis zum Letzten ausschöpfen.«

Mit einem lüsternen Blitzen in den Augen setzte sie sich wieder auf ihn.

Irgendwann in den frühen Morgenstunden machte sie ihn von den Handschellen los. Doch inzwischen hatte Dan ein sexueller Wahn ergriffen, und er fickte sie, bis es im Zimmer hell wurde.

Wie Chloe wollte auch er alles aus ihrer gemeinsamen Zeit herausholen. Sobald er wieder ein freier Mann wäre, würde er darüber nachdenken, wie er an die Negative kommen konnte.

Da musste es doch eine Möglichkeit geben.

Als es hell wurde, stieg Dan erschöpft, unrasiert und zerknittert aus einem Taxi, das ihn vor seinem Wohnblick absetzte.

Auch nachdem er eine Dusche genommen und etwas gegessen hatte, fühlte er sich nur wenig besser. Als er gerade ins Bett fallen wollte, um den bitter benötigten Schlaf nachzuholen, klingelte es Sturm. Fluchend schleppte er sich zur Tür. Wer auch immer das sein mochte – er würde ihn sofort wieder hinausbefördern.

Zu seinem tiefen Entsetzen stand Caroline auf der Schwelle. Sie hielt eine kleine Reisetasche in der Hand, und noch ehe er sie aufhalten konnte, schlüpfte sie an ihm vorbei ins Wohnzimmer.

»Warum hast du nicht angehalten und mich mitgenommen, wie wir das ausgemacht hatten?«, wollte sie wissen. »Hat es dir diese Schauspielerin nicht erlaubt? Ich musste in das verdammte Internat zurück. Aber gestern Abend ist es mir nach dem Essen gelungen abzuhauen. Deine Wohnung gefällt mir. Hast du sie bereits herrichten lassen? Wann heiraten wir? Ich habe meiner Großmutter eine Nachricht hinterlassen und ihr geschrieben, wo ich zu finden bin. Wir müssen uns also beeilen.«

Sie setzte sich aufs Sofa und strahlte ihn erwartungsvoll an.

Zur Abwechslung hatte es Dan völlig die Sprache verschlagen.